O CULPADO

LISA BALLANTYNE

O CULPADO

Tradução de

Marilene Tombini

EDITORA RECORD
RIO DE JANEIRO • SÃO PAULO

2013

CIP-BRASIL. CATALOGAÇÃO NA FONTE
SINDICATO NACIONAL DOS EDITORES DE LIVROS, RJ

B155c
    Ballantyne, Lisa.
    O culpado/Lisa Ballantyne; tradução de Marilene Tombini. – Rio de Janeiro: Record, 2013.

    Tradução de: The Guilty One
    ISBN 978-85-01-40175-5

    1. Ficção inglesa. I. Tombini, Marilene. II. Título.

13-1783.
    CDD: 823
    CDU: 821.111-3

TÍTULO ORIGINAL EM INGLÊS:
The Guilty One

Copyright © 2012 by Lisa Ballantyne
Publicado originalmente na Grã-Bretanha em 2012 por Piatkus

Texto revisado segundo o novo Acordo Ortográfico da Língua Portuguesa.

Todos os direitos reservados. Proibida a reprodução, no todo ou em parte, através de quaisquer meios. Os direitos morais da autora foram assegurados.

Editoração eletrônica: Ilustrarte Design e Produção Editorial

Direitos exclusivos de publicação em língua portuguesa somente para o Brasil adquiridos pela
EDITORA RECORD LTDA.
Rua Argentina, 171 — Rio de Janeiro, RJ — 20921-380 — Tel.: 2585-2000, que se reserva a propriedade literária desta tradução.

Impresso no Brasil

ISBN 978-85-01-40175-5

Seja um leitor preferencial Record.
Cadastre-se e receba informações sobre nossos lançamentos e nossas promoções.

Atendimento e venda direta ao leitor:
mdireto@record.com.br ou (21) 2585-2002.

À minha família

"A alma que se encontra na escuridão peca, mas o verdadeiro pecador é aquele que provocou a escuridão."

Victor Hugo, *Os Miseráveis*

Crimes

1

O corpo de um menino foi encontrado no Barnard Park

O ar cheirava a pólvora quando Daniel saiu do metrô da Angel Station e foi para a Delegacia de Islington. Era o auge do verão e estava abafado, a lua deslizava oculta num céu luminoso e turbulento. O dia estava prenhe, pronto para irromper.

Assim que ele começou a andar pela Liverpool Road, soou um trovão seguido por grossas gotas de chuva, repreensoras, punitivas. Ele levantou a gola e passou correndo pelos supermercados Waitrose e Sainsbury's, esquivando-se dos consumidores de última hora. Sendo corredor, Daniel não sentiu o esforço no peito nem nas pernas, nem mesmo quando a chuva caiu mais forte, ensopando os ombros e as costas do seu paletó, fazendo-o correr cada vez mais rápido.

Dentro da delegacia, ele sacudiu a água dos cabelos e enxugou o rosto com a mão. A água da pasta secou com uma esfregada. Ao dizer seu nome, embaçou o vidro que o separava da recepcionista.

O policial de plantão, sargento Turner, aguardava-o e pressionou a mão seca sobre a dele. No gabinete, Daniel tirou o paletó e pendurou-o nas costas da cadeira.

— Chegou rápido — começou Turner.

Instintivamente, Daniel deslizou seu cartão de visita pela mesa do sargento. Costumava frequentar as delegacias policiais de Londres, mas nunca estivera nessa de Islington.

— Sócio da Harvey, Hunter e Steele — disse o sargento, sorrindo.

— Segundo me consta, ele é menor.

— Sebastian tem 11 anos.

O sargento olhou para ele, como que procurando uma resposta em sua fisionomia. Daniel passara a vida aperfeiçoando a imagem que refletia e sabia que seus olhos castanho-escuros não entregavam nada ao retribuir o olhar do detetive.

Daniel era um experiente defensor de delinquentes juvenis: como advogado, defendera jovens de 15 anos acusados de balear integrantes de suas gangues e vários outros adolescentes que roubavam para comprar drogas. Mas uma criança, nunca — jamais um garotinho. Na verdade, ele tivera pouquíssimo contato com crianças. Sua única referência era a própria experiência de ter sido uma.

— Ele não está preso, está? — perguntou Daniel.

— Ainda não, mas tem algo errado aí. Verá por si mesmo. Ele sabe exatamente o que aconteceu àquele garotinho... dá para ver que sabe. Foi só depois de chamar você que encontramos a mãe dele, que chegou faz uns vinte minutos. Ela diz que estava em casa todo esse tempo, mas indisposta e só há pouco recebeu os recados. Pedimos uma autorização para dar busca na casa da família.

Daniel observou as faces coradas de Turner vergando-se para dar ênfase.

— Quer dizer que ele é suspeito do homicídio?

— Pode acreditar, é sim.

Daniel suspirou e tirou um bloco da pasta. Sentindo um pouco de frio em suas roupas úmidas, tomou notas conforme o policial fazia uma breve descrição do crime, das testemunhas e dos detalhes do interrogatório com a criança até agora.

Sebastian estava sendo interrogado em relação à descoberta do corpo de outra criança. O garotinho que fora encontrado morto se chamava Ben Stokes. Tudo indicava que ele fora espancado até a morte num canto arborizado do parquinho do Barnard Park, na tarde de domingo. Levara uma tijolada no rosto, que causara uma fratura na órbita ocular. O tijolo, os galhos e as folhas tinham sido usados pelo agressor para cobrir seu rosto fraturado. O corpo fora escondido embaixo da casa de brinquedo, feita de madeira, localizada no canto do parque e foi lá, na segunda-feira de manhã, que ele foi encontrado por um dos funcionários encarregado do parquinho.

— A mãe de Ben comunicou seu desaparecimento no domingo à tardinha — disse Turner. — Ela contou que o menino tinha saído para andar de bicicleta pela calçada da Richmond Crescent à tarde. Ele não tinha permissão de se afastar da rua, mas quando ela foi verificar, não havia sinal dele.

— E você trouxe este menino para interrogatório por quê...?

— Depois de terem encontrado o corpo, instalamos uma delegacia móvel na Barnsbury Road. Um morador informou ter visto dois meninos pequenos brigando no Barnard Park. Um deles se encaixava na descrição de Ben. Ele disse que gritou com os meninos para que parassem e o outro sorriu para ele, dizendo que eles só estavam brincando. Quando descrevemos o outro menino para a mãe de Ben, ela deu o nome de Sebastian Croll, seu garoto aí, que mora perto da casa dos Stokes. Sebastian estava sozinho em casa na Richmond Crescent, ou pelo menos foi o que achamos, quando dois policiais foram até lá hoje por volta das quatro da tarde. Sebastian disse aos policiais que sua mãe não estava e que o pai se encontrava no exterior, em uma viagem de negócios. Chamamos um profissional preparado para a situação e o levamos para a delegacia. Desde o início, é óbvio que ele está ocultando alguma coisa. A assistente social insistiu que chamássemos um advogado.

Daniel assentiu e fechou seu bloco.

— Vou levá-lo até lá — disse Turner.

Ao ser conduzido à sala de interrogatório, Daniel sentiu-se dominado pela familiar claustrofobia das delegacias. As paredes eram cobertas de cartazes de instituições públicas sobre bebida e direção, drogas e violência doméstica. Todas as venezianas estavam fechadas e sujas.

A sala de interrogatório não tinha janelas. As paredes eram verde-claro e totalmente peladas. Bem à sua frente estava Sebastian. A polícia tirara as roupas do menino, então ele usava um conjunto branco descartável, que estalava quando se mexia. A roupa muito grande fazia o menino parecer ainda menor e mais vulnerável — mais novo que seus 11 anos. Ele era de uma beleza extraordinária, quase como uma garotinha, com um rosto largo em forma de coração, pequenos lábios vermelhos e grandes olhos verdes cheios de inteligência. A pele muito clara era salpicada de sardas no nariz. O cabelo era castanho-escuro e estava bem cortado. Ele sorriu para Daniel, que retribuiu. A criança parecia tão nova que o advogado quase não soube como falar com ele e fez o melhor possível para ocultar o choque.

O sargento Turner começou as apresentações. Era um homem alto, ainda mais alto que Daniel, e parecia grande demais para a pequena sala. Ele se curvou ao apresentar Daniel à mãe de Sebastian, Charlotte.

— Muito obrigada por vir — disse Charlotte. — Ficamos realmente agradecidos.

Daniel assentiu para Charlotte e virou-se em direção ao filho dela.

— Você deve ser o Sebastian, certo? — perguntou ele, sentando-se e abrindo a pasta.

— É, isso mesmo. Pode me chamar de Seb se quiser.

Daniel ficou aliviado com o fato de o menino parecer tão receptivo.

— Está bem, Seb. Prazer em conhecê-lo.

— O prazer é meu. Você é o meu advogado, não é? — Sebastian abriu um sorriso e Daniel ergueu uma sobrancelha. O menino seria o cliente mais jovem que ele já tivera e mesmo assim suas palavras davam a impressão de ser mais seguras que as dos adolescentes que Daniel defendia. Os olhos verdes penetrantes e o ritmo apropriado da voz de Sebastian o desarmaram. As joias da mãe pareciam mais pesadas que ela e o corte de suas roupas, caro. Sua mão de ossos finos movia-se como um pássaro enquanto ela afagava a perna de Sebastian.

Abrindo o dossiê, Daniel pensava que esse garotinho devia ser inocente.

Café, chás e biscoitos integrais de chocolate foram trazidos, e depois o sargento Turner os deixou a sós para que Daniel pudesse conversar em particular com o jovem cliente e sua mãe.

— Por favor, posso pegar um? — perguntou Sebastian, seus dedos limpos e longos, semelhantes aos da mãe, pairando sobre os biscoitos.

Daniel assentiu, sorrindo diante da educação do menino. Lembrou-se do garoto problemático que fora, pilotando um mundo adulto, e de repente sentiu-se responsável pelo menino. Colocou seu paletó ainda úmido nas costas da cadeira e afrouxou a gravata.

Charlotte penteava os cabelos com os dedos. Parou para examinar as unhas feitas antes de cruzar as mãos. A mãe de Daniel costumava usar unhas muito compridas e ele fez uma pequena pausa, distraído por elas.

— Desculpe — disse ela, levantando as pálpebras muito maquiadas e baixando-as em seguida. — Isso vai demorar? Preciso dar uma saidinha para ligar para o pai de Seb e informá-lo de que você está aqui. Ele está em Hong Kong, mas pediu para eu mantê-lo informado. Em um minuto vou dar uma corrida até em casa. Disseram que eu poderia trazer algumas roupas para o Seb antes que ele começasse a ser interrogado novamente. Não dá para acreditar que tiraram *todas* as roupas dele. Coletaram até uma amostra de DNA... eu nem estava aqui.

O ar estava impregnado com o cheiro do couro molhado da pasta e do perfume almiscarado de Charlotte. Sebastian esfregou as mãos e sentou-se ereto, como que estranhamente empolgado com a presença de Daniel. Ele pegou um dos cartões de visita da fenda da pasta de Daniel e recostou-se, admirando-o.

— É um cartão muito legal. Você é um dos sócios?

— Sou.

— Então, vai conseguir me livrar deles?

— Você não foi acusado de nada. Só vamos ter uma rápida conversa para saber o que tem a dizer, e depois a polícia lhe fará mais perguntas.

— Eles acham que eu machuquei aquele menino, mas nunca.

— Você quer dizer que *não* fez isso — sussurrou Charlotte. — O que foi que lhe falei?

Daniel franziu o cenho, reconhecendo a reprovação deslocada de Charlotte.

— OK, então quer me contar o que foi que aconteceu no domingo à tarde? — perguntou Daniel, tomando notas enquanto o menino lhe contava seu lado da história sobre sair para brincar com seu vizinho, Ben Stokes.

— Os Stokes são nossos vizinhos — acrescentou Charlotte. — Eles estão sempre brincando juntos. Ben é um amor, muito inteligente, mas um pouco novo para Sebastian.

— Ele só tem oito anos — disse Sebastian, sorrindo para Daniel e assentindo, encarando-o francamente. Pôs a mão sobre a boca como que para reprimir uma risada. — Ou será que eu devia dizer que ele *tinha* oito. Ele morreu, não é?

Daniel esforçou-se para não se sobressaltar com as palavras de Sebastian.

— Isso é engraçado? — perguntou Daniel, dando uma olhada para a mãe de Sebastian, mas ela estava distraída olhando para as unhas, como se não tivesse ouvido. — Você sabe o que aconteceu com ele?

Sebastian desviou o olhar.

— Acho que alguém pode ter atacado ele. Talvez um pedófilo.

— Por que acha isso?

— Bem, eles me fizeram uma porção de perguntas. Acham que alguma coisa aconteceu com ele desde que vi Ben pela última vez e imagino que ele esteja morto, deve ter sido um pedófilo ou serial killer, algo assim...

Daniel fechou a cara para o menino, mas ele parecia calmo, considerando o destino de Ben como se fosse uma mera questão intelectual. Daniel prosseguiu, interrogando Sebastian sobre seus passos antes e após voltar para casa no dia anterior. O menino foi claro e coerente.

— Muito bem — disse Daniel, sentindo que o garoto poderia confiar nele. Acreditava em Sebastian. — Sra. Croll?

— Por favor, me chame de Charlotte, nunca gostei do meu nome de casada.

— Muito bem, Charlotte. Eu só queria lhe perguntar algumas coisas também, certo?

— Claro.

Daniel notou que estava com os dentes manchados de batom e, ao voltar-se para ela, percebeu a tensão em sua compleição pequena. Apesar dos cachos bem-feitos e do delineador preciso, a pele em torno dos olhos demonstrava cansaço. Seu sorriso era um esforço. Se soubesse do batom nos dentes, Daniel pensou, ela se sentiria humilhada.

— Quando a polícia encontrou Sebastian hoje, ele estava sozinho em casa?

— Não, eu estava em casa, mas dormindo. Tinha tido uma enxaqueca e tomei dois comprimidos. Estava morta para o mundo.

— Segundo o relatório da polícia, ao ser levado, Sebastian disse que não sabia onde você estava.

— Ah, ele só estava brincando. Ele faz isso. Gosta de enrolar as pessoas, sabe como é.

— Eu só estava enrolando eles — ecoou Sebastian, avidamente.

— A polícia não fazia ideia do seu paradeiro e foi por isso que pediram a uma assistente social...

— Como eu disse — falou Charlotte, baixinho —, estava deitada.

Daniel cerrou os dentes. Gostaria de saber o que Charlotte estava escondendo. Ele sentia mais segurança no menino do que em sua mãe.

— E no domingo, quando Sebastian chegou em casa, você estava lá?

— Sim, quando ele chegou, depois de brincar com Ben, eu estava em casa. Fico em casa o tempo todo...

— E não percebeu nada estranho quando Sebastian chegou em casa?

— Não, nada. Ele apenas chegou e... foi assistir à televisão, eu acho.

— E a que horas ele chegou?

— Umas três.

— Certo. Como você está, Seb? Dá para continuar um pouco mais com o interrogatório da polícia?

Charlotte virou-se em direção a Sebastian e envolveu-o com o braço.

— Bem, está tarde. Ficamos felizes por ajudar, mas talvez devêssemos deixar para amanhã.

— Vou perguntar — disse Daniel. — Posso dizer que ele precisa descansar, mas eles podem não concordar. E se concordarem, talvez não lhe deem fiança.

— Fiança? Como assim? — perguntou Charlotte.

— Vou requerer, mas é incomum em casos de homicídio.

— Sebastian não tem *nada* a ver com isso — disse Charlotte, os tendões distendendo-se no pescoço quando ela elevou a voz.

— Tudo bem. Esperem aqui.

Eram quase nove da noite, mas a polícia pretendia continuar o interrogatório. Charlotte foi a Richmond Crescent buscar roupas para o filho e então Sebastian pôde trocar seu conjunto branco descartável por calças azuis de moletom e um blusão cinza, antes de ser novamente conduzido à sala de interrogatório.

Sebastian sentou-se entre Daniel e sua mãe na extremidade da mesa. O sargento Turner sentou-se na frente de Daniel, acompanhado por outro policial, o inspetor Black, de rosto comprido, que se sentou na frente do menino.

— Sebastian, você não precisa responder, mas isso pode prejudicar sua defesa se não mencionar agora alguma coisa de que poderá se valer mais tarde no tribunal. Qualquer coisa que diga pode ser apresentada como prova...

Sebastian fungou, olhando para Daniel, e puxou os punhos do blusão sobre as mãos enquanto escutava as palavras formais.

— Agora você está todo confortável em suas roupas bonitas e limpas — disse o policial. — Você sabe por que pegamos suas roupas, não é, Seb?

— Sim, vocês querem fazer a perícia criminal.

As palavras de Sebastian eram medidas, claras e frias.

— Isso mesmo. Que tipo de prova você acha que vamos encontrar?

— Não tenho certeza.

— Quando nós o buscamos hoje à tarde, você tinha umas manchas em seus tênis. As marcas pareciam ser de sangue, Seb. Você pode explicar o que eram essas manchas.

— Não tenho certeza. Eu posso ter me cortado quando estava brincando, não consigo me lembrar. Ou podia ser terra...

O sargento Turner pigarreou.

— Você não acha que se lembraria se tivesse se cortado a ponto de deixar marcas de sangue em seus tênis?

— Isso depende.

— Então acha que é sangue o que há em seus sapatos. Mas acredita que o sangue seja seu? — continuou o inspetor, numa voz destruída pelo cigarro.

— Não, eu não faço ideia do que sejam as marcas. Quando eu brinco na rua, quase sempre me sujo um pouco. Só estava dizendo que se for sangue, então eu devo ter me cortado.

— Como você teria se cortado?

— Talvez caindo numa pedra ou pulando de uma árvore. Eu podia ter me arranhado num galho.

— Você andou pulando de árvores ontem ou hoje?

— Não, fiquei a maior parte do tempo assistindo à televisão.

— Não foi à escola hoje?

— Não, eu não estava me sentindo muito bem de manhã. Estava com dor de barriga, então fiquei em casa.

— Sua professora sabia que você não iria à aula hoje?

— Bem, geralmente o que acontece é que a gente recebe um bilhete na próxima aula que vai...

— Se você ficou em casa o dia inteiro hoje, Sebastian, como é que seus tênis ficaram assim? Como foi que se sujaram de sangue? — perguntou o sargento Turner, inclinando-se para a frente. Daniel pôde sentir o cheiro de café em seu hálito. — Poderia ser sangue de ontem?

— Não sabemos se aquilo nos tênis dele é sangue, sargento. Talvez o senhor possa reformular a pergunta — pediu Daniel, erguendo uma sobrancelha para o policial. Ele sabia que desse modo eles tentariam fazer o menino cair numa armadilha.

Exasperado, Turner reformulou a pergunta:

— Esses são os mesmos tênis que você usou no domingo, Sebastian?

— Talvez. Eu posso ter posto os mesmos de novo. Não me lembro. Eu tenho muitos sapatos. Acho que vamos ter que esperar e ver.

Daniel olhou para Sebastian e tentou se lembrar de quando tinha 11 anos. Lembrou-se de ser tímido para encarar os adultos. Lembrou-se da urticária e de se sentir mal vestido. Lembrou-se da raiva. Sebastian, porém, era confiante e articulado. Uma centelha nos olhos do menino sugeria que ele estava gostando de ser interrogado, apesar da severidade do detetive.

— É, vamos esperar e ver. Logo descobriremos o que são aquelas marcas em seus sapatos, e se for sangue, exatamente de quem é.

— Vocês tiraram o sangue do Ben?

O nome do menino morto soou tão primitivo, tão santificado, na sala sem janelas, como uma bolha transitória, oleosa e colorida, flutuando diante de todos. Daniel reteve o fôlego, mas a bolha estourou de qualquer modo.

— Muito em breve saberemos se o sangue dele está em seus sapatos — sussurrou Turner.

— Quando a gente morre — disse Sebastian, a voz clara, intrigada —, o sangue ainda flui? Ainda fica líquido? Eu achava que poderia ficar sólido ou algo assim.

Os braços de Daniel arrepiaram-se. Ele viu os olhos dos policiais estreitarem-se diante da guinada macabra que a conversa tinha dado. Pôde sentir o que eles estavam pensando, mas ainda acreditava no menino. Lembrou-se de ser julgado pelos adultos quando era criança e o quanto o julgamento deles era injusto. Sem dúvida, Sebastian era brilhante e um lado de Daniel entendia sua mente curiosa.

Já eram mais de dez da noite quando o interrogatório terminou. Ao observar Sebastian sendo posto na cama em sua cela, Daniel sentiu-se esgotado. Charlotte estava inclinada sobre o menino, afagando seu cabelo.

— Eu não quero dormir aqui — disse Sebastian, virando-se para Daniel. — Você não pode fazer eles me deixarem ir para casa?

— Vai ficar tudo bem, Seb. — Daniel tentou tranquilizá-lo. — Você está sendo muito corajoso. É só que eles precisam iniciar o interrogatório cedo amanhã. Fica mais prático dormir aqui. Pelo menos, você estará em segurança.

Sebastian olhou para cima e sorriu.

— Você vai ver o corpo agora? — perguntou Sebastian.

Daniel balançou a cabeça rapidamente. Esperava que o policial que estava próximo das celas não tivesse escutado. Lembrou a si mesmo que as crianças interpretam o mundo de modo diferente dos adultos. Mesmo os adolescentes mais velhos que ele defendia eram impulsivos ao falar, e Daniel precisava aconselhá-los a pensar antes de emitir qualquer opinião ou agir. Ele vestiu o paletó, sentindo um calafrio embaixo do tecido ainda úmido. Com lábios tensos, despediu-se de Charlotte e Sebastian, dizendo que os veria pela manhã.

Quando Daniel saiu do metrô, na Mile End Station, já eram mais de onze e meia, e o céu de verão estava azul-marinho. A chuva tinha parado, mas o ar ainda estava carregado.

Ele respirou fundo e foi andando com a gravata no bolso da camisa, as mangas dobradas e o paletó pendurado no ombro. Normalmente, tomaria o ônibus para casa: entraria no 339 se conseguisse pegá-lo, mas hoje ele foi andando pela Grove Road, passou pelo barbeiro à moda antiga, pelos restaurantes delivery, passou pela igreja batista e pelos pubs onde nunca entrava, além dos modernos prédios de apartamentos que ficavam recuados da rua. Quando viu o Victoria Park à frente, estava quase em casa.

O dia fora pesado e ele esperava que o menino não fosse indiciado, que a perícia criminal o liberasse. O sistema já era duro o suficiente para os adultos, imagine para crianças. Ele precisava ficar sozinho agora — tempo para pensar — e ficou contente com o fato de que sua última namorada tinha se mudado de seu apartamento dois meses antes.

Em casa, ele pegou uma cerveja na geladeira e abriu a correspondência enquanto a bebia. Na base da pilha, havia uma carta. Estava escrita num papel azul-claro, com o endereço manuscrito à caneta. A chuva tinha molhado o envelope e parte do nome de Daniel e do endereço ficaram borrados, mas ainda assim ele reconheceu a letra.

Ele tomou um grande gole da cerveja antes de passar o dedo mindinho por baixo da dobra do envelope e rasgá-lo.

Queridíssimo Danny,
Esta é uma carta difícil de escrever.
  Não tenho estado bem e sei que não me resta muito tempo. Como não sei se terei forças mais tarde, quis escrever para você agora. Pedi à enfermeira que a colocasse no correio quando chegasse a minha hora. Não posso dizer que esteja na maior expectativa pelo último instante, mas não estou com medo de morrer. Não quero que você se preocupe.
  A única coisa que gostaria seria de vê-lo uma vez mais. Gostaria que você estivesse comigo. Sinto-me distante de casa e distante de você.
  São tantos os arrependimentos e, infelizmente, meu amor, você é um deles — se não for o maior de todos. Como eu queria ter feito mais por você; como queria ter lutado com mais empenho.
  Eu lhe disse isso muitas vezes ao longo dos anos, mas saiba que tudo que sempre quis foi protegê-lo. Eu queria que você fosse livre, feliz e forte, e sabe o que mais? Acho que você é.
  Embora eu saiba que foi errado fazer o que fiz, penso em você agora, trabalhando em Londres, e isso me traz uma estranha paz. Sinto saudades

suas, mas isso é egoísmo meu. No fundo, sei que você está se saindo maravilhosamente bem. Eu poderia explodir de orgulho pelo fato de você ser um advogado, mas não fico nem um pouco surpresa.

 Deixei o sítio para você, mesmo que pouco valha. É provável que você pudesse comprar aquele lugar velho com os honorários de uma semana, mas talvez, por algum tempo, tenha sido um lar para você. É o mínimo que espero.

 Eu sempre soube que você seria bem-sucedido. Só espero que seja feliz. A felicidade é mais difícil de alcançar. Sei que provavelmente você ainda não entende, mas a única coisa que sempre desejei foi a sua felicidade. Eu amo você. Gostando ou não, você é meu filho. Tente não me odiar pelo que fiz. Liberte-me disso e eu descansarei mais facilmente.

 Com todo meu amor,
 Mamãe

Ele dobrou a carta e recolocou-a no envelope. Terminou a cerveja e ficou parado um instante com as costas da mão pressionadas nos lábios. Os dedos tremiam.

2

— Ele é um fujão — disse a assistente social a Minnie.

Daniel estava na cozinha de Minnie ao lado de uma mala que continha todas as suas posses. A cozinha tinha um cheiro peculiar: de animais, frutas e madeira queimada. A casa era atravancada e escura, e Daniel não queria ficar ali.

Minnie olhou para ele, as mãos nos quadris. Daniel logo viu que ela era gentil. Suas faces eram coradas e os olhos se movimentavam muito. Ela usava uma saia que ia até os tornozelos, botas masculinas e um cardigã cinza comprido, com o qual ela sempre estava aconchegando o corpo. Tinha seios fartos, assim como a barriga, e uma basta cabeleira encaracolada e grisalha que se amontoava no alto da cabeça.

— Não perde uma oportunidade para fugir — disse a assistente social, com uma voz cansada para Minnie e então, mais alto, para Daniel. — Mas agora você não tem para onde fugir, viu, meu querido? Sua mãe está doentinha, não é?

Tricia estendeu a mão para apertar o ombro de Daniel, que se esquivou dela e sentou-se à mesa da cozinha.

O cão pastor de Minnie, Blitz, começou a lamber os dedos dele. A assistente social sussurrou *overdose* para Minnie, mas Daniel conseguiu ouvir. Minnie piscou para ele, deixando-o ciente de que ela sabia que ele tinha ouvido.

Dentro do bolso, Daniel apertou o colar da mãe entre os dedos. Ela o dera a ele três anos atrás, quando estava entre um namorado e outro, e sóbria. Tinha sido a última vez que ele tivera *permissão* de vê-la. A assistência social finalmente impediu tudo, menos as visitas supervisionadas, mas Daniel sempre corria de volta para ela. Onde quer que ela estivesse, ele sempre conseguia encontrar sua mãe, que precisava dele.

Dentro do bolso, com o indicador e o polegar, ele sentia a letra do primeiro nome dela: S.

No carro, a assistente social dissera a Daniel que ele estava sendo levado para Brampton porque ninguém queria ficar com ele na área de Newcastle.

— Fica meio distante, mas acho que você vai gostar de Minnie.

Daniel desviou o olhar. Tricia se parecia com todas as outras assistentes sociais a quem ele fora confiado: cabelo cor de xixi e roupas feias. Daniel a odiava, assim como todas as outras.

— Ela tem um sítio e mora sozinha. *Sem homens*. Você deve ficar bem se não houver homens, hein filhote? Não haverá necessidade para todo seu mau comportamento. Teve sorte de Minnie concordar. Não é mole arrumar uma colocação para você agora. Ninguém quer meninos com todas as suas tolices. Veja como se comporta e eu venho lhe ver no fim do mês.

— Eu quero ver minha mãe.

— Ela não está bem, filhote, é por isso que não pode vê-la. Ela precisa de tempo para melhorar, não é? Você quer que ela melhore, não quer?

Depois que ela foi embora, Minnie lhe mostrou o quarto. Ela se arrastou escadaria acima e ele ficou observando os quadris baterem de um lado e de outro. Pensou num tambor pendurado no peito de um garoto de banda e nas baquetas forradas que marcam o ritmo. O quarto ficava no sótão: uma cama de solteiro voltada para o quintal dos fundos, onde havia galinhas e um bode, Hector. Esse quintal era o Sítio Flynn.

Ele se sentiu como sempre se sentia ao lhe mostrarem o novo quarto. Frio. Deslocado. Teve vontade de ir embora, mas em vez disso, pôs a mala em cima da cama. A colcha era cor-de-rosa e o papel de parede, coberto de minúsculos botões de rosa.

— Desculpe as cores aqui. Eles geralmente me mandam meninas.

Eles se olharam. Minnie arregalou os olhos para Daniel e sorriu.

— Se tudo der certo, poderemos trocar. Você poderá escolher a cor que quiser.

Ele olhou para as próprias unhas.

— Você pode pôr sua roupa íntima lá, meu bem. Pendure o resto ali — disse ela, movendo seu peso pelo espaço restrito. Um pombo arrulhava na janela, e ela bateu na vidraça para enxotá-lo.

— Detesto pombos — disse ela. — Nada além de pragas, se quer saber.

***

Minnie lhe perguntou o que queria para o jantar e ele deu de ombros. Ela disse que ele podia escolher entre escondidinho de carne e carne em conserva, e ele escolheu o escondidinho. Ela lhe pediu que se lavasse para o jantar.

Quando ela o deixou, ele tirou seu canivete automático do bolso e pôs debaixo do travesseiro. Também tinha um canivete comum no bolso do jeans. Guardou as roupas como ela havia orientado: as meias e a camiseta limpa de cada lado da gaveta vazia. Pareceram estranhas separadas, então ele as aproximou. A gaveta estava forrada com um papel com estampa de flores que tinha um aroma peculiar, e ele ficou preocupado que suas roupas fossem pegar aquele cheiro.

Daniel trancou a porta do banheiro comprido e estreito de Minnie e sentou-se na beira da banheira, que era de um amarelo-claro, e o papel de parede era azul. Havia sujeira e mofo em volta das torneiras, e o piso estava cheio de pelo de cachorro. Ao levantar-se, ele começou a lavar as mãos, ficando na ponta dos pés para poder olhar-se no espelho.

Seu pestinha endiabrado.

Daniel lembrou-se dessas palavras ao olhar para o próprio rosto, o cabelo escuro e curto, os olhos castanhos, o queixo quadrado. Fora Brian, seu último pai adotivo, que lhe dissera isso. Daniel tinha rasgado os pneus dele e jogado sua vodca no aquário. Os peixes tinham morrido.

Havia uma pequena borboleta de porcelana numa prateleira do banheiro. Parecia velha e barata, pintada em cores berrantes, amarelo e azul, como o banheiro. Daniel colocou-a no bolso, enxugou as mãos nas calças e desceu.

O piso da cozinha estava sujo, com farelos e pegadas de lama. O cachorro estava em sua cesta, lambendo o próprio saco. A mesa da cozinha, a geladeira e os balcões estavam entulhados. Daniel mordeu o lábio e assimilou tudo. Vasos de plantas e canetas, uma pequena forquilha de jardinagem. Um saco de biscoitos de cachorro, caixas enormes de papelão cheias de alumínio, livros de culinária, vidros com fios saindo pela borda, três bules de tamanhos diferentes, vidros vazios de geleia, luvas de forno, sujas e engorduradas, panos e garrafas de desinfetante. A lata de lixo estava cheia com duas garrafas vazias de gim ao lado. Dava para ouvir o cacarejo das galinhas lá fora.

— Você não é de falar muito, é? — perguntou ela, olhando para trás enquanto tirava as folhas de uma alface. — Venha cá e me ajude a fazer a salada.

— Não gosto de salada.

— Tudo bem. Faremos uma pequena só para mim. São meus tomates e minha alface, sabia? Ninguém experimenta uma salada até plantar a sua. Venha, me ajude a fazer isso.

Daniel levantou-se. Sua cabeça dava nos ombros dela e ele se sentiu alto ao seu lado. Ela colocou uma tábua na frente dele e lhe deu uma faca, depois lavou três tomates e colocou-os na tábua, ao lado da tigela de folhas de alface. Então ensinou a ele como fatiar os tomates. — Não quer provar um? — Ela segurou uma fatia diante dos lábios dele.

Daniel balançou a cabeça e Minnie jogou o pedaço de tomate na própria boca.

Ele fatiou o primeiro tomate, observando enquanto ela colocava gelo num copo alto, espremia um limão em cima e depois esvaziava o restante de uma garrafa de gim por cima. Quando Minnie acrescentou a água tônica, o gelo estalou e chiou. Ela se curvou para colocar a garrafa de gim junto com as outras e retornou para o lado dele.

— Muito bem — disse ela —, fatias perfeitas.

Ele tinha pensado em fazer isso desde que ela lhe entregara a faca. Não queria machucá-la, só assustá-la. Queria que ela ficasse sabendo de uma vez quem ele era. Virou-se e levantou a faca para o rosto dela, a ponta a menos de 3 centímetros de seu nariz. Sementes de tomate ensanguentando a lâmina. Ele queria ver sua boca virar para baixo de medo. Queria que ela gritasse. Já tinha tentado com outros e vê-los se contrair e recuar o fizera sentir-se poderoso. Não se importava com que ela fosse sua última chance. Não queria ficar naquela casa fedida.

O cachorro sentou-se na cesta e latiu. O ruído súbito fez Daniel contrair-se, mas Minnie não se afastou dele. Pressionou os lábios e suspirou.

— Você só cortou um tomate, querido.

Seus olhos tinham mudado, já não estavam tão simpáticos como quando Daniel chegou.

— Não está com medo? — perguntou ele, apertando mais o cabo da faca, de modo que ela tremeu um pouco diante do rosto de Minnie.

— Não, querido, e se você tivesse tido a minha vida, também não estaria. Agora, fatie esse último tomate.

— Eu poderia apunhalar você.

— Agora você poderia...

Daniel fincou a faca na tábua duas vezes, depois se virou e começou a fatiar o outro tomate. Seu braço doía um pouco. Tinha torcido ao fincar a faca na madeira. Minnie lhe deu as costas e tomou um gole de sua bebida. Blitz veio para o seu lado e ela baixou a mão para que ele pudesse lamber seus dedos.

Quando o jantar foi servido, ele estava morto de fome, mas fingiu que não. Comeu com os cotovelos na mesa e uma das mãos segurando o rosto.

Ela conversava, falando do sítio e dos vegetais que plantava.

— Você é de onde? — perguntou ele, de boca cheia.

— Bem, de Cork, mas estou aqui há mais tempo do que vivi lá. Morei em Londres por um tempo também...

— Onde é Cork?

— Onde é Cork? Minha nossa, você não sabe que Cork fica na Irlanda? Daniel abaixou os olhos.

— Cork é a verdadeira capital da Irlanda. É mais ou menos a metade do tamanho de Newcastle, pode acreditar — disse ela, sem olhar para ele enquanto preparava a salada. Depois de uma pausa, ela disse: — Sinto muito sobre sua mãe. Parece que ela não está muito bem no momento.

Daniel parou de comer por um instante. Apertou o punho em torno do garfo e fincou-o suavemente na mesa. Ele viu que ela usava um crucifixo dourado no pescoço e maravilhou-se por um instante com o minúsculo martírio entalhado ali.

— Por que veio pra cá, então? — perguntou ele, apontando o garfo para ela. — Por que trocar uma cidade por isso? No meio do nada.

— Meu marido queria morar aqui. A gente se conheceu em Londres. Eu trabalhava lá, era enfermeira psiquiátrica, depois que saí da Irlanda. Ele era eletricista, entre outras coisas. Ele se criou aqui, em Brampton. Na época, era um lugar tão bom quanto qualquer outro para mim. Ele queria morar aqui e para mim estava ótimo. — Ela terminou a bebida e o gelo chacoalhou. Estava com aquela mesma expressão nos olhos de quando ele apontou a faca para ela.

— O que é uma enfermeira psiquiátrica?

— Ora, é uma enfermeira que cuida de pessoas com doenças mentais.

O olhar de Daniel cruzou com o de Minnie por um instante, mas ele logo desviou os olhos.

— Quer dizer que é divorciada, então?

— Não, meu marido morreu — respondeu ela, levantando-se e indo lavar o prato. Daniel ficou olhando para suas costas enquanto terminava de comer. Raspou um pouco o prato.

— Tem mais se você quiser — disse ela, ainda de costas para ele, que queria mais, mas disse que estava satisfeito. Ele levou o prato para ela, que agradeceu, e Daniel notou que os olhos dela haviam mudado e estavam novamente carinhosos.

Quando acabou de lavar a louça, Minnie subiu até o quarto dele com umas toalhas e perguntou se ele precisava de alguma coisa, como pasta ou uma escova de dente.

Daniel ficou sentado na cama, olhando para as espirais vermelhas do tapete.

— Vou deixar uma para você no banheiro. Tenho duas novas. Precisa de mais alguma coisa?

Ele fez que não.

— Você não tem muita coisa, não é? Talvez seja preciso arrumar roupas para a escola. — Ela estava abrindo o armário e tocando a bainha do único par de calças que ele tinha pendurado lá.

Daniel deitou-se na cama. Pôs as mãos nos bolsos e tirou a pequena borboleta de porcelana. Ficou deitado, examinando-a. Minnie estava falando com ele, curvando-se para pegar coisas no chão, fechando as janelas. Ao curvar-se, ela soltou pequenos gemidos e suspiros.

— O que você tem aí? — perguntou ela, de repente.

Daniel guardou o bibelô de volta no bolso, mas ela já tinha visto. Ele sorriu. Gostou da expressão na cara dela. Hesitava de preocupação. Seus lábios estavam cerrados, e ela estava parada ao pé da cama, olhando-o com seriedade.

— Isso não lhe pertence.

Ele olhou para ela. Estranho que ela não se contraísse com a faca, mas que perdesse a cabeça por causa de uma bobagem de um bibelô de porcelana. Sua voz estava tão baixa que ele precisou sentar-se um pouco para ouvi-la. Precisou tentar não respirar.

— Daniel, eu sei que não nos conhecemos muito bem. Sei que você passou por dificuldades e farei o possível para facilitar as coisas para você. Imagino que vou ter alguns problemas. Não estaria nesse jogo se esperasse o contrário. Mas há certas coisas que você precisa respeitar. Esse será o único modo para que isso funcione. O bibelô não é seu. É importante para mim. Quando for escovar os dentes, quero que o devolva à prateleira.

— Não — disse ele. — Quero ficar com ele. Gostei dele.

— Bem, posso entender isso. Se tiver cuidado, você pode cuidar dele por uns dois dias, mas depois quero que o devolva à prateleira do banheiro, onde nós dois podemos apreciá-lo. Mas preste atenção, são só dois dias, um oferta especial para você porque esta é sua nova casa e quero que se sinta à vontade. Mas em dois dias vou pedi-lo de volta, se você ainda não o tiver devolvido.

Ninguém nunca tinha falado desse jeito com Daniel antes. Ele não sabia bem se ela estava zangada ou se estava apenas satisfazendo um capricho dele. Seus cotovelos estavam doendo um pouco pelo esforço de ficar meio sentado.

Ela se aconchegou no cardigã e saiu do quarto. O cheiro de suco de limão a seguiu.

3

Daniel levantou-se às cinco e meia e correu um circuito de 16 quilômetros por Victoria Park e South Hackney. Normalmente, não daria uma corrida tão longa durante a semana, mas hoje precisava. O percurso costumava levar uma hora e 12 minutos, mas com esforço hoje ele o faria em uma hora e cinco. Ele se empenhava para conseguir diminuir pelo menos um minuto desse tempo a cada ano. Havia uma espécie de desafio mortal nessa realização.

Correr, para Daniel, era mais natural que a maioria das outras coisas; a fuga quase sempre parecia o curso mais lógico de ação.

Ele não tinha dormido, mas se esforçou para cumprir a marca do tempo. Enquanto corria, concentrava-se em diferentes músculos. Contraindo o torso, ele o sentia serpentear de um lado para o outro. Ao subir uma ladeira, ele se concentrava nas coxas e no impulso que elas lhe davam ao manter o ritmo. Fazia quase oito anos que ele morava nessa região do East End e agora conhecia cada canto do parque, que podia ver da janela do seu quarto. Ele conhecia cada raiz de árvore que arrombava os caminhos, como dedos despertando de mortos. Conhecia os lugares que seriam frios no verão e as partes que poderiam ficar congeladas no inverno, assim como as áreas que inundavam quando vinham as chuvas.

Os pensamentos não paravam de assaltá-lo. Quando os deixou de lado, Daniel percebeu que haviam diminuído seu ritmo.

Agora, ao virar em direção à casa, seus pensamentos retornaram à carta. Não podia acreditar que ela realmente estava morta.

Morta. Ao tropeçar numa pedra foi arremetido para a frente e, sem conseguir se equilibrar, ele caiu, esfolando o joelho e arranhando o antebraço e a planta da mão, que começou a sangrar.

— Merda — disse ele em voz alta, levantando-se.

Um velho, com um labrador acima do peso, tocou no boné, dirigindo-se a ele.

— Você está bem? Você caiu feio. A luminosidade sempre engana a esta hora.

Ele estava muito ofegante para responder, mas tentou sorrir para o homem e ergueu a mão, informando-o que estava bem. Tentou continuar a corrida, mas o sangue da mão escorria pelo braço. Relutante, ele correu pela Old Ford Road e subiu os degraus de pedra cor de creme de seu edifício.

Daniel tomou um banho, fez um curativo na mão e vestiu uma camisa rosa de colarinho e punhos brancos. O machucado latejou quando ele fechou o punho com as abotoaduras. Respirou fundo. Desde seu encontro com o menino e o recebimento da carta, as horas o assaltavam. Olhando-se no espelho, levou os ombros para trás numa tentativa de desanuviar a mente. Não queria pensar na carta hoje. Sentiu-se como quando criança: confuso, esquecido, sem saber bem como tudo começara ou por que desmoronara.

Daniel tinha combinado de encontrar Charlotte na casa da família Croll e dali levá-la para a delegacia. Parecia estranho que ela estivesse dormindo enquanto o filho pequeno era levado pela polícia, e ele queria ter a oportunidade de falar com ela.

A Richmond Crescent resplandecia ao sol de agosto: finas janelas guilhotina brilhavam acima de peitoris brancos e bem-acabados. Daniel subiu os degraus que davam para a porta e afrouxou a gravata. A campainha era embutida em porcelana com uma pintura de flores. Daniel tocou uma vez e pigarreou, olhando para um Bentley antigo estacionado no meio-fio. Estava prestes a tocar outra vez quando a porta se abriu, revelando uma mulher de meia-idade, usando macacão e segurando um espanador.

— Entre, por favor — disse ela, num sotaque que poderia ser polonês. De cabeça baixa, ela foi em direção à sala e apontou com o espanador para as escadas. — Sra. Croll na cozinha.

Sozinho no corredor, Daniel assimilou as íris frescas, os vasos e sedas chinesas, a mobília antiga e escura. Pôs a mão no bolso, sem saber exatamente onde era a cozinha. Seguiu o cheiro de torrada, descendo uma escadaria forrada com um grosso tapete cor de creme, preocupado com as possíveis marcas que os sapatos poderiam deixar.

Charlotte usava óculos escuros. Estava debruçada sobre um café e o jornal. O sol entrava na cozinha do porão e refletia suas superfícies brancas.

— Daniel — exclamou Charlotte, virando-se. — Sirva-se de café. Ficarei pronta num minuto. Queira me desculpar, estou com dor de cabeça e está tão claro aqui, mesmo a esta maldita hora!

— Hoje vai ser um dia quente. — Daniel assentiu, parado no meio da cozinha e segurando a pasta com as duas mãos.

— Sente-se, tome um café.

— Obrigado, acabei de tomar.

— Meu marido ligou quando amanhecia. Eram duas da tarde em Hong Kong. — Ela pôs dois dedos nas têmporas enquanto dava um gole no suco de laranja. — Quis saber se Sebastian tinha realmente sido preso ou não. Estava muito aborrecido comigo. Eu disse que achava que não. É isso mesmo? Quer dizer... é só porque Sebastian conhecia Ben... mas, sei lá, eles parecem estar muito sérios...

— Ele foi preso, mas ainda não foi indiciado. Foi formalmente acautelado e interrogado por homicídio, e isso pode continuar por alguns dias. É melhor ficar preparada. Neste estágio, acho que vocês estão certos de colaborar. Vamos ver o andamento das coisas hoje.

O rosto de Charlotte congelou por um segundo. Com a claridade do sol, Daniel percebeu a maquiagem pesada acumulada nas rugas em volta da boca.

— Só precisamos ajudá-lo a lidar com isso do jeito certo. Não queremos que ele se incrimine, mas queremos garantir que responda às perguntas do modo mais pleno possível. Se ele não disser agora algo que será relevante mais tarde, isso pode ser usado contra ele no tribunal — disse Daniel.

— Nossa, que coisa mais ridícula... a pobre criança ter que passar por isso. O caso não irá ao tribunal, não é?

— Só se a polícia tiver provas suficientes contra ele. No momento, ele é um suspeito, nada mais. Eles realmente não têm nenhuma prova, mas a perícia criminal é fundamental. Devemos receber o relatório hoje e é de se esperar que isso o descarte. — Daniel pigarreou. Queria acreditar nas próprias palavras tranquilizadoras. — Sebastian já se meteu em algum tipo de problema como esse antes? — perguntou ele.

— Não, é claro que não. Isso tudo não passa de um terrível engano.

— E ele vai bem na escola... não tem problemas com as outras crianças nem... com os estudos?

— Bem, ele não *adora* a escola. Meu marido diz que é porque ele é muito inteligente. Eles não o desafiam o bastante, entende?

— Então ele tem problemas? — perguntou Daniel, erguendo uma sobrancelha para Charlotte e percebendo a tensão na voz dela ao defender o filho.

— Ele fica frustrado. É realmente muito inteligente. Puxou ao pai, ou pelo menos é o que Ken está sempre me dizendo. Eles simplesmente não sabem lidar com ele na escola, não sabem como... liberar seu potencial.

— Você... — Charlotte fez uma pausa e tirou os óculos. Daniel percebeu que seus olhos estavam subitamente cheios de expectativa. — Quer que eu lhe mostre alguns dos trabalhos que ele fez? Ele realmente é uma criança excepcional. Nem sei como o gerei.

Charlotte esfregou as palmas das mãos nas calças e subiu as escadas apressadamente. Daniel a seguiu, esforçando-se para acompanhá-la até o andar térreo e depois até o quarto de Sebastian.

No primeiro andar, Charlotte virou a maçaneta de bronze e abriu a porta do quarto de Sebastian. Daniel ficou hesitante de entrar, mas Charlotte fez um sinal para que ele a seguisse.

O quarto era pequeno. Daniel observou a colcha do Homem-Aranha e as paredes azul-claras. Parecia mais tranquilo que a cozinha e, com a janela virada para o norte, estava mais escuro. Era um lugar particular sendo perturbado, e Daniel sentiu-se um intruso.

— Veja esse desenho — disse Charlotte, apontando para um desenho a carvão pregado na parede. Daniel viu uma velha com um nariz adunco. O carvão tinha borrado em alguns pontos e os olhos da mulher pareciam cheios de advertência. — Talvez dê para ver que sou eu. Ele fez isso para mim no Natal. Um dos nossos amigos, um artista plástico, diz que ele exibe um talento precoce. Não creio que haja muita semelhança, mas parece transmitir a personalidade...

Daniel assentiu. Havia bichinhos de pelúcia enfileirados na cama. Charlotte curvou-se e pegou a mochila que Sebastian levava para a escola, tirando cadernos e folheando as páginas nas quais o menino tinha sido elogiado, antes de entregá-los a Daniel, que examinou os cadernos antes de colocá-los na cômoda.

Então, Charlotte abaixou-se para pegar algumas canetas de colorir que estavam espalhadas pelo chão. Ao observá-la, Daniel percebeu a posição certinha dos chinelos de Sebastian ao lado da cama e o modo como seus livros estavam empilhados, com os maiores embaixo e os menores em cima.

— Ele é um menino excepcional — disse Charlotte. — Em matemática, quase nunca erra e já toca piano muito bem. Só que seus dedos ainda são muito pequenos.

Daniel deu um suspiro, lembrando-se da própria infância e de lhe ensinarem a tocar piano. Lembrou-se da quase dor de suas pequenas mãos esticando-se para encontrar os acordes.

No vestíbulo, pronta para sair, Charlotte ainda aproveitou o tempo para amarrar um lencinho de seda no pescoço. Mais uma vez, Daniel ficou ciente do quanto ela era frágil. Quando se inclinou para pegar a bolsa, ele observou os ossos de sua coluna aparecerem.

Ele pensou em Sebastian na cela esperando por Charlotte. Novamente, isso o lembrou da própria mãe: de esperar por ela nos gabinetes da assistência social e nas delegacias, cogitando quando ela iria aparecer. Apenas quando adulto ele conseguiu desenvolver uma amargura em relação àqueles anos. Quando criança, ele se sentia agradecido por ela chegar a aparecer.

Eles foram andando até a delegacia de Islington, que ficava do outro lado da rua do Barnard Park. Era um trecho aberto do parque, com caminhos e um campo de futebol. O único lugar onde a violência pode ocultar-se é no parque, que fica ao longo da Copenhagen Street, margeado por arbustos e árvores. Daniel sabia que a polícia já obtivera a gravação das câmeras de vigilância no Conselho do Bairro de Islington. O que será que aquilo revelaria? A esquina da Copenhagen Street, passando pela delegacia móvel, estava cheia de flores em homenagem a Ben. A caminho da casa dos Croll, Daniel tinha parado para ler algumas das mensagens.

O calor e a luminosidade da manhã eram proibidos na sala de interrogatório. Sebastian sentava-se à cabeceira da mesa, com Daniel e sua mãe encarando os policiais. Desta vez, o sargento Turner estava acompanhado pelo policial Hudson, um homem magro e expectante, cujos joelhos batiam na mesa quando ele se mexia. Daniel sabia que havia outra sala cheia de policiais escutando a conversa. O interrogatório estava sendo gravado em vídeo e assistido em outra sala.

— Muito bem, Sebastian — começou o sargento Turner —, que horas acha que eram quando viu Ben lá fora andando de bicicleta?

— Não sei.

— Lembra se foi antes ou depois do almoço?

— Foi depois.

— Sem dúvida, foi depois do almoço — comentou Charlotte. — Eu fiz o almoço para ele e só depois disso ele saiu.

O policial franziu o cenho diante da interrupção de Charlotte e tomou notas.

— De quem foi a ideia de ir ao parque?

Sebastian pôs quatro dedos na boca. Virou os olhos cor de menta para o teto e revirou-os de um lado para outro.

— Não me lembro.

— É claro que você deve se lembrar. Ele estava de bicicleta e você não. Foi ideia sua?

— *Acabei de dizer* que não me lembro.

Daniel observou um minúsculo espasmo de raiva nos lábios do menino. Seria isso que ele entendia quando olhava para Sebastian? O que Daniel mais se lembrava de sua infância era de raiva e medo. Ele nunca possuíra a segurança de Sebastian, mas ainda havia algo no menino que o fazia lembrar-se de si mesmo quando criança.

— O que aconteceu com sua mão? — perguntou Sebastian, de repente.

A princípio, Daniel cogitou se o menino estava tentando refugiar-se do interrogatório do policial. Deu uma rápida olhada para o sargento e depois respondeu.

— Caí... correndo.

— Doeu?

— Não muito.

— OK, Seb, então, voltando à sua história — disse o sargento Turner —, um de vocês decidiu ir ao parque, e então o que aconteceu?

Sebastian reclinou-se na cadeira, o queixo fincado no peito.

Charlotte começou a afagar a perna do filho.

— Ele sente muito, sargento, só está cansado. Isso tudo é muito intenso, não é, querido? Acho que são apenas os detalhes que são um pouco exaustivos...

— Queira me desculpar, Sra. Croll, mas meu trabalho são os detalhes. Posso lhe pedir para ficar quieta e tentar não responder por ele?

A Sra. Croll fez que sim.

— Então, como você chegou ao parque, Seb?

— Pelo portão principal...

— Entendo. Você começou a brigar com Ben quando estavam dentro do parque?

Sebastian balançou a cabeça de modo violento, como se estivesse espantando uma mosca.

— Você está negando, mas uma testemunha contou que viu dois meninos da sua idade brigando no parque. Alguém falou com você quando estava com Ben, falou para vocês pararem de brigar?

— Sinto muito, sargento — disse Charlotte. — Ele acabou de dizer que ele e Ben não tiveram uma briga. Seb simplesmente não é do tipo que briga, não é?

O sargento respirou fundo e então perguntou a Sebastian se ele queria parar um pouco e beber um suco. Quando o menino saiu para ir ao banheiro, acompanhado pelo policial Hudson, o sargento cruzou os braços sobre a mesa. Daniel notou a maciez carnuda das mãos do homem.

— Eu sei que é difícil, Sra. Croll, mas se fosse possível não responder por ele...

— Eu sei, vou tentar, vou fazer isso, acho que é instintivo. Estou vendo que ele não está sendo tão articulado como poderia e só quero ajudar a esclarecer as coisas.

— É isso que todos nós queremos... esclarecer as coisas. Será que a senhora poderia sair um pouco, tomar um café talvez, só enquanto eu termino o interrogatório?

Charlotte endireitou-se na cadeira e olhou para Daniel.

— Você é quem sabe — disse Daniel. — Ou pode concordar em ficar, mas permanecer calada. Tem o direito de estar aqui.

— Você vai garantir que ele fique bem? — perguntou Charlotte.

— É claro.

Quando Sebastian foi trazido de volta, sem a mãe, ele preferiu sentar-se mais perto de Daniel. Parecia inquieto, e Daniel sentiu um roçar ocasional do braço do menino no dele; um pé passando pela perna de sua calça.

— Então, você disse que não brigou com Ben?

— Não, nós ficamos brincando de luta um pouco. A gente estava brincando de esconder e correr atrás do outro e então quando ele me pegou nós rolamos na grama, brincando de luta.

— Às vezes, uma brincadeira de luta pode sair do controle. Foi isso que aconteceu? Você foi longe demais?

Mais uma vez, as faces de Sebastian coraram de raiva.

— Não — disse ele. — Não fui. Mas Ben me bateu umas duas vezes e doeu... acho que não foi por querer... então eu o empurrei de cima de mim.

— Entendo. Você empurrou Ben. O que vocês estavam fazendo quando o homem com o cachorro falou para vocês pararem? Você estava batendo nele?

— Não. — Sebastian começava a parecer aflito.

— Sargento, isso está começando a ficar muito repetitivo — disse Daniel. — Creio que o senhor pode constatar que ele já respondeu essas perguntas. Será que podemos seguir em frente?

Sebastian deu um profundo suspiro, e Daniel captou seu olhar e piscou para ele. O menino abriu um sorriso e depois tentou retribuir a piscada, comprimindo os dois olhos.

— Não consigo fazer isso, olhe — disse ele, os olhos bem fechados. — Preciso praticar.

— Esqueça isso agora — disse o sargento. — Depois da luta, vocês foram para o parquinho?

Sebastian estava sorrindo com os olhos bem fechados, e o sargento olhou para Daniel com uma expressão exasperada. Daniel pigarreou e tocou suavemente no braço de Sebastian.

— Eu sei que é difícil, mas só mais um pouco, está bem, Seb?

— Sua mão está doendo?

— Não mais, obrigado, está melhorando.

— Estava sangrando?

— Não está mais.

— Espirrou sangue? — Os olhos de menta estavam novamente bem abertos.

Daniel surpreendeu-se ao sentir o coração acelerar. Ele fez que não com a cabeça — endireitando os ombros — e viu os policiais umedecendo os lábios enquanto analisavam o menino.

— O que aconteceu quando vocês estavam no parquinho?

— Nós subimos bem alto e brincamos no trepa-trepa, depois eu disse que queria ir para casa porque estava com fome.

— Eu tenho uma foto aqui do parquinho. Onde é que você estava subindo?

— Quero ver minha mãe — disse Sebastian.

— Só mais um pouco, Sebastian. Nós pedimos para sua mãe esperar lá fora e você poderá vê-la assim que conseguir nos contar o que aconteceu — disse o sargento.

Daniel entendia como era ser um menino da idade de Sebastian e não poder ver a mãe — o desespero que ele sentira diante da distância forçada entre eles. Imaginou que Sebastian sentia o mesmo.

— Se puder, aponte para mim onde estava subindo — disse o sargento.

— Não sei — choramingou Sebastian. — Quero minha mãe...

Daniel expirou e pousou a palma da mão suavemente na mesa.

— Está claro que meu cliente quer que a mãe volte.

— Ela concordou em sair para nos deixar falar com ele sem sua presença.

— Ele tem o direito de ter a mãe aqui se quiser. A menos que ela retorne, ele não vai mais responder às perguntas.

O interrogatório foi interrompido enquanto um policial chamava a mãe de Sebastian. Daniel saiu para ir ao banheiro, e o sargento juntou-se a ele no corredor.

— Olhe, sei que você tem um serviço a fazer, mas nós dois sabemos qual é o placar aqui. Eu não vou lhe ensinar seu trabalho. Sei que quer mostrá-lo do melhor modo possível, pegar o melhor ângulo do que quer que ele tenha feito, mas o menino quer contar a verdade. É um garotinho e quer contar a verdade sobre o que fez. Você precisa deixá-lo fazer isso. Foi ele, só é preciso que ele diga. Você não viu aquele pequeno corpo espancado, eu sim. Não teve que consolar...

— Posso interrompê-lo? Traga a mãe dele e poderemos continuar o interrogatório. Se isso significa que tudo vai demorar mais, então simplesmente terá de demorar mais.

— O superintendente acabou de concordar com mais 12 horas.

Daniel assentiu e pôs as mãos nos bolsos.

— Isso vai nos levar até às quatro da manhã de terça, mas também estamos pedindo mais tempo para a corte de magistrados. Temos *todo o tempo do mundo*, marque bem minhas palavras.

* * *

Daniel entrou na sala de interrogatórios e virou outra folha de seu bloco. Do canto da sala, a câmera estava fixa neles.

— Eles estão trazendo sua mãe.

— Você falou para eles pararem? Acho que você é um bom advogado.

— Você tem o direito de ver sua mãe se quiser. Meu trabalho é garantir que saiba quais são seus direitos.

— O perfume de Charlotte chegou na sala antes dela, que se sentou ao lado do sargento Turner. Daniel teve certeza de que haviam lhe pedido para sentar-se longe do filho e ficar quieta.

O sargento deu continuidade ao interrogatório, mas ela permaneceu calada, quase sem olhar para Sebastian. Fixou a atenção em seu bracelete, na saia, nas cutículas e depois em Daniel. Ele sentiu o olhar dela enquanto anotava as perguntas do sargento e as respostas taciturnas do menino.

O sargento Turner riscou alguma coisa em seu bloco e sublinhou outra.

— Certo, vamos voltar para onde estávamos. No parquinho. Conte de novo sobre a briga que estava tendo com Ben.

— Eu já contei — disse Sebastian, os dentes inferiores aparecendo novamente. — Não foi uma briga; foi uma *discussão*. Eu disse que queria ir para casa, mas ele não queria que eu fosse.

— Conte de novo sobre a *discussão*.

Daniel assentiu para Sebastian, para fazê-lo responder às perguntas. Queria que o menino se acalmasse. Irritar-se o fazia parecer culpado, e Daniel não queria que ele se incriminasse. Como a polícia, ele também questionava o temperamento impulsivo do garoto, mas ainda assim queria que Sebastian fosse coerente em sua versão. Decidiu que pediria um intervalo se o menino ficasse mais chateado.

— Nós subimos nos pneus até o topo do trepa-trepa de madeira — continuou Sebastian. — É bem alto lá em cima. Eu estava ficando cansado e pensei na minha mãe, que estava com dor de cabeça. Disse que queria ir para casa, mas Ben não queria que eu fosse. Ele tentou me fazer ficar. Então ele ficou aborrecido e começou a me empurrar, e eu disse para ele parar.

— Ele estava empurrando você?

— É, ele queria que eu ficasse brincando.

— Você se aborreceu quando ele o empurrou? Empurrou-o também?

— Não.

— Talvez o tenha empurrado do trepa-trepa?

— O senhor já teve sua resposta, sargento — disse Daniel, a voz soando alta na sala de interrogatório.

— *Eu não empurrei Ben*, mas ele disse que ia pular. Queria me impressionar, entende? Eu ia para casa e ele queria que eu ficasse e visse quando ele pulasse.

— Ben era um menininho, não um garoto grande como você. Vocês realmente estavam bem no alto. Tem certeza de que ele decidiu pular?

— Aonde quer chegar com isso, sargento? — perguntou Daniel.

O sargento pigarreou e soltou a caneta.

— Foi realmente isso que aconteceu, Sebastian?

— Foi sim. — Agora ele estava petulante, sentado numa posição relaxada.

— Tem certeza de que não o empurrou? Empurrou e então, talvez, começou a brigar com ele?

— Não! — Novamente, a raiva pareceu passar pelos lábios e pelas faces do menino.

— Está ficando com raiva, Seb?

Sebastian cruzou os braços e estreitou os olhos.

— Está com raiva de mim porque eu acertei? Você empurrou Ben?

— Nunca.

— Às vezes, quando as pessoas ficam com raiva, é porque estão tentando encobrir alguma coisa. Entende?

Subitamente, Sebastian escorregou da cadeira e caiu no chão. Deitado de costas no piso da sala de interrogatórios, ele começou a gritar, o que fez Daniel ter um sobressalto. Sebastian gritava e chorava quando virou o rosto para Daniel, contorcido e riscado de lágrimas.

— Eu não empurrei. Eu não empurrei.

— Como acha que ele foi parar lá embaixo então?

— Não sei, eu não machuquei ele. Eu... não... — Os gritos de Sebastian eram tão agudos que Turner pôs a mão no ouvido.

Daniel levou alguns instantes para perceber que estava boquiaberto, olhando para o menino. De repente sentiu muito frio na sala sem ar, sem entender nada, apesar de toda sua experiência.

Turner interrompeu o interrogatório para que Sebastian pudesse se recompor. Cautelosamente, Charlotte aproximou-se do filho, com as mãos na cintura. O rosto do menino estava vermelho de raiva e banhado em lágrimas.

— Querido, por favor — pediu Charlotte, as unhas pairando sobre o filho. Suas mãos estavam vermelhas, os capilares à mostra e os dedos tremiam. — Querido, *o que é isso*! Por favor, acalme-se. A mamãe não gosta de ver você assim aborrecido. Por favor, não fique assim.

Daniel teve vontade de sair correndo, de esticar os músculos e dispersar os gritos agudos do menino e a solenidade limitadora da sala de interrogatório. Foi novamente ao banheiro e lavou o rosto com água fria, analisando-se no pequeno espelho apoiado na pia.

Ele teve vontade de desistir do caso, não pelo que era, mas pelo que prometia ser. Pelo modo como a polícia estava pressionando Sebastian, ele imaginou que tinham obtido alguns resultados positivos do laboratório. Se o menino fosse indiciado, toda a mídia ficaria em cima. Daniel não se sentia pronto. Um ano atrás, ele assumira um caso juvenil — um garoto acusado de atirar contra outro membro da gangue. O caso tinha ido para Old Bailey, o Tribunal Criminal Central, e o garoto fora condenado. Era um cliente vulnerável, de fala mansa e unhas roídas. Daniel ainda odiava pensar nele lá dentro. E agora ali estava outra criança a ponto de entrar no sistema prisional, porém, Sebastian era ainda mais novo.

Daniel estava na recepção quando o detetive superintendente veio e pegou-o pelo cotovelo. Era um homem alto, de estrutura pesada, de cabelos rentes e desesperançados olhos cor de mel.

— Está certo — disse ele, dando um tapa no ombro de Daniel. — Todos nós farejamos. Mais que certo. — Sua respiração estava na garganta, como borboletas. Ele tossiu conforme elas lhe escapavam. — Você é do norte?

Daniel assentiu.

— Você também?

— De Hull. Com você não dá para distinguir bem. Seu sotaque tem influência do londrino, não é?

— Já estou aqui faz algum tempo.

O sargento Turner disse que o superintendente McCrum queria falar com Daniel. Ele foi conduzido ao gabinete, que era apertado e escuro, a luz do dia descendo de uma janelinha acima.

— Meio tenso lá — disse o superintendente ao entrar no cômodo.

Daniel não tinha intenção de suspirar, mas, ao ouvir McCrum, deu uma risadinha em reconhecimento.

— Mesmo passando por tudo que passamos, ainda não estamos acostumados a isso.

Daniel tossiu e assentiu. Pela primeira vez, sentiu uma afinidade com o homem.

— A coisa mais difícil que já tive que fazer. Ficar observando aquela pobre mulher quando ela viu aquele pequeno assassinado daquele jeito. Dureza... Você tem filhos, Daniel?

Ele fez que não.

— Eu tenho dois. Não dá nem pra pensar numa coisa dessas, né?

— A situação...

— A situação mudou. É provável que ele seja indiciado pelo assassinato do pequeno Ben.

— Sob que alegação? Pelo que eu tenho...

— Há testemunhas de que ele estava brigando com Ben, e nós o encontramos morto no dia seguinte. Agora temos um relatório oral da perícia que confirma ser o sangue do pequeno Ben nos sapatos de Sebastian e nas roupas que foram recolhidas na casa. Vamos interrogá-lo sobre isso nas próximas horas. Se até as duas não conseguirmos uma confissão, pediremos mais tempo a um magistrado. Conseguimos um mandado de busca para a casa da família hoje de manhã e uma equipe da perícia ainda está lá... quem sabe o que mais eles vão arrumar?

— E a gravação das câmeras de vigilância?

— Ainda estamos analisando.

4

Daniel levantou-se de manhã, vestiu-se e desceu. Minnie não estava lá e ele ficou pela cozinha por uns instantes pensando no que fazer. Ele não tinha dormido de fato. Não devolvera a borboleta de porcelana ao escovar os dentes. Escondera-a no quarto. Havia decidido que nunca a recolocaria de volta. Queria ficar com o bibelô só porque ela queria que ele devolvesse. Nem sabia por que o tinha pegado, mas agora tinha valor para ele.

— Aí está você, filhote. Com fome?

Ela arrastava um balde de ração animal para o hall.

— Vou fazer um mingau para nós e depois vamos dar uma volta pelo sítio. Vou lhe mostrar suas tarefas. Todos temos tarefas por aqui.

Daniel franziu o cenho. Ela falava como se tivesse uma família grande, mas era apenas ela e os animais.

Minnie fez o mingau e abriu um espaço na mesa para eles poderem comer. Ela fazia um som estranho quando comia, como se estivesse aspirando a comida. Depois de engolir, fazia um ruído com a língua em apreciação ao sabor. O som distraiu Daniel, então ela terminou antes.

— Se quiser tem mais, filhote.

Mais uma vez, ele disse que estava satisfeito.

— Muito bem, então. Vamos nessa. Você não tem galochas, tem?

Ele fez que não.

— Tudo bem, eu tenho de quase todos os tamanhos. Venha.

Lá fora, ela abriu o galpão e ele entrou. Cheirava à terra úmida. Ao longo de uma parede, havia uma fileira de galochas, grandes e pequenas, bem como ela havia dito. Devia haver uns dez ou doze pares. Algumas eram para criancinhas e havia, então, um par de galochas verdes gigantes masculinas.

— Elas são de todas as crianças que você acolheu? — perguntou ele, experimentando um par.

— Isso e mais algumas — disse ela, curvando-se para arrumar uma ou duas que haviam caído. Ao curvar-se, a saia subiu e expôs suas panturrilhas brancas.

— Há quanto tempo você adota?

— Ah, nem sei, meu querido. Já deve fazer mais de dez anos.

— Fica triste quando as crianças vão embora?

— Não se elas estiverem indo para bons lugares. Uma ou duas foram adotadas por boas famílias.

— Mas às vezes é preciso voltar para a mãe...

— Isso mesmo. Às vezes, se for para o melhor.

As botas dele ficaram um pouco grandes, mas serviriam. Ele seguiu Minnie, que entrou no galinheiro e depois até o galpão em cima. O interior cheirava a xixi. As aves cacarejavam em volta de seus pés e ele pensou em chutá-las, como fazia com os pombos no parque, mas se conteve.

— Eu cuido do Hector — disse ela. — Ele está velho e pode ser um pouco mal-humorado. Trato dele assim que levanto. Sua tarefa é alimentar as galinhas e procurar ovos. É o trabalho mais importante aqui. O Hector fica aí só porque eu o amo, mas é com as galinhas que eu ganho dinheiro. Vou lhe mostrar como alimentá-las e depois vamos procurar os ovos. É fácil, você pega o jeito e depois pode fazer isso todas as manhãs antes da escola. Este será seu trabalho.

O galinheiro se estendia por uns 45 metros. Parte dele era coberto e o resto era aberto. Daniel observou-a pegando uma mancheia de ração e espalhando por todo o galinheiro. Ela lhe disse para tentar e ele a imitou, espalhando a ração.

— Isso é milho — disse ela. — Um fazendeiro, nosso vizinho, me dá em troca de uma caixa de ovos. Veja bem, não precisa muito. Uma ou duas mancheias já é o suficiente. Elas ficam com os restos da cozinha e há o capim e as ervas de que também gostam. Quantas você acha que temos aqui?

— Umas quarenta — disse ele.

Ela se virou e olhou para Daniel de um modo estranho, meio boquiaberta.

— Muito bem, seu espertinho. Temos trinta e nove. Como conseguiu calcular?

— Dá a impressão de ser esse número.

— Certo, agora enquanto elas estão comendo, vamos procurar os ovos. Pegue isso... — Ela entregou a Daniel uma bandeja de papelão. — Você pode ver onde elas andaram sentadas. Está vendo? Olhe, peguei um aqui. Que grande, um encanto este aqui.

Daniel não gostou do sítio nem da casa, mas descobriu que gostava dessa tarefa. Sentiu um toque animado de alegria ao procurar os ovos e encontrá-los. Eram sujos, respingados de cocô de galinha e havia penas grudadas neles, mas ele gostou dos ovos. Não tinha vontade de quebrá-los, como tinha de quebrar a borboleta de porcelana e de chutar as galinhas. Ele guardou um, escondido no bolso. Era um pequeno e castanho, e ele sentiu que ainda estava morno.

Ao terminarem, eles contaram os ovos. Havia 26. Minnie começou a andar pelo quintal, preparando a ração de Hector e conversando com as galinhas que cacarejavam em volta de seus tornozelos. Havia um tridente de feno encostado na parede e Daniel o pegou. Era quase pesado demais para ele, mas ele o ergueu acima da cabeça como um levantador de pesos. O tridente caiu para o lado.

— Cuidado, meu bem — disse ela.

Daniel curvou-se e pegou-o de novo. Ela estava curvada, seu imenso traseiro coberto pela saia para o alto. Segurando o tridente perto da cabeça, ele deu um passo à frente e espetou-a.

— Aqui — disse ela, levantando-se de repente. — Largue isso. — Ela tinha um sotaque engraçado, especialmente quando dizia "largue".

Daniel sorriu para ela e brandiu o tridente, dando um passo em sua direção, a ponta do tridente elevada para o rosto dela. Novamente, ela não recuou.

Daniel sentiu um impacto forte, que fez sua bacia empurrar a coluna. Ele largou o tridente e lá veio de novo. O bode bateu nele uma segunda vez na base da coluna e ele foi para a frente, caindo sobre o tridente e de cara na lama. Levantou-se em seguida, virou-se, os punhos cerrados e prontos para uma briga. O bode baixou a cabeça e Daniel pôde ver os chifres marrons.

— Não, Danny — disse ela, segurando-o pelo cotovelo e puxando-o para trás. — Não! Ele vai atacar você de tal jeito que você nem acreditaria. O bode velho tem uma queda por mim. Não deve ter gostado do que você fez ali. Agora, deixe-o. Se for atacado por um desses chifres, será seu fim.

Daniel permitiu que ela o puxasse. Foi andando em direção à casa, meio de lado para encarar o bode. Ao chegar aos degraus, deu a língua para Hector. O bode investiu outra vez e Daniel entrou em casa.

Minnie mandou Daniel se lavar e se aprontar para sair. Ele fez isso enquanto ela ficou na cozinha, lavando e embalando os ovos.

Ele lavou o rosto e escovou os dentes, depois foi para o quarto. O ovo ainda estava intacto em seu bolso e ele o guardou na gaveta ao lado da cama. Acomodou-o numa luva e colocou três meias em volta, como um ninho, para aquecê-lo, fechou a gaveta e estava prestes a descer quando teve uma ideia. Então ele voltou para o quarto, pegou o colar de sua mãe debaixo do travesseiro e colocou-o no ninho também, bem ao lado do ovo. Verificou se as costas e o traseiro não estavam arranhados pelos chifres do bode. As palmas estavam esfoladas por causa da queda.

Minnie estava enrolando um cachecol de lã cor-de-rosa no pescoço. Ainda vestia a mesma saia cinza e as botas que tinha usado no dia anterior. Sobre o cardigã comprido, ela pusera um casacão verde. Como estava muito apertado para abotoar ela saiu assim mesmo, com ele aberto e o cachecol cor-de-rosa balançando.

Minnie disse que eles iriam matricular Daniel na escola e depois iriam comprar algumas roupas novas para ele ir à aula.

— Vamos a pé — disse ela, ao passarem por seu carro. Era um Renault vermelho-escuro com teias de aranha sobre o retrovisor direito. — Preciso ensinar a você o caminho para a escola de qualquer modo, não é?

Daniel deu de ombros e a seguiu.

— Odeio a escola — disse ele. — Só vou ser expulso. Sempre sou.

— Bem, se você já for pensando assim, não vou me surpreender.

— Não vai o quê?

— Pense positivo. Se fizer isso, pode se surpreender.

— Como pensar que minha mãe vai melhorar e ela realmente melhorar?

Minnie não disse nada. Ele estava um passo atrás dela.

— Desejei isso durante anos e nunca aconteceu.

— Ser positivo é diferente de desejar. O que você está falando é simplesmente desejar.

Foi uma caminhada de mais de 1 quilômetro da casa até eles chegarem a uma estradinha propriamente dita. Minnie lhe dissera que era uma caminhada de vinte minutos até a escola.

Eles começaram atravessando propriedades, depois um parque e então um campo com vacas. Enquanto andavam, Minnie falou sobre Brampton, apesar de Daniel lhe dizer que não ligava. Ele não ficaria por muito tempo.

Brampton ficava a apenas 3 quilômetros ao sul da Muralha de Adriano, ela lhe contou. Quando ele comentou que nunca tinha ouvido falar da muralha, ela disse que o levaria lá um dia. Ficava a 16 quilômetros de Carlisle e 88 quilômetros de Newcastle.

Oitenta e oito quilômetros, pensou Daniel, andando atrás dela.

— Tudo bem aí, filhote? — perguntou ela. — Você não está parecendo muito contente hoje.

— Tô legal.

— O que gosta de fazer? Não estou acostumada com meninos, então não sei. Você vai precisar me contar. Do que gosta, hein? Futebol?

— Não sei — disse ele.

Passando pelo parque, Daniel virou-se para olhar os balanços. Havia um homem robusto em um deles, deixando que o pé o balançasse suavemente.

— Quer brincar um pouco? Temos tempo, sabe?

— Tem aquele cara lá — disse ele, estreitando os olhos para o sol que agora estava alto no céu.

— É só o Billy Harper. Ele não vai incomodar você. Ele adora os balanços. Sempre adorou. Ele é legal. Não machucaria uma mosca. Por aqui, filhote, todo mundo se conhece. Você vai ver que isso é a pior coisa do lugar. Mas a coisa boa é que depois de conhecer cada um, não há nada a temer. Não há segredos em Brampton.

Daniel pensou sobre isso: sem segredos e todo mundo sabendo quem você é. Ele conhecia lugares pequenos. Normalmente era colocado em alguns deles quando sua mãe ficava doente. Ele gostava de Newcastle. Queria morar em Londres. Não gostava que as pessoas soubessem como ele era.

Como se tivesse ouvido seus pensamentos, ela disse:

— Quer dizer que você gosta de Newcastle, não é?

— É.

— Gostaria de morar lá de novo.

— Quero morar em Londres.

— Nossa! É mesmo? Londres, sim, acho que é uma boa ideia. Eu adorava Londres. Se você mudar para lá quando crescer, o que acha que vai ser?

— Vou ser batedor de carteiras.

Daniel achou que ela fosse repreendê-lo, mas ela se virou e lhe deu uma cutucada.

— Como Fagin, você quer dizer?

— O que é isso?

— Você não viu *Oliver Twist*?

— Talvez. É, acho que sim.

— Tem um velho nessa história, um batedor de carteiras, acaba mal.

Daniel chutou algumas pedras. Uma vaca se virou e foi na direção dele. Daniel deu um pulo e ficou atrás de Minnie.

Ela deu uma risada.

— Tudo bem, moleque, as vacas não vão atacar você. É com os touros que precisa se preocupar. Você vai aprender.

— Como é que a gente diferencia um touro de uma vaca?

— Bem, sorte a sua que está aqui em Brampton. Numa cidade cheia de fazendeiros, vai poder descobrir a resposta.

— Mas aquilo é uma vaca, não é?

— É.

— Uma vaca velha como você.

Ela se virou para ele, parou de andar e o encarou. Ela estava um pouco sem fôlego e com as faces coradas. A luz de seus olhos havia sumido outra vez. O coração de Daniel começou a bater bem depressa, como quando ele ia para casa de sua mãe depois de ter ficado um tempo afastado. Seu coração batia forte ao tocar a maçaneta da porta, sem saber o que encontraria atrás.

— Eu o insultei desde que chegou?

Ele olhou para ela, com os lábios separados.

— Insultei?

Ele fez que não.

— Fale.

— Não insultou.

— A única coisa que peço é cortesia semelhante. Está entendendo?

Ele assentiu.

— E já que estamos tratando disso, você sabe que seu tempo com aquela borboleta está para acabar?

— Como assim?

— Eu lhe disse que podia ficar com ela por uns dois dias, mas agora preciso dela de volta. Hoje à noite, quando você for se lavar e escovar os dentes, quero que a devolva, entendeu?

Ele assentiu novamente, mas ela já tinha lhe dado as costas.

— Perguntei se você entendeu.

— Sim — disse ele, mais alto do que pretendia.

— Bom — continuou ela. — Fico contente que a gente se entenda. Agora vamos esquecer isso.

Ele a seguiu pela estradinha, observando suas botas pisarem no capim e notou que a saia estava respingada de lama. Sentindo uma sensação estranha nos braços, ele os sacudiu, querendo se ver livre disso.

— Olhe! — disse ela, parando e apontando para o céu. — Está vendo?

— O quê?

— Um gavião! Está vendo as asas pontudas e a cauda comprida?

O pássaro desenhou um grande arco no céu e depois se empoleirou no alto de uma árvore. Daniel localizou-o e levantou a mão para ver melhor.

— Eles são lindos. Temos que ficar de olho para não pegarem as galinhas quando são pequenas, mas eles são tão elegantes, você não acha?

Daniel deu de ombros.

Quando chegaram lá, a escola era um prédio antigo cercado de cabanas desmanteladas. Ele não gostou da aparência, mas subiu as escadas, seguindo Minnie. Como ela não havia marcado hora, eles tiveram de se sentar e esperar. Ele não gostava de escolas e sentiu o teto do lugar pressionando-o. Novamente, ela parecia saber como ele se sentia.

— Tudo bem, filhote. Não é preciso começar hoje. Só precisamos matriculá-lo. Depois de deixarmos tudo acertado, vamos comprar umas roupas novas. Você mesmo vai poder escolher. Dentro do razoável, veja bem, não sou feita de dinheiro — disse ela, encostando-se nele.

Ela estava com um cheiro quase floral. Sem dúvida, havia a mescla do gim da noite anterior, mas também o limão e o cheiro úmido da lã, as galinhas e o sopro do capim por onde eles tinham passado a caminho da escola. Por um instante, sentindo seu cheiro, ele se sentiu próximo dela.

O diretor estava pronto para falar com eles. Daniel esperava que Minnie fosse lhe pedir para esperar do lado de fora, mas ela o puxou pelo cotovelo e eles entraram juntos no gabinete do diretor. Ele era um homem de meia-idade que usava óculos de lentes grossas. Antes mesmo de sentar-se, Daniel já o odiava.

Minnie levou toda a vida para sentar-se na cadeira ao lado de Daniel, diante da escrivaninha do diretor. Desenrolou o cachecol, tirou o casaco e passou algum tempo ajeitando o cardigã e a saia. Daniel notou que ela deixara pegadas de lama que iam da sala de espera até o gabinete.

— Minnie — disse o diretor. — É sempre um prazer.

Daniel pôde ver numa placa triangular sobre a escrivaninha que seu nome era Sr. F. V. Hart.

Minnie tossiu e virou-se para Daniel.

— Sim — disse Hart. — E quem você nos traz hoje?

— Este é Daniel — disse Minnie. — Daniel Hunter.

— Sei. E quantos anos você tem, Daniel?

— Onze — disse ele, a voz soando estranha ali, como a de uma menina. Daniel voltou a olhar para o tapete e para as botas embarradas de Minnie.

Os olhos do Sr. Hart estreitaram-se ao observar Daniel. Minnie abriu a bolsa e pôs um papel na frente do Sr. Hart. Era um documento da Assistência Social. O Sr. Hart pegou-o e acendeu o cachimbo ao mesmo tempo, mordendo a haste com força e sugando até que a fumaça suja e densa flutuasse sobre Minnie e Daniel.

— Parece que não temos os documentos da última escola que ele frequentou. Qual foi sua última escola?

— Talvez seja melhor perguntar a ele! Ele está sentado bem aqui.

— Então, Daniel?

— Escola Graves em Newcastle, senhor.

— Entendo. Vamos pedir. Que tipo de aluno você diria que foi lá, Daniel?

— Não sei — disse ele, ouvindo Minnie respirar. Achou que ela poderia estar sorrindo para ele, mas, quando se virou, ela não estava olhando. Hart ergueu as sobrancelhas e então Daniel acrescentou: — Não dos melhores.

— Por que eu tenho a sensação de que isso é uma meia verdade? — perguntou Hart, reacendendo o cachimbo e tragando até a fumaça sair pelo seu nariz.

— Este é o seu recomeço — disse Minnie, olhando para Daniel. — Você pretende ser exemplar daqui por diante, não é?

Ele se virou para ela e sorriu, depois se virou para Hart e assentiu.

***

Na manhã seguinte, Daniel acordou com a ideia da nova escola pressionando-o com mais força que os cobertores da cama. Tantas escolas novas. Ele escutou as galinhas no quintal lá fora e os pombos arrulhando nas calhas. Tinha sonhado com sua mãe novamente. Ela estava deitada no sofá do velho apartamento e ele não conseguia acordá-la. Ele havia chamado uma ambulância, que ainda não tinha chegado e estava tentando acordá-la, tentando lhe dar o beijo da vida como tinha visto na televisão.

O sonho se aproximava de algo que Daniel realmente vivenciara. Gary, o namorado de sua mãe, havia batido nela e em Daniel e ido embora, levando a maior parte do dinheiro e uma garrafa de vodca. A mãe de Daniel tinha gastado o que sobrara do dinheiro do auxílio desemprego num "barato" porque queria se sentir melhor. Quando Daniel acordou no meio da noite, ela estava pendurada no sofá com os olhos meio abertos. Sem conseguir acordá-la, Daniel chamou uma ambulância. Na vida real, a ambulância chegou depressa e eles reanimaram sua mãe. Daniel tinha 5 anos.

Ele sonhava repetidamente com ela. Nunca conseguira salvá-la.

Daniel deitou na beirada da cama e abriu a gaveta ao lado. Suas mãos se fecharam em volta do ovo, que agora estava frio feito uma pedra. Ele o aqueceu na palma da mão. Pôs a mão novamente dentro da gaveta, os dedos procurando o colar dourado e barato que ela usava no pescoço e que lhe dera um dia quando ele foi bonzinho. *Quando ele foi bonzinho.*

Tinha sumido.

Daniel sentou-se e tirou a gaveta. Colocou o ovo no travesseiro e procurou o colar. Virou a gaveta e retirou a meia e os livros infantis, além das canetas esferográficas e selos antigos tirados de envelopes que tinham sido deixados na gaveta por outras crianças. O colar não estava lá.

— Não posso ir à escola — disse-lhe Daniel, vestido com as roupas que ela deixara arrumadas para ele: camiseta e cuecas brancas, calças cinza e uma camisa branca. Ele colocara a camisa apressadamente e os botões estavam desencontrados. Ele ficou na frente dela, cara séria e cabelos espetados.

Minnie servia o mingau para ele e colocava uma aspirina num copo para si mesma.

— É claro que pode, meu bem. Eu fiz seu lanche. — Ela empurrou um saco de sanduíches na direção dele.

Ele estava parado diante dela, trêmulo, segurando o ovo na mão direita. Suas meias limpas estavam ficando sujas no piso da cozinha.

— Você roubou meu colar? — Ele conseguiu apenas sussurrar.

Minnie levantou uma sobrancelha para ele.

— Estava numa gaveta com o ovo e agora sumiu. Devolva, já.

Daniel jogou o ovo no chão da cozinha, que se quebrou, sujando em volta, o que fez Blitz pular novamente para sua cesta.

Minnie curvou-se e pôs os sanduíches na mochila dele. Daniel arrancou a mochila dela e jogou-a no chão onde estava o ovo. Ela se endireitou e cruzou os braços na frente do corpo.

— Você precisa ir para a escola. Se devolver a borboleta, eu devolvo o colar.

— Eu despedaço a porra da borboleta se você não me der meu colar, sua vaca velha ladra.

Ela lhe deu as costas. Ele pensou em pegar o canivete do bolso, mas a faca não a assustara antes. Ele se virou e correu para cima dela. Tinha escondido a borboleta debaixo do colchão.

— Tome — disse ele, colocando-a no balcão. — Aqui está sua borboleta idiota, agora me dá o colar.

Ela estava usando o colar. Ele não podia acreditar. Ela o tirou e entregou-o a Daniel e depois pôs a borboleta no bolso.

— Então, o que foi que aprendemos com isso, Danny? — perguntou ela, enquanto ele recuperava o fôlego.

— Que você é uma vadia gorda e ladra.

— Acho que aprendemos que nós dois temos coisas preciosas. Você respeita as minhas e eu respeitarei as suas. Lembra o caminho para a escola?

— Não fode.

Ele calçou os sapatos e bateu a porta, arrastando a mochila. No caminho, ele chutou as urtigas e os dentes-de-leão que cresciam. Enquanto ia andando, pegou pedras e jogou nas vacas, mas elas estavam muito longe. Billy Harper não estava nos balanços, então Daniel parou e balançou todos eles, de modo que nenhuma das crianças podia brincar neles. Estava atrasado para a escola, mas não se importou.

Ele não se importava com últimas chances ou recomeços. Só queria que todos se fodessem e o deixassem em paz.

***

Ele perdeu pontos no primeiro dia pelo atraso.

Sua professora se chamava Srta. Pringle e o fazia se lembrar da borboleta. Ela usava um blusão azul-claro e o cabelo louro ia até abaixo dos ombros. Os jeans apertados tinham uma rosa bordada no bolso. Ela era a professora mais jovem que ele já tivera.

— Você gostaria de sentar-se à mesa azul, Daniel? — perguntou a Srta. Pringle, abaixando-se um pouco para falar com ele com as palmas juntas pressionadas, entre os joelhos.

Ele assentiu e se sentou à mesa que ficava ao lado da escrivaninha dela. Havia outros dois meninos e duas meninas ali. Daniel sentou-se com as mãos embaixo da mesa, olhando para um espaço no chão ao lado da escrivaninha da Srta. Pringle.

— Meninas e meninos, estamos contentes de receber Daniel em nossa classe. Gostariam de lhe dar as boas-vindas à nossa turma?

Bem-vindo à nossa turma, Daniel.

Ele sentiu os ombros arquearem-se, com os olhos de todos sobre ele.

— Daniel veio de Newcastle para cá. Nós todos gostamos de Newcastle, não é?

Houve um alvoroço de comentários e arrastar de cadeiras. Daniel olhou para a professora. Teve a impressão de que ela estava para lhe fazer uma pergunta, mas então desistiu. Ele ficou agradecido.

Durante toda a manhã, a Srta. Pringle ficou esfregando as costas dele e acocorando-se ao seu lado para ver se estava tudo bem. Ele não estava fazendo o trabalho que ela pedira para a turma fazer e ela achou que ele não tinha entendido.

Os meninos da mesa dele se chamavam Gordon e Brian. Gordon disse que gostava do estojo de Daniel, que Minnie lhe comprara e que parecia uma motocicleta. Daniel debruçou-se sobre a mesa e sussurrou para Gordon que se ele o tocasse, levaria uma facada. Disse-lhe que tinha um canivete. As garotas da mesa riram e ele prometeu que mostraria o objeto.

As meninas eram Sylvia e Beth.

— Minha mãe me disse que você é o novo garoto adotado pela Flynn — disse Sylvia.

Daniel despencou sobre a mesa, cobrindo o bloco que enchera de desenhos de pistolas, embora a Srta. Pringle tivesse pedido que eles escrevessem sobre seu hobby favorito.

Beth inclinou-se e puxou o bloco de Daniel.

— Dá isso aqui — disse ele.

— Então faz quanto tempo que está morando aqui? — perguntou Beth, os olhos bem abertos e cheios de júbilo, segurando o bloco fora do alcance dele.

— Quatro dias. Me devolve o bloco ou vou puxar seu cabelo.

— Se me tocar, eu lhe dou um chute no saco. Meu pai me mostrou como se faz. Você sabe que a Velha Flynn é uma bruxa irlandesa, não é? Já viu o cabo de vassoura dela?

Daniel puxou o cabelo de Beth, mas não a ponto de machucá-la e fazê-la gritar. Estendeu o braço para o outro lado da mesa e pegou o bloco de volta.

— Você devia se cuidar. Ela faz cozido de todas as crianças. Ela comeu a própria filha e depois matou o marido com um atiçador de brasas. Deixou o homem sangrando no quintal dos fundos com o sangue se espalhando pelo gramado...

— O que está havendo aqui? — A Srta. Pringle estava de pé com as mãos nos quadris.

— Daniel puxou meu cabelo, senhorita.

— Não somos dedos-duros aqui, Beth.

Na hora do almoço, Daniel comeu o sanduíche de queijo e picles que Minnie fizera para ele, olhando os garotos jogarem futebol no pátio. Sentou-se no muro para assistir, fungando no vento, tentando chamar a atenção de alguém. Quando acabou de comer, jogou o saco no chão. O vento o pegou e o varreu para a extremidade do campo, até a cerca de arame. Ele pôs as mãos nos bolsos e curvou-se. Estava frio, mas ele não tinha para onde ir até a hora de voltar para a sala. Gostou de vê-los jogar.

— Quer jogar, cara? Falta um.

O garoto que o convidou era baixo, como Daniel, cabelo ruivo e tinha lama salpicada nas calças cinza. Ele enxugou o nariz com a manga enquanto esperava Daniel responder.

Daniel saltou do muro e foi andando em direção a ele, mãos no bolso.

— Claro, cara.

— Sabe jogar?

— Hã-hã.

O jogo fez com que ele se sentisse bem. Desde a briga com Minnie por causa do colar, ele estava com uma sensação ruim, um peso no estômago, e sentiu aquilo desvanecer por um instante enquanto corria pelo campo lamacento. Ele queria fazer um gol, provar que era bom, mas não teve chance. Jogou com gana e estava sem fôlego quando o sino tocou.

O garoto que o convidara para jogar foi ao encontro dele no final da partida. Foi andando ao lado de Daniel, com a bola enganchada sob o braço.

— Você joga bem. Pode jogar amanhã de novo, se Kev não tiver voltado.

— Hã-hã.

— Qual é o seu nome?

— Danny.

— Eu sou o Derek. Você é o moleque novo?

— Hã-hã.

Um garoto de cabelo preto tentou tirar a bola de Derek.

— Sai fora. É minha. Este é o Danny.

— Eu sei — disse o garoto de cabelo preto. — Você é o novo garoto adotado do Sítio Flynn, não é? Nós somos do sítio ao lado. Minha mãe me falou que Minnie, a Bruxa, tinha um novo.

— Por que vocês chamam ela de bruxa?

— Porque ela é uma — disse Derek. — É melhor ficar de olho. Ela matou a filha e depois matou o marido no gramado fora da casa. Todo mundo sabe disso.

Não há segredos, Daniel se lembrou. *Todo mundo conhece o outro.*

— Minha mãe viu o marido dela morrendo e chamou a ambulância, mas foi tarde demais — disse o garoto de cabelo preto. Ele sorria para Daniel, mostrando as falhas entre os dentes.

— Por que ela tem que ser uma bruxa? Pode muito bem ser apenas uma assassina.

— Por que nunca foi acusada então? Meu pai diz que basta olhar para ela para ver que ela não é certa. Você pode acabar como a última dela.

— Como assim?

— Só fazia um mês que ela estava com Minnie. Ninguém na escola nem sabia o nome dela. Uma garota quieta, certinha. Um dia teve um acesso aqui no pátio e morreu.

O garoto de cabelo preto caiu no chão, imitando a criança tendo um acesso. Deitado com as pernas abertas e agitando os braços, se contorcendo até parar completamente.

Daniel ficou olhando. Teve uma vontade súbita de lhe dar um chute, mas se conteve. Deu os ombros e seguiu-os de volta para dentro da escola.

5

Daniel sentiu frio depois da corrida. Ele apreciava a rara sensação de frio, sabendo que o metrô estaria sufocante num dia como esse. Arrumando a gravata, ele via o cômodo atrás de si pelo espelho, o sol da manhã entrando pelas janelas do quarto. Precisava chegar na delegacia até as oito e meia para que o interrogatório recomeçasse, mas levou tempo, como sempre, para acertar o nó da gravata. Tentou não bocejar.

Na noite anterior, depois de uma cerveja após a meia-noite, ele procurara o número do Hospital Geral de Carlisle. Decidira não ligar, mas anotara o número mesmo assim. Se Minnie realmente estivesse doente, ele sabia que ela teria sido levada para lá. Só a ideia de ela estar doente e moribunda lhe provocou uma dor no peito, obrigando-o a respirar fundo. Em seguida, isso seria substituído pela ardência de sua raiva dela, seca em sua goela, mesmo depois de tanto tempo. Ele não telefonaria para ela, que, de qualquer modo, estava morta para ele há anos.

De volta à sala de interrogatórios, Daniel inspirou o ar estagnado das perguntas do dia anterior enquanto esperava Sebastian. Os olhos do sargento Turner estavam turvos. O homem de meia-idade ajeitou o colarinho e endireitou os punhos. Daniel sabia que a polícia havia recebido um relatório verbal da perícia, confirmando ser sangue o que havia nas roupas de Sebastian e que fora identificado como pertencente a Ben Stokes. As imagens das câmeras de vigilância tinham sido minuciosamente examinadas pela polícia, que ainda precisava confirmar uma visão dos meninos.

Sebastian estava cansado quando o policial o trouxe. Charlotte veio atrás, tirando os óculos escuros apenas ao sentar-se, as pontas dos dedos trêmulas.

O sargento Turner seguiu a rotina de identificar-se e declarar a data e a hora. Daniel tirou a tampa da caneta e aguardou o início do interrogatório.

— Como está se sentindo hoje, Sebastian? — perguntou o sargento.

— Bem, obrigado — disse Sebastian. — Comi rabanada no café da manhã. Mas não era tão boa quanto a da Olga.

— Olga vai lhe fazer umas quando você for para casa — disse Charlotte, a voz áspera, quase rouca.

— Sebastian, lembra-se que pegamos suas roupas para mandá-las para um exame no laboratório?

— É claro que me lembro.

— Pois bem, recebemos um relatório verbal do laboratório. Diz que as marcas vermelhas em sua camisa eram realmente sangue.

Sebastian franziu os lábios, como se fosse mandar um beijo. Recostou-se na cadeira com uma sobrancelha levantada.

— Sabe de quem poderia ser esse sangue na sua blusa, Sebastian?

— De um pássaro.

— Por quê? Você feriu um pássaro?

— Não, mas eu vi um morto e o peguei. Ele ainda estava quente e o sangue era grudento.

— Você viu esse pássaro no dia em que Ben foi morto?

— Não consigo me lembrar exatamente.

— Bem, acontece que o sangue que estava na sua blusa não pertencia a um pássaro. Era sangue humano. Era o sangue de Ben Stokes.

Sebastian inspecionou os cantos da sala, e Daniel teve certeza de ver o menino sorrir. Não foi um sorriso aberto, mas um leve curvar dos lábios. Daniel sentiu o coração batendo.

— Sabe como é que o sangue de Ben foi parar em sua blusa, Sebastian?

— Talvez ele tivesse se cortado e, quando estávamos brincando, encostou em mim

— Bem, os médicos especialistas que examinaram sua blusa são capazes de dizer muitas coisas sobre o tipo de sangue que está lá. Ocorre que o sangue que está na sua camisa chama-se sangue expirado, que é o sangue que foi soprado pela boca ou nariz de Ben...

Charlotte cobriu o rosto com as mãos. Suas unhas compridas chegavam até a raiz dos cabelos.

— Há também sangue respingado em suas calças e nos seus sapatos. É o sangue que se espalhou em resultado da força...

Agora as duas sobrancelhas de Sebastian levantaram-se. Ele olhou para a câmera. Por um instante, Daniel ficou petrificado com a visão do belo menino olhando para cima, para o olho da autoridade, para todas as pessoas ocultas que o observavam, lá em cima, olhando para suas expressões infantis e tentando encontrar um motivo para a culpa. Daniel lembrou-se dos santos para quem Minnie rezava, seus dedos macios e gordos girando as contas do rosário com fervor. Mesmo atacado por flechas, são Sebastião sobrevivera. Daniel não se lembrava de como ele tinha morrido, mas fora uma morte violenta. Mesmo quando a polícia apresentou mais evidências da culpa de Sebastian, Daniel sentiu a estranha necessidade de defendê-lo. A testemunha se apresentara para dizer que também tinha visto Sebastian brigando com Ben mais tarde naquele dia, no parquinho, depois que a mãe de Sebastian disse que ele já tinha chegado em casa, apesar dessa informação não ter sido confirmada pelas câmeras de vigilância. Daniel não se sentiu intimidado por isso, nem pela perícia. Já solapara esse tipo de prova várias vezes.

Daniel podia sentir a empolgação dos policiais ao persistirem com as perguntas. Estava esperando que eles extrapolassem os limites — quase desejando que fossem longe demais para poder dar um basta ao interrogatório.

— Pode explicar como o sangue de Ben foi parar nas suas roupas, Seb? — perguntou Turner de novo, sua papada pesada. — Os cientistas nos dizem que esse tipo de sangue em suas roupas pode sugerir que você feriu Ben e o fez sangrar desse jeito.

— Pode sugerir — disse Sebastian.

— Como?

— O sangue *pode sugerir* que eu o feri. Sugerir significa que não se tem certeza...

Daniel observou uma ondulação de raiva cruzar a fisionomia de Turner. Eles queriam derrotar o menino — esse era o motivo para o interrogatório prolongado —, mas Sebastian estava comprovando ser mais forte que eles.

— *Você* tem certeza, não é, Sebastian? Conte-nos o que fez a Ben.

— Já lhe disse — falou Sebastian, os dentes inferiores projetando-se acima do lábio inferior. — Eu não o feri. Ele se feriu.

— Como foi que ele se feriu, Sebastian?

— Ele queria me impressionar, então pulou do trepa-trepa e se machucou. Bateu a cabeça e o nariz começou a sangrar. Fui ver se ele estava bem, então imagino que foi quando o sangue dele respingou em mim.

Apesar do mau humor, essa nova informação pareceu agradar a Sebastian, que se endireitou na cadeira e assentiu um pouco, como que para confirmar sua autenticidade.

Às nove da noite de quarta-feira, eles levaram o jantar para Sebastian e sua mãe, que comeram na cela. Daniel sentiu-se deprimido ao observá-los. Charlotte comeu só um pouco. Quando ela saiu para fumar um cigarro, Daniel a seguiu. Estava chovendo de novo. Ele levantou a gola do paletó e pôs as mãos nos bolsos. O cheiro da fumaça do cigarro lhe revirou o estômago.

— Eles acabaram de dizer que irão indiciá-lo — disse Daniel.

— Ele é inocente, você sabe. — Seus olhos grandes imploravam.

— Mas será indiciado.

Charlotte virou-se um pouco e ele pôde ver os ombros dela sacudindo. Apenas quando ela fungou foi que ele percebeu que estava chorando.

— Puxa — disse Daniel, sentindo-se quase protetor em relação a ela —, vamos juntos lhe contar? Ele precisa que você seja forte agora. — Daniel não sabia bem por que tinha dito isso, pois costumava manter distância de seus clientes, mas um lado dele não parava de se lembrar de quando era um menino encrencado com uma mãe incapaz de protegê-lo.

Charlotte ainda se sacudia, mas Daniel observou-a endireitar os ombros e respirar fundo. Suas costelas ficaram visíveis no decote em V de seu blusão. Ela se virou e olhou para ele, a pele em torno dos olhos ainda molhada de lágrimas.

— Quantos anos você tem? — perguntou ela, as unhas compridas de repente no braço de Daniel.

— Trinta e cinco.

— Parece mais moço. Não estou tentando lisonjeá-lo, mas achei que ainda não passasse dos trinta. Você está ótimo; eu estava pensando se você tinha idade suficiente para isso... para dominar seu ofício, quero dizer.

Daniel riu e deu de ombros. Olhou para os pés. Ao olhar novamente para cima, ele viu que o cigarro dela estava ficando molhado. Gotas mornas de chuva estavam penduradas em seus cachos estoicamente fixados pelo laquê.

— Gosto de homens que se cuidam. — Ela franziu o nariz para a chuva.

— Então, ele é indiciado e o que acontece? — Ela deu uma longa tragada no cigarro e suas faces se encovaram. Suas palavras eram ásperas, mas Daniel viu que ela ainda tremia. Ele pensou no marido em Hong Kong e em como podia deixá-la lidando com isso sozinha.

— Ele irá comparecer ao tribunal juvenil amanhã de manhã. É provável que o caso vá para o Tribunal da Coroa e então haverá uma audição de apelação e instrução do processo em cerca de duas semanas...

— Uma audição de apelação? Bem, é claro que ele não é culpado.

— A única coisa é que eles vão pedir a custódia dele durante todo o inquérito, provavelmente numa unidade de segurança. Levará alguns meses até o julgamento. É óbvio que vamos pedir uma concessão de fiança, mas, em casos de homicídio, o juiz tende a ordenar custódia, mesmo para uma criança.

— Homicídio. Casos. Homicídio. Podemos pagar, sabe? Não importa o que custar.

— Como eu disse, vou conseguir um bom defensor[1] para vocês e eles vão discutir, mas precisamos nos preparar para tê-lo sob custódia por algum tempo antes do julgamento.

— Quando será o julgamento?

— Tudo depende. Eu diria que por volta de novembro...

Charlotte cobriu a boca, ficando sem fôlego.

— E a defesa dele?

— Entraremos em contato com possíveis testemunhas para a defesa e orientaremos testemunhas especialistas, neste caso, psiquiatras, psicólogos...

— Mas por quê?

— Bem, eles vão avaliar Sebastian, se ele tem capacidade ou sanidade para suportar um julgamento.

— Não seja ridículo. Ele é perfeitamente são.

— Eles também irão falar sobre o crime em si e avaliar se Sebastian tem maturidade para entender o crime do qual o acusam.

Ela deu uma boa tragada no cigarro já no fim. Era uma ponta pinçada pelas unhas feitas e ainda assim ela a tragou. Daniel percebeu as manchas do batom na gimba e as manchas do cigarro nas pontas dos dedos dela.

---

[1] No sistema judiciário inglês, há dois tipos de advogados: *solicitor* e *barrister*. O primeiro é o que é contratado diretamente pelo cliente, lhe dá assistência legal e prepara a documentação. *Barrister* é o advogado que trabalha junto aos tribunais, geralmente instruído e pago pelo *solicitor* para representar seu cliente no tribunal. Neste romance, Daniel é o *solicitor* e usaremos o termo geral *defensor(a)* ao nos referirmos ao *barrister*. (N. da T.)

Lembrou-se das pontas amareladas dos dedos de sua mãe e o contorno do crânio que aparecia quando ela tragava. Lembrou-se da fome que sentia, observando-a trocar uma nota de dez libras por drogas. Lembrou-se de jantar pirulitos, mastigando-os com excessiva rapidez.

Ele fechou os olhos e respirou fundo. Era a carta — ele sabia —, não Charlotte, a lhe trazer essas lembranças. Sacudiu a cabeça na tentativa de se livrar delas.

Eram nove da noite. A sala de interrogatório foi acalmada pelo aroma doce que flutuava do chocolate quente de Sebastian.

O sargento Turner pigarreou. Charlotte e Daniel, como representantes adultos de Sebastian, receberam o aviso da acusação por escrito.

— Sebastian Croll, você é acusado pelo crime declarado abaixo: assassinar Benjamin Tyler Stokes no domingo, oito de agosto de dois mil e dez.

— Tudo bem — respondeu Sebastian, retendo o fôlego, como se estivesse para dar um mergulho.

Daniel sentiu a garganta contrair-se ao olhar para o menino. Um lado dele admirava sua ousadia, mas outro cogitava o que ele estava mascarando. Olhou para Charlotte e ela se balançava suavemente, segurando os cotovelos. Era como se fosse ela a acusada, em vez do filho.

Turner vacilou por um instante diante da reação do menino, que se virou para a mãe.

— Eu não fiz isso, mãe.

Charlotte pousou a mão na perna dele para acalmá-lo. Ele começou a roer as unhas, o lábio inferior protuberante.

— Você pode permanecer em silêncio, mas sua defesa poderá ser prejudicada se não mencionar agora algo que lhe for útil no tribunal mais tarde. Qualquer coisa que diga pode ser usada como prova.

— Eu não fiz isso, você sabe, mãe, não fiz — disse Sebastian, e começou a chorar.

Daniel estava lá às oito e cinquenta e cinco na manhã seguinte quando o camburão chegou e abriu as portas para receber Sebastian. Daniel ficou de braços cruzados enquanto o menino foi levado de sua cela, os punhos finos algemados, para a gaiola na parte de trás da viatura. De óculos escuros, Charlotte chorava. Ela agarrou o braço de Daniel quando as portas da gaiola foram fechadas e trancadas.

— Mãe — chamava Sebastian lá de dentro. — Mãe! — Seus gritos eram como um prego perfurando o metal do furgão. Daniel reteve a respiração. Ele vira isso acontecendo a muitos clientes: pessoas por quem estava disposto a lutar, pessoas que admirava; pessoas que desprezava. Esse momento sempre fora de calma para ele, sinalizava um começo. O começo de seu caso, o começo da defesa.

Vendo as portas se fecharem diante de Sebastian, Daniel ouviu seus próprios gritos infantis nos apelos desesperados do menino. Lembrou-se de quando tinha a idade de Sebastian, de como era problemático, capaz de ser violento. O que o salvara desse destino?

Quando as portas foram trancadas, Daniel e Charlotte ainda podiam ouvir Sebastian chorando lá dentro. Daniel não sabia se o menino era inocente ou culpado. Um lado dele acreditava que Sebastian lhe tinha dito a verdade, outro se preocupava com o estranho interesse do menino por sangue e seus acessos de fúria que pareciam caber numa criança mais nova. Porém, a inocência ou culpa de Sebastian eram irrelevantes. Daniel não julgava seus clientes. Todos tinham direito a uma defesa, e ele fazia o máximo possível tanto pelos que não gostava quanto pelos que admirava. Mas os adolescentes eram sempre difíceis. Mesmo quando eram culpados, como Tyrel tinha sido, ele queria mantê-los fora do sistema prisional. Tinha visto o que acontecia com os delinquentes juvenis lá dentro — dependência de drogas e novas infrações.

A ajuda que Daniel sentia que eles precisavam era considerada muito cara; os políticos usavam o sistema judiciário criminal para ganhar pontos na política.

Daniel estava sentado em seu escritório que dava para a Liverpool Street. O rádio estava ligado em volume baixo enquanto ele fazia anotações sobre o caso de Sebastian.

Ele colocara a carta na repartição da frente de sua pasta; o papel estava amassado depois de ter sido lido e relido. Ele o pegou e o leu de novo. Ainda não havia ligado para o hospital. Recusava-se a crer que Minnie estava morta, mas leu a carta novamente, como se tivesse deixado algo passar. Concluiu que foi um estratagema cruel. Todos os telefonemas que ela lhe dera ao longo dos anos pedindo perdão e então se cansando disso e apenas pedindo para lhe ver uma última vez.

Daniel cogitou se a carta era outra tentativa de tê-lo de volta em sua vida. Talvez ela realmente estivesse doente, mas tentando manipular a situação. Ele dobrou a carta e empurrou-a. Só de pensar nela, seu estômago se contraía de raiva.

O escritório estava quente, delicados raios de sol entravam pelas janelas e iluminavam a poeira. Ele pegou o telefone.

Depois de todas as coisas que ele lhe dissera, ela ainda lhe telefonava em seu aniversário e, às vezes, no Natal. Ele evitava seus telefonemas, mas depois ficava acordado à noite, discutindo mentalmente com ela. A passagem dos anos parecia não bastar para acalmar a raiva que ele sentia dela. Nas poucas vezes em que se falaram, Daniel manteve-se lacônico e distante, sem permitir que ela o tentasse a conversar quando perguntava se ele estava gostando do trabalho ou se tinha uma namorada. Fazia muito tempo que ele dominara o desapego, mas Minnie o ajudara a aperfeiçoá-lo. Era por causa dela que ele não queria deixar ninguém entrar. Ela lhe falava do sítio e dos animais, como que para lembrá-lo do lar. Ele só se lembrava de como ela o decepcionara. Às vezes ela repetia que sentia muito e ele a interrompia. Desligava o telefone. Odiava mais ainda suas justificativas do que aquilo que ela fizera. Ela dizia que tinha sido para o seu próprio bem. Ele não gostava de lembrar e quase nunca o fazia, mas aquela dor ainda o deixava sem fôlego.

Fazia mais de 15 anos que ele não lhe telefonava.

Desde o desentendimento que tiveram quando ele lhe disse que a queria morta.

Não parecera suficiente. Ele se lembrou de querer magoá-la mais.

Apesar disso, ele discou sem nem verificar o número ou se esforçar para lembrar. O telefone tocou e Daniel respirou fundo. Pigarreou e inclinou-se para a frente na escrivaninha, com os olhos fixos na porta do escritório.

Ele a imaginou levantando-se com dificuldade da poltrona da sala, com seu último vira-lata do canil público levantando os olhos para ela. Ele quase conseguia sentir o cheiro do seu gim e ouvir seus suspiros. *Calma, calma, estou indo*, ela diria. Caiu na secretária eletrônica. Daniel pôs o fone no queixo por um instante, pensando. Não tinha tempo para isso. Desligou.

Pela janela, ele viu um corredor, magro e vigoroso. Observou-o manobrar o tráfego e os pedestres. Por seu estilo e pelo comprimento dos passos, dava para ver que estava num bom ritmo, mas dessa distância dava a impressão que o homem corria devagar. Por trás da vidraça, as árvores tremeluziam. Ele estava no escritório desde cedo e não dera nenhuma saída para sentir a graça do sol na pele.

— Ocupado? — perguntou Veronica Steele, a principal sócia de Daniel, enfiando a cabeça pela porta.

— O que foi?

Veronica sentou-se no braço do sofá, encarando-o.

— Só pensando em como você está indo.

Daniel largou um lápis sobre o bloco coberto de anotações e virou-se para encará-la, as mãos atrás da cabeça.

— Eu vou bem. — Daniel recostou-se na cadeira.

— Decidiu ficar com ele?

— Sim. — Ele passou a mão pelos cabelos. — Tenho quase certeza de que não foi a melhor decisão para a carreira. Sei que a coisa vai ficar confusa. Metade de mim está se sentindo totalmente por fora e a outra quer tentar... salvá-lo.

— Ele está negando a acusação?

— É, mantendo-se fiel à sua história. A mãe o apoia.

— Foi em Highbury Corner que você esteve na quinta-feira?

— Foi, a fiança foi recusada, como previsto, então ele foi enviado para a unidade de segurança de Parklands House.

— Nossa, que barra-pesada. Ele vai ser o mais novo lá.

Daniel assentiu, esfregando a mão no maxilar.

— Quem é seu defensor. Irene é uma QC[2] agora, não é?

— Sim, ela foi aprovada. Entrou para as lista dos QC em março.

— Ah, é. Eu me lembro de ter escrito, cumprimentando-a.

— Fiquei surpreso por ela ter vestido a toga, mas fico contente com seu sucesso. Temos uma chance.

O telefone tocou e Daniel atendeu, a mão no receptor, desculpando-se com Veronica.

— Steph — disse ele —, eu pedi que não passasse nenhum telefonema.

— Eu sei, Danny, desculpe. Mas é uma chamada pessoal para você. Ele diz que é urgente. Achei melhor perguntar se você queria atender.

---

[2] QC equivale a *Queen's Counsel*, que são advogados (*barristers*) experientes, indicados pela rainha, que conseguem a posição por mérito e atuam no tribunal. (*N. da T.*)

— Quem é?

— Um advogado do norte. Ele disse que é sobre um membro da família.

— Pode passar a ligação. — Daniel suspirou e deu de ombros para Veronica, que sorriu e saiu.

Daniel pigarreou novamente. Seus músculos ficaram subitamente elásticos.

— Alô, é Daniel Hunter? Meu nome é John Cunningham, representante da Sra. Flynn. Daniel, sinto muito. Tenho más notícias para você. Sua mãe faleceu. Não sei se você soube... mas ela deixou instruções...

— Ela não é minha mãe.

Daniel não conseguiu evitar a raiva na voz.

Houve um instante de silêncio na linha. Daniel só conseguia ouvir seu coração batendo.

— Entendo que Minnie... o adotou em mil novecentos e oitenta e oito.

— Bem, do que se trata? Na verdade, estou para entrar numa reunião.

— Desculpe incomodá-lo. Quer que eu ligue em outro momento? É apenas sobre o funeral e depois tem a questão do testamento.

— Eu não quero nada dela.

— Ela lhe deixou todo seu patrimônio.

— Seu *patrimônio*. — Daniel levantou-se. Tentou rir, mas só conseguiu abrir a boca.

— Haverá um funeral simples na terça, dia dezessete, se quiser comparecer.

O ar quase não transportou suas palavras, mas ele disse:

— Não tenho tempo.

— Entendo, mas a herança...

— Como eu disse, não quero nada.

— Tudo bem, então, mas não há pressa. Imagino que levará algum tempo para saldar a casa. Entrarei novamente em contato quando...

— Olhe, eu realmente estou sem tempo agora.

— Certo. Posso ligar novamente na quarta-feira, após o funeral? Deixei meus dados com sua assistente, caso queira comunicar-se.

— Muito bem. Até logo.

Daniel desligou. Esfregou os olhos com o indicador e o polegar, e depois respirou fundo.

* * *

Em Whitechapel, Daniel precisou mudar de trem e pegar o London Overground para Parklands House. Quando emergiu em Anerley, a rua cheirava à fumaça dos carros e à chuva evaporada. Dava para sentir o suor formando-se na linha do cabelo e entre as escápulas. O céu estava baixo, pressionando-o. Era manhã de sexta-feira, um dia apenas desde a audiência em Highbury Corner e ele se encontraria com Sebastian e seus pais. O pai de Sebastian tinha chegado de Hong Kong e esta era a primeira vez que Daniel o encontraria.

Ele estava estranhamente apreensivo por rever o menino e encontrar sua família. Daniel não dormira bem. Sua corrida matutina tinha sido lenta porque ele estava cansado antes mesmo de começar. Por duas noites seguidas, ele acordara sonhando com Brampton, a casa dela com os pisos sujos e as galinhas no cercado lá fora.

O funeral seria em poucos dias, mas ele ainda não sentia a perda.

Quando chegou à unidade de segurança, os Croll estavam aguardando. Daniel tinha pedido para encontrá-los antes de falarem com Sebastian. Eles se sentaram a uma mesa numa sala clara com pequenas janelas no alto.

— Prazer em conhecê-lo, Daniel — disse o pai de Sebastian, atravessando a sala a passos largos para apertar sua mão. Ele era uns dois ou três centímetros mais alto que Daniel, que então esticou a coluna e pôs os ombros para trás ao aceitar a mão do homem mais velho. A mão era seca e quente, e mesmo assim sua força fez Daniel dar uma leve inspirada.

Kenneth King Croll era um homem poderoso. Robusto: barriga e papada, pele morena avermelhada e cabelos grossos e escuros. Ele parou com as mãos nos quadris, deixando a pelve projetar-se, como que assegurando que era um homem melhor que Daniel. Os vasinhos em suas faces haviam se formado com os melhores vinhos e uísques. Ele possuía uma arrogância e opulência sísmicas. Toda a energia da sala se convertia para ele, como num redemoinho. Charlotte sentava-se perto dele, os olhos sempre atentos quando ele falava ou levantava as mãos. Daniel tirou a tampa da caneta e deslizou seu cartão de visita pela mesa. Kenneth o estudou com um leve franzir dos lábios carnudos.

Charlotte trouxe um café aguado da máquina. Ela ainda estava imaculada; suas unhas compridas numa cor diferente cada vez que Daniel a encontrava. As mãos tremiam um pouco quando ela pôs as xícaras sobre a mesa.

— Simplesmente *detesto* que ele esteja aqui — disse ela. — Este lugar é terrível. Um dos garotos cometeu suicídio aqui na semana passada, sabia? Se enforcou. Nem dá para *pensar* nisso. Você sabia disso, Daniel?

Daniel fez que sim. Seu próprio cliente, Tyrel, tinha tentado se matar logo após a sentença. Aos 17 anos, o garoto tinha acabado de ser transferido para uma nova instituição de infratores juvenis, e Daniel temia que ele tentasse novamente. Nem mesmo as unidades de segurança proporcionavam o tipo de tutela que Daniel considerava necessária para os jovens.

Os dedos trêmulos de Charlotte tocaram os lábios ao pensar naquilo.

— Ele vai sobreviver — disse Kenneth. — Daniel, vá em frente, em que ponto estamos?

— Eu simplesmente não quero que ele fique aqui — sussurrou Charlotte, enquanto Daniel dava uma passada em suas anotações.

— Tsc, tsc. — Kenneth a reprovou.

Diante dos Croll, a musculatura de Daniel contraiu-se de tensão. Ele sentia que por baixo da laca colorida, da seda e da lã italiana, havia algo errado nessa família.

— Eu só queria passar algumas coisas para vocês antes de nos encontrarmos com Sebastian. Gostaria de... preveni-los, suponho que haverá grande assédio da mídia. É preciso ter cuidado com isso, pensar numa estratégia e tentar segui-la para que essa intrusão seja mínima. É claro que a identidade de vocês não será divulgada, isso é automático... Ainda estamos aguardando o processo de acusação da promotoria e quando o tivermos, provavelmente nos próximos dois dias, poderemos instruir a defensoria. Vocês e Sebastian terão oportunidade de conhecê-la, Irene Clarke, a *Queen's Counsel*. Ela estava na audiência do tribunal juvenil, mas não creio que a tenham visto.

— Que idade você tem, filho? — perguntou Kenneth Croll, batendo o cartão de visita de Daniel de leve na mesa.

— Isso é relevante?

— Queira me perdoar, mas você dá a impressão de que acabou de sair da faculdade.

— Sou um dos sócios da empresa. Trabalho com direito criminal há quase quinze anos.

Croll piscou para ele, indicando que entendia e começou a bater com o cartão na mesa novamente.

— Como eu dizia, esperamos pegar o processo da promotoria nos próximos dias. Pelo que sabemos até agora, o caso se baseia no sangue encontrado nas roupas de Sebastian, em conjunção com o fato de a testemunha dizer ter visto os meninos brigando tanto antes quanto depois da hora que Charlotte diz que Seb chegou em casa. Sabemos que eles também têm uma vizinha e uma professora como testemunhas... Essas são menos importantes. Há também o fato de que o corpo foi encontrado no parquinho que Sebastian admite ter visitado com Ben no dia do homicídio.

— Ele é um menino de 11 anos — ribombou Croll. — Onde mais iria que não à droga do parquinho? Isso é uma piada.

— Creio que temos um caso forte para a defesa. A maioria das provas é circunstancial. Baseiam-se na perícia criminal, mas Sebastian tem uma razão legítima para ter sangue da vítima em suas roupas. Saberemos mais a respeito ao falarmos com o patologista e os cientistas forenses, mas agora parece que os meninos brigaram e a vítima teve um sangramento nasal depois, o que fez o sangue passar para as roupas de Sebastian. Sebastian tem um álibi, você, Charlotte. A partir das três da tarde, a visão posterior dos meninos é questionável. A polícia não encontrou nenhuma imagem nas câmeras de vigilância que sustente o caso contra ele. Foi um crime sangrento, mas Sebastian não chegou em casa coberto de sangue. Ele não fez isso.

— É tudo um engano, está vendo? — propôs Charlotte, a voz meio embargada. — Mesmo com o lance da perícia, a polícia muitas vezes se engana.

— O que você sabe? — sussurrou Croll. — Saio do país por duas semanas e você deixa o menino ser preso. O melhor que tem a fazer é não se meter nisso.

Charlotte exalou de repente, os ombros frágeis subindo quase até as orelhas. Enrubesceu por baixo da base marrom com a crítica de Croll. Daniel encontrou seus olhos de relance.

— Daniel — disse Croll, a voz tão alta agora que Daniel pôde quase sentir sua vibração na mesa onde eles se apoiavam —, você fez um bom trabalho e lhe agradecemos por ter comparecido desse modo. Obrigado por sua ajuda na delegacia e por ter cuidado de tudo até agora, mas tenho meus contatos. Estamos pensando em passar o caso para outra equipe de defesa. Não queremos nos arriscar. Não quero ser grosseiro, mas sinto a necessidade de ir direto ao assunto aqui. Não me parece que você tenha a experiência de que necessitamos... Entende?

Daniel abriu a boca para falar. Pensou em dizer a Croll que a Harvey, Hunter e Steele era uma das principais empresas de advocacia de Londres. Em vez disso, não disse nada. Levantou-se.

— A decisão é sua — disse ele baixinho, tentando sorrir. — Depende inteiramente do senhor. Tem o direito de escolher a equipe de defesa que mais lhe condiz. Boa sorte. Sabe onde me encontrar se precisar de alguma coisa.

De volta à rua, Daniel tirou o paletó e dobrou as mangas, estreitando os olhos contra o sol. Fazia anos que não era dispensado e tentou lembrar-se se já o fora com tanta rapidez. Ele ficou injuriado pela dispensa de Kenneth Croll, mas não sabia se era seu orgulho que doía ou a perda da oportunidade de defender o menino. Parado na rua, Daniel olhou para a Parklands House. Casa do Parque. Era um nome cruel para um presídio.

Depois começou a andar para a estação de metrô, dizendo a si mesmo que o caso seria difícil, especialmente com a atenção que a mídia deveria gerar, mas se sentia atordoado. Era difícil ir embora. O dia estava calmo e quente e, mesmo assim, a sensação era de estar andando contra o vento. Mais uma vez ele sentia uma força de atração que o desviava do curso. Fazia algum tempo que não sentia isso, mas era familiar; a sensação de partir e perder.

6

Depois da escola, Daniel pegou o caminho de volta para a casa de Minnie. Andava devagar, a mochila pendurada no ombro e a gravata frouxa. Pegou uma vara para bater no capim que ladeava a trilha. Estava cansado e pensava na mãe. Lembrou-se dela sentada diante do espelho em seu quarto, pintando os olhos com delineador e perguntando-lhe se ela se parecia com Debbie Harry. Ela ficava bonita maquiada.

Ele deu duas piscadas ao se lembrar do delineador escorrendo pela face e do sorriso assimétrico quando ela se injetava. E deixava de ser bonita.

Olhando para cima, ele viu o gavião novamente pairando sobre o brejo. Parou e ficou observando o pássaro apanhar um rato silvestre no capim e carregá-lo.

Ele não os ouviu vindo atrás dele, mas alguém lhe deu um empurrão no ombro direito e ele cambaleou para a frente. Ao virar-se, viu três garotos.

— Oi, novato!

— Cai fora e me deixe em paz.

Ele se virou, mas eles o empurraram de novo. Ele cerrou o punho, mas sabia que levaria a pior se os atacasse. Estavam em maior número. Ele ficou imóvel e deixou a mochila cair no chão.

— Tá gostando de morar com a velha bruxa?

Ele deu de ombros.

— Por que está fazendo isso? Você é uma bichinha? Uuuu! — O garoto maior sacudiu os quadris e esfregou as mãos no peito. O canivete de Daniel estava na bolsa, mas não havia tempo para pegá-lo. Então ele atacou o garoto maior com um golpe de cabeça na barriga.

Machucou.

O garoto reagiu como se fosse vomitar, mas os outros dois derrubaram Daniel. Chutaram seu corpo, as pernas, os braços e o rosto. Daniel protegeu o rosto com os cotovelos, mas o garoto que o chamara de bichinha agarrou seus cabelos, puxando sua cabeça para trás. Daniel sentiu o queixo ser levantado e o pescoço esticado. O punho cerrado do garoto socou o nariz de Daniel, que ouviu um estalo e sentiu o gosto de sangue.

Eles o deixaram sangrando sobre o capim.

Daniel ficou encolhido até as vozes sumirem. Havia sangue em sua boca e o corpo estava todo dolorido. Seus braços começaram a formigar e a coçar. Ao olhar para o braço, ele viu que estava cheio de pontos brancos. Ele estava deitado num leito de urtigas. Rolou e ficou de joelhos. Não estava chorando, mas os olhos estavam marejados e ele os enxugou com o braço que ardia. As lágrimas pareceram ajudar a ardência por um instante, mas em seguida a coceira voltou.

Um homem de meia-idade passou com seu cachorro, um rottweiler, que rosnou para ele, salivando e franzindo o focinho. O latido e estalo da corrente fizeram Daniel levantar num pulo.

— Você está bem, garoto? — perguntou o homem, olhando para trás, continuando a andar.

Daniel virou-se e saiu correndo.

Atravessou o Bosque de Dandy para chegar à estação ferroviária de Brampton. Não tinha dinheiro para o ônibus nem para o trem, mas sabia o caminho para Newcastle. Ele corria segurando o lado onde tinha sido chutado e depois andava alguns passos antes de tentar correr de novo.

Os carros passavam a tal velocidade que comprometiam seu equilíbrio. Sua mente estava vazia, reduzida à dor no nariz, do lado, ao sangue na garganta, à ferroada no braço e à leveza dele mesmo, feito papel queimado que sobe por uma chaminé. O sangue do nariz tinha secado em seu queixo e ele o esfregou para limpar. Não conseguia respirar pelo nariz, mas não queria tocá-lo para evitar que voltasse a sangrar. Sentia frio. Desdobrou as mangas da camisa e abotoou os punhos. Roçando no algodão da camisa, a pele que tinha encostado na urtiga inchou.

Sua casa. Ele queria estar com ela, onde quer que ela estivesse. A assistente social lhe dissera que ela havia saído do hospital. Ele iria para casa, onde ela o receberia e o abraçaria. Quase voltou, mas então a visualizou de novo.

Esqueceu-se dos carros, da estrada difícil e do sangue na garganta. Lembrou-se de sua mãe se maquiando, do seu cheiro de talco depois do banho e isso o fez esquecer-se do frio.

Estava com sede. A língua grudou no céu da boca. Tentou esquecer a sede e lembrar-se do frêmito que sentia com os dedos dela passando por seus cabelos. Tentou lembrar-se de quanto tempo fazia que ela havia feito isso. Seu cabelo já tinha sido cortado várias vezes. Será que ela já tocara nos cabelos que agora cresciam em sua cabeça?

Ele continuava andando, contando os meses com os dedos, quando um furgão parou ao seu lado.

Daniel ficou bem atrás. O motorista era um homem de cabelo comprido e com tatuagens no braço. Ele abriu o vidro, debruçou-se e gritou para ele.

— Para onde está indo, moleque?

— Newcastle.

— Entre.

Daniel sabia que o homem podia ser um maluco, mas entrou mesmo assim. Queria rever sua mãe. O homem escutava rádio, que estava alto o bastante para que Daniel não sentisse a necessidade de falar. O homem dirigia agarrando o volante com as mãos. Os músculos dos braços flexionavam quando ele girava o volante. Ele cheirava a suor e o furgão estava sujo, cheio de latas amassadas e maços vazios de cigarro.

— Ei, cara, é melhor pôr o cinto, hein.

Daniel fez o que ele pediu.

O homem mordeu um cigarro do maço que estava no painel e pediu que Daniel lhe passasse o isqueiro que estava ao lado de seus pés. Daniel observou o homem acender o cigarro. Ele tinha uma mulher nua tatuada no braço e uma cicatriz, como que de queimadura, no pescoço.

O homem abriu o vidro e exalou a fumaça para o ar que passava impetuosamente por eles.

— Quer um?

Mordendo o lábio, Daniel pegou um cigarro. Acendeu-o e abriu seu vidro como o homem tinha feito. Pôs um pé no banco e apoiou um braço na janela aberta. Assim, Daniel fumou, sentindo-se livre, amargo, desgovernado e solitário. O cigarro fez seus olhos encherem-se de água. Ele apoiou a cabeça no encosto quando sentiu o barato. Ficou enjoado, como sempre ficava ao fumar, mas sabia que não iria vomitar.

— Vai fazer o quê em Newcastle?

— Só estou indo ver minha mãe.

— Andou brigando, foi?

Daniel deu de ombros e então outra tragada.

— Então vai poder se lavar quando chegar em casa, né?

— É.

— O que teria feito se eu não tivesse parado?

— Iria andando.

— Pô, é longe, moleque. Levaria a noite toda.

— Não me importo, mas obrigado pela carona mesmo assim.

O homem deu uma risada e Daniel não entendeu por quê. Seus dentes da frente estavam quebrados. Ele terminou o cigarro e jogou-o pela janela com um piparote. Daniel observou as fagulhas vermelhas do cigarro ficando para trás. Ele também queria jogar o cigarro fora, mas estava apenas na metade. Achou que poderia se encrencar pelo desperdício. Deu mais algumas tragadas e então jogou-o pela janela quando o homem se inclinou para fora para escarrar e cuspir.

— Sua mãe vai lhe esperar com o jantar então?

— É.

— O que ela faz para você?

— Ela faz... rosbife e *Yorkshire pudding*.

A única coisa que sua mãe já lhe fizera foram torradas. Ela fazia uma boa torrada de queijo.

— Rosbife numa terça-feira? Puxa, eu preciso ir morar com você. Quer dizer, isso não seria nada mal. Onde quer ficar?

— No centro mesmo. Onde for mais fácil.

— Posso te deixar em casa, cara. Vou passar a noite em Newcastle. Quero que chegue em casa a tempo para seu rosbife. Onde fica?

— A Cowgate, fica...

O homem riu de novo e Daniel franziu o cenho para ele.

— Está certo, cara. Eu conheço a Cowgate. Te levo lá.

Daniel sentiu frio ao descer do furgão. O homem o deixou na rotatória e deu uma buzinada ao ir embora.

Daniel encolheu os ombros, com frio, e correu o resto do caminho: seguiu pela Ponteland Road, pegou a Chestnut Avenue e foi até a Whitethorn

Crescent. Sua mãe estava morando lá nos últimos dois anos. A assistência social o deixara passar uma noite com ela lá alguns meses atrás. Era uma casa branca no final de uma fileira, ao lado de duas casas de tijolos que estavam condenadas. Ele correu naquela direção. Seu nariz estava começando a sangrar de novo e doía quando ele corria, então ele diminuiu o passo. Tocou-o com a mão. Pareceu grande demais, como se fosse o nariz de outra pessoa. Mesmo com o nariz obstruído pelo sangue, ele ainda podia sentir o cheiro do cigarro nos dedos. A mochila estava saltitando nos ombros, então ele a deixou cair e correu segurando-a na mão.

Ele parou na entrada da casa. Todas as vidraças estavam quebradas e a janela do andar de cima nem estava mais lá. Estava tudo preto lá dentro. Ele franziu o cenho para a janela dela. Estava anoitecendo, mas a janela parecia mais escura que todas as outras janelas apagadas. A grama do jardim batia na altura de seus joelhos e avançava sobre o caminho de entrada. Com passos largos sobre a grama, ele andou até a porta lateral. Havia objetos descartados no gramado: um cone de tráfego amassado, um carrinho de bebê virado para baixo, um sapato velho. Ele ouviu um cachorro latir. Respirava com dificuldade.

Antes de virar a maçaneta, parou diante da porta. Seu coração batia forte e ele mordeu o lábio. Não haveria rosbife. Ainda assim, ele pensou nela abrindo a porta e abraçando-o. Talvez não tivesse um namorado agora. Talvez seus amigos não estivessem por ali. Talvez ela estivesse sóbria. Talvez lhe fizesse torradas e eles se sentariam juntos no sofá para assistir a *Crown Court*. Ele sentiu uma ardência estranha no peito. Reteve o fôlego.

Quando abriu a porta e entrou no vestíbulo, o cheiro era de umidade e coisas carbonizadas. Espiou dentro da sala, mas tudo estava um breu. Não chorou. Andou por ali. A cozinha já não existia. Ele pôs a mão na parede e olhou para a palma preta. A fumaça ainda permeava o ar, que grudou em sua garganta. Na sala, o sofá estava reduzido a um esqueleto de molas. Ele foi lá em cima. O carpete estava molhado e o corrimão, carbonizado. A banheira e a pia estavam pretas de fuligem. Num dos quartos, o espelho do armário estava quebrado, mas ele conseguiu abrir um pouco a porta. As roupas dela ainda estavam lá dentro, intactas. Daniel entrou no armário e pressionou os vestidos no rosto. Agachou-se e ficou entre seus sapatos e sandálias, com a testa nos joelhos.

Ele não sabia há quanto tempo estava agachado no armário quando ouviu alguém nas escadas. A pessoa andava de um cômodo para outro, gritando:

— Tem alguém aí?

Daniel queria saber para onde sua mãe tinha ido, mas, quando caminhou pela passagem, um homem agarrou-o pelo colarinho e empurrou-o contra a parede. Era pouco mais alto que Daniel. Usava uma camiseta branca e seu cheiro de suor se sobrepunha ao cheiro carbonizado da casa. Segurando-o contra a parede, o homem pressionava Daniel com a barriga.

— Que diabos está fazendo aqui? — perguntou o homem. — Dê o fora, ande!

— Para onde minha mãe foi?

— Sua mãe? Quem é sua mãe?

— Ela morava aqui, as roupas dela ainda estão ali.

— Os drogados incendiaram isso aqui, não foi? Fora de si, todos eles. Nem se deram conta de que o lugar estava em chamas. Eu tive de chamar os bombeiros. Toda a fila de casas podia ter incendiado.

— E a minha mãe?

— Não sei nada sobre sua mãe. Foram todos levados em macas, provavelmente ainda fora de si. Um deles ficou tostadinho. Uma coisa horrorosa. Não dava para distinguir se era homem ou mulher.

Daniel desvencilhou-se dele e desceu as escadas correndo. Ouviu o homem chamando-o. Começou a chorar, escorregou e caiu nos degraus. Esfolou o braço, mas nem sentiu. Levantou-se e foi correndo porta afora, passou pela grama e tropeçou outra vez no cone amassado. Ao pisar na calçada, sem saber para onde, ele começou a correr, o mais rápido que podia. Sua mochila devia ter caído no armário ou nas escadas, e ele se sentia leve e rápido sem seu peso desigual. Correu pela Ponteland Road.

Estava escuro e ele estava sentado no meio-fio da West Road quando uma policial o abordou. Ele não olhou para ela, mas quando ela lhe pediu que a acompanhasse, ele foi, pois estava exausto. Na delegacia, eles chamaram sua assistente social e ela o levou de volta para a casa de Minnie.

Já passavam das dez da noite quando eles chegaram a Brampton. A cidade parecia tão escura, o verde dos campos um breu contra o céu noturno. As pálpebras de Daniel estavam pesadas e ele tentou mantê-las abertas enquanto olhava pela janela no carro. Tricia falava com ele sobre fugir, sobre o reformatório e sobre como ele acabaria lá se não se acomodasse. Ele não se virou para olhá-la enquanto ela falava. O cheiro do perfume dela fazia seu nariz e sua cabeça doerem.

Minnie estava parada do lado de fora, em frente à porta de entrada, envolta em seu cardigã GG. Blitz correu para Daniel quando ele saiu do carro. Minnie estendeu os braços para ele, que se esquivou e foi andando casa adentro. O cachorro o seguiu. Daniel sentou-se no pé da escadaria, esperando que elas entrassem, brincando com as orelhas do cachorro, que pareciam retalhos de veludo. Blitz deitou-se de costas para que Daniel lhe coçasse a barriga e, mesmo cansado, ele se ajoelhou para fazer isso. O pelo branco na barriga do cachorro estava sujo de terra.

Ele podia ouvir Minnie e Tricia conversando do lado de fora. Elas sussurravam. *Escola. Mãe. Polícia. Incêndio. Decisão.* Embora se esforçasse, ele só conseguiu ouvir essas palavras claramente. Tinha perguntado à policial e à assistente social sobre sua mãe. A policial nem se deu ao trabalho de tentar descobrir, mas no carro Tricia lhe disse que procuraria saber o que havia acontecido com ela e comunicaria à Minnie se soubesse de alguma coisa.

— Por que vai contar para a Minnie, por que não conta para mim logo? — gritara Daniel com ela.

— Se você não se comportar, irá para um Centro de Custódia Juvenil ano que vem e é lá que vai ficar até os dezoito anos.

Minnie fechou a porta e ficou olhando para ele com as mãos nos quadris.
— O que foi?
— Parece que você teve um dia difícil. Vou preparar um banho.

Ele achou que ela fosse dizer outra coisa. Havia se preparado para palavras duras. Ele entrou no banheiro e sentou-se no assento da privada enquanto ela agitava sais de banho na banheira. O espelho ficou embaçado e o ar, com cheiro de limpeza.

Ela pegou uma toalhinha e mergulhou na água da banheira.
— Seu nariz está bem feio. Deixe-me tirar o sangue antes de você entrar. É meio tarde, mas vamos pôr um gelo aí. Não queremos que você fique com um nariz achatado de boxeador, não é? Não um menino bonito como você, não seria justo.

Ele deixou que ela cuidasse de seu nariz. Seu toque era suave e o pano estava morno. Ela esfregou o sangue seco e depois lavou em volta.
— Está doendo, meu querido?

— Não muito.

— Você é muito corajoso.

Ele sentiu o cheiro de gim em seu hálito quando ela se inclinou mais para junto dele.

Quando acabou, ela passou a mão por seu cabelo e pousou a palma em sua face.

— Quer falar sobre isso?

Ele deu de ombros.

— Você foi procurar sua mãe?

— Ela não estava lá. — A voz dele ficou embargada.

Ela o puxou suavemente para junto de si e ele sentiu a lã áspera do cardigã na face. Começou a chorar de novo, mas não sabia por quê.

— Isso — disse ela, esfregando suas costas. — Melhor pôr para fora do que guardar aí dentro. Tricia vai me informar o que descobrirem sobre sua mãe. Você vai ficar bem. Sei que não parece, mas desde o primeiro minuto, pude ver que você é um menino muito especial. É forte e inteligente. Não vai ser criança para sempre. Não importa o que digam, ser adulto é bem melhor. Você vai poder tomar as próprias decisões, morar onde gostar, com quem quiser e você será importante.

O banheiro ficou molhado de vapor. Daniel se sentiu muito cansado. Deitou a cabeça na barriga dela, abraçou seus quadris e chorou. Suas mãos não conseguiram se encontrar, mas a sensação de descansar na barriga dela era boa, sentindo o subir e descer provocado pela respiração.

Ele se sentou e enxugou os olhos na manga da blusa.

— Vamos. Entre aí e se aqueça enquanto eu faço seu jantar. Deixe essas roupas sujas no chão. Vou lhe trazer o pijama.

Quando ela saiu, ele tirou a roupa e entrou na banheira. Estava quente demais e ele levou algum tempo abaixando-se, as bolhas sussurrando em seus ouvidos. Os braços estavam um estrago: esfolados da queda nas escadas e contundidos dos chutes. Havia também contusões nas laterais e nas costelas. Depois de entrar na água, melhorou. Ele ficou deitado e deixou a cabeça deslizar um pouco sob a água, imaginando se seria essa a sensação de estar morto: calor, silêncio e o barulho da água. Sentindo a pressão nos pulmões, ele se sentou. Estava enxugando as bolhas do rosto quando Minnie entrou de novo.

Ela deixou o pijama no assento da privada e uma toalha em cima. Havia um banco ao lado da banheira e ela se inclinou sobre a pia e sentou.

— Como está o banho? Está se sentindo um pouco melhor?

Ele fez que sim.

— Parece melhor, devo dizer. Que susto você me deu com todo aquele sangue. O que aconteceu? Olhe só para os seus braços. Está todo roxo.

— Tive uma briga na escola.

— Quem foi? Eu conheço todos em Brampton. Eles compram meus ovos. Posso falar com a mãe deles.

Ele inspirou. Estava para dizer que tinha levado um chute por causa dela, mas decidiu não falar. Estava cansado demais para brigar e gostava dela, só um pouquinho — só naquele momento, por ter cuidado do nariz dele e lhe preparado um banho.

— Você deve estar com fome.

Ele assentiu.

— Fiz cozido para o jantar. O seu ainda está na geladeira. Se quiser, esquento para você.

Ele assentiu novamente, tocando o nariz para ver se ainda estava sangrando.

— Ou prefere queijo com torrada, visto que está tão tarde? Uma xícara de chocolate.

— Queijo com torrada.

— Está bem então. Vou começar a preparar. Você deve sair logo. Se ficar por muito tempo, vai sentir frio.

— Minnie? — Ele pôs a mão na beira da banheira quando ela passou. — Sabe a borboleta? Por que gosta tanto dela? Vale muito?

Ela se aconchegou no cardigã. Ele não estava sendo insolente, queria apenas saber, mas pôde sentir seu retraimento.

— É muito valiosa para mim — disse ela e começou a sair, mas então se virou quando estava na porta. — Foi minha filha que me deu.

Daniel se inclinou na lateral da banheira para poder ver seu rosto. Ela pareceu triste por um instante, mas depois se foi e ele a ouviu suspirar ao ir andando para descer as escadas.

Mais tarde, no quarto, escutando os estalos da casa que adormecia, ele verificou se o colar de sua mãe ainda estava lá e se o canivete ainda estava embaixo do travesseiro.

7

Daniel pôs os ombros para trás no assento do motorista, dirigindo pela M6. Dirigia com o vidro aberto e o cotovelo para fora. O ruído do vento quase abafava o som do rádio, mas ele precisava de ar. Indo para o norte, ele sentia uma atração quase magnética. Não planejara ir ao funeral, mas passara um fim de semana inquieto, a mente atormentada alternadamente por pensamentos em Sebastian e Minnie. Tinha acordado às seis da manhã com dor de cabeça, tomou um banho, vestiu-se e foi direto para o carro. Fazia quase quatro horas que estava na estrada, dirigindo desatento, deixando o pé pisar fundo no acelerador.

Ele imaginava chegar a Brampton e se acalmar com o verde impenitente e o cheiro de estrume permeando o ar. Imaginou estacionar diante da casa dela e escutar os latidos de seu último cão proveniente do canil público, que viria correndo em sua direção: um boxer, um vira-lata ou um collie. Qualquer que fosse o trauma que o cachorro tivesse vivido, ele ficaria parado e prestaria atenção quando ela o mandasse parar de latir. Ela diria ao cachorro que Daniel era da família e que não havia necessidade para aquela algazarra.

Família. O piso da cozinha estaria sujo e a massa em volta das vidraças, bicada pelas galinhas. Ela estaria meio embriagada e lhe ofereceria uma bebida, que ele aceitaria e eles beberiam gim à tarde, até ela chorar pôr vê-lo e lamentar sua perda. Ela o beijaria com seus lábios de limão e lhe diria que o amava. *Amava*. O que ele sentiria? Fazia tanto tempo que eles não estavam juntos e ainda assim seu cheiro seria familiar. Mesmo sentindo raiva suficiente para poder bater nela, seu cheiro lhe traria conforto e eles se sentariam juntos na sala. Ele apreciaria sua companhia e gostaria de observar o modo como seu rosto enrubescia quando ela falava. Ele sentiria alívio de estar perto dela, escutando seu jeito irlandês cadenciado de falar. Seria batismal e ele seria inundado pela entrega, que o ensoparia como as chuvas do norte, deixando-o limpo diante dela e pronto para aceitar tudo que ela havia feito e mais. Ele perdoaria ambos.

Ele estacionou num posto de conveniência.

Não vou te perdoar nunca, ele gritara para ela uma vez, muito tempo atrás.

Eu nunca consegui me perdoar, garoto. Como poderia esperar que você o fizesse, ela dissera, mais tarde, anos depois, ao telefone — tentando fazê-lo entender. Ela ligava com frequência depois que ele se mudara para Londres, porém menos, com o passar dos anos, como se tivesse perdido a esperança de que ele pudesse perdoá-la.

Eu só queria protegê-lo, ela tentava explicar, mas ele nunca queria saber. Nunca a deixara explicar, não importa o quanto ela tentasse. Algumas coisas são imperdoáveis.

Daniel comprou um café e esticou as pernas. Agora só faltavam 30 quilômetros para Brampton. O ar estava mais fresco e ele achou que já conseguia sentir o cheiro das fazendas. Pôs o café no teto do carro e as mãos nos bolsos, encolhendo os ombros até as orelhas. Seus olhos estavam quentes pelo esforço de concentrar-se na estrada. Estava quase na hora do almoço e o café parecia mercúrio em seu estômago. Ele viajara metade do país e agora isso parecia inexplicável. Se já não tivesse chegado tão longe, teria retornado.

Ele dirigiu os últimos 30 quilômetros lentamente, ficando na pista de baixa velocidade, escutando a fricção do ar contra a janela aberta. Na rotatória de Rosehill, ele pegou a terceira saída, fazendo uma cara de dor para a placa que indicava Hexham, Newcastle.

Depois da fazenda de trutas, ele viu Brampton à frente, incrustada entre os campos cultivados como uma pedra bruta. Um gavião planou pelo lado da estrada e depois sumiu de vista. O cheiro morno de esterco veio como ele esperava e foi instantaneamente tranquilizador. Depois de Londres, o ar tinha um sabor tão fresco. Os prédios públicos de tijolos vermelhos e os jardins bem-cuidados pareceram menores do que ele se lembrava. A cidadezinha parecia primitiva e calma enquanto Daniel verificava sua velocidade, indo diretamente para o sítio onde tinha sido criado, no alto da Carlisle Road.

***

Ele estacionou na frente do sítio de Minnie e ficou sentado no carro por alguns minutos, as mãos no volante, escutando o som de sua respiração. Podia ter ido embora, mas, em vez disso, saiu do carro.

Foi andando devagar até a porta de Minnie. Seus dedos tremiam e a garganta estava seca. Não havia sinal de nenhum vira-lata, nenhum galo novo e rouco nem galinhas cacarejando. O sítio estava trancado, embora Daniel ainda pudesse ver as marcas das botas masculinas dela no quintal. Ele olhou para a janela lá em cima, onde havia sido seu quarto. Cerrou os punhos dentro dos bolsos.

Foi andando até os fundos da casa. O galinheiro ainda estava lá, mas vazio. A porta do galpão oscilava com o vento, com algumas penas brancas grudadas na tela. Não havia nenhum bode, mas Daniel viu as marcas dos cascos na lama. Será que as velhas cabras tinham sobrevivido a ela? Daniel suspirou ao pensar nos animais que a deixavam e eram substituídos, como as crianças adotadas que ela criava e depois iam embora, repetidamente.

Daniel pegou suas chaves da casa. Junto com a do seu apartamento em Londres, ele ainda tinha a chave da casa de Minnie. A mesma que ela lhe dera quando ele era um menino.

A casa cheirava à umidade e quietude quando ele abriu a porta. De suas profundezas, o frio estendeu-se em sua direção como mãos idosas. Ele entrou, puxando as mangas do blusão sobre as mãos para aquecê-las. A casa ainda tinha o cheiro dela. Daniel parou na cozinha, deixando os dedos passarem da bancada lotada para o kit de costura para as caixas de ração, vidros de moedas, botões e espaguete. A mesa da cozinha estava com uma pilha alta de jornais. Aranhas diligentes corriam nas tábuas do assoalho.

Ele abriu a geladeira. Não havia muita comida, mas não tinha sido esvaziada. Os tomates estavam murchos e usavam chapéus de pele cinza. A garrafa de leite pela metade estava amarelada e azeda. A alface definhara, parecendo algas marinhas. Daniel fechou a porta.

Foi para a sala, onde o último jornal que ela havia lido estava aberto no sofá. Tinha sido uma terça-feira, quando ela estivera na casa pela última vez. Ele conseguiu visualizá-la com os pés para cima, lendo o *Guardian*. Tocando o jornal, sentiu um calafrio. Sentiu-se tão próximo quanto distante dela, como se ela fosse um reflexo que ele pudesse ver numa vidraça ou num lago.

Seu velho piano estava aberto junto à janela. Daniel puxou o banco e sentou-se, escutando a madeira retesar-se sob seu peso. Ele apertou suavemente um dos pedais, deixando os dedos caírem com todo peso sobre as teclas, as notas dissonantes sob seu toque. Lembrou-se das noites na infância quando ele descia de mansinho e sentava na escada, os dedos de um pé aquecendo o outro e ficava escutando-a tocar. Ela tocava peças clássicas, lentas e tristes que, na época, ele não reconhecia, mas que, ao crescer, aprendera a nomear: Rachmaninov, Elgar, Beethoven, Ravel, Shostakovich. Quanto mais embriagada ela ficava, mais alto tocava e mais notas perdia.

Ele se lembrou de ficar parado no hall frio, observando-a pela porta entreaberta da sala. Ela batia bruscamente nas teclas, de modo que o pian parecia protestar. Seus pés descalços e calosos tocavam os pedais, com os cachos de cabelos grisalhos caindo sobre seu rosto.

Daniel sorriu, tocando notas individuais no piano. Ele não sabia tocar. Ela tentara ensiná-lo uma ou duas vezes. Seu dedo indicador encontrava as notas e depois escutava seu som: frio, estremecido, solitário. Ele fechou os olhos, recordando; a sala ainda tinha um cheiro forte de cachorro. O que será que acontecera ao cachorro quando Minnie morreu?

Por todos os anos que ele a conhecera, nos dias 8 de agosto, ela tomava um porre daqueles escutando um disco repetidamente. Era um disco que ela não o deixava tocar. Sempre guardado na capa, exceto nesse dia do ano em que ela o deixava rodar e permitia que a agulha fina encontrasse as impressões digitais dos filetes. Sentava-se na penumbra, a sala iluminada apenas pelo fogo na lareira, e escutava o Concerto para piano em sol maior de Ravel. Daniel só ficou sabendo o nome da peça quando já estava na faculdade, embora tivesse memorizado cada nota muito antes disso.

Uma vez, ela o deixara sentar-se junto. Ele tinha 13 ou 14 anos e ainda tentava entendê-la. Fizera-o sentar-se em silêncio, de costas para ela, diante do disco que ia seguindo seu curso na música enquanto ela esperava, o queixo balançando levemente para cima e para baixo, as notas do *pathos* que a arrebatava.

Quando a música começou, ele se virou para ver a fisionomia de Minnie, surpreso com o efeito que a música provocava nela. Lembrou-se de sua mãe injetando heroína. O mesmo arrebatamento, a mesma atenção dedicada, a mesma perplexidade, embora sua procura por isso fosse repetida.

A princípio, Minnie parecia seguir as notas com os olhos, a respiração aprofundando-se e o peito inflando-se. Seus olhos ficavam marejados e, do outro lado da sala, Daniel viu o brilho neles. Ela parecia uma pintura: um Rembrandt — radiante, rústica, presente. Seus dedos faziam a mímica das notas no braço da poltrona, embora ele nunca a tivesse visto tocar essa peça. Ela escutava, mas nunca, nem uma vez sequer, ela a tocara.

Então, as notas dissonantes, lá sustenido, si. À medida que elas continuavam soando, uma lágrima rara se formava e caía, brilhando em sua face. Dissonantes, mas de algum modo, corretas: soando o que ela sentia.

Ela parecia buscar a dissonância, como um dedo que encontra uma ferida.

Quantas noites de agosto ele acordara ao som do piano, fora furtivamente até lá embaixo e vira que ela estava chorando. Seus soluços eram roubados. Era como se ela estivesse sendo golpeada no estômago, repetidamente. Daniel se lembrou de encolher-se quando escutava, assustado por ela, sem entender o que havia de errado, sentindo-se incapaz de consolá-la. Ele ficava com medo de entrar na sala e encará-la desse jeito. Já passara a vê-la como forte, impenetrável — mais corajosa e dura que sua mãe. Quando criança, ele não conseguia compreender seu pesar. Nunca entendeu totalmente o motivo. Ele passara a amar suas panturrilhas fortes, as mãos musculosas e a risada potente e alta. Não suportava vê-la alquebrada, perdida.

Mas pela manhã, *com certeza*, ela estaria bem de novo. Duas aspirinas e uma omelete depois de alimentar as galinhas; e tudo estava terminado até o ano seguinte. E novamente no verão seguinte acontecia outra vez. Sua dor nunca parecia diminuir. Todos os anos, ela reaparecia com a mesma ferocidade, como uma geada perene.

Daniel pensou nisso. Minnie devia ter morrido no dia 9 ou 10 de agosto. Teria sido o pesar a finalmente matá-la?

Ele olhou em volta da sala. Ficou surpreso por sentir o peso da casa. As recordações que ela carregava penderam sobre ele, roçaram nele. Lembrou-se tanto de suas lágrimas como de suas risadas: a cadência fácil que o encantava. Depois, lembrou-se de novo do que ela lhe fizera. Já passara, mas ainda assim ele não conseguia perdoá-la. Compreendê-la já era alguma coisa, mas não o suficiente.

Daniel fechou a tampa do piano, olhou para a poltrona de Minnie, lembrando-se de sua figura, sentada com os pés para ao alto, contando histórias com a luz do fogo nos olhos e as faces rosadas de alegria. Ao lado da poltrona, havia uma caixa-fichário aberta. Daniel pegou-a e sentou-se na poltrona de Minnie para examinar seu conteúdo. Recortes de jornais do *Brampton News* e do *Newcastle Evening Times* esvoaçaram sobre seu colo como mariposas ansiosas.

MORTE TRÁGICA DE UMA CRIANÇA DE 6 ANOS

Um acidente de automóvel, envolvendo uma mulher e duas crianças, resultou na morte de Delia Flynn, de 6 anos, residente em Brampton, Cumbria. A outra criança que estava no carro teve ferimentos leves e recebeu alta do hospital na terça à noite. Delia foi levada ao Hospital Geral de Carlisle, onde faleceu dois dias depois devido a graves ferimentos internos.
A mãe da menina, que dirigia o carro e escapou com ferimentos leves, recusou-se a comentar o incidente.

Havia dois outros artigos sobre o acidente e então outro recorte chamou a atenção de Daniel. Estava meio rasgado, pois havia sido tirado quase da dobra do jornal.

AGRICULTOR ENCONTRADO MORTO EM POSSÍVEL SUICÍDIO

Um homem da localidade e agricultor de Brampton foi encontrado morto na terça-feira à noite depois de um acidente com arma de fogo. Uma investigação está em andamento, mas a polícia não trata o caso como suspeito.

Daniel sentou-se em silêncio na sala fria. Quando criança, ele tentara lhe perguntar sobre a família, mas ela sempre mudava de assunto. O resto da caixa estava cheia de pinturas feitas por Delia: pinturas a dedo, pinturas de decalque de folhas com lápis de cera e mosaicos de lentilha e macarrão. Sem saber por que, Daniel dobrou os dois recortes do jornal e guardou-os no bolso de trás.
Estava frio e ele bateu os pés ao andar em círculo. Pegou o telefone. Estava desligado. A secretária eletrônica estava piscando e ele ouviu as mensagens.

Uma voz feminina ofegante sussurrou: "Minnie, é Agnes. Soube que você não poderá vir no domingo. Eu só queria dizer que ficarei satisfeita de tomar conta da banca. Espero que você não esteja se sentindo muito mal. Nos falamos depois, acho..."

A secretária foi para outra mensagem:

"Sra. Flynn, aqui é o Dr. Hargreaves. Espero que possa me ligar. Estou com os resultados do consultor. Você perdeu sua última hora marcada. Com certeza, eles autorizaram a conversa e espero que a senhora possa marcar outra hora. Obrigado."

Fim das mensagens, proclamou o aparelho.

Havia cartas empilhadas na cadeira ao lado do telefone no hall. Daniel deu uma olhada nelas. Havia contas atrasadas da companhia de luz e da companhia telefônica, cartas da RSPCA, a principal sociedade protetora dos animais e da PDSA, uma associação de caridade veterinária e números da *Farmers Weekly*. Daniel largou-as no chão e sentou-se, com a mão cobrindo a boca.

O tom frio das notas dissonantes soou em sua cabeça. *Morta. Morta. Morta.*

Daniel foi incapaz de passar a noite na triste casa de Minnie. Encontrou um quarto num hotel, onde pediu um bife que raramente comia e tomou uma garrafa de vinho tinto. Ele caiu no sono sobre as cobertas de nylon, de roupa e tudo, num quarto úmido que exalava um cheiro de morte. Da estrada, havia telefonado para Cunningham, o advogado de Minnie. Como esperava, o funeral aconteceria na capela do crematório em Crawhall.

Era terça-feira. Fazia mais frio em Brampton que em Londres, o sol encoberto pelas nuvens. Daniel sentia o cheiro das árvores no ar e seu verde resoluto era opressor. Estava muito silencioso e as pessoas pareceram virar-se para olhar ao ouvir seus passos. Ele sentiu saudade da autonomia, da premência e do barulho de Londres.

As portas da capela estavam abertas quando ele chegou e, então, entrou. O salão estava pela metade. Os presentes eram homens e mulheres da idade de Minnie. Daniel sentou-se no fundo, no meio de um dos bancos vazios. Um homem alto, magro e quase careca, vestido de cinza, aproximou-se dele.

— Você é... o Danny? — sussurrou o homem, embora a cerimônia não tivesse começado.

Daniel assentiu.

— John Cunningham, prazer em conhecê-lo.

A mão do homem estava seca e dura. Daniel sentiu a sua úmida de suor.

— Que bom que decidiu vir. Venha para a frente. Fica melhor.

Daniel queria esconder-se nos fundos, mas levantou-se e seguiu Cunningham até a frente. Mulheres que ele conhecia da infância, que moravam nos sítios e trabalhavam nas bancas da feira com Minnie, anuíram para ele quando se sentou.

— Não haverá bebidas nem nada depois — sussurrou Cunningham no ouvido de Daniel. Seu hálito cheirava a café com leite. — Mas se você tiver tempo para uma conversa rápida...?

Daniel assentiu com um único gesto de cabeça.

— Eu vou dizer algumas palavras por ela. Você também quer? Posso falar com o pastor.

— Só o senhor está bom — disse Daniel e se virou.

Ele passou a curta cerimônia com os dentes tão cerrados que os músculos da face direita começaram a doer. Cantaram-se hinos e depois as ensaiadas palavras de gentileza do pastor num sotaque típico de Carlisle. Daniel flagrou-se observando o caixão, ainda descrente de que ela realmente estivesse lá dentro. Quando o pastor chamou John Cunningham para fazer o discurso fúnebre, ele engoliu em seco.

No púlpito, o representante legal de Minnie pigarreou alto e leu o que havia escrito numa folha A4 desdobrada.

— Fico orgulhoso de ser um dos membros nesta reunião aqui hoje em homenagem a uma mulher maravilhosa que alegrou nossas vidas e as de muitos outros além dessas quatro paredes. Minnie foi um exemplo para todos nós e espero que ela tenha se sentido orgulhosa de todas as suas realizações em vida.

"Conheci Minnie na qualidade de profissional após as mortes trágicas de seu marido e de sua filha, Norman Flynn e Cordelia Rae Flynn, que descansem em paz."

Daniel endireitou-se no assento e respirou fundo. *Cordelia Rae*. Ele nunca soubera seu nome completo. Nas raras vezes que Minnie a mencionou, foi como Delia.

— Ao logo dos anos, passei a valorizar sua amizade e a respeitá-la como alguém que serve aos outros de um modo a que todos devíamos aspirar. "Minnie... era uma rebelde."

Houve um alvoroço de risadas lacrimosas. Daniel ficou sério. Sua respiração era superficial dentro do peito.

— Ela não se importava com o que pensavam dela. Vestia o que queria, fazia o que queria e falava o que queria, e as pessoas podiam gostar... ou simplesmente aturar. — Mais risadas, como um tapete sendo batido. — Mas ela era honesta e boa, e foram essas qualidades que a levaram a ser mãe adotiva de dezenas de crianças desestruturadas e a se tornar mãe outra vez, nos anos 1980, quando adotou seu filho querido, Danny, que graciosamente pôde juntar-se a nós aqui hoje...

As mulheres sentadas à direita de Daniel viraram-se para ele, que sentiu as faces corarem e inclinou-se para a frente, apoiando-se nos cotovelos.

— A maioria de nós aqui hoje conheceu Minnie como uma pequena fazendeira, com quem trabalhamos lado a lado, ou de quem compramos os produtos. Aqui novamente, ela demonstrou seu carinho e sua atenção no modo como cuidava de seus animais. O sítio não era apenas um meio de vida, os animais eram seus filhos também, e ela os criava como criava todos os outros que precisavam dela.

"Como amigo, esta é minha última impressão sobre sua pessoa. Uma mulher independente, rebelde, ela era dona do próprio nariz, porém mais que tudo isso, era uma pessoa dedicada. E o mundo fica muito mais pobre sem sua presença. Que Deus a tenha, Minnie, descanse em paz."

Daniel observou as mulheres ao seu lado baixarem a cabeça e fez o mesmo, ainda sentindo as faces arderem. Uma das mulheres começou a chorar.

Cunningham sentou-se e recebeu um tapinha no ombro da mulher que estava à sua direita. Com as duas mãos apoiadas no púlpito, o pastor inclinou-se para a frente.

— Chegando aos momentos finais desta cerimônia, Minnie pediu que escutássemos esta peça musical que lhe era especial. A vida terrena de Minnie chegou ao fim e agora confiamos seu corpo aos elementos. Da terra à terra, das cinzas às cinzas e do pó ao pó, confiando na infinita misericórdia de Deus...

Daniel prendeu a respiração. Olhou em volta, pensando de onde viria o som. Antes de ouvir os acordes do piano, ele sabia que peça ela havia escolhido.

Sem pensar, quando a música começou, ele sentiu a tensão do corpo aliviar-se. A cadência ritmada da música levou-o adiante enquanto via as cortinas se fecharem lentamente sobre o caixão. O tempo pareceu ficar mais lento e, sentado lá com estranhos, escutando a música que era tão íntima para ela como para si, ele começou a recordar.

Os momentos de sua vida ficaram pressionados entre ser e sumir de novo, como as próprias notas. O lá sustenido e depois o si: ele ficou boquiaberto de choque ao sentir as faces coradas. Sentiu dor na garganta.

Quanto tempo fazia desde que ele escutara o concerto inteiro? Devia ser ainda adolescente quando o ouviu pela última vez; em sua memória, ela era mais dolorosa, a dissonância mais pronunciada. Agora ele se surpreendia com a serenidade da peça e como — em sua totalidade, acabada, completa — tanto sua harmonia quanto sua dissonância pareciam perfeitas.

Os sentimentos que a música provocou lhe eram desconhecidos. Ele cerrou bem os dentes até o fim, sem querer admitir o pesar que sentia. Lembrou-se de seus dedos fortes e carinhosos e dos cachos grisalhos e macios. Sua pele lembrava a aspereza de suas mãos. Foi isso que deixou seu corpo tenso e as faces coradas. Ele não iria chorar; ela não merecia, mas um pedacinho dele estava cedendo e pedindo para lamentá-la.

No estacionamento, o sol saíra. Daniel tirou o paletó ao dirigir-se ao carro. De repente, sentiu-se exausto, já sem disposição para as sete horas de viagem de volta a Londres. Sentiu a mão de alguém em seu braço e virou-se. Era uma velha, o rosto emaciado e encovado. Daniel levou um instante, mas finalmente a reconheceu. A irmã de Minnie, Harriet.

— Sabe quem eu sou? — perguntou ela, os lábios virando-se para baixo, deixando toda fisionomia contraída.

— É claro. Como vai?

— Então quem sou eu? Diga meu nome, quem sou eu?

Daniel respirou fundo e disse:

— A senhora é Harriet, tia Harriet.

— Conseguiu, não foi? Encontrou o maldito tempo agora que ela morreu?

— Eu... eu não...

— Você devia se envergonhar, rapaz. Espero que esteja aqui por isso. Que Deus o perdoe.

Harriet saiu andando, apunhalando o caminho com a bengala. Daniel virou-se em direção ao carro e apoiou-se no teto. As folhas, o funeral e a quietude do campo fizeram sua cabeça rodar. Ele expirou, esfregando a umidade dos dedos. Ouviu Cunningham chamá-lo e virou-se.

— Danny, não tivemos a oportunidade. Você tem tempo para almoçar ou tomar um chá?

Ele gostaria de ter recusado, de ir embora, mas a única coisa que desejava era deitar-se, então concordou.

No café, Daniel deixou a cabeça cair em suas mãos. Cunningham pediu um bule de chá para os dois e uma sopa para ele. Daniel não quis comer.

— Deve estar sendo duro para você — disse Cunningham, cruzando os braços.

Daniel pigarreou e desviou o olhar, constrangido pelos próprios sentimentos confusos por Minnie e castigado pelas duras palavras de Harriet. Ele não sabia direito por que estava tão emotivo. Fazia muito tempo que se despedira de Minnie.

— Ela era uma joia. Uma joia pura. Tocou tantas pessoas.

— Era durona — disse Daniel. — Acho que fez tantos inimigos quanto amigos...

— Isso ficou claro na capela, mas ela foi específica em seu pedido de um velório não religioso e por uma cremação. Uma cremação, dá para acreditar?

— Ela desistiu de Deus — disse Daniel.

— Eu sei que ela não era praticante há muitos anos. Eu mesmo não tenho tempo, para dizer a verdade, mas sempre achei que a fé era importante para ela.

— Certa vez, ela me disse que os rituais e as preces eram o mais difícil de abandonar. Ela não dava importância para isso, mas não conseguia parar. Um vez, ela me contou que o cristianismo era apenas mais um de seus maus hábitos. Você a conhecia, ela rezava um rosário quando estava embriagada. Os maus hábitos andam juntos... O senhor fez um bom discurso. Foi correto. Ela era uma rebelde.

— Acho que ela devia ter voltado para Cork depois da morte de Norman. A irmã dela disse o mesmo. Falou com ela? Era a que estava na ponta da fila.

— Conheço a irmã dela. Ela vinha nos visitar. Trocamos algumas palavras. — Mais uma vez, Daniel desviou o olhar, mas Cunningham não notou e continuou falando.

— Minnie era uma mulher à frente de seu tempo. Ela devia ter morado numa cidade em algum lugar cosmopolita...

— Nada. Ela adorava o campo. Vivia para isso.

— Mas suas ideias eram todas urbanas, ela teria se dado melhor.

— Talvez. Foi sua escolha. Como o senhor disse, ela amava seus animais.

A sopa de Cunningham chegou e ele se ocupou com o guardanapo e os pãezinhos amanteigados por uns instantes. Daniel tomou um gole do chá e ficou olhando, ainda incerto do que Cunningham precisava lhe falar com urgência. Estava satisfeito de ficar quieto.

— Levará algum tempo para que a propriedade seja saldada. Preciso conseguir uma empresa que desocupe a casa para depois colocá-la à venda. Nas condições em que está, não espero uma venda rápida, mas nunca se sabe. Só quero que você se prepare para esperar alguns meses até que possamos liquidar tudo, do jeito que está.

— Como disse ao telefone, não quero nada.

Cunningham tomou uma colherada cautelosa da sopa. Limpou a boca com o guardanapo e disse:

— Achei que tivesse mudado de ideia, tendo vindo ao funeral e tudo.

— Não sei por que vim. Acho que foi porque era preciso... — Daniel esfregou o rosto. — ... ver por mim mesmo que ela realmente estava morta. Fazia algum tempo que não nos falávamos.

— Ela me contou... não há pressa em relação à propriedade. Como eu disse, vai levar meses até terminar o processo. Entrarei em contato quando chegar a hora, e então você poderá ver como se sente.

— Tudo bem, mas já posso lhe dizer que não vou mudar de ideia. Pode doar para o canil. Isso, com certeza, iria agradá-la.

O silêncio prolongou-se entre eles, como um cachorro pedindo para ser acariciado.

Cunningham olhou pela janela.

— Minnie era uma joia, não é? Fazia a gente rir. Grande senso de humor, hein?

— Não me lembro.

O homem franziu o cenho para Daniel e voltou a atenção para sua sopa.

— Então, quer dizer que foi câncer? — perguntou Daniel, respirando fundo.

Cunningham engoliu, assentindo.

— Mas ela não o combateu, sabe. Podia ter feito quimioterapia; havia opções cirúrgicas, mas ela recusou tudo.

— É claro que recusaria.

— Ela me contou que estava infeliz. Eu sei que vocês tiveram uma desavença alguns anos atrás.

— Ela já se sentia infeliz muito antes disso — disse Daniel.

A colher de Cunningham soou contra a tigela, quando ele a raspou.

— Inicialmente, você foi um dos filhos adotivos dela, não foi?

Daniel assentiu. De repente, ficou com os ombros e os braços tensos e se mexeu para liberar a tensão.

— Você era especial para ela. Isso ela me contou. Era como se fosse seu filho de verdade.

Daniel olhou para ele. Havia um pingo de sopa em seu bigode e seus olhos estavam bem abertos e penetrantes. Daniel sentiu uma raiva surpreendente do homem. De repente, o café estava muito abafado.

— Desculpe — disse Cunningham, pegando a conta, como se percebesse que fora longe demais. — Ela me deu uma caixa de coisas para você. Trata-se de quinquilharias e fotos, em sua maioria, nada de muito valor, mas ela queria que você ficasse com isso. É melhor que leve agora. Está no carro.

Cunningham acabou de beber o chá.

— Sei que isso deve ser difícil para você. Sei que vocês tiveram suas diferenças, mas ainda assim...

Daniel balançou a cabeça, sem saber o que dizer. A dor retornara à sua garganta. Ele se sentiu como antes, no crematório, lutando para conter as lágrimas e com raiva de si mesmo por causa disso.

— Você quer lidar com a casa por conta própria? Como familiar, tem o direito...

— Não, contrate uma empresa para isso, não há nada... eu realmente não tenho tempo — Pareceu melhor dizer isso. As palavras foram como ar fresco. Sentiu-se justo com elas, revigorado.

— Fique à vontade para ir lá e pegar qualquer item pessoal da propriedade enquanto estiver aqui, mas, como eu disse, há algumas coisas que ela separou.

Eles se levantaram para ir embora; Cunningham pagou a conta. Antes de abrir a porta, Daniel perguntou:

— Ela não sofreu, não é?

Eles saíram, expondo-se ao primeiro sol de outono. A claridade fez Daniel fechar os olhos.

— Sofreu sim, mas sabia que era inevitável. Acho que ela já estava farta mesmo e só queria que tudo acabasse.

Eles apertaram as mãos. Daniel sentiu o aperto breve e forte de Cunningham como conflitante, comunicando o não dito. Lembrou-se dos apertos de mão que dera em clientes depois que o juiz os condenou. Gentileza concedida com uma rápida agressividade.

Daniel estava prestes a lhe dar as costas, dispensado, expulso, mas então Cunningham jogou as mãos para cima.

— Sua caixa! Sua caixa está no meu carro. Um minuto.

Daniel esperou enquanto Cunningham foi pegar a caixa de papelão no porta-malas. O cheiro do campo e das fazendas não o acalmou.

— Aqui está — disse Cunningham. — Nem vale a caixa, mas ela queria que ficasse com você.

Para evitar um segundo aperto de mãos, Cunningham lhe fez continência. Daniel ficou confuso com o gesto, mas acenou com a cabeça em despedida.

A caixa era leve. Ele a colocou no porta-malas do carro sem olhar dentro.

8

Ele calçou as galochas grandes demais. A sensação de frio passou pelas meias, como gelatina endurecida. Espalhou as sobras da cozinha para as galinhas como ela havia pedido. Tentou não tocar nos vegetais frios com os dedos, mas um punhado de milho grudou em suas unhas e ele lhe deu um piparote como se fosse ranho. Minnie lhe dissera que achava que seu nariz estava quebrado. Ele tinha dificuldade de respirar ao alimentar as galinhas. Não se importou muito, pois detestava a catinga delas: amônia, vegetais podres e penas úmidas.

Era sábado e ela estava fazendo bacon com ovos para ele. Dava para vê-la pela janela da cozinha. Ela sempre ficava quieta durante a manhã. Ele sabia que era a outra face do gim. Aos 11 anos, ele sabia tudo sobre ressacas de drogas e bebidas, embora nunca tivesse tido uma. No entanto, já se embriagara. Certa noite, ele levou duas latas de cerveja para a cama e bebeu-as enquanto assistia a *Dallas*, na TV preta e branca portátil do quarto de sua mãe. Acabara vomitando no pijama.

Ele usava o colar da mãe ao alimentar as aves com os restos, sem se importar se ele o fazia parecer uma menina. Queria garantir a segurança do colar. Queria saber se ela estava segura. Pensava no que a assistente social dissera a Minnie na noite anterior. No carro, no caminho de volta, quando Tricia lhe disse que não sabia nada sobre sua mãe e o incêndio, ele sentiu que ela estava escondendo alguma coisa.

Daniel voltou para dentro de casa andando de lado, pois Hector, o bode, observava-o de modo lamentável. Seu rosto caprino lembrava-o da assistente social. Ele tirou as galochas no hall de entrada. Blitz estava deitado bem na frente da porta e levantou a cabeça quando Daniel entrou, mas não se mexeu, então o menino teve de pular por cima. A cozinha cheirava a gordura, porco e cebolas.

As linguiças estavam tão gordurosas que deslizaram no prato. Pegando o talher, ele as espetou com o garfo. Isso era o que ele mais gostava de fazer, furar a pele e ver o sumo sair.

— Você está se sentindo melhor? — perguntou ela.

Ele deu de ombros, olhando para a comida.

— Como está seu nariz? Conseguiu dormir direito?

Ele fez que sim.

— Preciso falar com você.

Ele olhou para ela, o garfo pousado no prato. Seus olhos estavam um pouco mais abertos que de costume. Daniel sentiu o apetite esvair-se, sentiu a gordura da linguiça na garganta.

— Às vezes, quando nos acontecem coisas ruins, fugir parece ser a coisa mais fácil, mas quero que você tente não fugir, e sim que encare as coisas de que não gosta. Parece mais difícil, mas, a longo prazo, será melhor para você. Confie em mim.

— Eu não estava fugindo.

— Estava fazendo o quê então?

— Estava indo visitar minha mãe.

Minnie suspirou e empurrou o prato. Ele ficou observando-a morder o lábio e depois se inclinar para a frente e segurar sua mão. Ele puxou a mão devagarzinho, mas ela não recuou e manteve a mão estendida para ele sobre a mesa.

— Nós vamos descobrir o que aconteceu com sua mãe. Quero que você saiba que vou ligar todos os dias para saber sobre isso. Prometo que vou descobrir...

— Ela vai ficar bem. Ela, tipo, sempre fica bem.

— Também acredito nisso. Só quero que confie em mim. Estou do seu lado, querido. Você não precisa mais fazer tudo sozinho.

Prometo. Confie. Sozinho. As palavras martelaram em seu peito. Era como se ele não tivesse ouvido ou como se as palavras fossem pedras, atingindo-o. *Querido. Confie. Sozinho.* Daniel não sabia bem por que elas feriam.

— Cale a boca.

— Danny, sei que você quer ver sua mãe. Entendo isso. Vou ajudá-lo a descobrir onde ela está e, dentro do que for razoável, poderemos falar com sua assistente social sobre visitas. Mas você precisa ter cuidado, Danny, não pode ficar fugindo o tempo todo. Eles o tirarão de mim, você sabe, e essa é a última coisa que eu quero neste mundo.

Daniel não sabia bem se foi a ideia de não ver a mãe ou de ser levado embora da casa de Minnie que o assustou. Estava cansado de ser levado para lugares novos e depois ser mandado embora, mas ainda assim não esperava ficar ali. Ele sabia que a partida se daria em breve. Era melhor começar logo.

Primeiramente, ele ficou ciente dos dedos, ainda grudentos do milho, colados uns nos outros como se ligados por uma membrana, depois seu coração começou a bater forte e ele não conseguia respirar. Levantou-se da mesa, e a cadeira caiu para trás no chão. A batida assustou Blitz, que ficou de pé num salto. Daniel saiu correndo da cozinha e foi direto para seu quarto lá em cima.

— Danny! — Ele a ouviu chamar.

Ele ficou parado na janela do quarto, olhando para o quintal lá em baixo. Seus olhos estavam quentes e as mãos tremiam. Ele a ouviu subindo as escadas, segurando o corrimão para se apoiar. Virou-se e os vertiginosos botões de rosa do papel de parede assaltaram-no.

Ele colocou as mãos no cabelo, e o puxou até ficar com os olhos cheios de lágrimas. Deu um grito longo e sofrido até ficar sem fôlego. Quando ela entrou no quarto, ele pegou a caixa de joias da penteadeira e jogou-a no espelho do armário. Quando ela veio em sua direção, ele pegou a penteadeira e derrubou-a no caminho. Ele a viu subir na cama para alcançá-lo e começou a bater na vidraça com os punhos e depois com a cabeça. Ele queria sair, ficar longe dela. Queria a mãe.

Ele não ouvia o que ela dizia, mas via seus lábios se movimentarem e os olhos mostrarem aflição. Ao sentir as mãos dela, ele se virou e lhe deu um tapa na boca. Em seguida lhe deu as costas. Não queria ver a reprovação em seus olhos. Ele recomeçou a bater na vidraça com os punhos e a cabeça, e ela rachou, mas então ele sentiu as mãos dela em seus ombros. Ele se virou com os punhos cerrados, mas ela o puxou para junto de si e para o chão.

Ela o abraçava. Seu rosto estava pressionado no peito dela e ele sentia seus braços em volta como uma corda e o seu peso. Debateu-se. Deu chutes e tentou levantar-se, mas não adiantou. Tentou gritar de novo, mas ela só o apertou ainda mais.

— É isso aí, menino, você está bem. Vai ficar bem. Desabafe tudo agora. Está tudo bem.

Ele não queria chorar. Nem tentou parar. Estava simplesmente cansado demais. As lágrimas e a respiração simplesmente saíam dele. Não era possível parar. Ela se sentou, encostada no espelho quebrado do armário, o tempo todo abraçando-o. Parou de prender os braços dele, mas o abraçou ainda mais forte. Ele sentiu seus lábios em sua testa. Estava ciente do barulho que estava fazendo, as respirações incontroláveis e entrecortadas, e do cheiro dela. A lã úmida que ela usava foi subitamente tranquilizante e ele a inalou com profundidade.

Daniel não sabia quanto tempo eles ficaram assim, mas foi o bastante. O clima mudou lá fora e a manhã úmida foi substituída pelo brilho do sol lançado sobre a casa e o sítio encharcados. Ele parou de chorar, mas continuou respirando aos soluços e suspirando, como se estivesse experimentando uma coisa quente. Estava exausto. Não sabia qual seria o próximo passo a dar.

— Pronto, quietinho agora, meu querido — sussurrou ela, enquanto ele tentava respirar tranquilamente. — Está tudo bem. Não sou sua mãe. Nunca poderei ser, mas estou aqui mesmo assim. Sempre estarei aqui se você precisar de mim.

Ele estava cansado demais para sentar-se ou responder, mas uma parte dele estava contente por ela estar ali e ele apertou ainda mais sua cintura. Ela o segurou um pouco mais apertado em resposta.

Depois de algum tempo, ele conseguiu voltar a respirar direito. Lentamente, ela o soltou. Mais tarde, indo para a cama cedo, ele tentou lembrar-se se alguém já o abraçara assim antes. A maioria das pessoas não ficava tão perto dele. Sua mãe o beijara. Sim, ela havia passado os dedos em seus cabelos e o consolara uma ou duas vezes quando ele se machucou.

Daniel ajudou Minnie a se levantar e então, juntos, eles tentaram pôr o quarto de novo em ordem. A vidraça estava rachada e o espelho, estilhaçado. Minnie suspirou ao analisar a destruição.

— Desculpe, não tive a intenção de quebrar tudo — disse ele. — Eu vou, tipo, consertar para você.

— Não sabia que você tinha todo esse dinheiro — disse ela, rindo.

— Posso arrumar.

— Lá vem você de novo com sua carreira de batedor de carteiras. Acho que é melhor não. — Ela se curvou para pegar a caixa de joias do chão. Ela se curvou pelos quadris, com o traseiro para cima e a saia subiu, deixando à mostra suas pernas brancas e as meias masculinas que iam até os joelhos. Dava para ver que ele a exaurira. Suas faces estavam coradas e havia suor sobre os lábios.

— Eu poderia distribuir jornais.

— Distribuir jornais, mesmo? Você pode me ajudar na banca nos fins de semana. Vou lhe pagar por isso.

— Então tá.

— Ei, mas veja bem, preciso de alguém cuidadoso. Você vai ser cuidadoso com os ovos?

— Vou sim. Prometo.

— Bem, vamos ver então. Teremos que ver.

9

No carro, com os vidros abertos, aproveitando o ar fresco e fazendo respirações profundas que distendiam seu diafragma, Daniel dirigia acima da velocidade. Com o cenho franzido para a estrada, ele tentava entender por que tinha ficado tão aborrecido no funeral e de onde surgiu tanta raiva de Cunningham. Tinha sido infantil e emotivo, ele repreendia a si mesmo, praguejando baixinho.

Agora, de volta à estrada, sentia-se melhor: relaxado, mas cansado. Brampton o deprimira e as distrações do trabalho ainda pareciam distantes. Ele respirou fundo outra vez e cogitou se era o cheiro de esterco que o estava deixando dopado. Ele devia ter pegado a M6 direto para Londres — queria estar em casa antes do anoitecer —, mas estava simplesmente dirigindo com o vidro aberto, sentindo o cheiro dos campos, observando as casinhas e recordando os lugares que frequentava quando criança.

Quase por acidente, ele se deu conta de estar na A69 e então caiu na armadilha do tráfego com Newcastle à frente. Daniel não pretendia fazer um desvio, mas havia algo que queria rever; algo que precisava fazer, hoje mais que nunca.

Daniel entrou na cidade, passou pela universidade e seguiu pela Jesmond Road. Ali ele dirigiu mais lentamente, quase com medo de chegar.

Ao sair do carro, o sol estava encoberto pelas nuvens. Ele estava atento à longa viagem que o aguardava, mas mesmo assim queria dar uma parada e vê-la mais uma vez.

A entrada do cemitério era uma arcada de arenito vermelho e ele se sentiu atraído para suas profundezas. Sabia aonde ir; seus passos adolescentes tinham seguido o caminho, à procura do lugar onde ela jazia.

Daniel se surpreendeu com a rapidez com que encontrou o túmulo. Seu mármore branco agora estava descorado e manchado. As letras pintadas em preto com seu nome haviam descascado quase completamente, de modo que à distância lia-se Sam Gerald Hunt, em vez de *Samantha Geraldine Hunter*. Daniel suspirou, com as mãos nos bolsos.

Era uma simples cruz, enterrada no cascalho, como que para negar a necessidade de flores, manutenção, declarações públicas de amor.

Balançando nos calcanhares diante do túmulo, Daniel pensou nas palavras ditas na cerimônia de Minnie: *Momentos finais. Corpo. Elementos. Terra. Pó. Cinzas. Confiança. Misericórdia.* Ele se lembrou de estar diante desse túmulo quando mais jovem, sentindo-se ferido por seu próprio nome não estar gravado no mármore barato. Ele queria que ali constasse *Mãe amorosa de Daniel Hunter*. Ela havia sido uma mãe amorosa? Será que o teria amado?

Essa morte o deixara colérico por muito tempo, mas agora ele estava ali, indiferente ao fato de seu nome não estar gravado no túmulo. Sabia que compartilhava o DNA com os ossos abaixo de seus pés, mas já não necessitava desses ossos.

Pensou em Minnie, imolada e jogada ao vento. Mentalmente, conseguia sentir seu cheiro, sentir a aspereza de seu cardigã na face e ver o brilho em seus olhos azuis aquosos. Como o próprio presente, ele a perseguiria, efêmera, como o *agora*, impossível de ser capturado. Ele a evitara por anos, mas agora ela partira: não da velha casa, não do sítio, não do cemitério, não dos olhos de sua irmã. Minnie sumira da Terra sem deixar sequer um pedaço de mármore fixado taciturnamente a falar de sua passagem.

Daniel lembrou-se de chorar sobre esse túmulo. Agora ele estava ali parado com os olhos secos e as mãos nos bolsos. Lembrava-se de Minnie com mais facilidade do que da própria mãe. Era tão pequeno quando convivera pela última vez com sua mãe. Durante anos, seus encontros haviam sido tensos e breves. Ele fugira para ir a seu encontro e fora afastado dela.

Havia ficado com Minnie. Ela o acolhera enquanto criança, adolescente e jovem. Agora que ela se fora, ele se sentia estranhamente calmo, mas sozinho: mais sozinho do que se sentia antes de saber da morte dela. Era isso que não conseguia compreender. Ela se perdera para ele anos atrás e, contudo, agora ele sentia sua perda.

As perdas não deviam ser pesadas, ele pensou. Ainda assim, agora, considerando a perda de suas duas mães, ele sentia mais a perda de Minnie.

***

Voltando para Londres, Daniel parou no posto de gasolina de Donnington Park. Abasteceu, comprou um café e então verificou seu celular pela primeira vez desde que partira.

Havia três chamadas perdidas do escritório. Tomando o café morno e inalando os odores da gasolina, Daniel ligou para Veronica. Sentado no assento do motorista com a porta aberta, escutava o sussurro rouco da rodovia atrás dele.

— Tudo bem com você? — perguntou Veronica. — Andamos tentando nos comunicar. Você *não vai acreditar*... Aliás, como foi o funeral, não foi de ninguém próximo, foi?

Daniel pigarreou.

— Não... não, o que aconteceu?

— Você não estava atendendo o telefone!

— É, eu... desliguei. Precisava tratar de uns assuntos.

— Você tem o caso de Sebastian Croll de volta se quiser. Vai pegar?

— Como assim?

— Kenneth King Croll é bem relacionado.

Daniel esfregou o queixo. Não tinha se barbeado e sentiu a aspereza.

— O caso acabou com a McMann Walkers, mas... acredite se quiser, Sebastian não quis saber deles. Teve um acesso de fúria e disse que só *aceitaria você* como advogado!

— Por que Seb não quis trabalhar com eles, o que foi que fizeram?

— Bem, o advogado da McMann Walkers foi ver Sebastian um dia depois de você ter viajado. Eu o conheço, Doug Brown; pelo que parece, é um antigo colega de escola de Croll...

"De todo modo, não tenho todos os detalhes, mas Sebastian foi muito grosseiro com ele. Os pais interferiram, mas o menino começou a gritar e ficava falando que queria você de volta. Na verdade, perguntou por você, por seu advogado, Daniel — Veronica deu uma risadinha. — No fim das contas, a coisa ficou tão ruim que a McMann Walkers recusou o caso. Só sei que o tal de King Kong, seja lá como o chama... não para de me ligar. Eles querem que você volte para contentar Sebastian."

Daniel terminou o café e mordeu o lábio. Ele *sentira* o impulso de proteger o menino, de salvá-lo. Sebastian tinha a sua idade quando ele pisou na cozinha de Minnie pela primeira vez. Agora, porém, Minnie se fora, e Daniel se sentia exaurido. Não sabia bem se estava pronto para o caso.

— Então, vai pegar de volta? — perguntou Veronica. Sua voz nítida era insistente. — Dei uma olhada no resumo do processo e me pareceu forte.

— É claro que vou pegar — disse Daniel, mas as palavras saíram impensadas de sua boca.

A rodovia rosnava lá atrás e ele se desviou do barulho insensível, desatinado.

— Maravilha. Vai ligar para o gabinete de Irene amanhã? Saber se ela e seu assistente ainda estão disponíveis? Eu teria falado com ela, mas antes precisava consultá-lo.

Daniel dirigiu em alta velocidade, deixando o norte para trás. Deu uma parada no escritório para pegar as anotações do caso de Sebastian. Era tarde e, ao passar pelos espaços surrealmente silenciosos do escritório, ficou aliviado que nenhum de seus colegas estivesse lá.

O dia estava acabando quando ele finalmente retornou a Bow. Pegou algo para comer em South Hackney e então encontrou um lugar para estacionar perto do apartamento na Old Ford Road. O sol se punha no Victoria Park, o laguinho com seu chafariz refletia o céu ensanguentado como um relógio de sol aquático. Dava para sentir no ar os vestígios de churrascos. Ele abriu o porta-malas do carro, tirou a caixa que Cunningham lhe dera e foi caminhando para casa, cabisbaixo, a caixa numa das mãos e a comida e as chaves na outra.

Sentia-se estranhamente esvaziado, a casa vazia do sítio ainda dentro dele, rangendo com sua perda. Ouviu as notas novamente, dolorosas como osso exposto. Elas soavam frias e duras.

Ele pôs a caixa na mesa da cozinha, mas ainda não a abrira para ver o que continha. Em vez disso, comeu rapidamente seu curry, debruçado sobre a mesa à sombra da caixa, e depois tomou um banho. Deixou o chuveiro quente demais e inclinou-se para o jato d'água. Sua pele ardeu quando ele se secou com a toalha. No banheiro, nu, ele olhou para o rosto no espelho enquanto a pele esfriava e pensou no gavião que vira planando sobre os charcos de Brampton. Ele se sentiu sozinho e inflexível, enrijecendo as asas e subindo para uma corrente de ar quente.

Os dois últimos dias o haviam deixado assustado, mas ele não sabia se era medo do caso do menino e tudo o que isso implicava, ou medo da perda de Minnie — medo de que a vida soubesse que ela partira; não era mais preciso ignorá-la.

Perda. Ao passar a mão no queixo e decidir não se barbear, Daniel pensou nisso. *Perda.* Enrolou uma toalha na cintura e expirou. *Perda.* Era como todo o resto. Podia ser praticada. Ele quase já não a sentia mais. Sua mãe tinha partido e agora Minnie; ele ficaria bem.

Daniel se vestiu e começou a folhear o caso de Sebastian. Esperava que Irene ainda estivesse disponível e pudesse encarregar-se dele. A primeira coisa que faria seria ligar para o oficial de justiça dela. Ele e Irene haviam trabalhado juntos em vários casos, particularmente no tiroteio da gangue de Tyrel no ano anterior. Os dois ficaram arrasados quando Tyrel foi condenado.

A última vez que a vira tinha sido na festa em comemoração à sua promoção a QC, em março, embora ele mal tivesse conseguido lhe dirigir duas palavras. Ela era londrina, nascida em Barnes e vários anos mais velha que Daniel, mas cursara direito em Newcastle. Ela gostava de tentar impressioná-lo com sua imitação do sotaque nortista. Daniel não podia sequer pensar em outra pessoa para defender Sebastian.

Sozinho no apartamento, Daniel não conseguia dormir, então começou a trabalhar. Sua secretária já tinha assistido às fitas das câmeras de vigilância, liberadas para a defesa. Daniel assistiu de novo, só para garantir que eles não tivessem deixado nada passar. Durante o dia, as câmeras estavam voltadas para a Copenhagen Street e para a Barnsbury Road quase o tempo todo, virando-se para focar o parque depois das sete da noite. Daniel passou rapidamente todos os flashes do parque, mas não havia crianças desacompanhadas, ninguém mais que parecesse suspeito.

Já passava de uma hora da manhã quando ele terminou de fazer anotações sobre o caso de Sebastian e só então levantou a tampa da caixa de papelão que Minnie havia lhe deixado. Continha o que ele esperava: suas fotografias da época da escola, fotos de piqueniques na praia de Tynemouth. Havia suas medalhas do primário e os prêmios do secundário, desenhos e pinturas que ele fizera para ela quando criança e uma velha caderneta de endereços de Minnie.

Havia a fotografia emoldurada que ficava no console da lareira, de Minnie com a filha e o marido, que segurava a menininha no colo, enquanto ela soprava bolhas de sabão que flutuavam sobre o rosto da mãe. Quando criança, Daniel maravilhou-se com essa foto, por causa da juventude de Minnie. Ela era mais magra, tinha cabelo curto e escuro e um largo sorriso branco. Foi preciso olhar atentamente para a foto para descobrir suas feições como ele as conheceu.

No fundo da caixa, os dedos de Daniel sentiram algo frio e duro. Ao terminar a cerveja, ele libertou o objeto das profundezas da caixa de papelão.

Era a borboleta de porcelana, de um azul e amarelo mais brilhantes do que ele se lembrava. Pareceu uma quinquilharia. Havia uma lasca na asa, mas não fosse por isso, estava intacta. Daniel segurou-a na mão.

Imaginou Minnie reunindo essas coisas e separando-as para ele, pensou sobre a doença dela e em como teria se manifestado. Imaginou-a pedindo que a enfermeira a ajudasse a se sentar no leito do hospital, para que ela pudesse lhe escrever. Quase podia enxergá-la, dando pequenos suspiros com o esforço, o brilho de seus olhos azuis ao assinar a carta, *Mama*. Ela sabia que estava morrendo. Sabia que nunca mais o veria.

Ele se esforçou para lembrar-se da última vez que eles se haviam falado. Todos esses anos, e nunca se passou um aniversário ou Natal sem seus cartões e telefonemas. No Natal passado, ele tinha ido esquiar na França. Ela deixara dois recados e enviara um cartão com um cheque de 20 libras dentro. Como sempre fazia, ele apagou as mensagens, rasgou o cheque e jogou o cartão na lixeira. Sentiu uma pontada de culpa diante da agressividade implícita nesses gestos.

Devia ter sido em seu aniversário, em abril, que ele falara com ela pela última vez. Estava com pressa, caso contrário, teria verificado o número que ligava antes de pegar o fone. Chegara em casa tarde do trabalho e estava atrasado para um jantar.

— Sou eu, meu querido — dissera ela, que sempre falava com a mesma familiaridade, como se eles tivessem se visto na semana anterior. — Só queria lhe desejar um feliz aniversário.

— Obrigado — respondera ele, a musculatura dos maxilares latejando. — Não posso falar agora. Estou de saída.

— É claro. Está indo a um lugar especial, espero.

— Não, é um assunto de trabalho.

— Ah, entendo. E como está seu trabalho? Ainda está gostando?

— Olha, quando você vai parar? — gritara ele. Ela não disse nada. — Eu não quero falar com você.

Daniel lembrou-se de esperar por uma resposta antes de desligar. Ela já devia saber do câncer à essa altura. Ele tinha desligado, mas depois passou o resto da noite pensando nela, o estômago comprimido de raiva. Ou seria de culpa?

A música do funeral ainda soava em sua mente. Ele se lembrou do tom acusatório de Harriet, como se tivesse sido culpa dele, como se Minnie não tivesse culpa nenhuma. Daniel duvidava de que ela tivesse contado a Harriet o que havia feito. Harriet considerava-o mal-agradecido, mas fora ele que tinha sido *injustiçado*.

Agora Daniel levantava a borboleta para olhá-la. Lembrou-se de estar na cozinha de Minnie pela primeira vez e segurar uma faca em frente ao rosto dela, do olhar duro e inflexível diante de si. Essa tinha sido a primeira coisa que ele amara nela: seu destemor.

Os pensamentos de Daniel se voltaram para Sebastian. O que será que o menino vira nele, por que insistira para que ele fosse seu advogado? Afagou a borboleta mais uma vez com o polegar e depois colocou-a com cuidado sobre a mesa de centro.

10

— Olhe — disse Daniel, acenando para Minnie lá do quintal. — Estou dando comida para ele!

Ele estava parado, de pés juntos, dando uma cenoura para Hector, o bode. Ele estava com Minnie há quase um ano e sentia um estranho conforto no quintal cheio de barro dos fundos e na cozinha entulhada. Gostava de suas tarefas e dos animais, embora Hector mal começasse a aceitá-lo.

Ela bateu na janela.

— Tenha cuidado. Ele sabe ser matreiro.

A pequena escola de Brampton também estava melhor para ele. Já havia perdido pontos algumas vezes e apanhara com uma palmatória — por derrubar uma carteira —, mas também havia ganhado uma medalha de ouro em inglês e uma de prata em matemática. Minnie era boa em matemática e gostava de ajudá-lo com os deveres de casa. A bela Srta. Pringle, sua professora, gostava dele, e ele estava no time de futebol.

Minnie bateu na janela de novo.

— Cuidado com os dedos.

Daniel ouviu o telefone tocar e Minnie saiu da janela. Era maio, e ranúnculos e margaridas espalhavam-se entre o capim alto que margeava a casa. Borboletas preguiçosas planavam de botão em botão, e Danny as observava enquanto a cenoura ia ficando mais curta. Prestando atenção em Minnie, ele puxou a mão quando o toco ficou muito curto. Hector abaixou a cabeça e comeu a cenoura, com talo e tudo. Suavemente, Danny afagou o pelo curto e quente do bode, puxando a mão e recuando sempre que ele abaixava a cabeça.

— Mais tarde te dou outra — disse ele.

Agora ele estava se dando bem com Minnie. Nos fins de semana, davam risadas juntos. Um dia, depois da feira, fizeram uma barraca na sala com a mesa dobrável e uma porção de lençóis. Ela pegara sua caixa de bijuterias para usar como tesouro e engatinhou para dentro com ele, fingindo que eram beduínos abastados. Ela fizera iscas de peixe para o jantar e eles comeram na barraca com a mão, mergulhando-os no ketchup.

Em um outro dia, eles brincaram de pirata e ela o fizera andar vendado por uma tábua apoiada no banquinho na sala. Ele gostava da risada dela, que sempre começava com três estrondos e depois virava uma gargalhada e uma risadinha que durava vários minutos. Só de vê-la rir, ele sorria agora.

Na semana anterior, eles tinham decorado o quarto dele e Minnie o deixara escolher a cor. Ele escolheu um azul-claro para as paredes e um azul vibrante para a porta e os rodapés. Ela o deixara pintar também e eles passaram todo o fim de semana com o rádio ligado, tirando o papel de parede com botões de rosa e pintando as paredes.

A porta da casa bateu e Minnie ficou lá parada com a mão na testa.

— O que foi? — perguntou Daniel.

Ele já entendia a fisionomia de Minnie. Muitas vezes, ela franzia o cenho quando estava muito feliz fazendo seu trabalho. Quando estava preocupada ou com raiva, o franzido sumia e os lábios se viravam levemente para baixo.

— Entre, menino, entre. Tricia acabou de ligar. Ela vem vindo para te pegar.

Apesar da brisa quente de verão e do fato de estar suando depois de cuidar das tarefas da tarde, Daniel sentiu um súbito frio. O sol ainda estava alto num céu azul de doer, mas ele sentiu as sombras se movendo furtivamente de sua mente para o quintal, escurecendo o matiz das borboletas, que brincavam com as pétalas e os botões.

Daniel pousou a mão em Hector novamente e o bode velho começou a se afastar, fugindo por toda a extensão da corda no quintal de barro seco.

— Não, eu não vou. Não vou embora... Eu...

— Calminha, tá bom. Acho que ela não vai levá-lo daqui, mas tem um encontro arranjado com sua mãe.

Minnie estava no vão da porta e cruzou os braços. Olhava para Daniel com os lábios comprimidos.

De repente, o ar pareceu barulhento para Daniel; as abelhas zuniam e as galinhas cacarejavam, histéricas. Ele tapou os ouvidos. Minnie veio até ele, que se esquivou e entrou na casa. Ela o encontrou na sala, encolhido atrás do piano, que era aonde ia quando se sentia assim. Porém já não se sentia desse jeito com tanta frequência.

Ele ficou observando os pés dela se aproximando, gordos, dentro de chinelos sujos e depois viu seus tornozelos aparecerem quando ela se sentou numa poltrona próxima ao piano.

— Você não precisa ir, meu querido, a escolha é sua, mas acho que pode ser melhor. Eu sei que é inquietante. Faz tempo que não a vê, não é?

Daniel se mexeu um pouco e deu um leve chute no piano, que soou um gemido oco como que magoado com ele. Daniel fungou. Na posição em que estava, podia sentir o cheiro da madeira crua do piano e então aspirou-a. O cheiro o confortou.

— Vem cá.

Normalmente, Daniel não ia. Ficava onde estava, e ela ficava esperando por perto se ele estivesse triste ou esperava no cômodo ao lado se ele estivesse quieto. Hoje, não querendo que ela se fosse, ele se levantou e se sentou no braço da poltrona. Ela o pressionou contra o peito. Ele gostava do fato de ela ser tão avantajada. Mesmo quando ele era bem pequeno, tinha a impressão de que sua mãe parecia frágil. Quando o segurava, seus ossos às vezes o machucavam, o alfinetavam com o aperto insistente.

Daniel sentiu o queixo redondo de Minnie no topo da cabeça.

— Acho que eles só querem falar com você, OK? Depois, você pode voltar e eu faço rosbife para o jantar. Enquanto estiver fora, vou comprá-lo especialmente para você. Vamos ter o assado de domingo no sábado, só para você.

— Com *Yorkshire puddings*?

— Mas é claro, com molho e algumas das cenouras que você mesmo plantou. São as mais saborosas que a terra já produziu. Você tem jeito para isso, ah se tem!

Ela o sossegou para sair da poltrona.

— Muito bem, então, vá se lavar. Tricia vai chegar logo.

Daniel olhou para Minnie lá atrás, enquanto Tricia o levava para o carro. Ele estava usando uma camisa xadrez de mangas curtas e jeans azuis. Tinha uma sensação familiar no estômago, como se suas entranhas tivessem sido retiradas e substituídas por papel picado e folhas secas. Sentia-se preenchido, porém vazio e leve. Tinha posto o colar de sua mãe e agora mexia nele com o polegar e o indicador, sentado no carro ao lado de Tricia.

— Você está muito melhor, Danny. Continue assim.

— Vou morar com minha mãe? — perguntou ele, olhando pela janela do seu lado, como se um transeunte pudesse responder.

— Não, não vai.

— Você vai me colocar em algum outro lugar?

— Por enquanto não, vou trazê-lo de volta para Minnie hoje à noite.

Ainda olhando pela janela, Daniel mordeu o lábio.

— Eu vou ficar sozinho com ela?

— Com sua mãe? Não, Danny, sinto muito, é um encontro supervisionado. Quer ouvir rádio?

Daniel deu de ombros, e Tricia girou o sintonizador até encontrar uma música que lhe agradasse. Daniel tentou pensar na coleta de ovos, no plantio das cenouras ou no jogo de futebol, mas sua mente estava sombria e vazia. Lembrou-se de sentar no armário do apartamento de sua mãe, enegrecido pela fuligem.

— Por que está com a língua para fora? — perguntou Tricia de repente.

Daniel puxou a língua para dentro. Podia sentir o gosto de carvão.

— Uau, cara, olhe só seu tamanho.

Os ossos dela ainda eram doloridos para ele, que ficou tenso ainda antes de seu abraço, na expectativa de sentir as costelas e os cotovelos. Ela era exatamente a mesma, mas com olheiras pretas. Daniel ficou chocado por não querer tocá-la.

Tricia estava de pé, segurando a bolsa com as duas mãos.

— Vou pegar algo para bebermos e dar uns minutos para vocês colocarem os assuntos em dia, depois volto e dou uma ajuda.

Daniel não sabia bem com quem ela estava falando. Não sabia de que ajuda eles precisavam.

Ele viu que sua mãe estava a ponto de chorar. Levantou-se e afagou o cabelo dela, como ela gostava.

— Tudo bem, mama, não chore.

— Você é sempre o meu herói, né? Como está? Morando num lugar legal?

— Está tudo bem.

— Tem jogado futebol?

— Um pouco.

Daniel observou-a enxugando os olhos com os dedos de unhas roídas. Ela tinha hematomas nos braços e ele tentou não olhar para aquilo.

Tricia voltou com duas xícaras de café e uma lata de suco para ele. Sentou-se no sofá e colocou uma das xícaras na frente de sua mãe.

— Aí está. Como vai indo, hein?

— Não vou conseguir. Preciso de um cigarro antes. Tem um? — Ela estava de pé, olhando para Tricia com as mãos nos cabelos. Ele detestava quando ela fazia isso; parecia mais magra. — Você tem um, Danny? Preciso de um cigarro.

— Eu vou e consigo um — disse Daniel, mas Tricia se levantou.

— Não, fique aqui. Eu... eu pego uns cigarros.

Eles estavam no gabinete da assistência social de Newcastle. Daniel já estivera lá. Detestava as cadeiras laranja e verde de encosto inclinado e o piso de linóleo cinza. Ele se escarranchou em uma das cadeiras e ficou olhando sua mãe andar de um lado para o outro. Ela usava jeans e uma camiseta branca muito justa. Dava para ver sua coluna e os ângulos agudos dos ossos de seus quadris.

De costas para ele, ela disse:

— Não vou dizer isso na frente dela, mas me perdoe, Danny. Sinto muito, eu tenho sido um lixo. Você vai se dar bem, sei disso, mas eu me sinto uma merda...

— Você não é lixo... — começou Daniel.

Tricia entrou e deu os cigarros e um isqueiro para a mãe de Daniel.

— Consegui filar meio maço de Silk Cut de um colega. Ele disse que você pode ficar com ele.

A mãe de Daniel debruçou-se sobre a mesa e acendeu o cigarro cobrindo-o com a mão, como se estivesse num lugar aberto e que ventava. Deu uma longa tragada e Daniel observou a pele de suas faces colar nos ossos.

— Sua mãe e eu fomos ao tribunal essa semana, Danny — começou a falar Tricia.

Daniel olhou para Tricia, que olhava para sua mãe com olhos arregalados. Sua mãe olhava para a mesa e se balançava levemente. Os pelos de seus braços estavam arrepiados.

— Foi minha última chance, Danny. Esta é, por assim dizer, a última vez que vou ver você. Acabaram as visitas; você vai para a adoção.

Daniel não ouviu as palavras na ordem certa. Elas o atacaram como um enxame de abelhas. A mãe não olhou para ele. Ela olhava para a mesa, cotovelos apoiados nos joelhos, inspirando duas vezes antes de acabar o que tinha a dizer.

Daniel ainda estava escarranchado na cadeira. As folhas secas dentro dele movimentaram-se.

Tricia pigarreou.

— Quando você tiver dezoito anos, terá o direito de voltar a ter contato se quiser...

A sensação foi de que as folhas tivessem subitamente se incendiado nas fagulhas do cigarro de sua mãe. Daniel contraiu a musculatura do estômago. Ele saltou, agarrou os cigarros e jogou-os na cara de Tricia. Tentou lhe dar um soco, mas ela segurou seus punhos. Ele conseguiu chutar sua canela antes que ela o imobilizasse na cadeira.

— Não, Danny. — Ele ouviu sua mãe dizer. — Isso só dificulta as coisas para todo mundo. Vai ser melhor, você vai ver.

— Não! — gritou ele, sentindo o calor nas faces e na raiz dos cabelos. — Não.

— Pare, pare — gritava Tricia. Daniel podia sentir o cheiro de café com leite em sua boca.

Ele sentiu os dedos de sua mãe passando por seus cabelos, o leve arranhar das unhas no couro cabeludo. Relaxou sob o peso de Tricia, que se levantou e depois o endireitou na cadeira.

— Isso mesmo — disse Tricia. — Comporte-se. Lembre-se de que você também está na sua última chance.

A mãe de Daniel esmagou o toco do cigarro no cinzeiro laminado sobre a mesa.

— Vem cá — disse ela, e ele foi. Sentiu o cheiro de cigarro nos dedos que tocaram seu rosto. Os ossos dela o espetaram, e ele sentiu aquele desconforto outra vez.

Voltando para a casa de Minnie, Daniel deixou que a cabeça rolasse de um lado para outro no carro. Sentia a vibração dos pneus na estrada. Tricia deixara o rádio desligado e de vez em quando conversava com ele, como se ele tivesse pedido uma explicação.

— Então, você vai ficar com a Minnie por enquanto, mas nós estamos colocando você para a adoção. Na verdade, é uma grande oportunidade. Nada mais de ficar se mudando. Você vai ter a sua casa, uma nova mãe, um novo pai, talvez até irmãos e irmãs, imagine isso... É claro, vai ser preciso continuar se comportando. Ninguém quer adotar um menino com problemas de comportamento, não é? Nenhuma mãe ou pai vai querer levar chutes ou socos... Como sua mãe disse, vai ser melhor para você. É mais difícil arrumar colocação para meninos mais velhos, mas se você for bonzinho, podemos ter sorte.

Ela estava em silêncio quando eles seguiam pela Carlisle Road e Daniel fechou os olhos, só reabrindo-os quando o carro parou com um solavanco. Ele viu Blitz se aproximando, o rabo abanando e a língua para fora.

Daniel engoliu em seco.

— Se ninguém mais me quiser, eu vou ficar aqui então?

— Não, querido... Minnie é uma mãe provisória. Haverá outro menininho ou menininha precisando vir para cá. Mas não se preocupe, eu vou encontrar para você um grande novo...

Daniel já tinha batido a porta antes de ouvir Tricia pronunciar a palavra *lar*.

11

Depois de ter entrado na Parklands House, Daniel passou por uma vistoria e um cão farejou suas roupas e sua pasta, verificando a presença de drogas.

Um funcionário lhe serviu café e disse que Sebastian chegaria logo. Charlotte tinha ligado para Daniel dizendo que iria atrasar um pouco, mas que ele poderia começar sem ela. Ele se sentiu apreensivo na salinha, que devia ficar trancada todo o tempo, segundo lhe fora aconselhado, mas havia um alarme, caso ele necessitasse de alguma coisa. Ele teve a sensação de estar com papel e folhas no estômago, secas e se movendo, o que o deixou inquieto.

Sebastian foi trazido por um auxiliar.
— Que bom revê-lo, Seb — disse Daniel. — Você vai bem?
— Não muito. Detesto isso aqui.
— Quer beber alguma coisa?
— Não, estou bem, obrigado. Acabei de tomar um suco de laranja. Dá para você me tirar daqui? Detesto ficar aqui. É horrível. Quero ir para casa.
— Seus pais têm vindo bastante aqui?
— Minha mãe veio algumas vezes, mas eu quero ir para casa... Não dá para você resolver isso? Só quero ir para casa.

De repente a cabeça de Sebastian caiu na dobra do cotovelo e ele se envolveu com o outro braço.

Daniel levantou-se, inclinou-se sobre Sebastian e pôs a mão no ombro do menino, esfregando-o e dando tapinhas.

— Vamos lá, você está bem. Estou do seu lado, lembra? Eu sei que quer ir para casa, mas precisamos lidar com a lei. Não posso levá-lo para casa agora. O juiz quer você aqui também para protegê-lo.

— Não quero ser protegido. Só quero ir para casa.

Mais uma vez, Daniel sentiu uma pontada de compreensão. Isso lhe vinha como uma urticária, fazendo-o cambalear para as lembranças. Recordou-se de sua chegada à casa de Minnie e da assistente social lhe dizendo isso, que para seu próprio bem ele deveria ficar afastado de sua mãe.

— O que eu posso fazer é trabalhar para você ir para casa antes do julgamento. Que tal? Está pronto para trabalhar comigo nisso? Preciso da sua ajuda. Não posso fazer isso sozinho.

Sebastian fungou e enxugou os olhos na manga. Ao olhar para cima, suas pestanas estavam molhadas.

— A mamãe está atrasada — disse Sebastian. — Deve estar de cama. Meu pai viajou ontem à noite. É melhor se eu estiver lá. É por isso que você precisa me tirar daqui.

— O que vai ficar melhor se você estiver lá? — perguntou Daniel. Embora tendo certeza do que Sebastian iria dizer, ele cogitou se estava se projetando no menino.

— Você gosta do seu pai? — perguntou Sebastian, como se não tivesse ouvido a pergunta de Daniel.

— Não tenho pai.

— Todo mundo tem pai, seu bobo. Não sabia?

Daniel sorriu para o menino.

— Bem, eu nunca o conheci. Foi isso que quis dizer. Ele foi embora antes de eu nascer.

— Ele era legal para a sua mãe?

Daniel retribuiu o olhar de Sebastian. Ele sabia o que o menino queria dizer. Observara os pais dele e testemunhara a agressividade de Kenneth em relação à mãe do garoto. Daniel piscou, lembrando-se de sua mãe sendo jogada de modo tão violento que chegou a quebrar o braço da poltrona em que caiu. Lembrou-se de ficar entre ela e o homem que queria agredi-la novamente. Lembrou-se das pernas trêmulas dele e do cheiro de urina.

— Escute, precisamos começar a trabalhar agora que estamos juntos de novo. Você se lembrou de algo que precisa me contar?

Sebastian olhou para Daniel e balançou a cabeça.

— Estamos só nós dois aqui agora. Sou seu advogado e você é meu cliente. Pode me dizer qualquer coisa, eu não vou julgá-lo. Tenho de atuar em seu interesse. Há alguma coisa que queira me dizer sobre o domingo em que estava brincando com Ben? Se tiver, a hora é esta. Não gostamos de ter surpresas mais tarde.

— Eu já contei tudo, *absolutamente* tudo.

— Bem, vou fazer o possível para tirá-lo daqui.

Houve um som magnético de metal chocando-se inocentemente quando a porta eletrônica se abriu. Charlotte entrou na sala toda agitada, desculpando-se e tilintando as pulseiras. Ela virou o rosto de Sebastian suavemente em sua direção e beijou sua testa.

— Sinto muito, o trânsito estava um pesadelo! — exclamou, soltando o cachecol de seda lilás e tirando o casaco. — Depois aqueles malditos cachorros na entrada. Eles me apavoram. Pareceu um século até eu ser liberada.

— A mamãe não gosta de cachorros — informou Sebastian.

— Tudo bem — disse Daniel. — Eu só queria passar com Sebastian o que vai acontecer agora.

— Ótimo, então me diga — pediu Charlotte, com um entusiasmo estranho e cheio de tensão. Ela usava uma blusa de gola alta e não parava de puxar as mangas por cima das mãos.

— Bem, temos muito trabalho a fazer nos próximos meses para prepará-lo para o julgamento e você vai precisar se encontrar e conversar com uma porção de gente... Vamos marcar uma hora com um psicólogo que virá vê-lo e depois, dentro de aproximadamente uma semana, você vai se encontrar de novo com a defensora que apresentará seu caso no tribunal. Tudo entendido?

— Acho que sim. Mas o que o psicólogo vai fazer?

— Não precisa se preocupar com isso. É só para ver como você vai enfrentar o julgamento. Ele será nossa testemunha, não se esqueça, portanto você não tem com o que se preocupar, OK?

"O que eu gostaria de tentar explicar para você hoje é o caso da promotoria contra você, ou seja, os argumentos que eles vão apresentar para tentar provar que você matou Ben. Faz pouco que recebemos esses documentos e estou trabalhando na construção da sua defesa, com base no que a promotoria tem contra você... se você não entender alguma coisa é só me dizer."

— Está claríssimo — disse Sebastian.

Daniel fez uma pausa enquanto observava o menino. Quando criança, ele chegara perto de ficar na mesma situação que Sebastian, mas nunca tivera a segurança do menino.

— A principal prova contra você é que, embora você diga que só estava brincando com Ben e que ele caiu e se machucou quando vocês estavam juntos, suas roupas e seus sapatos têm o sangue dele.

— Isso não é um grande problema — disse Sebastian, com os olhos repentinamente radiantes e alertas.

— Por que não?

— Bem, porque você pode dizer que o sangue respingou em mim e tal porque ele se machucou...

Houve uma pausa. Sebastian encarou Daniel e assentiu uma vez.

— Vamos argumentar que Ben caiu e se machucou e temos sua mãe como álibi a partir das três da tarde, o que questiona a afirmação da testemunha que diz tê-lo visto brigando com Ben mais tarde aquele dia. No entanto, a Coroa vai argumentar que o sangue e o DNA em suas roupas são prova de que você o matou.

Daniel olhou de relance para Charlotte, cujos dedos anulares estavam trêmulos. Sua atenção pareceu dispersar-se e Daniel cogitou se ela havia escutado.

— Eu não machuquei Ben daquele jeito, só estava brincando com ele...

— Eu sei, mas alguém o machucou, você sabe, alguém o machucou muito, alguém o assassinou.

— Assassinato não é tão *mau* assim.

No silêncio da sala, Daniel pôde ouvir Charlotte engolir em seco.

— Todos nós morremos — disse Sebastian, dando um leve sorriso.

— Você está me dizendo que sabe como Ben morreu? Pode me contar se quiser. — Daniel estremeceu na expectativa do que o menino iria dizer.

Sebastian inclinou a cabeça para um lado e deu outro sorriso. Daniel levantou as sobrancelhas para encorajá-lo. Depois de alguns instantes, o menino balançou a cabeça.

Em seu bloco, Daniel anotou para Sebastian a sequência dos acontecimentos que se seguiriam: desde a primeira reunião com a defensora até a preparação para o julgamento.

— Após a audiência preliminar, haverá um período de espera pelo julgamento. Quero que saiba que tanto você quanto seus pais ainda poderão me ver durante esse período se tiverem alguma dúvida.

— Legal — disse Sebastian —, mas quando será o julgamento?

— Daqui a alguns meses, Seb. Temos muito trabalho a fazer antes disso, mas prometo que levarei você ao tribunal antes do julgamento.

— Nãããão — queixou-se Sebastian, dando um tapa na mesa. — Quero ir logo. Não quero ficar aqui.

Charlotte se endireitou na cadeira e tomou fôlego, como se alguém tivesse jogado um copo d'água em seu rosto.

— Calma, querido, calma — disse ela, os dedos tremulando em direção ao cabelo do filho.

Os olhos de Sebastian brilharam como se ele fosse chorar.

— Ah, Seb, tive uma ideia — disse Daniel. — Que tal eu ir pegar uns sanduíches? Hein, que tal?

— Eu vou — disse Charlotte, colocando-se de pé. Daniel notou uma contusão roxa em seu punho quando ela estendeu o braço para pegar a bolsa. — De qualquer modo, eu realmente preciso de um pouco de ar. Já volto.

Quando a porta pesada se fechou com seu som metálico, Sebastian levantou-se e começou a andar pela sala. O menino era magro, com punhos delicados e cotovelos que se projetavam. Daniel achou que, apesar de qualquer outra coisa, ele era muito pequeno para ser capaz de cometer o brutal assassinato de Ben.

— Seb, alguém mais falou com você naquele dia no parque, além daquele homem que mandou vocês pararem de brigar? — Como as cadeiras eram fixas, Daniel teve de levantar-se para poder encarar Sebastian. O menino mal passava da cintura de Daniel em altura. Ben Stokes era três anos mais novo que Sebastian, mas apenas cinco 5 centímetros mais baixo.

Sebastian deu de ombros. Balançou a cabeça, sem olhar para Daniel. Estava encostado na parede, examinando as unhas, e então começou a mexer os dedos, fazendo a mímica de uma cantiga de ninar que falava de uma pequena aranha persistente, e começou a cantarolar.

— Você notou alguém com comportamento estranho no parque? Notou alguém observando vocês brincarem?

Novamente, Sebastian deu de ombros.

— Sabe por que ela está usando aquela blusa? — perguntou Sebastian, levantando as mãos até a altura do rosto, com polegares e indicadores unidos, e olhou para Daniel através do retângulo formado pelos dedos.

— Como assim? Sua mãe, você quer dizer?

— E, quando ela usa essa blusa significa que está com marcas de estrangulamento no pescoço. — Sebastian ainda olhava para Daniel através dos dedos.

— Marcas de estrangulamento?

Sebastian pôs as mãos na garganta e apertou até seu rosto começar a ficar vermelho.

— Pare com isso, Seb — disse Daniel, puxando suavemente o cotovelo do menino.

Sebastian bateu na parede, rindo.

— Ficou assustado? — perguntou, dando um sorriso tão largo que Daniel pôde ver um dos dentes que faltava.

— Não quero que você se machuque.

— Eu só estava tentando mostrar como é — disse Sebastian, e voltou a se sentar à mesa. Ele parecia cansado, pensativo. — Às vezes, se ele se aborrece, aperta a garganta dela. A gente pode morrer desse jeito também, sabia? Se apertar com muita força.

— Você está falando dos seus pais?

Ouviu-se o som da porta sendo destrancada. Sebastian debruçou-se sobre a mesa, com uma das mãos levantada para cobrir a boca e sussurrou:

— Se você puxar a gola da blusa, vai ver as marcas.

Charlotte entrou com os sanduíches, e Daniel flagrou-se observando-a mais atentamente enquanto ela desembrulhava a comida e as bebidas. Ele olhou para Sebastian, que escolhia um sanduíche. *Fica melhor quando estou lá*, ele se lembrou do menino dizer. Daniel sentiu outra onda de empatia pela criança. Lembrou-se de sua mãe com as mãos de um homem em volta do pescoço. Lembrou-se do quanto ficava desesperado quando criança, separado dela, incapaz de protegê-la, algo que o levara a fazer coisas terríveis.

12

Amanhecia e Daniel estava no galinheiro.

A primeira geada do outono e seus dedos estavam enrijecidos de frio. O dia se abriu preguiçosamente para ele, que inalava o cheiro do galinheiro, resfriado pela geada, mas aquecido pelas penas e palha. Minnie estava dormindo. Ao descer, ele tinha ouvido seu ronco soar sobreposto ao som do despertador. Na sala, uma bebida tinha sido derramada sobre o piano e secado, formando uma mancha branca, como uma grande bolha na madeira.

Enquanto ela estava lá, inconsciente, ele estava lado de fora da casa, diligentemente cuidando de suas tarefas. Sentia-se estranho: desolado, sozinho, cruel — como um falcão que vira um dia a caminho da escola, pousado num mourão, resoluto, desmembrando um rato do campo.

Ele não sabia onde estava sua mãe. A sensação é de que ela havia sido roubada.

Daniel pegou um ovo marrom morno. Estava prestes a colocá-lo na bandeja de papelão que ela deixara para ele na cozinha, como sempre. Sentiu-o duro na palma da mão, que sentia a vulnerabilidade do ovo. Sua palma sabia da casca e da gema líquida que ela continha, da promessa em suspensão de um pinto.

Sem querer, quase como se sua palma pudesse sentir a beliscada da casca quebrada e o escorrer nauseante da albumina, Daniel apertou o ovo, esmagando-o. A gema escorreu por entre seus dedos como sangue.

Ele sentiu uma súbita onda de calor na nuca e na lombar. Pegou um ovo depois do outro e os esmagou. As pontas de seus dedos pingavam gotas claras dessa pequena violência na palha.

Como que protestando, as galinhas fugiram dele, gritando o desagrado. Daniel chutou uma galinha, mas ela voou na frente de seu rosto, num adejo furioso. Daniel investiu sobre ela, os dedos ainda escorregadios por causa dos ovos, e segurou-a no chão, sorrindo ao sentir a asa estalar sob seu peso. Ficou de joelhos. A ave cacarejou e saiu tropeçando em círculo, arrastando a asa quebrada. Seu bico abria e fechava, sem voz.

Daniel esperou um instante, com a respiração acelerada. A gritaria das galinhas atrás dele arrepiou os pelos de seus braços. Lenta e metodicamente, como se estivesse dobrando meias, Daniel tentou rasgar a asa da galinha. Seu bico aberto e a língua desesperada o apavoraram e então ele quebrou seu pescoço. Inclinado sobre a galinha, arrancou a cabeça do corpo.

A galinha ficou imóvel, sangue em seus olhos redondinhos.

Ao sair do galinheiro, Daniel tropeçou, caiu sobre os cotovelos, e o sangue da galinha em suas mãos tocou-lhe o rosto. Ele se levantou e foi para dentro de casa com o sangue na face e as penas da ave que tinha matado ainda grudadas em seus tênis e em seus dedos.

Ela estava acordada e enchendo a chaleira quando ele entrou. Estava de costas para ele com o penhoar sujo até o meio das panturrilhas. Tinha ligado o rádio e cantarolava o ritmo de uma canção pop. A primeira ideia dele foi correr até o banheiro lá em cima, mas ficou paralisado onde estava. Queria que ela se virasse e o visse, maculado pela própria violência.

— Mas o que foi isso? — perguntou ela, com um sorriso ao se virar.

Talvez tivesse sido as penas grudadas em seus tênis ou o amarelo berrante da gema que agora manchava sua face com o sangue da galinha. Os lábios de Minnie se comprimiram e ela passou por ele, indo para o quintal. Ele a observou da porta dos fundos, lá parada na entrada do galinheiro com a mão na boca.

Ela voltou para dentro de casa e ele olhou para sua fisionomia, esperando ver raiva, horror, decepção. Ela não olhou para ele. Subiu as escadas com passos pesados e reapareceu instantes depois com sua saia cinza, as botas masculinas e o velho blusão de moletom que usava para fazer faxina. Ele ficou parado bem ao pé da escada, os ovos e o sangue secando em suas mãos, deixando a pele repuxada e seca. Ficou na passagem, esperando um castigo, querendo um castigo.

Ela parou ao pé da escada e olhou para ele pela primeira vez.

— Vá se limpar. — Foi tudo que disse. Passou por ele novamente e foi para o quintal.

Da janela do banheiro, ele a observou recolhendo as cascas quebradas e a palha suja. Esfregou as mãos e o rosto e depois ficou observando-a trabalhar. Tirou a pena do tênis e ficou olhando pela janela, segurando-a entre o indicador e o polegar. Deixou a pena cair, sem rumo, mas confiante no vento, vendo Minnie voltar para dentro de casa. Ela segurava a galinha morta pelos pés com o pescoço solto balançando conforme Minnie caminhava.

Ele ficou lá em cima, debaixo das cobertas, depois dentro do armário enquanto ela trabalhava lá em baixo. Seu estômago começou a roncar à medida que o furor e a energia da manhã o abandonavam. Sentiu frio e puxou as mangas sobre as mãos. Saindo do armário, ele ficou se olhando no espelho que havia quebrado fazia apenas uma semana.

Seu pestinha endiabrado, ele relembrou. Olhou para o próprio rosto, os fragmentos desencontrados. Sentiu o coração bater forte. Ficou parado no alto das escadas e então se sentou ali, escutando os sons que ela fazia na cozinha. Blitz foi até lá em cima e ficou parado, ofegante, olhando para ele. Daniel estendeu a mão para afagar as orelhas aveludadas do cachorro. Blitz permitiu por um instante, depois se virou e voltou lá para baixo. Daniel avançou um pouco até o degrau do meio, depois foi até o pé da escadaria, onde ficou se segurando no pilar do corrimão. Levou dez minutos até ele reunir coragem para ir até a porta da cozinha.

— Nem quero olhar para você — disse ela, ainda de costas para ele.

— Você está braba?

— Não, Danny — disse ela, virando-se para encará-lo. Estava com os lábios apertados e o peito estufado —, mas estou muito triste. Muito triste mesmo.

Seus olhos eram de um azul feroz, intenso, aquosos e esbugalhados. Seu rosto parecia avultar-se diante dele, embora ela estivesse do outro lado da cozinha. Daniel suspirou e baixou a cabeça.

Ela puxou uma cadeira para ele.

— Sente aí. Tenho um trabalho para você.

Ele sentou onde ela mandou. Minnie levou uma tábua grande com a galinha morta em cima e colocou diante dele.

— É isso que você vai fazer — disse ela, segurando a galinha e arrancando suas penas. Ela puxou repetidamente e logo havia um pedaço de pele à vista, arrepiada e branca.

— Essa ave assassinada será nosso jantar — disse ela. — Precisa ser depenada antes que possamos tirar suas tripas e assá-la.

Minnie ficou de pé sobre ele e observou-o agarrar as penas macias, seu vermelho dando lugar ao cinza da raiz conforme ele as puxava.

— Puxe — dizia ela —, puxe com força.

Daniel puxou com força demais e a pele veio junto com as penas, deixando uma marca na carne.

— Assim — disse ela, puxando a mão dele e rasgando mais um punhado de penas, deixando a pele macia e arrepiada embaixo. — Você consegue?

Daniel ficou constrangido de sentir sua garganta apertar-se e os olhos ficarem marejados. Ele fez que sim e abriu a boca para falar com ela.

— Não quero — disse ele, num sussurro.

— Ela não queria morrer, mas você a aleijou e depois matou. Faça isso, agora mesmo.

Ela lhe deu as costas e, enquanto falava, bateu um copo na bancada de madeira. Daniel ouviu o tilintar dos cubos de gelo e o som fraco do suco de limão industrializado sendo derramado, que ela usava quando não tinha dinheiro ou não estava com cabeça para limões de verdade. O peso preocupante da garrafa de gim sendo aberta fez Daniel estremecer e ele a obedeceu. Com mais suavidade dessa vez, ele agarrava as penas da ave e as arrancava. Seu súbito desnudar era assustador.

Quando acabou de depenar a ave, Daniel ficou sentado com as penas grudadas nos dedos e a galinha de pele arrepiada na sua frente. Sentiu vontade de sair, correr lá para fora, ir para o Dandy, empurrar os balanços, impedindo que os menores andassem. Teve vontade de voltar para o armário, de sentir seu estreito abraço no escuro. O cheiro da galinha depenada deixou-o enjoado.

Minnie pegou a ave e cortou-a entre as coxas. Foi uma incisão tosca, difícil e dava para ver o esforço que ela fez. Daniel ficou observando sua mão grossa e vermelha desaparecer dentro da galinha.

— É preciso enfiar a mão lá dentro, bem no fundo, até sentir o caroço sólido, a moela. Tem que agarrar com firmeza e puxar, delicada e lentamente.

Tudo precisa sair junto, veja bem. Aqui! Você vai tentar, não quero fazer por você.

— Não quero. — Daniel ouviu a própria voz como um queixume.

— Não banque a criancinha. — Ela nunca tinha debochado dele, mas foi isso que ele ouviu em sua voz agora.

Inclinado sobre a pia, a bacia tremendo embaixo dele, Daniel enfiou a mão nas entranhas ensanguentadas da galinha.

— Não se preocupe muito com os pulmões — disse Minnie. — Eles tendem a grudar na carcaça.

Daniel estava com ânsia de vômito, mas tentou agarrar as entranhas mornas e puxá-las. A cada puxão, seu estômago se contraía e a bile subia até a garganta. Quando finalmente conseguiu tirar as vísceras vermelho-escuras, ele recuou com seu vômito caindo no chão junto às tripas da ave.

Daniel curvou-se e vomitou no chão da cozinha. Como não havia comido, seu vômito era um líquido ralo e amarelado que caía sobre as entranhas da ave.

— Tudo bem — disse Minnie. — Eu cuido disso. Vá se limpar.

No banheiro, Daniel teve acessos de vômito sobre a privada, sem que nada saísse. Depois se escarranchou encostado na parede. Da prateleira, a borboleta sorria para ele, que se sentiu desgraçado. Como um caramujo arrancado de sua concha, lavou o rosto com água fria, secou-se com a toalha e depois escovou os dentes até o gosto de fel ter sumido.

Esperou alguns minutos para voltar à cozinha. Sentiu-se estranho, como se não quisesse sair do banheiro. Sentiu-se como se sentia no banheiro de casa quando um deles machucava sua mãe. Estava com a mesma sopa escura de medo no estômago e a mesma comichão nos músculos.

Cuidadosamente, Daniel destrancou a porta e ficou parado no alto das escadas. Foi para cama vestido, mas não dormiu. Ficou escutando com toda atenção os sons que ela fazia na cozinha. O forno se abrindo e se fechando, seus passos pelo chão, suas palavras a Blitz e então o som da comida de Blitz sendo posta na tigela.

— Você ficou horas lá em cima — disse Minnie, quando o viu. — Eu estava quase indo buscá-lo. Já passam das duas da tarde e você ainda não comeu nada. Está com fome?

Daniel balançou a cabeça.

— Mas vai comer. Sente-se.

Danny sentou-se à mesa e olhou para o descanso idiota com a figura de um pônei.

Ela havia assado e trinchado a galinha. Havia fatias de peito ao lado de milho enlatado e batatas cozidas no prato à sua frente.

— Coma.

— Não quero.

— Você vai comer.

— Eu não quero. — Ele empurrou o prato.

— Se pôde matá-la, vai assumir a responsabilidade. Vai comer. Vai saber que ela está morta e a bondade dela ficará dentro de você.

— Não vou comer.

— Vamos ficar aqui sentados até você comer. — Minnie depositou seu copo bruscamente sobre a mesa. O gelo estremeceu em protesto.

Eles ficaram sentados até a bebida dela terminar. Ele achou que ela iria se levantar para encher o copo de novo e então ele sairia dali, mas ela deixou o copo ficar vazio à sua frente. Olhava para ele e piscava lentamente. O tempo começou a se arrastar sobre eles, como o musgo nas pedras do quintal. Daniel olhou para a galinha e para os legumes frios no prato e cogitou se não poderia engoli-los como comprimidos.

— Que tal se eu comer os legumes?

— Você é um menino inteligente, então por que pergunta isso? Sabe que não me importo se tocar nos legumes, mas vou lhe fazer comer cada bocado da ave que matou. Dependo dessas aves para sobreviver, mas não é por isso que estou brava. Você sabe que como as galinhas quando chega a hora delas. Cuido delas e as amo e sim, nós as comemos, mas elas são mortas de um modo certo, não com violência, não por ódio ou raiva. Esta aqui está morta e não iremos desperdiçá-la, mas quero que saiba que está morta por sua causa, por causa do que você fez. Se não estivesse, nós teríamos os ovos dela amanhã. Eu sei que você passou por um momento difícil, Danny, e qualquer hora que quiser pode falar comigo a respeito. Sei que está zangado e tem razão de estar, mas não posso admitir que fique matando minhas aves cada vez que se sentir mal.

Daniel começou a chorar. Chorou como uma criança menor do que era, curvado na cadeira e soando baixinho sua tristeza com os lábios molhados. Pôs a mão nos olhos para não ter que olhar para ela.

Quando parou de chorar, abriu os olhos e recuperou o fôlego após uma respiração renovadora. Ela ainda estava à sua frente com o copo vazio e os frios olhos azuis fixos nele.

— Isso mesmo, acalme-se. Respire fundo e coma.

Derrotado, Daniel sentou-se e começou a cortar a galinha. Cortou um pedaço bem pequeno e fincou no garfo. Deixou a carne tocar sua língua e depois pôs na boca.

Culpa

13

Daniel olhou para o relógio e viu que já eram quase três da manhã. Uma luz azul fria infiltrava-se no quarto. Ele não sabia se era o luar ou a iluminação pública lá embaixo que provocava esse fulgor desagradável, austero. Ele havia trabalhado até as dez da noite, comera na escrivaninha e depois tinha ido até o Crown para tomar uma cerveja a caminho de casa. Ondas casuais de desejo o fustigavam, mas o estresse do dia o deixara vazio e ele se sentia leve, virando-se de um lado para o outro, com insônia.

Praticamente na escuridão, ele estava deitado de costas com as mãos atrás da cabeça. Pensava nos anos que passou com raiva de Minnie e percebeu que tinham evoluído para anos de desatenção. Dava-se conta de que isso tinha sido sua defesa contra ela: raiva e desatenção. Agora que ela havia morrido, sua raiva ainda estava lá, mas à deriva. Meio adormecido, ele a observava flutuando e dando voltas.

Ele optara por deixá-la por todos esses anos passados e agora era difícil ficar de luto por ela. Para sentir pesar era preciso relembrar, e relembrar era um pesar. Na semiescuridão, ele piscou ao lembrar-se da formatura e de seus primeiros anos como advogado em Londres. Tudo isso fora sem ela. Ele se sentia orgulhoso da autossuficiência. Depois de romper com ela, ele havia pagado pelos estudos na universidade e depois conseguira um emprego numa empresa em Londres, apenas três meses depois da formatura. Ficara com o crédito por isso, mas agora, na semiescuridão, ele foi honesto o bastante para perguntar-se se teria conseguido ir para a universidade se não tivesse sido por Minnie.

Ele sentiu a escuridão circulando à sua volta e pousando em seu peito, encapuzada, perversa, negra e lustrosa como um corvo. Daniel pôs a palma da mão no peito nu como que para aliviar o ferrão de suas garras.

***

Ele a abandonara e, contudo, o abandono dela parecia o maior. Quanto mais revolvia aquilo, mais sentia a morte além da perda que ele criara. A morte dela era mais pesada e escura, como uma ave de rapina no céu noturno.

Três e dez da manhã.

Com a boca e os olhos abertos, Daniel lembrou-se de matar a galinha. Lembrou-se de suas mãos infantis estrangulando a ave que ela amava. Sentou-se e pôs as pernas para fora da cama. Ficou lá, sentado na semiescuridão, o corpo curvado sobre os joelhos. Como não havia nada mais que fosse interromper isso, ele vestiu os shorts, calçou os tênis e foi correr.

Eram quatro horas quando olhou para o relógio. A madrugada de outono estava morna e fresca em seu rosto. Ao passar correndo pelo chafariz, sentiu o cheiro da água e depois do orvalho nas folhas das árvores. O baque dos pés no caminho e o aquecimento dos músculos lhe deram energia e ele correu mais rápido que o normal, alongando as passadas e permitindo que o torso o impulsionasse adiante. Mesmo nesse passo, as imagens lhe vinham à cabeça, fazendo-o perder a concentração: reviu o caixão; Minnie com suas galochas e as mãos nos quadris, as faces coradas pelo vento; Blitz curvando a cabeça, em deferência quando ela entrava no cômodo; a banca da feira com os ovos empilhados; seu quarto da infância com o papel de parede de botões de rosa.

Ele tinha sido rebelde. Quem mais, se não Minnie, teria ficado com uma criança dessas? Sua assistente social o advertira. Minnie cuidara dele quando ninguém mais o faria.

Embora já respirasse com dificuldade, Daniel corria mais rápido. Sentia um ardor na musculatura do abdome e das pernas. Sentiu uma pontada na lateral e desacelerou para acomodá-la, mas não parou. Fez respirações mais profundas e lentas, como havia aprendido, mas, ainda assim, a pontada permaneceu. Na escuridão do parque, indigentes se mexiam nos bancos frios, com jornais esvoaçando sobre seus rostos. Sua mente se dilacerava entre o desconforto no lado e a dor relutante que o acometia sempre que pensava em Minnie. Ela fora a culpada, mas, acusado no funeral, ele agora pensava no papel que tivera em sua morte. Afinal, ele pretendia magoá-la. Tinha consciência de estar punindo-a. Ela havia merecido.

Merecido. Daniel cambaleou, e depois diminuiu o passo e seguiu andando. Ainda estava a um quilômetro e meio de casa. A noite aquiescia a um brilho relutante no leste. O romper do dia. Pareceu apropriado a Daniel que o novo dia fosse uma pequena violência. O céu azul-escuro começava a sangrar. Ele andava com as mãos nos quadris, a respiração difícil, o suor correndo por entre as escápulas. Não estava pronto para o dia. Sentia-se exausto antes mesmo de seu começo.

Ao chegar de volta em casa, ele suava muito. Tomou meio litro de água e foi para o banho, ficando no chuveiro por mais tempo que o usual, deixando a água cair em seu rosto. Sentia a pulsação lenta em suas veias por causa do exercício, mas, ainda assim, nesta única vez, ele não se sentiu acalmado. Durante toda a vida ele tinha corrido. Fugira da casa de sua mãe e de seus namorados. Fugira das casas adotivas, de volta para sua mãe; fugira de Minnie para a universidade, para Londres. Agora ele ainda queria correr — ainda sentia essa necessidade, uma fome raivosa em seus músculos —, mas já não havia para onde correr. E não havia outra alternativa senão fugir. Sua mãe estava morta e agora Minnie também; aquela que ele tinha amado e aquela que o amara haviam partido e com seu amor e sua prova de que ele podia ser amado.

Ao se vestir, ele abriu a caixa que ela lhe deixara e tirou a foto de Minnie com sua família. Por que será que ela lhe deixara essa foto? Ele entendia as fotos dele e Minnie na praia, as fotos da banca da feira ou do trabalho no sítio. A fotografia que sempre o atraíra, mas apenas porque mostrava uma Minnie jovem — uma boa mãe e sua família perfeita. Famílias perfeitas tinham sido uma obsessão para Daniel quando ele era pequeno. Ele as observava nos ônibus e parques, avidamente analisando as interações entre pais e filhos e entre os próprios pais. Gostava de ver o que havia perdido quando criança.

Cenho franzido, Daniel pôs a fotografia no console da lareira, ao lado de sua caneca do Newcastle United.

Abotoou a camisa, fez o desjejum e estava pronto para sair às cinco e meia. Chegaria ao trabalho às seis. Depois de escovar os dentes e jogar os arquivos na pasta, ele voltou à caixa e pegou a borboleta. Sem saber por que, colocou-a na pasta também.

Ao sair do metrô em Liverpool Street, Daniel comprou o jornal. Ele raramente chegava ao trabalho assim tão cedo. Até o jornal dava a sensação de frescor, quentinho como pão. Ele conhecia um café que estaria aberto perto da estação. Comprou um café e, em vez de levá-lo direto para o escritório, ficou por ali e se deu ao luxo de ler o jornal enquanto tomava a bebida quente.

Na página 4 do *Daily Mail*, Daniel viu a manchete ANJO DA MORTE e suspirou.

Um menino de 11 anos está detido, acusado pelo terrível assassinato de Ben Stokes, de 8 anos, encontrado morto a golpes no Barnard Park, em Islington, há mais de uma semana.
A Promotoria declarou ter aconselhado a Polícia de Islington a indiciar o menino, que mora na área, pelo homicídio. Ben Stokes foi encontrado morto, ocultado no parque.
Jim Smith, chefe do serviço da Unidade do Tribunal da Coroa, declarou: "Autorizamos a polícia a indiciar o menino de 11 anos pelo homicídio de Ben Stokes, de 8."
O menino, que não pode ser identificado por motivos legais, compareceu a uma audiência do tribunal juvenil na Corte de Magistrados de Highbury Corner na manhã de sexta-feira e ficou no banco dos réus com um oficial de segurança. O menino ouviu as acusações contra ele, usando uma camisa com gravata e um blusão verde. Não demonstrou qualquer emoção durante a audiência. Ele foi mantido em detenção e comparecerá novamente ao tribunal em 23 de agosto.
O menino, que mora com os pais, profissionais, numa região afluente de Angel, era bem conhecido em sua escola primária pelo comportamento violento e desordeiro. A mãe do menino recusou-se a atender a porta para os repórteres ontem. Os pais de Ben Stokes estavam muito angustiados para falar com a imprensa, mas divulgaram uma nota, que diz: "Estamos sobrepujados pela dor que a morte do nosso amado Ben provocou. Não poderemos descansar enquanto a pessoa responsável não for levada à justiça."
O ataque — que se assemelha ao assassinato do pequeno James Bulger por dois meninos de 10 anos em 1993 — deixou a nação horrorizada. O Primeiro Ministro, David Cameron, e a Secretária do Interior, Theresa May, denominaram-no de "estarrecedor".

Daniel afrouxou a gravata e enfiou o jornal embaixo do braço. O café estava esfriando e ele foi bebendo enquanto andava para o escritório. Houvera outros artigos: pequenos parágrafos na imprensa local na época da audiência pela fiança. Esse era diferente. Era uma manchete.

Está começando, ele pensou. *Já está começando*. O dia estava claro agora, mas ainda cheirava a novo. Seu estômago ainda estava gelado de cansaço e ele sentiu como se pudesse se deitar na calçada, encostar o rosto na pedra suja e dormir.

Ele foi o primeiro a chegar ao escritório. As faxineiras ainda estavam lá, esvaziando as cestas de lixo e passando o pano nas mesas. Em sua sala, Daniel terminou o café lendo a papelada do processo de Sebastian. Havia várias fotos do corpo espancado de Ben. A primeira mostrava a cena do crime, com o rosto do menino enterrado sob o tijolo e os pedaços de pau que tinham sido usados para atacá-lo, como se o assassino quisesse fazer um relicário de seu pequeno corpo. Outras fotos, tiradas na necropsia, mostravam toda a extensão dos ferimentos no rosto: o nariz e a órbita ocular fraturados. Não parecia o rosto de uma criança, e sim de uma boneca que fora quebrada, deformada. Daniel franzia o cenho ao olhar as fotos.

Pouco antes das nove da manhã, o telefone tocou e Daniel o atendeu.
— É Irene Clarke — disse Stephanie.
— Ótimo. Passe a ligação.
Daniel esperou para ouvir a voz dela. Com exceção de um vislumbre em sua festa de posse em março, fazia quase um ano que ele não a via. Eles tinham saído juntos na noite da sentença de Tyrel. Ele se lembrou de sua risada sarcástica e das sobrancelhas arqueadas.
— Oi, Danny, como vai?
— Eu é que pergunto. Como vai a vida como QC? Parabéns pela nomeação.
Irene riu.
— Você vai comigo ver a patologista amanhã? — perguntou Daniel. — Estou dando uma lida nos relatórios neste instante.
— Sim, sem dúvida. Eu liguei justamente para dizer que devíamos nos encontrar em Green Park ou coisa assim, para irmos juntos.
— Claro — disse Daniel. — E depois nós podemos até tomar um drinque, para brindar o seu sucesso. — Ele deixou seu sotaque acentuar-se de propósito e sorriu, esperando que ela implicasse com ele, que escorregasse para sua imitação do falar nortista.
— Ando trabalhando tanto — disse ela — que quase me esqueci disso tudo. Vai ser bom revê-lo. Já faz um tempo.

— Nem lhe digo como fiquei contente que tenha sido você a pegar esse caso. — A honestidade trouxe um rápido calor ao rosto dele.

— Eu tinha que pegar. Toca num ponto sensível... — disse ela.

— Eu sei. Em mim também.

Ela o aguardava em Green Park quando ele chegou no fim da tarde. Ela estava pálida e parecia cansada, os cabelos achatados, como se tivesse acabado de tirar a peruca, mas sua fisionomia se animou ao vê-lo. Ele beijou-a no rosto e ela apertou seu braço, correndo a mão até seu punho, que segurou por um segundo antes de soltar.

— Danny *boy*, ei. Você está ótimo.

— Você também — disse ele, falando a verdade. Apesar do cabelo louro achatado pela peruca e dos olhos cansados, ela se destacava na rua, com o queixo inclinado para o lado para admirá-lo. Irene sempre o fazia querer endireitar-se e levar os ombros para trás. Eles foram andando por Piccadilly, passaram pelo Ritz, indo para Carlton House Terrace, onde iriam encontrar a patologista, Jill Gault, em seu consultório, que dava para o St. James Park.

Caminhando, Daniel podia sentir o cheiro do perfume de Irene, mesmo com os ônibus que passavam, contribuindo com descargas mornas de fumaça no ar. Suas passadas estavam sincronizadas e Daniel ficou distraído por um instante pelo ritmo fácil de seus passos.

Era fim de tarde, mas o sol estava inclemente, alto no céu, como um olho crítico. O consultório da patologista foi um alívio: sem ar-condicionado, mas frio, o calor do dia impedido por grossas paredes de pedra. Ela se sentava atrás de uma escrivaninha luxuosa com óculos de aro de tartaruga sobre os cabelos ruivos encaracolados.

— Querem que eu peça chá ou café? — perguntou a Dra. Gault.

Daniel e Irene recusaram.

A Dra. Gault abriu uma pasta marrom e abaixou os óculos para o nariz, para poder rever o relatório patológico de Ben Stokes.

— Muito interessante seu relatório, Dra. Gault — disse Daniel. — Deixou claro que a causa da morte foi um hematoma subdural agudo provocado por um golpe no lado frontal direito da cabeça, certo?

A Dra. Gault deslizou uma radiografia pela escrivaninha diante deles. Com a caneta, mostrou a extensão da hemorragia.

— A senhora tem certeza de que a arma do crime foi o tijolo encontrado na cena? — perguntou Irene.

— Sim, os contornos coincidem com exatidão.

— Sei. Corrija-me se eu estiver errada — continuou Irene —, mas a senhora identificou a hora da morte como aproximadamente seis e quarenta e cinco da tarde, mas não conseguiu determinar a hora do ataque. É isso que acontece com esse tipo de ferimento?

— Isso mesmo — disse a Dra. Gault, deixando a caneta cair sobre a escrivaninha e recostando-se na cadeira com as mãos pousadas sobre o abdome. — Esse tipo de ferimento impossibilita a definição da hora do ataque. A hemorragia provoca pressão no cérebro, mas poderia ser qualquer coisa, num intervalo de minutos ou até mais de dez horas, antes que seja fatal.

— Então isso significa que o ataque poderia ter acontecido em torno das seis da tarde? — questionou Daniel, com uma sobrancelha arqueada.

— Isso mesmo, ou poderia ter acontecido algumas horas antes.

Daniel e Irene se entreolharam. Daniel já podia visualizar Irene apresentando isso no tribunal.

Estava mais fresco quando eles saíram do consultório da patologista, mas as ruas de Londres ainda pareciam poluídas, barulhentas e abafadas. Passava um pouco das cinco da tarde e estava tudo lotado, as pessoas seguindo umas às outras como peixes; carros buzinavam para ciclistas; pessoas falavam em celulares invisíveis. Portas de táxis batiam; ônibus tomavam fôlego da rua e saíam de novo; jatos cruzavam o céu azul silenciosamente acima de tudo isso.

— Bem, isso foi útil — disse Irene, colocando seus óculos escuros e tirando o casaco.

Ela tinha ombros quadrados e fortes, como de uma tenista, e Daniel os admirou. Ele tirou a gravata e a pôs no bolso.

— Então, posso oferecer um drinque à *Queen's Counsel*?

Eles chegaram cedo o bastante para conseguir uma mesa na rua. Sentaram-se de frente um para o outro, bebericando uma cerveja conforme as sombras se estendiam e vespas adejavam preguiçosamente em torno de copos vazios.

— A você — disse Daniel, fazendo seu copo tilintar no dela.

— Então — disse Irene, reclinando-se, observando-o. — Você acha que foi Sebastian?

Daniel deu de ombros. Sentia o sol na testa.

— Ele insiste que não foi ele. Trata-se de um menino estranho, mas acho que está dizendo a verdade. Só está confuso.

— Eu o achei perturbador, mas... mal falei com ele.

— Ele é muito inteligente. Filho único. Provavelmente muito sozinho... me parece. Ele comentou comigo alguma coisa sobre o pai agredir a mãe. Eles são ricos, mas acho que não são uma família feliz.

— Posso acreditar nisso. O pai me pareceu misógino. Não nos queria no caso porque sou mulher.

— Não! — disse Daniel. — Foi por minha causa. Ele achou que eu era muito jovem e inexperiente.

Irene suspirou e deu de ombros, depois ficou mais séria.

— Pelo que ouvi da Gault, poderia facilmente ter havido outro agressor, sabe. Sebastian tem um álibi a partir...

— Das três da tarde... e a declaração do homem que disse que o viu brigando depois dessa hora dá a impressão de que ele foi induzido pela polícia ou simplesmente se confundiu. Não há nada de singular na descrição que ele fez de Sebastian... sem contar a distância e a folhagem. Estive no parque. Tenho certeza de que podemos questionar isso. Seria bom se conseguíssemos algo de útil na fita.

— Eu até olhei a fita, caso tivéssemos deixado algo passar. Bem característico, é claro, que a polícia só tenha requisitado as fitas da prefeitura...

— Você encontrou outras?

— Bem, dois pubs da região têm câmeras de vigilância. Ainda estamos verificando essas fitas, procurando pelos meninos, mas também por essa segunda vez que Sebastian foi supostamente visto...

— Sei. Se ao menos tivéssemos algo gravado na fita que localizasse outra pessoa, e não Sebastian, no parquinho, na hora...

Ela descansou o queixo na mão e olhou à distância, para o outro lado da rua, para os ônibus e ciclistas. Daniel gostava de seu rosto, em forma de semente de melão. Ficou observando-a colocar mechas de cabelo atrás das orelhas.

— Eu ainda estou ferida pela última vez — disse ela por fim. — Você pensa nisso às vezes?

Daniel suspirou e assentiu, passando a mão pelos cabelos. Os dois tinham levado uma ferroada de um veredito de culpa que levou o adolescente de volta para o sistema que o criara. Os dois haviam se afeiçoado ao garoto alto, com pele esticada e morena como uma castanha e um sorriso vívido e fácil como a inocência. Ele havia nascido na prisão de uma mãe viciada em crack e se criado em famílias de adoção provisória. Eles tinham lutado muito em sua defesa, mas ele era culpado e foi julgado culpado.

— Se eu for franca, um dos motivos para eu querer este caso é por ter perdido o de Tyrel — disse ela.

— Fui visitá-lo há cerca de um mês. Ele está esperando por uma apelação... Fui lhe dizer que não haverá. Ele está muito magro. — Daniel desviou o olhar.

— E este — continuou Irene —, eu sei que ele tem 11 anos, mas é minúsculo... ou é assim que são os meninos de 11 anos? Eu não tenho contato... quer dizer, Tyrel, pelo menos, parecia um rapaz.

Daniel deu um longo gole.

— Você precisa esquecer isso — disse ele. — Tenho certeza de que QCs não devem se preocupar com tudo isso. — Ele piscou para ela e sorriu, mas ela não retribuiu o sorriso. Ele tinha desviado o olhar novamente, recordando. — Nossa, nós ficamos tão bêbados naquela noite.

No final, Irene tinha posto tampas de garrafa de cerveja nos olhos para imitar o juiz que condenara Tyrel.

— Minha irmã não conseguia entender por que eu fiquei tão pra baixo depois — continuou Irene. — Não parava de me dizer, *mas ele é culpado*, como se isso importasse, como se isso negasse o que estávamos tentando fazer. Lembro a expressão terrível de medo que ele tinha quando foi condenado. Parecia tão jovem. Eu senti fortemente na época, e ainda sinto, que ele precisava de ajuda, não de castigo.

Daniel passou as duas mãos pelos cabelos.

— Talvez a gente esteja na carreira errada. — Ele deu uma risadinha. — Talvez devêssemos ir para a assistência social.

— Ou entrar para a política e solucionar tudo isso. — Irene sorriu, balançando a cabeça.

— Você é uma grande defensora, mas seria um lixo como política. Eles nunca calariam sua boca. Já se imaginou na *Newsnight*? Colocaria a boca no trombone. Eles nunca a chamariam de volta.

Ela deu uma risada, mas em seguida seu sorriso se desfez.

— Que Deus ajude Sebastian se ele for inocente. Três meses em reclusão até o julgamento é duro o bastante para um adulto.

— Mesmo que ele seja culpado, é duro — disse Daniel, terminando sua cerveja.

— Nem dá para imaginar — disse Irene. — Na maior parte do tempo, eu aprecio nosso sistema judiciário. Em nosso trabalho, é preciso, não é? Mas quando se trata de crianças, mesmo os mais velhos e safos, como Tyrel, a gente pensa: *Deus, deve haver outro jeito.*

— Mas há, a Inglaterra e o País de Gales estão fora de compasso com a maior parte da Europa. Na maioria dos outros países europeus, crianças com menos de 14 anos nem sequer comparecem a um tribunal criminal. — Daniel estava com as mãos espalmadas na mesa ao falar. — Os casos infantis são conduzidos por procedimentos civis em tribunais de família, geralmente em particular. Sei que muitas vezes o resultado pode ser o mesmo nos casos de crimes violentos, detenção de longo prazo em unidades de segurança, mas tudo é feito como parte de uma ordem assistencial, não como... punição prisional.

— Comparados à Europa, parecemos medievais...

— Pois é, 10 anos de idade e você vai para um tribunal criminal. Quer dizer... 10 anos. É um absurdo. Na Escócia, bastava ter 8 anos até o início deste ano. Nossa, nem me lembro de quando eu tinha 8, 10 anos... a confusão, o fato de você ser tão pequeno e tão... pouco formado como pessoa. Como pode ser responsabilizado criminalmente nessa idade?

Irene suspirou, assentindo.

— Sabe qual é a idade da responsabilidade criminal na Bélgica?

— Catorze?

— Dezoito. *Dezoito anos de idade.* Nos países escandinavos?

— Quinze.

— Exatamente, 15 anos. E aqui é 10! Mas o que realmente me irrita é o fato de não ter nada a ver com dinheiro, recursos, nem nada desse lixo. Basicamente, qual é a porcentagem das pessoas que você defende que têm origens problemáticas: drogas, violência doméstica...?

— Não sei. Eu diria oitenta por cento, tranquilamente.

— Eu também. A vasta maioria dos clientes teve uma criação difícil... você sabe quanto uma criança desestruturada vai custar ao Estado ao longo da vida?

Irene estreitou os olhos, pensando, e depois deu de ombros.

— Mais de *meio milhão* de libras. Um ano de terapia individual custaria um décimo disso, no máximo. O encarceramento é uma coisa antiga e muito cara também. Apenas a matemática devia convencê-los.

— Quem está colocando a boca no trombone agora? Acho que eu chegaria a *Newsnight* antes de você. — Irene lançou um olhar carinhoso para ele e tomou um gole da cerveja. — Você gosta da defesa, não é? É uma coisa que lhe vem naturalmente.

— É, eu gosto de estar deste lado da coisa — disse Daniel, apoiando-se nos cotovelos. — Mesmo que não goste da pessoa que estou defendendo, eu me forço a ver as coisas sob o ponto de vista dela. Deve haver uma suposição de inocência. Gosto da justiça disso...

— Eu sei. Justiça é o que nos faz entrar neste jogo. É uma pena que nem sempre pareça justo.

Eles ficaram observando o tráfego e a quantidade de pessoas que se apressavam para chegar em casa no fim do dia e silenciaram por alguns instantes.

— A imprensa vai enlouquecer com esse caso, você sabe. Vai ser muito pior que o de Tyrel. Você sabe disso, não é? — perguntou Irene.

Daniel fez que sim.

— Você já se incomodou por causa disso?

— Não, e você?

Irene deu de ombros e acenou com a mão, como se tivesse se incomodado, mas não queria comentar.

— É com ele que me preocupo. A criança sendo caluniada pela imprensa, mesmo sem ter o nome divulgado... Que justiça há nisso? Ele nem sequer começou a ser julgado ainda.

— E você vai levantar essa questão, não é?

Irene suspirou.

— Vou, podemos entrar com um embargo e dizer que o júri foi influenciado pela publicidade pré-julgamento, mas nós dois sabemos que não adianta. A publicidade é preconceituosa, mas sempre será assim. E Deus sabe para que nos servirá um embargo quando a criança está lá dentro de qualquer modo.

Ela olhou à distância, como que imaginando os argumentos no tribunal. Ele ficou observando seu olhar frio e azul.

— Você deve ser uma das *QCs* mais jovens agora, não é?

— Não, não seja bobo, a Baronesa da Escócia tinha 35 anos.

— Vai fazer 40 este ano?

— Não, vou fazer 39, seu pervertido.

Daniel corou e desviou o olhar. Ela estreitou os olhos para ele.

— Irene — disse ele para o tráfego. — *Irene*. Parece muito antiquado para você.

— Foi meu pai que escolheu — disse ela, de cabeça baixa. — Por causa da Irene de Roma, dá para acreditar?

— Dá.

— A maior parte da minha família me chama de Rene. Só o pessoal do trabalho que me chama de Irene.

— Então é isso que eu sou? Pessoal do trabalho?

Ela riu e terminou a cerveja.

— Não — disse ela, com os olhos faiscantes, mas tímidos —, você é o encantador advogado *geordie*.

Ele esperava que ela tivesse corado, mas podia ter sido a cerveja.

— Como vai indo o seu *geordie*? — perguntou ele.

— Tipo assim, vai bem. — respondeu ela, carregando no sotaque e sorrindo.

Ele riu de sua voz do sudeste da Inglaterra lutando com as consoantes. Ela não soava *geordie*, mas sim *scouse*.

— Fico contente de trabalhar com você de novo — disse ele, baixinho, já sem sorrir.

— Eu também — disse ela.

14

— Ora, que simpático você é. Tudo bem, vou levar uma dúzia.

Daniel sentiu Minnie sorrindo para ele enquanto contava o troco para Jean Wilkes, que trabalhava na loja de doces. A Sra. Wilkes havia repreendido Daniel algumas semanas atrás por falar palavrão em sua loja. Ela pegou os ovos e saiu andando enquanto o menino contava os ganhos guardados no pote de sorvete. Trinta e três libras e cinquenta centavos.

Minnie sorriu para ele novamente, fazendo-o sentir-se purificado. Ele ainda estava recobrando seu perdão.

— Você dá certo nesta banca, sem dúvida — disse Minnie. — Tem jeito para a coisa. Apenas três horas aqui e já ganhamos uma bolada. E veja bem, se até o fim do dia nós ficarmos acima do usual, vou lhe dar uma comissão.

— Como assim?

— Bem, se ganharmos mais de cento e vinte e cinco, digamos, eu lhe dou uma parte.

Daniel respirou fundo e sorriu.

— Os fregueses parecem gostar de você, então merece. É porque você é bonito. Veja só a Jean. Normalmente, mal consigo arrancar um sorriso dela.

O vento soprou sobre a tabuleta que dizia *Sítio Flynn — Produtos frescos*. Daniel endireitou-a e puxou as mangas sobre as mãos.

— Não gosto dela.

— Mas por que não? — perguntou Minnie, que estava ocupada anotando as vendas em seu caderno. — A velha Jean não mataria uma mosca.

— Ela fala mal de você — disse Daniel com a mão no bolso, olhando para Minnie. — Você devia ouvi-la. Ela fala de você para as pessoas na loja.

— Ah, deixa ela falar, se tem vontade.

— Todos falam. Todas as pessoas nas lojas e o pessoal da escola. Todos dizem que você é uma bruxa, que matou seu marido e sua filha...

Daniel ficou observando a fisionomia de Minnie afrouxar, ficar relaxada e pastosa, como se estivesse morta. As bochechas caíram mais pesadas que de costume. Ela pareceu mais velha.

— Jean diz que você tem um cabo de vassoura, e essas coisas, e que Blitz é seu parente.

Então Minnie deu uma risada, uma boa gargalhada que a fez pender para trás. Pôs a mão na barriga e a outra na bancada para se equilibrar.

— Eles só estão implicando com você, não percebe?

Daniel deu de ombros e enxugou o nariz com a manga.

— Sei lá. Então, quer dizer que você não matou seu marido com um atiçador de fogo?

— Não, querido, eu não fiz isso. Algumas pessoas gostam tanto de fazer drama que começam a inventar coisas porque a vida real não é interessante o bastante para elas.

Daniel olhou para Minnie. Ela baforava as mãos e batia os pés. Mesmo que ele não soubesse por que, o cheiro dela o tranquilizava agora.

Esporos dele confiavam nela, mas depois o vento soprava novamente, levando-os embora e ele duvidava.

A assistente social confirmara que não haveria mais contato com sua mãe. Ele fugiu para Newcastle duas vezes depois de ter matado a galinha para tentar encontrá-la mesmo assim, mas outras pessoas estavam morando na antiga casa de sua mãe. Ele perguntou aos vizinhos, mas ninguém sabia aonde ela havia ido. O homem com que ele falara após o incêndio lhe disse que sua mãe devia ter morrido.

Tricia, a assistente social, dissera a Minnie que Daniel estava no registro de adoções e que ele poderia "ir embora a qualquer momento". Agora, com a ameaça de outra nova casa pairando no ar, Daniel começava a gostar do sítio e estava tentando se comportar. Tricia confirmara que ele poderia entrar em contato com sua mãe quando tivesse 18 anos, se quisesse, mas até lá ele não tinha permissão de receber nenhuma informação a respeito dela.

— Então, como *foi* que seu marido e sua filha morreram? — perguntou ele, olhando para ela, lambendo os lábios, que haviam ressecado com o frio.

A princípio, ela não olhou para ele, ocupada, ajeitando a banca e aconchegando-se no casaco. Mas então o encarou. *Os olhos eram a coisa mais dura que ela possuía*, Daniel pensou. Seu azul aquoso era tão diferente dos olhos escuros que ele tinha. Às vezes doía olhar para ela.

— Num acidente.

— Os dois?

Minnie fez que sim.

— O que aconteceu?

— Quantos anos você tem, Danny?

— Doze.

— Eu sei que esses 12 anos foram difíceis para você. Nem quero imaginar as coisas terríveis que você viu, fez ou que fizeram com você. Quero que saiba que pode conversar comigo sobre qualquer coisa que aconteceu com você. Não vou julgá-lo. Pode me contar qualquer coisa que quiser. Mas quando ficar mais velho, talvez se dê conta de que existem algumas coisas que não são fáceis de falar. Talvez seja bom falar sobre elas, mas ser bom não quer dizer que seja fácil. Talvez haja algumas coisas sobre as quais você não queira falar agora... coisas que aconteceram com sua mãe ou outras pessoas. Você pode falar comigo sobre isso, mas se não quiser, quero que saiba que respeito isso.

"Eu sei que você é só um menino, mas já sabe o que significa perder as pessoas. Tenho certeza de que sabe mais que a maioria. Sei que sente falta de sua mãe. A perda faz parte da vida, mas nem sempre é fácil de aguentar. Fique sabendo que sempre que sentir saudade da sua mãe, ou se sentir muito triste, eu entendo a sua dor. Às vezes, quando perdemos pessoas que são preciosas para nós, isso torna o mundo um lugar escuro. É como se aquela pessoa que você amava fosse uma pequena luz e quando ela se vai, fica escuro. Lembre-se de que todos nós temos essa luz, essa bondade dentro da gente, e só porque estamos tristes não quer dizer que não podemos levar felicidade, e levar felicidade é ser feliz..."

Ela suspirou tão profundamente que seus seios se elevaram.

— De qualquer modo, foi isso que aprendi depois que Norman e Delia morreram, mas ainda não consigo falar sobre eles. Espero que entenda isso, querido, e saiba que não é nada contra você, é apenas o modo como me sinto.

Norman e Delia. Daniel repetiu os nomes silenciosamente. De repente, como a galinha que ele havia matado, as vidas surgiram reais e raras diante dele. Delia era clara como a borboleta de porcelana; Norman era escuro como o atiçador de fogo que diziam ter provocado seu fim.

Daniel assentiu para Minnie e começou a reempilhar os ovos.

— Ele era mau com você? — perguntou Daniel. Seu nariz estava escorrendo e a língua limpou a coriza salgada e transparente. Ele levou a língua para cima do lábio, mas ela o segurou e limpou o nariz dele com um lenço usado que guardava na manga do cardigã.

— Norman?

— É.

— Meu Deus, não. Ele era o melhor homem do mundo. Um verdadeiro cavalheiro. Era o amor da minha vida.

Daniel franziu o cenho e limpou o nariz de novo com a manga.

— Agora chega. Ficar falando do passado não faz bem a ninguém.

No fim do dia, Daniel ajudou Minnie a carregar o carro com os poucos produtos restantes, juntamente com as tabuletas e os potes com os ganhos. Ele se sentou na frente enquanto ela se acomodava no assento do motorista e dava partida no carro. Ela estava ofegante, o peito abrigado no cardigã pressionado atrás do volante. O carro pegou na terceira tentativa, e Daniel começou a girar o sintonizador do rádio até encontrar uma música. A sintonia era ruim e fraca.

— Ponha o cinto — disse Minnie.

— Tá — disse Daniel. — Você pode arrumar a antena como da última vez, para a gente poder ouvir o rádio na volta?

Ele gostava de andar de carro com Minnie, mas não sabia bem por quê. Ela era uma motorista nervosa, que dirigia aos solavancos, e o carro parecia mais velho que ela. Era excitante quando ela apertava o volante e ousava pegar velocidade. Havia um elemento de vago perigo. Ela saiu do carro e arrumou a antena, que havia sido adaptada com um antigo cabide de arame. Daniel fez sinal afirmativo com o polegar quando a sintonia ficou clara.

Eles passaram de carro pela cidade. Havia um buraco no cano de descarga e Daniel observava os pedestres olhando para o carro barulhento que passava. Pensando na comissão que ganharia quando eles contassem o dinheiro naquela noite, ele começou a cantar, acompanhando a canção do rádio. Tocava Frankie goes to Hollywood. Daniel inclinou-se para a frente a fim de tamborilar ao ritmo da música com os indicadores no porta-luvas.

Minnie olhou para ele de relance e deu uma súbita guinada.

— O que você está fazendo? O que está... O que já te falei? — gritou ela, e Daniel deu um branco para trás no banco.

Ela ia pela rua principal em direção à Carlisle Road, passando por fileiras de carros estacionados e deu outra guinada quando um furgão de entrega saiu da vaga diante da Bertie's Fish and Chips, sendo então repreendida por uma buzina alta. Minnie sobressaltou-se com o barulho e o carro deu uma forte guinada para o outro lado da rua, chegando perto do entroncamento para a Longtown Road. Daniel pôs a mão no painel quando Minnie girou a direção e o carro derrapou para desviar do furgão de entregas, depois bateu no gradil do cruzamento. Daniel foi jogado para a frente e bateu a cabeça no painel.

Com a mão no galo que se formou, Daniel acabou acocorado no chão do carro, ao lado da caixa de marchas. Ela olhava para a frente, respirando com dificuldade, de modo que seu peito arfava; as mãos ainda agarrando o volante. Daniel começou a rir. Sua cabeça doía, mas parecia engraçado ter sido jogado para baixo do painel e que o carro estivesse parado no lado errado da rua, encostado no gradil.

A batida rápida do Frankie goes to Hollywood agora parecia alta demais no carro pequeno.

A respiração dela se acalmou e Minnie estendeu o braço para ele. Daniel achou que ela fosse esfregar sua cabeça e perguntar se ele estava bem. Em vez disso, ela o agarrou grosseiramente pelos braços e puxou-o para o assento.

— Mas o que você estava fazendo? — gritou com ele, sacudindo-o. Tudo que eles já haviam passado e ela jamais levantara a voz para ele. Daniel encolheu os ombros até as orelhas e virou-se, tendo que olhar para ela de soslaio. Os olhos dela estavam arregalados e ele podia ver seus dentes. — O que foi que eu lhe disse? Eu pedi que *pusesse o cinto*. Você precisa usar o cinto. Sabe o que podia ter acontecido...?

— Eu me esqueci — sussurrou Daniel.

Ela o segurou pelos ombros de novo. Daniel sentiu a pressão dos dedos dela através do casaco.

— Pois bem, você não pode esquecer. Precisa fazer o que eu digo. Precisa usar o cinto.

— Tá — disse Daniel, e depois mais alto. — Tudo bem.

Minnie relaxou. Ainda segurava os ombros dele, mas não apertava muito. Estava sem fôlego e seus olhos virados para baixo de tensão.

— Não quero que nada aconteça com você — sussurrou ela, e depois o puxou para si. — *Nada*.

Daniel sentiu o calor de sua respiração no cabelo.

Minnie desligou o rádio. Eles ficaram sentados em silêncio por alguns minutos. Daniel engoliu em seco.

— Tudo bem, ponha o cinto agora — disse ela, e ele fez como ela mandou.

Minnie saiu do carro, inspecionou o para-choque e o capô e depois voltou para o veículo. Pigarreou e ligou o motor. Ele percebeu que os dedos dela tremiam no volante. Daniel esfregou os braços onde ela havia apertado. Foram até o sítio em silêncio.

Daniel alimentou os animais enquanto Minnie começou a fazer o jantar. Quando ele voltou para dentro, andando de meias sujas no piso da cozinha, ela estava servindo-se de uma dose de gim. Ultimamente, ela esperava até depois do jantar, mas agora ele coçava a barriga esticada de Blitz enquanto ela se servia de um copo grande. Ele ouviu a efervescência e o estalido dos cubos de gelo e olhou para cima. Viu que as mãos dela ainda estavam trêmulas.

— Desculpe — disse ele, olhando para o cachorro.

Ela bebeu e depois expirou.

— Tudo bem, garoto. Eu também peço desculpas. Perdi as estribeiras.

— Por que dirige o carro se detesta tanto?

— Bem, quando se tem medo de uma coisa, geralmente a melhor coisa é fazer exatamente aquilo de que se tem medo!

— Afinal, por que você tem medo de dirigir?

— Bem, tenho certeza de que não é realmente de dirigir. Na vida, a maioria das coisas que nos assustam tem a ver com nosso coração e seus pontos fracos. A gente sempre tem medo de algumas coisas, nunca fica livre do medo. Mas tudo bem. O medo é como a dor, está aí na sua vida para lhe ensinar alguma coisa sobre você mesmo.

— Como assim?

— Um dia você vai entender.

O jantar foi rosbife, cenouras, ervilhas e batatas assadas. Daniel abriu espaço na mesa e pôs o jogo americano e os talheres. As galinhas adejavam pela janela conforme o dia minguava. Quando o jantar foi servido, ela estava em sua segunda dose de gim e as mãos haviam se acalmado. Daniel sentiu uma tristeza familiar e fugaz pousar sobre ele, leve como uma borboleta. Sentiu a pele arrepiar-se. Pegou o garfo.

— Minnie?

— Hum? — Ela olhou para ele, a fisionomia relaxada novamente e as faces rosadas.

— A Tricia já ligou essa semana?

— Não, querido. Por quê? Quer falar com ela?

— Bem, eu só estava querendo perguntar o que iria acontecer se eu não fosse adotado, tipo assim... quando eles me puserem na casa. Eu queria saber quando isso vai acontecer.

Daniel sentiu o calor dos dedos dela em seu braço.

— Você *será* adotado. Coma.

— Mas e se não for, posso ficar aqui?

— Se eles deixarem, sim. Mas você será adotado. Quer isso, não é? Uma nova família que seja sua.

— Não sei. Assim, eu não me importaria de ficar aqui com você. — Ele olhava para a comida.

— Bem, eu também gosto de ter você aqui comigo, mas não me engano, sei que você poderia ficar melhor. Pais jovens, talvez irmãos e irmãs, é disso que precisa: uma nova casa do jeito que tem de ser.

— Mas eu, tipo, estou farto de novas casas.

— Esta próxima será a última, Danny. Tenho certeza.

— Por que esta aqui não pode ser a última?

— Agora coma, seu jantar está esfriando.

Eles limparam tudo juntos e Daniel secava a louça enquanto Minnie se servia de outro drinque. Ele a observava de esguelha e percebia que seus movimentos estavam mais lentos, mais pesados. Minnie levou a caixa de arrecadações para a sala e deixou-a aberta sobre a mesa de centro ao lado do gim. Curvada, respirando com dificuldade, ela acendeu o fogo, e o carvão, cuspindo fumaça lentamente, e o cômodo começou a esquentar. Ela pôs um disco de música clássica, depois se deixou cair na poltrona e tomou outro gole da bebida.

— É agora que vou ganhar minha comissão? — perguntou Danny, ajoelhando-se ao lado da mesa de centro.

— Bem, vamos ver. Antes, quero que você conte. Consegue?

Daniel fez que sim. Separou todas as notas e moedas e começou a contar, sussurrando os números. O som da brasa crepitando era audível, sobreposto ao do movimento lento da sinfonia que ela escolhera. Blitz sentou-se ereto como sempre fazia quando um disco tocava. Ficava com as orelhas em pé, prestando atenção, depois dava três voltas antes de acomodar-se aos pés dela com o focinho nas patas.

— Quanto? — perguntou Minnie, quando Daniel terminou de contar.

— Cento e trinta e sete libras e sessenta e três centavos — respondeu Daniel.

— Bem, agora ponha de volta no pote para mim, mas fique com uma nota de cinco. Obrigada por todo o trabalho.

Daniel fez o que ela pediu. Ficou de pernas cruzadas olhando para a nota de cinco libras.

— Você contou esse dinheiro com muita rapidez. Tem certeza de que contou direito?

— Tenho. Quer conferir?

— Depois confiro, mas acredito em você. Você é um garoto muito inteligente, não é? Deveria obter melhores resultados na escola.

Daniel deu de ombros e subiu no sofá, onde se deitou de costas com as mãos atrás da cabeça, de frente para ela.

— A sua professora diz a mesma coisa, que você sabe as respostas quando ela lhe pergunta, mas que nunca termina um exame ou teste. Não termina os deveres de casa nem faz as tarefas que ela lhe passa. Por que isso?

— Não tô nem aí.

Minnie ficou pensativa. Daniel observou-a levantando o queixo e olhando para o fogo.

— Pense em sua mãe e em seu pai, se conseguir se lembrar dele — disse ela, baixinho. — Você diria que eles tiveram uma vida boa?

Daniel esperou que ela se virasse e olhasse para ele antes de encolher os ombros.

— Quando pensa em crescer, o que imagina fazer?

— Quero morar em Londres.

— Fazendo o quê? Que trabalho gostaria de ter? E não me refiro ao de batedor de carteiras.

— Sei lá.

— Bem, você quer ganhar muito dinheiro, quer ajudar as pessoas, quer trabalhar ao ar livre...?

— Quero ganhar dinheiro.

— Então você poderia ser bancário. Trabalhar na City, na Fleet Street...

— Sei lá.

Ela ficou quieta e se virou para o fogo novamente. Havia escurecido lá fora, e Daniel podia ver o fogo e o rosto dela refletidos na vidraça.

— Se analisarmos sua vida agora, veremos que é controlada pela lei, não é mesmo? Você deve ter ido ao tribunal mais vezes que eu, e a lei decidiu que, para sua própria segurança, é preciso ficar longe de sua família. Será que você seria um bom advogado? Assim, poderia ter o que dizer sobre isso tudo e ainda ganhar muito dinheiro.

Daniel olhou para ela, mas não disse nada. Ninguém nunca havia falado com ele desse modo antes. Ninguém lhe havia dito que ele podia escolher o que iria lhe acontecer.

— Danny, estes próximos anos devem ser os mais importantes da sua vida. Você vai para o ensino médio ano que vem. Se você se der bem nos exames, terá o mundo na palma de sua mão. Na palma de sua mão, ouça bem o que eu digo! Poderá trabalhar em Londres, fazer tudo que quiser, acredite em mim. A minha pequena Delia era como você. Muito inteligente. Brilhante. Ela tirava notas altas em todas as matérias: matemática, inglês, história; ela sempre se dava tão bem... Queria ser médica. Ela também teria conseguido...

Minnie virou o rosto para o fogo de novo. O calor havia aquecido o cômodo e suas faces estavam ruborizadas e brilhantes agora.

— O que a gente precisa para ser advogado então?

— É só se sair bem na escola, querido, e depois ir para a universidade. Pense em todas as pessoas que o humilharam antes. Isso mostraria a elas, não é? Você se formando na universidade e se tornando advogado. — Ela riu para si mesma, olhos fixos no fogo, depois se levantou para servir outro drinque. — Pense no quanto sua mãe ficaria orgulhosa.

Daniel ficou deitado no sofá, observando Blitz espreguiçar-se: queixo para o chão e as patas de trás levantadas. Lembrou-se de seu último pai provisório, segurando-o pelos ombros e sussurrando *seu pestinha endiabrado* e depois de um dos namorados de sua mãe que lhe deu um tapa no rosto e o chamou de *zero à esquerda* quando ele trouxe o troco errado da loja depois de ter ido comprar papel de seda para ele enrolar o cigarro. Ele respirou fundo.

— Então a gente só precisa se sair bem na escola?

— Bem, sim, essa é a primeira parte. E eu não me daria ao trabalho de lhe dizer tudo isso se não achasse que vale a pena. Mas sei que você é muito inteligente. Poderia mostrar a eles, tenho certeza.

Ela saiu da sala e Daniel ouviu-a preparando o drinque na cozinha. O calor do fogo estava em sua pele e as palavras que ela lhe dissera pareciam aquecê-lo por dentro também. Ele se sentiu poderoso, mas bem. Isso o lembrou de quando cuidava dos animais.

Minnie jogou-se novamente na poltrona, derramando um pouco da bebida no cardigã, que ela esfregou na lã com a palma da mão.

— Então, se eu fosse advogado, poderia ajudar os meninos a ficarem com suas mães?

— Bem, há todos os tipos de advogados, querido. Alguns trabalham com direito de família e, se é isso que o interessa, poderia fazê-lo. Mas alguns trabalham em grandes empresas, outros trabalham com criminosos ou no mercado imobiliário... sabe, ajudando as pessoas a comprar casas.

— Quer dizer que seria como no *Tribunal da Coroa* da televisão? Eu ficaria diante do juiz?

— Você poderia fazer isso, sim. Você seria importante também.

Daniel pensou por um instante, escutando o gelo tilintando no copo.

— Posso ligar a TV? — perguntou ele.

— Tudo bem. Tire o disco, mas cuidado para não arranhá-lo. Faça exatamente como lhe mostrei.

Daniel levantou num salto e suavemente ergueu a agulha do disco e levantou-o como ela tinha lhe mostrado: as duas mãos na borda para não deixar marcas dos dedos e colocando-o com cuidado de volta na capa.

Ela tinha um aparelho de TV antigo, em preto e branco, e com um botão de girar. Daniel procurou até encontrar uma comédia e então pulou de volta no sofá.

— Você devia comprar uma TV colorida.

— Deveria, é? Tenho coisas melhores para comprar com meu dinheiro. Talvez, quando você for um advogado rico, possa comprar uma para nós.

Ela piscou para ele, e Daniel sorriu. Sentia-se aquecido por dentro. Era a ideia de ficar ali pelos próximos anos e chamar aquilo de lar. Ele se encolheu no sofá assistindo *Are You Being Served?* e sorria, mas sem dar risadas das piadas, entendendo apenas algumas delas, ainda ciente dos estalidos do fogo e do tilintar do gelo ao fundo. Concluiu que se sentia seguro, era assim que se sentia. Sentia-se seguro com ela, mesmo que ela bebesse, fosse uma motorista ruim e tivesse um cheiro engraçado. Ele não queria ir embora.

Quando o programa acabou, Blitz estava pedindo para sair e Daniel abriu a porta dos fundos para ele. Quando Blitz voltou para dentro, Daniel fechou a porta com o ferrolho e pegou um biscoito da lata. Na sala, o copo de Minnie estava vazio e ela estava com o rosto molhado de lágrimas.

A sensação de calor sumiu quando ele olhou para ela, que olhava fixamente para a televisão, mas dava para ver que não a assistia. A luz cinza refletia em seu rosto. Daniel foi até a lareira e ficou de costas para o fogo, sentindo o calor nas costas e nas pernas.

— Você está bem? — perguntou ele.

Minnie passou a palma da mão no rosto, do lado direito e esquerdo, mas havia novas lágrimas prontas para lhe molhar as bochechas.

— Desculpe, querido — disse ela. — Simplesmente me ignore. Eu só estava pensando sobre hoje. Você me deu o maior susto. Prometa que sempre vai usar seu cinto de segurança, mesmo quando estiver em outro carro. Prometa...

Ela se inclinou para a frente, os dedos brancos na beira da poltrona, os lábios molhados de lágrimas ou saliva.

— Prometo — disse Danny, baixinho. — Vou dormir.

— Tudo bem, filhote, boa noite. — Ela enxugou o rosto uma, duas vezes e mais uma vez com a manga direita. — Não se esqueça de pôr o dinheiro no seu porquinho. Nada de levar para a escola e comprar besteiras. Venha cá...

Ela estendeu o braço para ele, e Daniel foi andando lentamente em sua direção. Ela pegou seu punho e puxou-o gentilmente para junto de si, para lhe dar um beijo na bochecha. Ele ficou encostado nela por um segundo a mais que o necessário, ciente da aspereza da lã em sua bochecha direita e de sua umidade na esquerda.

15

Passava das nove da noite e Daniel estava comendo um curry tailandês em seu apartamento. Ainda tinha trabalho a fazer, portanto, estava sentado à mesa da cozinha com o laptop aberto, tomava uma cerveja e tentava não sujar as teclas com molho. O rádio estava ligado, baixinho. Ele tinha uma audiência no tribunal na manhã seguinte, um caso de furto em loja. Daniel dissera à sua cliente, mãe de quatro filhos, que esperava que ela não recebesse pena de prisão. Agora ele revisava os fatos e anotava os detalhes.

Sebastian parecia absorver mais de seu tempo que o necessário. Daniel sempre se preparava bem para seus casos e agora tirava um tempo para revisar suas anotações para amanhã, mas o caso de Sebastian ainda interrompia seus pensamentos.

Ele voltou sua atenção para seus registros, mas a mente estava à deriva, rumando para sua carência interior. Desde que deixara Minnie, quando adolescente, ele se acostumara a estar sozinho. Na universidade e depois dos estudos, ele era conhecido como uma pessoa solitária, um destruidor de corações, não era o camarada de um homem nem o homem de uma mulher. Um homem de si mesmo. Um homem solitário. Guardando suas coisas para si.

Daniel lembrou-se da irmã de Minnie, Harriet, na ponta dos pés para alcançá-lo. *Você devia se envergonhar, rapaz,* e depois da imagem dela, andando de forma trôpega pelo caminho de madeira ao atravessar o pátio da funerária.

Harriet.

Daniel recordou-se de suas visitas e das viagens tensas para buscá-la em Carlisle. Os nós brancos dos dedos de Minnie agarrados ao volante, o ronco do Renault enquanto ela seguia pela rodovia em terceira e com o cinto afivelado.

Harriet era a irmã mais nova de Minnie, também enfermeira, também engraçada e também fã da bebida. Daniel lembrou o sabor de seus beijos doces de refrigerante de gengibre quando ela vinha visitá-los, uma vez por ano ou a cada dois anos, trazendo blusões de tricô feitos à mão e vidros de balas.

Ele terminou de comer e empurrou o prato. Limpando a boca, pegou a caixa de Minnie na sala e tirou a caderneta de endereços, que estava cheia de fazendeiros de Brampton, mas encontrou Harriet — *Harriet MacBryde* — com seu nome de solteira, embora Harriet tivesse se casado, tivesse uma família em Cork —, ele vira as fotos. Daniel continuou folheando a caderneta e parou no fim, em outro nome que reconhecia: Tricia Stern.

Tricia. Daniel ainda conseguia se lembrar de estar no carro dela indo para o sítio de Minnie pela primeira vez. Ali estava o número do telefone e o endereço do Serviço de Assistência Social à Criança de Newcastle e outro número da Assistência Social de Carlisle.

Daniel recomeçou do início e mais lentamente dessa vez. *Jane Flynn* — um número de Londres, o endereço em algum lugar de Hounslow. Flynn tinha sido o nome de casada de Minnie: Minnie Flynn, Norman Flynn e Delia Flynn — os Flynn do Sítio Flynn. Norman devia ter tido uma família, Daniel raciocinou, embora Minnie nunca tivesse falado nela. Não teria falado mesmo — ela mal conseguia mencionar o marido sem que os olhos se enchessem de lágrimas.

Estava tarde e Daniel não tinha tempo. Tinha muito trabalho a fazer e ficaria acordado até as duas da manhã, mas eram tantas as perguntas que giravam em sua cabeça... Ele tentara manter Minnie afastada de seus pensamentos durante anos, mas agora, com sua morte, sentia-se atraído para ela. Queria saber por que ela o magoara daquele jeito e por que o magoara tanto. Mas era tarde demais.

Daniel respirou fundo. Continuou a folhear a caderneta de endereços, curvando-se, com a testa na mão e os cabelos caindo sobre os dedos.

Pegou o telefone e discou com o polegar o número de Harriet MacBryde, Middleton, Cork, a garrafa de cerveja na outra mão. Discou tudo, menos o último número e então desligou. *Harriet não iria querer falar com ele*, raciocinou. Considerava-o desonroso, alguém que devia se desculpar, o culpado. O que era mesmo que ele queria saber de Harriet? Queria saber de Minnie, percebeu, queria saber quem ela era além da mulher de quadris largos que lhe servira de mãe e o salvara de si mesmo.

Daniel passou as duas mãos pelos cabelos e suspirou profundamente. Largou o telefone e voltou ao trabalho, preparando-se para uma longa noite.

A promotoria contratara um psiquiatra para avaliar Sebastian. O relatório mostrava que ele era são e apto para enfrentar o julgamento. Daniel também marcara uma avaliação psicológica. O psicólogo fora a Parklands House para se encontrar com Sebastian, e o relatório tinha sido enviado para a Harvey, Hunter e Steele uma semana depois. Daniel mordeu o lábio ao guardar o relatório na pasta. Não sabia o que esperar do psicólogo. Quando estava com Sebastian, às vezes sentia uma estranha afinidade com ele e noutras também se sentia inquieto com o menino, que Irene descrevera como *perturbador*.

No banheiro masculino, Daniel arrumou a gravata e passou a mão pelos cabelos. Estava sozinho e olhou para sua imagem por um segundo a mais do que olharia normalmente, sem sorrir, observando sua fisionomia como imaginava que os outros a vissem. Parecia cansado, pensou, os olhos escuros com olheiras e as bochechas mais magras que o normal. Recordou-se de sua rebeldia quando criança. Sabia de onde ela viera, mas não para onde tinha ido. Inclinou-se para mais perto do espelho e passou o dedo pelo cavalete do nariz, tentando sentir a pequena saliência que atribuía ao soco que quebrou seu nariz quando criança.

Daniel precisava estar em Old Bailey para uma breve audiência que antecedia o julgamento e depois tinha uma hora marcada com o psicólogo. Estava atrasado, então deu uma corrida até o metrô, descendo as escadas rolantes a toda velocidade e fazendo o mesmo na subida, desculpando-se quando sua pasta roçou o quadril de uma mulher. Saiu em St. Paul e foi andando até Old Bailey.

Já passavam das quatro quando ele escapuliu do Tribunal Criminal Central e seguiu para Fulham, onde encontraria o psicólogo, Dr. Baird. Irene tinha se atrasado, então apenas seu assistente, Mark Gibbons, compareceu.

Baird era mais jovem que Daniel imaginara. Tinha pele clara e as sardas do nariz se espalhavam pelo rosto e penetravam o couro cabeludo, onde seu cabelo louro avermelhado começava a rarear. Ele parecia nervoso.

— Gostariam de um chá ou café? — perguntou o Dr. Baird, arqueando as ralas sobrancelhas claras, como se um deles tivesse feito algum comentário interessante.

Daniel recusou, mas Mark pigarreou e pediu um chá.

* * *

Seu relatório era desprendido, profissional, mas ainda assim oferecia algumas visões pessoais sobre o caráter de Sebastian. Em termos de defesa, angariar simpatia para Sebastian poderia ajudar, mas Daniel e Irene não haviam decidido como usá-la ou se o fariam. O Dr. Baird tinha avaliado a adequação de Sebastian para suportar um julgamento num tribunal adulto, apesar de Daniel querer que ele mostrasse Sebastian como o menino que era, com mínimas condições para os rigores de uma sala de tribunal. O psicólogo descrevera Sebastian como inteligente e articulado, e a única coisa que Daniel podia esperar era que essas opiniões profissionais positivas ajudassem a contrapor os depoimentos das testemunhas da acusação — de que Sebastian era um tirano cruel — e possibilitasse aos jurados serem solidários com eles. É claro, Daniel esperava que a simpatia não fosse necessária e que os fatos apenas conseguissem provar a inocência do menino.

O Dr. Baird visitara Sebastian em Parklands House, armado com bonecos e canetas coloridas. Daniel ficara absorvido por esse relatório, não apenas pela sua possível relevância para o julgamento, mas pelo que revelava sobre Sebastian.

Enquanto Mark bebericava o chá — a xícara tremendo no pires — Baird se recostava em sua cadeira, as mãos cruzadas sobre a barriga compacta, expondo Sebastian.

— Ele é inteligentíssimo, como comento no relatório, um QI de 140 e, sem dúvida, estava ciente de quem eu era e o que me levara até lá...

Daniel achou que Baird parecia irritado.

— *Então, sabe por que estou aqui?* — *perguntou o psicólogo.*
— *Sei* — *disse Sebastian.* — *O senhor quer entrar na minha cabeça.*

— Sem dúvida, ele exibiu uma maturidade... incomum para um menino de sua idade e está bem convicto de sua inocência. — Baird abriu bem os olhos ao dizer a palavra. Daniel não entendeu bem o que o homem pretendia com essa expressão: estaria impressionado ou descrente?

— *Sebastian, você sabe do que está sendo acusado?*
— *Homicídio.*

— E como se sente a respeito disso?
— Sou inocente.

O menino sabia a diferença, Baird disse a Daniel e Mark. Tinha clareza sobre a diferença entre certo e errado e sabia que assassinato, violência, é errado.

Daniel cogitou se Sebastian realmente entendia a diferença ou se havia respondido de acordo com as expectativas do psicólogo. Pensou na própria infância e nas coisas erradas que fizera, algumas das quais criminosas. Lembrou-se de não ter ciência da imoralidade desses atos, apenas de conveniência, proteção e vingança. Minnie o ajudara a entender a diferença.

Daniel folheou o relatório até as seções que havia destacado antes da reunião.

— Dr. Baird, o senhor escreveu que não tem como saber qual seria a reação de Sebastian num estado de aflição, mas acha que mesmo num estado desses, ele saberia o que estava fazendo e suas implicações morais, desculpe por parafrasear. O que isso significa exatamente?

— Bem, significa que encontrei Sebastian duas vezes e me sinto seguro sobre essa avaliação que fiz, de que ele sabe a diferença entre certo e errado, mas sei que um estudo mais prolongado de seu comportamento seria necessário para ser conclusivo sobre seu entendimento da moralidade e de suas mudanças comportamentais sob grande pressão emocional.

— Entendo. O senhor diz que ele é... — Daniel virou a página e leu: — ... *incapaz de lidar com e entender fortes emoções, e tende a acessos de fúria e explosões emocionais*. O que isso significa em termos de sua capacidade de perpetrar um crime violento?

— Bem, muito pouco. Considerei-o intelectualmente maduro, precoce até, mas, como declarei, ele me pareceu emocionalmente imaturo. Tocamos em alguns assuntos problemáticos e ele ficou visivelmente aborrecido, mas não agressivo, de modo algum.

Daniel passou os olhos no relatório novamente, fisionomia séria.

— O senhor averiguou se havia alguma indicação de abuso?

— Ah, sim — disse Baird, pegando a pasta e indicando suas anotações. — Certamente de abuso marital em casa. Fizemos uma dramatização com bonecos, o que Sebastian não estava muito disposto a fazer a princípio... mas acabou interagindo com os bonecos. Ele não verbalizou, mais uma indicação de imaturidade emocional, mas pareceu dramatizar cenas em que seu pai dava socos e chutava sua mãe.

— A assistência social nunca contatou a família — disse Mark, terminando o chá.

— Correto — disse o Dr. Baird —, mas os relatórios médicos corroboram com algumas das afirmações de Sebastian.

— Sou filho único. Houve um bebê, mas ele morreu. Eu colocava a mão na barriga da minha mãe e sentia ele se mexendo. Mas então ela caiu e deu à luz uma coisa morta!

— Sebastian descreveu um natimorto, de modo bem vívido, e a Sra. Croll realmente sofreu um aborto no terceiro trimestre em resultado de um acidente doméstico — confirmou Baird.

Daniel havia lido no relatório do psicólogo que a expressão de Sebastian ficara "vazia" ao dar essa informação, e Baird percebeu que o menino fizera "um leve som de sugar com a boca".

Daniel pigarreou e olhou para Mark, que fazia anotações.

— Finalmente — disse Daniel —, o senhor descarta o diagnóstico anterior de síndrome de Asperger realizado pelo psicólogo educacional de Sebastian? Isso estava em seus relatórios escolares.

— Sim, não encontrei nenhuma evidência de que ele tivesse Asperger, embora possa ter alguns traços relacionados ao espectro.

— E o senhor está recomendando intervalos regulares no tribunal, certo? — disse Daniel. — Creio que isso acontecerá de modo padrão, mas acho que seria bom o senhor atestar isso... concorda, Mark?

Mark assentiu avidamente, seu pomo de adão balouçando nobremente sobre o colarinho da camisa.

— Mas é claro, os procedimentos do tribunal devem ser engrenados levando em conta a idade de Sebastian e seu estado emocional. Seu alto grau de inteligência significa que os procedimentos podem ser bem compreendidos se forem explicados de modo apropriado, mas intervalos regulares devem ser arranjados para limitar o esforço emocional.

Daniel despediu-se de Mark e foi para casa. Fechou os olhos e acomodou-se no assento, sentindo o balanço e o sacolejo do trem. Lembrou-se da própria impotência quando sua mãe apanhava e então imaginou Kenneth King Croll provocando a queda de Charlotte e a perda do bebê.

De volta a Bow, ele abriu a pasta na cozinha, espalhando o processo Croll sobre a mesa, e pegou uma cerveja. Daria outra repassada naquilo depois de jantar. Viu seu bloco de anotações da noite anterior com os números de Harriet MacBryde e Jane Flynn e sentou-se olhando para eles, pensando no que fazer. Harriet estava furiosa com ele e o mais provável é que Jane nunca tivesse ouvido falar dele. Daniel não era parente de nenhuma das duas.

Ele tomou um banho e vestiu jeans e camiseta. Foi descalço para a sala, onde pegou a fotografia da primeira família de Minnie no console. Levou-a para a cozinha e acabou de beber a cerveja olhando para o rosto de Minnie. Estava exultante de felicidade, a pele ainda imaculada dos anos ao ar livre que viriam.

Daniel respirou fundo e pegou o telefone. Discou o número de Harriet; ficou escutando o toque anormalmente longo e sentindo o peito comprimir-se de expectativa. Tamborilou os dedos suavemente na mesa, sem pensar no que iria dizer. O telefone tocava e ele estava para desligar quando ela atendeu.

— Alô? — A respiração ofegante, como se ela tivesse corrido até o telefone.

— Oi, é... Harriet?

— Sim, o que deseja? — Ela estava calma agora e ele se preparou, tentando identificar a voz.

— Aqui é... o Danny, eu a vi no...

Houve uma longa pausa e então Harriet disse:

— O que você quer?

Daniel inclinou-se sobre a mesa e pegou a foto de Minnie. Falou baixinho, desacostumado que era de pedir ajuda. O cômodo estava quente e as veias de suas mãos estavam saltadas quando ele levantou a moldura da foto.

— Sinto muito sobre... quando a vi no funeral. Eu estava... de qualquer modo, eu queria falar com a senhora sobre a Minnie. Ando pensando muito nela e me dei conta de que há muitas coisas que não sei sobre ela, coisas que Minnie nunca me contou. Imaginei se a senhora...

— Como eu lhe disse no funeral, Danny, esse súbito interesse há muito caducou. Ela ficou inconsolável quando você deixou de falar com ela e de visitá-la. *Inconsolável*, entende? E agora que ela morreu, você quer saber mais sobre a pessoa boa que ela era? Estou de luto por uma irmã que eu amava muito, mas você deu adeus a Minnie faz muito tempo. Agora, pelo amor de Deus, *me deixe em paz*.

— Desculpe — sussurrou Daniel, mas Harriet já havia desligado.

16

Daniel estava olhando as revistas em quadrinhos na Brampton News da Front Street. Estava ciente de estar sendo observado e virou-se rapidamente para pegar uma mulher de macacão marrom olhando para ele. Quando a encarou, ela sorriu para ele e voltou para trás da caixa registradora. Daniel sentiu um calor subir até o rosto. Conhecia a mulher como Florence MacGregor, que todos chamavam de Flo-Mac. Ela comprava ovos e às vezes uma galinha de Minnie e sempre regateava o preço. Tinha o cabelo bem preto e Minnie lhe contara que era pintado; *algumas pessoas simplesmente não conseguem envelhecer, mesmo que não haja nada mais certo na vida do que a morte*, ela dissera a Daniel.

Daniel sabia que Flo-Mac esperava que ele roubasse a revista e estava preparado para fazer isso e não decepcioná-la, mas bem quando a enrolava para enfiá-la nas calças, pensou em sua carreira de advogado e em como isso poderia parecer. Desenrolou a revista e contou as moedas que tinha no bolso. Tinha o suficiente.

Quando ia andando para o balcão, ele ouviu Flo sussurrar para sua ajudante. Daniel não conseguiu ouvir todas as palavras, mas captou *Flynn, órfãos, desgraça*.

Daniel colocou a revista no balcão.

— Catorze centavos — disse Flo.

Daniel jogou a revista nela.

— Enfie na sua bunda — disse ele, e saiu da loja.

Na escola, ele jogou futebol na hora do almoço e fez dois gols. À tarde, houve um teste de matemática e Daniel terminou primeiro, como de costume, mas dessa vez, tinha preenchido todas as respostas. Depois da aula, esperou e fez a Srta. Pringle corrigir seu teste. Ele acertou todas as respostas e então a Srta. Pringle lhe deu uma estrela dourada para levar para Minnie.

Daniel foi andando, segurando o teste e a estrela dourada ao atravessar o Dandy. Todas as outras crianças já estavam em casa a essa altura e o Dandy estava tranquilo. Billy Harper estava sozinho nos balanços e Daniel acenou para ele; o homem pesado acenou de volta, balançando-se suavemente para a frente e para trás. Ele se lembrou do verão anterior, sendo espancado ao atravessar esse pedaço de terra. Agora, sentia-se diferente, mais velho. Ele dobrou o teste e guardou-o no bolso, correndo então para casa, dando paradas ocasionais para despetalar as margaridas aos pontapés.

Quando Daniel chegou em casa, Minnie estava recolocando a palha na cabana do bode. Ele foi por trás e cutucou o quadril avantajado.

— Eu já estava imaginando onde você tinha se enfiado. Andou vadiando por aí, como sempre?

— Não, fiquei esperando para pegar meu teste de matemática corrigido, veja! — Daniel mostrou o teste a Minnie.

Ela olhou para o papel com cara séria por alguns instantes e então, dando-se conta, agarrou-o e deu-lhe um abraço tão apertado que ele nem conseguiu respirar, e seus dedos dos pés saíram do chão.

— Ora, isso é maravilhoso — disse ela. — Temos que celebrar. Uma estrela dourada significa que precisamos comer torta e pudim.

Daniel observou-a arrebentando o ruibarbo que crescia descontrolado ao lado do galinheiro. Os talos tinham a espessura de três dedos e as folhas estavam grandes como guarda-chuvas. Ela entrou em casa com três talos e perguntou a ele se queria um agora. Enquanto ela fazia a torta e aquecia o óleo para as batatas fritas, ele ficou sentado à mesa da cozinha, enfiando um talo de ruibarbo numa tigela de açúcar. A acidez revestida pelo doce o fez lembrar o que era felicidade e, imediatamente, ficou feliz com a estrela dourada, o cheiro de batata frita cozinhando e a acidez do ruibarbo na língua.

Ele estava comendo a torta quando ela trouxe o assunto à tona. Empurrou sua tigela enquanto ele colocava na boca um pedaço escorregadio do pudim de ruibarbo.

— Lembra que eu lhe disse que geralmente é difícil para as assistentes sociais encontrarem pais adotivos para crianças mais velhas como você?

Daniel parou de comer. Seu braço descansou sobre a mesa e a colher ficou balançando na beira do prato. Estava com comida na boca, mas não conseguiu engolir.

— Bem, parece que Tricia encontrou um casal que está interessado.

Minnie observava seu rosto em busca de uma reação; Daniel sentia os olhos dela buscando os seus. Ele ficou completamente imóvel, refletindo-a em seus olhos.

— É uma família com filhos mais velhos, de 18, 22 anos, prontos para saírem de casa. Eles têm um total de quatro filhos e só um ainda em casa. Significa que você teria aquela atmosfera familiar, mas receberia muita atenção. Melhor que aqui, sozinho comigo e com os animais por aí. O que acha?

Daniel encolheu um ombro e olhou para a comida. Fez o melhor que pôde para engolir.

— Eles moram em Carlisle e têm uma casa grande. Você teria um quarto bem grande, aposto...

— E daí?

Minnie suspirou. Ela estendeu o braço para ele, que puxou o seu com tal rapidez que jogou a colher para fora da mesa. Partículas de pudim caíram na parede e no chão.

— Eles só querem que você vá fazer uma tentativa — disse ela. — Sugeriram que fosse neste fim de semana, só para vocês se conhecerem.

Daniel saiu da mesa e correu para o andar de cima. Blitz estava dormindo e Daniel pisou num pedacinho de seu rabo ao fugir da cozinha. Ele não sabia bem se foi o ganido do cachorro ou os gritos de Minnie para que ele voltasse que fizera sua raiva emergir. Ela eclodiu em seu corpo e assim que ele chegou ao quarto, começou a destruí-lo: arrancando as gavetas e chutando a mesa de cabeceira, estilhaçando outra luminária. Dessa vez, por garantia, ele pisou na pantalha uma, duas, três vezes.

Quando Minnie entrou, ele estava espremido entre o armário e a cama, encolhido. Ele se preparou contra as mãos reconfortantes que esperava sentir nas costas e nos cabelos. Ficou bem encolhido. Isso o lembrava de ser atacado. Dois dos namorados de sua mãe o haviam espancado até deixá-lo inconsciente. Ele se lembrou de ficar assim sentado, comprimido entre a mobília, protegendo o abdome e a cabeça, deixando os ombros e as costas receberem o impacto, até eles o puxarem, aos gritos, pelos cabelos.

Agora ele resistia ao consolo dela do mesmo modo; retesado, de modo que cada músculo de seu corpo estava preparado para recuar caso ela se aproximasse. Seu rosto estava pressionado sobre os joelhos e ele podia sentir o cheiro do próprio hálito, entrelaçado com a acidez que vinha da notícia, ou do ruibarbo.

Mas Minnie não o tocou. Ele ouviu as molas protestarem quando ela se sentou na cama. Ouviu-a expirar e então o silêncio.

Ele aguardou alguns minutos, observando as configurações circulares que latejavam diante de seus olhos quando ele os pressionava sobre os joelhos. Mesmo sentindo a pressão dolorida nas órbitas, não parou. Curvada sobre as coxas, a musculatura de suas costas estava sendo forçada. Lentamente, ele levantou a cabeça. Ela estava sentada de costas para ele. Ele a viu girando a estrela dourada na mão esquerda. Ele começara a gostar das mãos dela, de sua aspereza avermelhada. Gostava do tato delas em sua face e em seus cabelos, como se apenas mãos ásperas como as dela pudessem lhe trazer conforto agora.

Agora ele a observava com o queixo sobre o joelhos. Ela estava imóvel, virada para o outro lado, olhando para alguma extravagância invisível no ar. Ele podia ver o subir e descer de seu peito e o sol que minguava brilhar em seu cabelo grisalho, de modo que parecia quase branco, refletindo toda a luz.

— Eu só quero ficar com você — disse ele por fim.

— Ah, Danny — disse ela, ainda de costas. — Fico feliz por você ter se acomodado aqui; eu queria isso. Mas esta é uma verdadeira oportunidade para você. Trata-se de uma *família*; imagine como seria ter dois pais experientes, profissionais, só para você. Melhor que este sítio velho e imundo, sem ninguém com quem conversar além dessa velha aqui, preste atenção ao que eu lhe digo.

— Eu gosto do sítio...

— Essas pessoas são realmente do mundo, entende? Profissionais, inteligentes.

— E daí? Nem ligo.

Minnie virou-se na direção dele. Deu um tapinha na cama ao seu lado.

— Venha cá.

Daniel desenroscou-se e sentou ao lado dela. Ela o cutucou com o ombro e perguntou:

— Quer dizer que você está com medo de passar um fim de semana fora com umas pessoas legais? Ninguém vai mandá-lo a lugar algum. Essa é uma oportunidade a agarrar.

— Então eu posso voltar se não gostar deles?

— Com certeza, mas quem disse que eles vão gostar de *você*? Um danadinho resmungão como você é!

Então Daniel sorriu e Minnie o cutucou de novo. Ele se encostou nela, esticando os braços entre seus quadris e seu peito, o rosto pressionado na maciez de seu braço.

No sábado de manhã, Daniel estava com os cotovelos no peitoril da janela do quarto, esperando pelo carro. Dava para ver o jardim da frente com seus canteiros de vegetais e os bambus por onde cresciam os pés de framboesa. A mão nodosa da tramazeira ficava na outra extremidade lateral, saindo da terra com tendões desesperados, salpicados com suas bagas vermelho sangue. Os pais que queriam conhecê-lo chamavam-se Jim e Val Thornton. Eles ainda não estavam atrasados, mas Daniel já esperava há uma hora. Sem carro à vista, ele olhava para a tramazeira acenando para ele ao vento. Lembrou-se de subir na árvore e colher as bagas e de Minnie lhe dizendo que eram venenosas. Ela havia dito que aquela árvore estava lá para afastar as bruxas, então como ela poderia ser uma? Daniel ficou observando os pardais e as pegas desnudando os galhos de suas bagas. Ficou imaginando como passarinhos tão pequenos podiam sobreviver banqueteando-se com as bagas que Minnie dizia que podiam matar humanos.

Daniel pensava nisso quando um grande carro preto estacionou na frente do sítio. Ele se escondeu atrás da cortina, mas continuou olhando para o homem alto de cabelos louros que saiu do carro e depois para a mulher, que usava o cabelo puxado para cima e um lenço colorido no pescoço. Quando eles desapareceram de seu campo de visão, Daniel saiu do quarto e foi sentar-se no alto das escadas. Sua sacola estava pronta lá em baixo, mas Minnie havia dito que daria uma palavrinha com eles antes.

A porta da frente estava aberta, pois Minnie tinha saído para encontrá-los. As apresentações animadas foram levadas para dentro da casa como folhas outonais. Blitz ficou metade dentro, metade fora, portanto, a única coisa que Daniel conseguia ver era seu rabo abanando. Seu estômago doía de nervoso e ele se curvou sobre os joelhos num esforço para aliviar a tensão. Ficou fora de vista quando Minnie os conduziu para a sala.

Ele estava esperando ser chamado, mas Blitz veio até ele antes, ofegando em seu rosto no alto da escadaria. Daniel massageou seu pelo preto e branco e Blitz baixou a cabeça, permitindo. Então veio o chamado.

— Danny, quer descer, filhote?

Ao ouvir a voz de Minnie, Blitz começou a descer as escadas. Daniel esperou um instante e respirou fundo antes de seguir. Estava só de meias e pisava de tal modo que não deixava as tábuas ranger. Minnie estava ao pé das escadas com um sorriso estranho. Ele nunca a vira sorrir desse jeito — como se estivesse satisfeita consigo mesma ou como se houvesse mais alguém observando-a, além dele. Daniel fez cara séria, pôs as mãos nos bolsos e seguiu-a até a sala.

— Bem, olá...

O homem ficou tenso e estendeu os braços, parecendo pronto para levantar-se, até a mulher pôr a mão em seu braço. Daniel ficou contente por ele ter ficado sentado. Minnie estava com as duas mãos em seus ombros e os acariciava. Daniel os cumprimentou com um gesto de cabeça e roçou as meias no tapete.

— Eu sou a Val — disse a mulher, com um sorriso parecido ao que Minnie estava dando, só que mais severo. Daniel achou que seus dentes eram brancos demais e dava para ver suas gengivas. — E este é o meu marido, Jim. Nós dois ficamos muito contentes por você ter decidido passar o fim de semana conosco.

Daniel assentiu enquanto Minnie o conduziu para o sofá.

Ela foi até a cozinha fazer um chá. Daniel acomodou-se no sofá, com Jim e Val olhando para ele.

— Então, quer saber sobre nós? — perguntou Val.

— Já sei de tudo — disse Daniel. — Vocês têm quatro filhos. Só um deles em casa, que é um menino de 18 anos. Vocês têm uma casa grande, e Jim é contador.

Val e Jim riram juntos, nervosos. Daniel balançava um pé sobre o outro. Ele estava sentado tão para trás no sofá que o queixo estava em seu peito.

— Então por que não nos fala de você? — induziu Val. — O que gosta de fazer?

— Futebol, alimentar os animais, vender as coisas na feira.

— Nós moramos em Carlisle — disse Jim, inclinando-se para a frente, cotovelos nos joelhos. — Sempre saímos para caminhar ou andar de bicicleta, então vou querer jogar futebol uma hora dessas. Talvez a gente possa fazer isso neste fim de semana, se você quiser.

Daniel tentou encolher os ombros, mas eles estavam presos no sofá.

Minnie trouxe um chá quente fumegando e um prato de biscoitos casadinhos. Daniel continuou afundado no sofá e então Minnie puxou conversa, falando mais alto que de costume, sobre o sítio, há quanto tempo recebia crianças, e sobre a Irlanda, onde não colocava os pés desde 1968. Daniel sentava-se imóvel ao seu lado, passando o indicador sobre um furo no sofá, que Minnie lhe havia dito ter sido feito anos atrás pelo cigarro do marido.

— Seu quarto está prontinho esperando por você — disse Val. — É o maior quarto, o que era do nosso filho mais velho, então você tem sua própria televisão lá.

— É colorida? — perguntou Daniel.

— É.

Daniel olhou para Minnie e sorriu. Olhou quando Jim pegou um biscoito. Comeu-o inteiro sem deixar cair uma migalha para Blitz, que se sentava aos seus pés, salivando.

— Vocês têm algum animal de estimação? — perguntou Daniel, sentando ereto pela primeira vez.

— Não, os meninos sempre quiseram um cachorro, mas Val é alérgica...

— Ah, desculpe — disse Minnie, segurando a coleira de Blitz. — Vou colocá-lo para fora.

— Não, não, por um período curto de tempo, tudo bem; ela só não pode afagá-lo... Daniel, estamos realmente contentes que você venha passar o fim de semana conosco; vai ser muito bom ter uma criança por lá novamente. — As narinas de Jim alargavam-se quando ele sorria.

17

Havia uma festa nas Câmaras de Heathcore Street — um evento que acontecia regularmente em setembro — para que os defensores públicos interagissem com os principais advogados e juízes. Daniel foi com Veronica, sua sócia sênior, esperando encontrar Irene. Trouxera uma cópia de documentos confidenciais sobre uma investigação da assistência social sobre os Croll, que lhe fora repassada por um funcionário de seu escritório.

A festa era famosa — champanhe à vontade; defensores e seus secretários bajulando os grandes advogados que os mantêm na ativa. Na festa do ano anterior, Daniel havia conhecido sua ex-namorada: uma pupila quase 15 anos mais nova que ele. Recentemente ela se mudara para outras câmaras.

Quando Daniel e Veronica chegaram, a escadaria e os corredores atapetados estavam apinhados de gente com risonhas faces rosadas, bloqueando as entradas para as salas que se avolumaram com as risadas. O ar estava doce, aconchegante e perfumado. Não havia música, mas a cacofonia das conversas dificultava a audição.

Daniel teve de inclinar-se na direção de Veronica.

— Vou pegar uma bebida para nós — disse ele, enquanto ela recebia dois beijinhos de um dos juízes do Tribunal da Coroa.

Daniel tirou o paletó e pôs a gravata no bolso enquanto esperava por duas taças de champanhe e depois as levou entre os dedos de uma das mãos ao abrir o caminho de volta. Localizou Irene no meio da escadaria, conversando com outro jovem QC.

Daniel estendeu o braço, passando por três juízes para entregar a bebida a Veronica e então dirigiu-se lentamente até as escadas. Ele captou o olhar de Irene, que se virou e acenou.

— Que bom que você veio, Danny — disse ela, curvando-se para dar-lhe um beijo no rosto.

Ela estava um degrau acima dele, que se sentiu estranho com os olhos nivelados aos dela. Ela ainda estava vestida para o tribunal, com uma saia lápis na altura do joelho e blusa branca.

— Conhece o Danny? Da Harvey, Hunter e Steele? — perguntou Irene ao defensor com quem conversava.

— Ah sim, claro, Daniel Hunter, não é? — O defensor apertou a mão de Daniel e depois pediu licença para ir buscar uma bebida.

— Como Sebastian está lá na unidade? — perguntou Irene.

Daniel sorriu por causa de sua pele lustrosa e do leve rubor na clavícula exposta.

— Sobrevivendo. Ei, você tem um minuto? Recebi uma coisa. Precisamos conversar sobre o que vai fazer com isso...

— Fiquei intrigada — disse Irene, pegando Daniel pelo cotovelo e gentilmente conduzindo-o para cima. — Vamos para a minha sala. Não se preocupe, há mais vinho lá!

A sala, como o resto das câmaras, era opulenta e decorada de forma tradicional, de modo que até o papel de parede e o tapete pareciam emitir uma tranquilizadora confidencialidade. A iluminação da rua derramava-se pela sala através das janelas, e Irene acendeu a luminária da mesa. As vozes volumosas vinham do corredor, e Daniel fechou a porta suavemente.

— Quer mais espumante ou prefere um vinho? — perguntou ela, abrindo um armário antigo junto à janela.

— O que você preferir — disse ele, terminando o champanhe, apreciando sua efervescência ácida na língua.

— Então vamos tomar esta — disse ela. A rolha estourou e a garrafa fumegou. Irene encheu a taça de Daniel, depois a dela e pôs o champanhe na escrivaninha. — E as fitas? Encontrou alguma coisa? Algum sinal do nosso agressor misterioso?

— Nada — disse Daniel, passando a mão nos olhos.

— Vamos brindar a... melhor sorte desta vez — disse Irene, entregando-lhe a taça.

Eles tocaram as taças e Irene sentou-se na beira da escrivaninha. Daniel jogou o paletó numa cadeira, depois de pegar o relatório que queria lhe mostrar. Ouviram-se risadas do lado de outro lado da porta quando uma voz masculina gritou: "Pormenores da lei, meu senhor."

Daniel desdobrou o relatório e o passou para Irene.

— Este é... um relatório da assistência social, uma conferência de caso especialmente convocada para investigar a vida doméstica de Sebastian, devido à acusação e às reportagens da mídia.

— Como foi que conseguiu isto?

Daniel balançou a cabeça.

— Foi anonimamente entregue em mãos no meu escritório com meu nome e escrito *confidencial*. Chegou hoje de manhã.

— Seja lá quem for que fez isso, pode ficar preocupado — disse ela, pegando o relatório e dando uma olhada. — Quem você acha que foi?

— Eu diria que foi alguém envolvido na conferência e que está acompanhando o caso. Leia só.

Ele deu um bom gole no champanhe enquanto Irene lia em voz alta:

— *Motivo para a conferência de caso: suposta infração cometida por Sebastian, pais excluídos da conferência.* — Irene olhou para ele.

Daniel estava sentado na beira da escrivaninha ao lado de Irene, curvado sobre seu ombro enquanto ela lia:

Violência física constante durante vários anos. Uma escápula e seis costelas fraturadas. Ruptura de baço. Nariz fraturado. Diazepam, nitrazepam, diidroergotamina. Segunda tentativa de suicídio — overdose de nitrazepam ingerido com álcool. Paciente recebeu proteção e atendimento psicológico, mas recusou-se a citar o marido como o agressor. Os médicos definiram que o bebê natimorto de 29 semanas morreu em consequência de lesões à bolsa amniótica e ao útero.

— Bem como Sebastian dramatizou para o psicólogo — disse Irene, olhando para cima e colocando o relatório sobre a escrivaninha.

Daniel pegou-o de novo e o folheou até uma seção que havia destacado.

— Leu este trecho?

Irene suspirou e deu outro gole na bebida.

— Charlotte tentou se matar...

— Mas tentou levar Sebastian junto — disse Daniel, ficando sério e terminando sua taça. — É o que parece. Fizeram uma lavagem no estômago dele na mesma noite em que Charlotte deu entrada no hospital.

— Mas ele nunca foi tocado, exceto pelos comprimidos.

— Não foi espancado, mas o que presenciou acontecendo com ela foi suficiente. Não é de admirar que ele seja *perturbador*, como você colocou.

Irene suspirou.

— Por mais que eu ou você quiséssemos, King Kong não está em julgamento... Só Deus sabe quem lhe deu isso, mas não há como usar.

— Eu sei — disse Daniel. — Alguém deve ingenuamente ter pensado que isso ajudaria a explicar tudo.

— Muito ingênuo — disse Irene, tomando seu champanhe. — Seja quem for, pôs a própria carreira em risco.

— Você leu os relatórios da escola. Sebastian é conhecido como um pequeno tirano agressivo... desordeiro em aula. Sabemos que a promotoria vai se aproveitar disso — disse Daniel.

— Talvez a gente consiga deixar isso de fora. Conseguimos com Tyrel. Além do mais, esse relatório é informação sigilosa.

— Mas como você mesmo observou, isso apenas dá respaldo ao que Sebastian contou ao psicólogo. Meu ponto é que *se* as provas de personalidade ruim forem permitidas e eles começarem a retratar Sebastian como um monstro, nós poderemos então usar a violência doméstica. Podemos fazer o psicólogo testemunhar isso sem usar a documentação.

Irene estava balançando a cabeça.

— É ainda menos provável que o juiz permita a apresentação de provas sobre o lar violento de Sebastian do que permita provas sobra sua personalidade difícil. Você tem razão, é bom saber disso, mas não creio que isso dê sustentação à atual estratégia de defesa. Concordamos em nos concentrar nas provas circunstanciais.

— Temos lá essa vizinha dos Croll, Gillian Hodge, que está sempre chamando a polícia por causa das brigas ao lado. A promotoria a tem como testemunha — disse Daniel. — Ela tem filhos da idade de Sebastian e consta em sua declaração que ele é agressivo com seus filhos. Ora... o juiz pode impedir isso e eu sei que você vai pedir que seja excluído, mas se eles tentarem pintar a caveira de Sebastian desse modo, podemos apontar para o abuso sofrido como uma explicação para sua agressividade, que também consta *em seus registros escolares*, mas deixar claro que o fato de ser metido a valentão não o torna um assassino.

Eles se entreolharam. O olhar de Irene estava pensativo.

— Entendo o que você está falando — disse ela. — Podemos ficar com isso em mente, mas não queremos concordar que ele é violento.

— Os fatos do caso são claros: eles não têm impressões digitais, não têm uma testemunha confiável que o coloque na cena do crime, a perícia é circunstancial. No entanto, tenho certeza de que eles conseguirão testemunhas que atestem seus atos de agressividade com outras crianças, mesmo que seja irrelevante para este caso. Podemos usar a testemunha da promotoria contra eles. Gillian Hodge vai admitir que chamou o serviço de emergência para a casa dos Croll.

Irene assentiu e largou o relatório.

— Obrigada. Podemos pensar nisso. — Ela fez uma pausa e depois olhou, séria, para Daniel.

— Você parece cansado, Danny.

— Você parece ótima — rebateu ele, fitando-a nos olhos antes de esvaziar a taça. Ela se desviou do elogio.

— Não foi nesta festa, ano passado, que você seduziu a pupila de Carl? — perguntou ela. Daniel surpreendeu-se ao sentir as faces enrubescerem.

— O que é isso, um interrogatório?

Irene deu uma risada, arqueando a sobrancelha e levantando um dedo.

— Onde é que você estava nesta data em setembro do ano passado?

Daniel levantou as duas mãos, palmas para cima em direção a ela, deixando os cabelos caírem sobre os olhos.

— Eu soube que vocês terminaram. Ela foi para um novo grupo mês passado.

— É, eu soube — disse ele, olhando para a porta. O papel de parede em relevo e o tapete grosso aqueceram e expandiram a pausa. Daniel sentiu sede e calor.

— E você? — perguntou Daniel.

— Se eu seduzi um pupilo?

Ele deu uma risada abafada.

— Não andava saindo com aquele juiz?

— Nossa, isso faz anos. Atualize-se! — Ela foi até ele com a garrafa e serviu mais champanhe em sua taça. Ele podia sentir seu cheiro. Ela o fitou nos olhos. — Você realmente está abatido, sabia?

Daniel passou a mão nos olhos e suspirou.

— Eu sei, não ando dormindo muito.

— Espero que não seja por causa deste caso. A maldita mídia.

— Não, bem, isso faz parte, mas... é algo pessoal. — Daniel olhou para ela e pressionou os lábios.

Irene arqueou a sobrancelha.

— Uma mulher?

— Não, bem, na verdade é... Minha... mãe morreu.

— Oh, minha nossa, Danny, sinto muito.

Houve outra onda de risadas lá fora. Daniel surpreendeu-se ao sentir um rubor nas faces outra vez. Não sabia por que tinha contado essa verdade para Irene. Desviou o olhar. *Minha mãe, minha mãe* — há apenas dois meses ele a renegava. Minnie tinha partido para sempre, mas agora ele conseguia outra vez admitir que ela era sua mãe.

Irene sentou-se atrás da escrivaninha. Tirou os sapatos e girou os pés, olhando para Daniel, segurando a taça com as duas mãos.

— Este caso vai ser pesado, sabe, Danny?

— Sei, "o Assassino do Anjo". É sonoro. — Ele levantou uma sobrancelha.

— Não sei se é a ferida do ano passado, mas algo neste caso me assusta.

— Sei bem o que quer dizer.

— Não podemos entregar os pontos — disse ela, levantando-se subitamente e calçando os sapatos. — Por pior que a publicidade seja agora, pode ainda piorar no julgamento.

Os dois estenderam a mão para pegar o relatório ao mesmo tempo e, acidentalmente, a mão de Daniel roçou na cintura dela.

— Desculpe, esta é a sua cópia. Pode ficar com ela.

Ela assentiu e colocou-a numa gaveta. Daniel girou a maçaneta de bronze, sentindo-a tranquilizadoramente fria na palma da mão. Uma onda de vozes e o calor do outro lado assaltaram-no quando ele abriu a porta, invadindo o espaço calmo deles.

— Obrigado pelo champanhe — disse ele.

— Obrigada pelas informações.

Ele recuou para ela passar, mas ela estava esperando por ele e ambos colidiram um contra o outro novamente.

— Desculpe — disse ele. O cabelo dela cheirava a coco.

No corredor, ela se separou dele.

— Desculpe. Tenho que "fazer sala" agora. O dever me chama!

Daniel ficou olhando-a descer as escadas, apertando mãos e rindo com os dentes alinhados e brancos.

Ele ficou andando pela festa, afagando outra taça de champanhe. Conhecia quase todo mundo lá, pelo menos de vista. As pessoas gritavam seu nome e lhe davam tapinhas no ombro quando ele passava, outros acenavam do outro lado da sala. Daniel se deu conta de que não queria falar com ninguém ali.

Cogitou se era o champanhe, que ele bebera com muita rapidez: sentia a cabeça claustrofóbica. Ele ficou na ponta dos pés para deixar dois advogados passarem, depois abriu caminho entre a multidão até um dos salões no andar térreo. A janela estava aberta, e ele sentiu a friagem da noite entrando.

Ao se dirigir para ela, Daniel foi envolvido por um grupo de advogados. Ficou com uma das mãos no bolso, rindo esporadicamente das piadas enquanto escutava os fumantes que estavam na janela.

— Sabia que Irene pegou aquele caso do Assassino do Anjo?

— É mesmo? Controverso para uma nova QC.

— Mas também vai ser um dos grandes, Old Bailey. Grande exposição.

— Eu sei, mas eu não tocaria nisso. Eu soube que ele alegou inocência. O moleque deve ser culpado como o pecado, não é?

— Família bem apessoada. O pai faz comércio com Hong Kong. Por acaso, você conhece o Giles, que trabalha para a Cornells? Ele conhece o cara. Parece que está furioso, diz que é tudo um engano.

— Bem, vamos ver. Irene vai dar um jeito nisso.

— O caso está em mãos seguras.

— Seguras e... gostosas. — Os homens riram.

Daniel desculpou-se. Esvaziou a taça e deixou-a numa mesa de mogno em forma de meia-lua ao lado de um vaso de porcelana. Talvez ele tivesse se apoiado com muita força na mesa, pois o vaso azul e branco balançou perigosamente por um segundo antes de se acomodar.

Ele abotoou o paletó e olhou em volta para ver se localizava Veronica, mas, sem sucesso, decidiu ir embora. Estava irritado. Talvez Irene tivesse razão e ele só estivesse cansado. Dirigiu-se até a porta, sentindo um fio de suor escorrendo pela coluna.

Lá fora, a noite e a brisa fria foram um alívio. Ele abriu outro botão da camisa e foi andando lentamente em direção ao metrô. O frio momentâneo já não era refrescante e o ar parecia tão denso e opressor como a multidão tinha sido antes.

Andando com as mãos nos bolsos, ele concluiu que se sentia só. Não que fosse um sentimento estranho, mas, mesmo assim, hoje ele preferiu saboreá-lo — levá-lo para o estômago e demorar-se com seu gosto. Era ácido e surpreendente, como o ruibarbo do quintal de Minnie.

Estava satisfeito de ter falado com Irene. Lembrou-se dela, virando-se de um lado para o outro na cadeira e depois implicando com ele por causa da pupila.

Ele nunca passava muito tempo sem ter um relacionamento. Era depois que a emoção passava e a intimidade tornava-se real que ele achava difícil. Não gostava de falar sobre seu passado e não confiava em promessas. Nunca dissera a uma namorada que a amava, embora tivesse amado. Tantas tinham dito que o amavam, mas ele nunca sentira isso de fato, nunca fora capaz de acreditar nelas. Pensou em Irene com seus ombros fortes e retos. Eles haviam lutado juntos antes e perdido, e agora compartilhavam uma sinceridade, uma inocência. Contudo, apesar da amizade que tinham, havia uma barreira de profissionalismo entre os dois que ele nunca conseguiria imaginar romper.

Ao entrar no metrô, ele passou pelas catracas e ficou ao lado direito da escada rolante, passivamente descendo para as entranhas da cidade. Pensava no julgamento futuro e nas reportagens da imprensa que só iriam piorar. Sebastian — sem ser nomeado e sem ter um rosto — era intrinsecamente mau, segundo os jornais. O menino não só era julgado culpado como *intrinsecamente mau*. A imprensa não presumia inocência.

A verdadeira inocência de Sebastian interessava menos a Daniel do que a sobrevivência do menino. Sua expectativa era de que o garoto que ele e Irene tinham defendido no ano anterior fosse morrer antes de completar 20 anos. Ele não queria que Sebastian tivesse o mesmo destino.

Ao sentir o calor do metrô envolvê-lo, Daniel cogitou qual era a linha que separava o adulto da criança. Ele conhecia a linha legal: responsabilidade criminal a partir dos 10 anos. Daniel cogitava qual seria a linha real. Pensou novamente em si mesmo na idade de Sebastian e no quanto chegara perto de ficar na posição dele.

18

Os Thornton recusaram-se inclusive a levar Daniel de volta para a casa de Minnie. Tricia foi convocada a buscá-lo às três da tarde de domingo, apesar do fim de semana prolongado que fora planejado; Daniel devia ter ficado até o fim da segunda-feira.

Pela janela do carro, Daniel ficou olhando a casa que pertencia aos seus pais adotivos, em perspectiva, ir diminuindo de tamanho. Val e Jim entraram rapidamente, fechando a porta antes que o carro saísse de sua entrada.

— Você é seu pior inimigo, Danny — disse Tricia. — Esta era sua chance de ter um novo lar. Sabe o quanto isso é difícil para um menino de 12 anos? É muito difícil, posso afirmar, e o que você fez foi *vergonhoso*.

— Não gostei deles. Queria voltar para Minnie.

— Ora, você só ia ficar lá durante o fim de semana. Não dava para ser bonzinho durante esse tempo?

— Eu só queria voltar para o sítio... — Danny ficou quieto por uns instantes e então disse: — Você viu minha mãe?

Tricia pigarreou ao virar para a Carlisle Road. Daniel escutou o som dos pneus na estrada molhada. Sentiu uma estranha calma, como a sensação experimentada após um grande esforço. Foi o choque, a emoção, a liberação de ser realmente mau de novo. A ação o deixara narcotizado. Ele descansou a cabeça no assento e sentiu a serenidade preguiçosa, fluida, infiltrar-se.

Vencera. Queria voltar para ela e agora estava sendo levado de volta. Havia esperado que o odiassem e então fora odioso.

— Jim é um bom homem. Eu sei que é. Você simplesmente não dá uma chance a ninguém.

— Odeio ele.

Tricia suspirou.

— Você não se dá bem com os homens, não é, Danny? Está se dando tão bem com a Minnie que eu achei que tivesse superado isso. — Tricia falava enquanto Danny olhava pela janela para os campos e árvores ocasionais. — Está se dando bem até na escola... Eu contei a Minnie o que aconteceu e ela ficou muito chateada. Eu também estou chateada, mas não posso dizer que esteja surpresa. Você tem sorte que eles não estejam dando queixa. Continue assim e vai parar no reformatório antes de chegar à adolescência e então que Deus o ajude, moleque. *Que Deus o ajude*. Não vou poder fazer nada por você.

Quando eles chegaram, Minnie estava esperando do lado de fora da porta, enrolada no cardigã. Só de vê-la, a coluna de Daniel curvou-se de vergonha. Ele encarou o chão, temendo os desafiadores olhos azuis dela. Passou direto por Minnie, entrando na casa e levou sua sacola para cima. Confortou-se com as paredes de um azul-claro que ele mesmo escolhera, com a colcha de carro de corrida que Minnie comprara para ele e com a janela que dava para o quintal. Daniel tirou o colar de sua mãe e guardou-o na gaveta ao lado da cama. Agora ele estava em casa e o colar ficaria a salvo. Seu canivete tinha sido tirado dele na casa dos Thornton, mas Daniel não se preocupou. Não precisaria dele aqui.

Blitz chegou à porta do quarto, cabeça baixa e ofegando, o rabo abanando de felicidade por vê-lo. Assim que Daniel estendeu o braço para ele, o cachorro rolou no chão e mostrou-lhe a barriga. Acariciando-o, Daniel podia ouvir Tricia e Minnie conversando ao pé da escada. O cheiro do cachorro e as vozes sussurradas o relembraram de sua chegada ao Sítio Flynn. Ele ficou aliviado de sentir o cheiro do lugar e ouvir o som cadenciado da voz de Minnie, apesar de não ousar descer. Estava satisfeito de estar de volta, mas as últimas 48 horas o tinham deixado inquieto. Queria ficar lá em cima com o cachorro, mas Blitz, sentindo seu desespero, cansou-se dele e desceu. Daniel ouviu Tricia indo embora e depois os sons de Minnie na cozinha, preparando o jantar. Ele sabia que ela o estava esperando descer, mas resistiu. Podia sentir sua decepção esperando por ele ao pé da escada. Foi para baixo das cobertas e ficou lá deitado, relembrando relutantemente.

O primeiro dia se passara sem incidentes, apesar de Daniel se sentir mal na casa grande com suas superfícies limpas e tapetes cor de creme. Ele teve de tirar os sapatos na porta e cada copo tinha que ficar num descanso. Seu quarto tinha uma cama de casal e uma televisão grande, mas era grande demais e escuro à noite, o que não o deixava dormir. Tinha medo de sua estranheza e das sombras que desencadeava.

Acostumado a acordar com o canto do galo, a alimentar os animais e a coletar os ovos, Daniel acordou antes dos Thornton e desceu furtivamente. A casa era imaculada. Daniel estava com fome e então foi à cozinha, onde achou pão e passou manteiga numa fatia. Quando estava guardando a manteiga de volta na geladeira, viu geleia de morango e passou-a no pão também. O dia já estava claro, mas o relógio sobre o fogão marcava 6h10. A geleia não era tão boa quanto a de Minnie, que ele ajudara a fazer, maravilhado de que tudo podia acontecer tão rapidamente: da fruta ao pote e à boca.

Ele ficou sentado na cozinha por algum tempo e depois levou o prato para a sala, onde ligou a televisão e encontrou uns desenhos animados. Estava rindo pra valer de um deles quando o pão caiu de sua mão e pousou no tapete, com a geleia para baixo. Ele tentou limpar com água morna, mas isso só fez a mancha entranhar-se na textura. Daniel pousou o prato sobre a mancha e continuou a assistir ao programa.

Foi Jim quem desceu primeiro, cerca de meia hora depois, esfregando os olhos, mas ainda com seu sorriso aberto. Daniel pôde ver no relógio do aparelho de vídeo que eram 6h47. Jim fez um café na cozinha e veio se sentar no sofá. Daniel continuou sentado de costas para ele, mas já não assistia ao desenho animado; estava olhando para o reflexo fraco de Jim na tela da televisão. Jim esfregou o rosto, bocejou e levou a xícara aos lábios.

— Você levanta cedo, não é?

Daniel lhe deu um meio sorriso.

— A que horas acordou?

Daniel deu de ombros.

— Já está vestido e tudo. Estou vendo que ficou à vontade.

— Eu estava com fome.

— Tudo bem. Se está com fome, deve comer. Não é uma crítica.

Daniel sentiu uma súbita inquietação.

Ele se sentiu observado por Jim de um modo que seus pelos da nuca ficaram arrepiados. Virou-se para a televisão, observando o homem com sua visão periférica.

— Terminou com esse prato, filho? — perguntou Jim.

O homem estava de pé na sua frente, a mão estendida para o prato.

— Não — disse Daniel.

— Como?

— Não me chame assim.

— Assim como?

— Não sou seu filho.

— Ah — disse Jim. Daniel olhou para cima e o sorriso estava esticando seu rosto novamente. — É claro, tudo bem. Entendi o recado. Vamos, deixe que eu leve isso.

— Pode deixar, tá bom? — Daniel sentiu o coração acelerar subitamente.

— Nós geralmente não permitimos comida na sala, comida é na cozinha, mas você não sabia. Vamos...

— Pode deixar, tá bom? — A boca de Daniel ficou seca.

— Qual é o problema? — Jim riu. — Só vou levar seu prato vazio.

Daniel ficou de pé num salto. Não sabia quando ou onde seu corpo aprendera a ficar tão alerta à raiva masculina, mas era destro agora. Embora a voz de Jim estivesse calma, Daniel podia ouvir sua ira estrangulada.

Ele abaixou a cabeça. As palavras que saíam da boca do homem o atacavam agora. Eram torrões de terra sendo arremessados. Ele parou de ouvir as palavras propriamente ditas, e a boca de Jim tornou-se um orifício horrível, oscilando, que o olhava perversamente, embasbacado.

Daniel não conseguiu lembrar o que aconteceu em seguida, não na ordem certa. Ficou embaixo do edredom e respirou fundo, sentindo o cheiro do cachorro e do sítio. Enterrou o rosto e sentiu o calor da própria respiração na pele. Estava quase completamente sob as cobertas agora.

Ele encarava Jim. Daniel estava de pés descalços e comprimia os dedos no tapete, preparando-se. O rosto de Jim parecia avultar-se sobre ele, dentes e nariz grandes demais naquele rosto. O homem curvou-se subitamente sobre Daniel.

Daniel deu um salto para trás e automaticamente puxou o canivete do bolso do jeans. Abriu-o e segurou-o diante do rosto do homem.

— Meu Deus! — Jim saltou para trás e Daniel deu um passo à frente.

— O que está havendo? — Era Val, de roupão.

— Fique aí, deixe isso comigo — gritou Jim, tão alto que Daniel se sobressaltou.

— Me deixa em paz — disse Daniel, virando-se com o canivete à frente, de modo que podia recuar, afastando-se de Jim e indo em direção à parede.

— Abaixe isso imediatamente — disse Jim.

Daniel observou o pânico sobressaltado em seus olhos. Viu o pomo de adão do homem subindo e descendo. Daniel sorriu, vendo a luz da lâmina refletir na camiseta de Jim, que deu uma investida em sua direção, tentando agarrar a camiseta de Daniel.

— Cuidado! — Val deu um grito agudo.

Daniel atacou, cortando o braço de Jim. O homem recuou, segurando o braço. Daniel ficou olhando um fio de sangue escorrer pelos dedos dele e cair no tapete. Relaxou por um instante, mas Jim se virou de repente e empurrou Daniel para o chão, pisando em sua mão e puxando o canivete.

Cada vez que ele visualizava era diferente. Agora Daniel já não sabia bem o que realmente acontecera. Primeiro, lembrou-se de Jim levantando a mão, e foi aí que previu o ataque. Depois, parecia não ter sido isso; Jim apenas tinha se virado um pouco e Daniel viu a oportunidade.

Daniel ficou gritando quando foi imobilizado no chão. Chutava e dava estocadas cada vez que conseguia soltar uma perna ou um braço. Val puxou Jim e os dois deixaram Daniel deitado no chão da sala, fechando a porta trás deles. Daniel chutou e deu socos na porta, os dentes inferiores mordendo o lábio superior. Despedaçou todos os ornamentos que estavam no console da lareira e depois se sentou ao lado de um sofá, os joelhos dobrados junto ao peito, esfregando a letra do nome de sua mãe.

Com o rosto em brasas, Daniel sentou-se e puxou as cobertas para baixo. O dia parecia fresco e agradável, como o leite sob a nata, mas ele se sentia mal. A maldade pesava dentro dele. Conseguia provocar ânsia de vômito, mas nunca a traria para cima. A maldade estava lá dentro dele e lá ficaria.

Deitou-se de costas. Sentia o cheiro da galinha que Minnie cozinhava. O cheiro da ave assando revolveu-lhe o estômago. Ele ficou deitado, observando as cenas que passavam silenciosamente em sua cabeça.

Ouviu o estômago roncando. Ouviu o chiado da fritadeira quando Minnie colocou as batatas úmidas na gordura. Sentia o coração batendo forte, como se pudesse arrebentar seu peito, embora estivesse deitado em total imobilidade. Então, ele ouviu Minnie na escada, passos pesados e o corrimão de madeira distendendo-se com seu peso. Os suspiros conforme ela subia.

Minnie sentou-se na cama e puxou as cobertas para descobrir o rosto dele. Daniel sentiu a exposição e fechou os olhos. Sentiu a cócega carinhosa de seus dedos na testa.

— O que está pensando, Danny? — sussurrou ela.
— No que eu fiz.
— Como?
— Tô pensando no que fiz.
— Por que *fez* isso, consegue se lembrar?
Daniel balançou a cabeça no travesseiro.
— Não sei o que vou fazer com você, não sei mesmo. Não é pecado não gostar de alguém... tem um monte de gente que não me agrada, mas a gente simplesmente não pode dar *facadas* nas pessoas. Tente pensar por que você quis fazer uma coisa dessas.

Daniel virou-se de lado para ela, com as mãos sob o queixo e os joelhos dobrados.

— Por quê? — sussurrou Minnie. Ele sentiu os dedos dela passarem pelos cabelos dele.
— Porque sou mau — murmurou ele, mas ela não o ouviu.
Ela se curvou mais para perto, a mão pesada em sua cabeça agora.
— O quê, meu querido?
— Porque sou mau.
Ela o puxou pelo cotovelo e ele virou as pernas, ficando sentado ao seu lado. Ela segurou seu queixo com dois dedos. Ele olhou para os olhos dela, que estavam cintilando, como no primeiro dia, quando ele a conheceu.
— Você não é mau — disse ela. Ele sentiu o aperto de seus dedos no queixo. — Você é um amor de menino e eu sou uma mulher de sorte por conhecê-lo.

Ele não conseguiu, mas tentou evitar as lágrimas.

Dava para sentir o cheiro do cachorro e da grama lá de fora no cardigã dela. De repente, o dia pesou terrivelmente sobre ele, que se encostou nela, deixando uma das bochechas repousar em seu ombro. Ela o abraçou — envolveu-o com os dois braços e espremeu a maldade para fora.

— ... Mas você não pode machucar as pessoas, Danny, *nem os meus animaizinhos* por causa disso...

Com essas palavras, ele se afastou. Ainda envergonhado.

— Eu sei que as pessoas machucaram você, de várias formas, e entendo que você queira machucar os outros também, mas deixe eu lhe dizer... esse caminho é só para os *imbecis*. Eu bem sei. Você pode ser muito mais que isso.

Daniel fungou, enxugou os olhos e o nariz com a manga.

— Precisava cortar o homem? Você poderia ter falado com ele ou pedido que o trouxesse de volta se fosse preciso. Não era preciso cortá-lo.

Daniel fez que sim, o queixo tão perto do peito que ela não teve certeza se ele havia concordado.

— Por que você fez isso? Achou que ele ia bater em você?

— Talvez... não sei... não. — Ele balançou a cabeça, olhando para ela. Os olhos dela estavam caídos nos cantos e havia uma ruga profunda entre as sobrancelhas.

— Então por quê?

Ele respirou fundo. Olhou para os pés. As meias estavam saindo. Ele girou o pé e ficou olhando a meia dançar por um instante.

— Eu quero ficar aqui — disse ele, ainda olhando para a meia.

Uma pausa. Ele observava as mãos dela. Estavam levemente cruzadas. Ele estava com medo de encontrar os olhos dela.

— Você quer dizer que fez isso para que eles não quisessem adotá-lo? — perguntou ela, por fim. Sua voz estava baixa. Ele não ouviu crítica ali. Era como se ela só quisesse entender.

Ele sentiu uma dor na garganta. Lembrou-se das palavras de Tricia depois que ele se despediu de sua mãe pela última vez:

Se ninguém mais me quiser, eu vou ficar com ela?

Não, querido. Ela é uma mãe provisória. Haverá outro menininho ou menininha precisando dela.

— Eu quero ficar aqui. — Foi tudo que ele conseguiu dizer. De punhos cerrados, ele esperou que ela falasse. Pareceu o momento mais longo de sua vida.

— Gostaria que eu adotasse você? Se realmente quiser ficar, não há nada que eu quisesse mais. Eu o adotaria num instante se eles deixassem. Na verdade, eu o adotei no instante que pus os olhos em você. Quer ficar? Vou tentar isso para nós. Não posso prometer, mas vou tentar.

Ela o fitava nos olhos e segurava seus ombros, de modo que ele teve de olhar para ela. Ele não queria dizer nada, pois sabia que iria chorar de novo. Tentou anuir, mas estava preso de tal forma que deve ter parecido estar sacudindo o queixo. Ela franzia o cenho com uma de suas sobrancelhas grisalhas levantada.

— Quero que você... me adote. — Ele conseguiu articular.

Os dedos dela estavam cravados nos ombros dele.

— Sabe que eu também quero isso, mas é uma coisa da lei. Sei que você sabe melhor que ninguém o quanto isso pode ir contra você. A lei trabalha com sua magia própria e eu não a entendo, mas vou tentar por nós. Você não pode ficar cheio de esperanças até conseguirmos assinar o papel. Entendeu?

Ela o abraçou e ele engoliu em seco, deixando as lágrimas novamente ensoparem o cardigã dela. Ele não emitiu nenhum som, mas seu coração estava se partindo. Naquele instante, ele ficou inundado de alegria, porque ela o queria.

— Mãe de Deus — disse ela de repente. — Suas batatas fritas vão esfriar e a galinha vai queimar.

Ele respirou fundo, na expectativa de comer as batatas fritas dela. Era tudo que queria.

19

Sebastian estava diferente quando Daniel retornou à unidade de segurança para vê-lo. Seu frio autocontrole continuava lá, mas ele tinha engordado, inchado. O rosto estava mais cheio e as olheiras, fundas. Seus punhos finos haviam engrossado e apareceram covinhas no dorso das mãos. Não se fazia muito exercício em Parklands House e Daniel sabia que uma alimentação à base de batata frita e pizza devia ter sido um choque depois das verduras orgânicas de Islington que, com certeza, Charlotte lhe servia.

— Como vão indo as coisas? — perguntou Daniel.

— Tudo bem — disse Sebastian, com um dos punhos cerrado apoiando o rosto, e puxando o lábio superior. — É chato. E a escola aqui é pior que a normal. Os professores são burros e as outras crianças mais burras ainda.

— Bem, agora não falta muito para o julgamento. Só quero dar uma passada em algumas coisas com você hoje.

— Eu vou ficar acorrentado no banco dos réus?

— Não. Antes do julgamento, você será levado para ver o tribunal. Uma mulher bem legal vai lhe mostrar tudo. Eu a conheço. Ela vai lhe contar tudo sobre os procedimentos e o que vai acontecer. Já sabemos que você ficará sentado ao meu lado, e seus pais atrás de nós, em vez de ficarem no banco dos réus. Tudo bem assim?

Sebastian fez que sim.

— Isso é porque eles não acreditam de fato que fui eu?

— Não, é porque você é criança. Agora eles só colocam adultos no banco dos réus.

— Você vai dizer ao juiz que não fui eu?

— Você se lembra da Irene Clarke, sua QC?

Sebastian assentiu vigorosamente.

— Bem, é ela que vai apresentar o caso aos jurados.

Daniel pegou seu bloco e tirou a tampa da caneta. Sebastian levantou-se e deu a volta na mesa para ver os papéis na pasta de Daniel. Encostou-se em Daniel e novamente inspecionou seus cartões de visita, o celular, sua caneta-tinteiro e os pendrives que Daniel guardava dentro de sua pasta de couro. Dava para sentir o cheiro do cabelo limpo do menino e seu hálito de morango. O peso suave da criança em seu ombro era comovente. Daniel lembrou-se de pedir amor de estranhos: encostando-se neles por afeto que não era oferecido nem esperado. Então, não se esquivou do peso do menino. Fez as anotações em seu bloco, tomando cuidado para não se virar e acidentalmente rejeitá-lo. Um instante depois, Sebastian suspirou e deu a volta de novo na mesa, segurando o iPhone de Daniel, que ele tinha desligado ao entrar em Parklands House. Hábil, Sebastian ligou-o.

Daniel esticou a mão, palma para cima. O menino estava sorrindo e seus olhos se encontraram.

— Obrigado — disse Daniel, na expectativa. Não sabia por que permitira que Sebastian pegasse seu telefone e agora acreditava que seria devolvido sem briga.

— Eu brinco com o telefone da minha mãe.

— Legal, claro que vai poder fazer isso quando ela vier visitar você.

Sebastian ignorou-o, sentou-se na cadeira e ficou rolando a lista de endereços de Daniel.

Daniel tentou lembrar-se de como Minnie agia quando ele a desafiava. Daria uma olhada fria com os mesmos olhos que podiam se encher de carinho, convencendo-o de que ela era mais forte. Daniel sentiu o batimento cardíaco acelerar ao pensar que talvez não fosse capaz de controlar o menino. Finalmente, Sebastian olhou para cima e Daniel fitou-o nos olhos. Lembrou-se da frieza nos olhos de Minnie. Ela nunca tivera medo dele. Ele não podia imaginar que pudesse comunicar tanta força quanto ela, mas Sebastian se virou como que atingido e pôs o telefone na palma da mão de Daniel.

— Então — disse Daniel, tirando o paletó e encarando Sebastian —, a promotoria vai pôr a mãe de Ben no banco das testemunhas. É provável que ela seja a primeira, depois seus vizinhos e um ou dois colegas do bairro e da escola.

— Quem? — perguntou Sebastian, a fisionomia novamente alerta, os olhos verdes límpidos e focados.

Daniel folheou suas anotações.

— Poppy... Felix.

— Eles não gostam de mim, vão dizer que sou mau.

— É por isso que a promotoria os chamou. Mas não vamos deixar que digam que você é mau. Legalmente, eles não têm permissão de apresentar evidências de que você tem um caráter ruim. É irrelevante e injusto. Irene impedirá isso. Eu só queria que você ficasse sabendo porque acho que a mãe de Ben e depois os meninos que você conhece serão difíceis de controlar no tribunal, mas não se trata da parte principal do caso. Você precisa se esforçar e não se aborrecer com isso, certo?

Sebastian assentiu.

— Agora estamos finalizando os detalhes de suas provas. Tem certeza de que não sabe de mais nada que queira me contar?

Sebastian olhou para o lado por um instante e depois balançou a cabeça decididamente.

— Certo.

— Eu vou testemunhar?

— Não. Por enquanto, o plano é que você não vá testemunhar. Não é a melhor das experiências e tenho certeza de que o tribunal será duro o bastante só de olhar. No entanto, é preciso esperar e ver como o caso se desenrola. Numa data posterior, Irene pode decidir que quer você como testemunha, mas nós falaremos com você sobre isso se for necessário, OK?

— OK.

— A parte principal do caso deles serão os indícios e as provas da perícia, e é provável que isso se prolongue bastante. Boa parte do que acontece no tribunal é chato e científico e não fará muito sentido, mas você precisa se esforçar e ficar alerta. As pessoas estarão observando você.

Sebastian endireitou-se na cadeira de repente. Foi como se a ideia de ser observado o entusiasmasse. Ele cruzou as mãos e sorriu para Daniel, os olhos cintilando.

— Mesmo? — disse ele. — Me observando?

Daniel ficou olhando fixamente para Sebastian, que também o olhava. Não havia vergonha nos olhos do menino. Nenhum senso de que o que dissera era inapropriado. Mas, afinal, ele era uma criança.

— Seus pais vieram vê-lo ontem, não é?

Os ombros de Sebastian caíram. Ele fez que sim, olhando para a mesa.

— Eu sei que é difícil. Você deve sentir falta deles.

— Acho que você tem sorte — disse Sebastian, encarando Daniel.

— Por quê?

— Porque não teve pai.

Daniel inspirou lentamente.

— Bem, sabe, às vezes os namorados podem ser tão ruins quanto — disse ele.

Sebastian assentiu. Daniel teve certeza de que ele entendeu.

— Quero sair logo para cuidar dela. Às vezes, consigo impedi-lo.

— Entendo como se sente — disse Daniel. — Eu também queria proteger minha mãe, mas você precisa cuidar de si mesmo. Precisa lembrar-se de que você é o garotinho e ela a adulta.

Era o tipo de coisa que Minnie poderia ter dito.

Depois do trabalho, Daniel foi andando até o Crown na esquina de sua rua, com as mãos nos bolsos e o queixo abaixado. Era outono agora e o ar estava frio. Ele quase voltou para pegar um agasalho, mas não queria encarar as escadas de novo.

Dentro do bar estava claro e aconchegante, uma lareira crepitando no canto e no ar o cheiro de madeira úmida e comida de pub. Daniel pediu uma cerveja e sentou-se no balcão, girando o copo à sua frente, deixando que se acomodasse. Geralmente, ele leria o jornal, mas não hoje. Ele estava de saco cheio dos jornais; cada um que pegava apresentava Sebastian como destaque, sem ser nomeado, mas indicado como o "assassino da criança de Angel", ou então era citado em segunda mão, nas colunas de opinião sobre a "sociedade falida". Ben Stokes já estava imortalizado, um mártir da bondade, pela própria infância. Nunca era simplesmente Benjamin Stokes, de 8 anos, mas o *Pequeno Ben*, ou *Benny*, sempre retratado da mesma forma: uma fotografia da escola tirada dois anos antes de sua morte, ele sem os dois dentes da frente e o cabelo espetado ao lado da cabeça. Era o anjo de Angel e assim, Sebastian tornara-se o demônio.

Os constantes comentários da mídia eram novidade para Daniel. Alguns dos adolescentes que ele defendera no passado não eram muito mais velhos que Sebastian e tinham levado vidas mais difíceis, mas ficaram quase invisíveis para a imprensa. Seus casos recebiam algumas linhas, no canto da página, próximos à dobra. *O que importavam? Não passavam de garotos de gangues, controlando a própria população. Era a ordem natural.*

Agora só faltavam três semanas para o julgamento de Sebastian. Só de pensar nisso, Daniel ficava com a boca seca. Tomou o primeiro gole da cerveja. Ele estava pronto para o julgamento, mas mesmo assim sentia-se inútil diante da vontade dos tribunais.

Olhando para o copo, Daniel lembrou-se dos olhos do menino mais cedo naquele dia, de sua intensidade. Seu entusiasmo com a ideia de ir ao tribunal. A verdade era que Daniel não sabia do que o menino era capaz. Apesar do calor dentro do bar, ele sentiu um calafrio.

— Como vai indo, Danny? — perguntou o barman, um homem de seus 50 anos, com uma barriga que caía sobre o cinto, e a fisionomia pesada pelas histórias que ouvira. — Está tendo uma semana difícil?

Daniel suspirou e sorriu, balançando a cabeça.

— Apenas o de sempre.

— E o que aconteceu com sua garota? Faz séculos que não a vejo.

— Foi embora.

— Sinto muito, amigo — disse o barman, polindo um copo e guardando-o embaixo do balcão. — Achei que vocês dois estavam amarrados.

— Quando não é para ser, não é.

— É, o mar está cheio de outros peixes, como dizem.

O leve sotaque *cockney* do barman foi sumindo até o outro lado do bar, quando ele foi servir um casal que acabara de entrar, a mulher tendo calafrios por causa da noite fria.

Daniel ficou olhando para o líquido âmbar no copo. Estava morno em suas mãos. Lentamente, deu outro gole, observando o sol se pôr no Victoria Park, dividindo as nuvens baixas com uma luz amarelo-rosada. O ar no bar estava quente e reconfortante, doce com os aromas de cidra, cerveja e comida quente.

Mesmo que as coisas estivessem mais claras agora, ele ainda se sentia motivado. Desejava que o caso de Sebastian começasse logo e queria descobrir mais sobre a vida de Minnie. Queria entendê-la. Era a sensação daquele momento numa corrida, quando ele encontrava o ritmo e a respiração se acomodava. Aquele momento em que ele achava que poderia continuar correndo para sempre. Ele tinha corrido a Maratona de Londres assim em 2008.

Seu jantar foi servido e ele comeu o hambúrguer mecanicamente, depois foi embora, andando de volta para o apartamento, com as mãos nos bolsos e o queixo abaixado.

Subiu lentamente as escadas, mas correu os últimos degraus ao ouvir o telefone tocar.

— Alô?

— É o Danny? — Ele reconheceu a voz feminina, mas lutou para localizá-la. — Danny, é Harriet.

Ele respirou fundo.

O hall estava escuro, mas Daniel não acendeu a luz. Deslizou pela parede e ficou escutando com o fone aninhado entre o ombro e a orelha. Descansou os cotovelos nos joelhos.

— Como vai? — perguntou ele. Com os joelhos pressionados no peito, ele podia sentir o coração batendo. Pensou no que Harriet tinha a dizer, se ainda queria acusá-lo.

— Eu precisava ligar para você. Quanto mais pensava no assunto... eu fui... desnecessariamente grosseira. É que ando muito triste por ela. Espero que entenda. Ela teve uma vida difícil e eu sinto a falta dela, agora que se foi, mas acho que você também deve estar sentindo isso. Não importa o que tenha acontecido entre vocês, mas foram próximos numa época e deve ter sido uma perda terrível.

Daniel não sabia o que dizer. Pigarreou e respirou fundo.

— Eu nunca aprovei aquele negócio de pegar todas aquelas crianças...

— As adoções provisórias, a senhora quer dizer? Por que não? Ela levava jeito para isso, não é?

— Ela era uma boa *mãe*, mas acho que eu não conseguia ver o sentido daquilo. Eu achava que ela só estava se torturando.

No escuro, Daniel franziu o cenho.

— Obrigado por me ligar.

— Bem, ela não teria gostado do modo como falei com você, de qualquer modo. — A voz de Harriet ficou embargada por um instante, mas depois readquiriu o controle. — Eu não o acordei, não é?

— Não, acabei de chegar.

— Ainda está trabalhando muito? Você sempre deu duro.

Houve um instante de silêncio. Daniel pôde ouvir Harriet fungar e o som do noticiário das dez da noite.

— O que você queria saber sobre ela, Danny?

Ele esticou as pernas e passou a mão nos olhos. Não estava pronto para isso agora. A semana o deixara exaurido, enfraquecido. Inspirou fundo antes de responder.

— Bem, eu não a culpei por não querer falar comigo. Você perdeu sua irmã. Eu não queria piorar as coisas para a senhora. Foi só que... só agora me dei conta de que ela se foi. Mesmo no funeral, acho que eu ainda estava... com raiva dela. Nós nunca resolvemos tudo aquilo, mas agora ela se foi e eu acho que realmente... sinto falta dela.

Ao dizer as palavras *sinto falta dela*, a voz dele ficou embargada. Ele respirou fundo para se recompor.

— Eu voltei a casa... ao sítio. Não ia lá fazia tanto tempo. Foi... sei lá, me fez recordar coisas. Foi há tantos anos, mas não pareceu. Ela me deixou uma caixa de fotografias também. Acho que me dei conta de que eu não sabia muito a respeito dela...

— Diga o que quer saber, filhote, e eu lhe conto.

— Bem, eu queria saber por que ela era tão triste? — Ele engoliu em seco.

— Bem, você sabe que ela perdeu a filhinha, depois o marido, um logo depois do outro.

— Sim, mas ela nunca falou sobre isso e eu não sei toda a história.

— Bem, apenas um ano depois disso, ela estava pegando os filhos dos outros. Eu não conseguia entender. *Ainda não* entendo. Ela era uma boa enfermeira, uma boa mãe; creio que tinha necessidade de cuidar dos outros. Era esse tipo de pessoa que precisa cuidar dos outros.

— Lembro-me dela falar que isso, sim, era a felicidade... Ela nunca falava comigo sobre Norman e Delia. Sempre evitava o assunto, dizia que era muito doloroso.

Harriet suspirou. Daniel ouviu o marido dela perguntando-lhe se queria chá.

— O que você quis dizer quando falou que ela estava se punindo? — perguntou Daniel.

— Bem, quando a filhinha dela foi levada, ela se tornou mãe adotiva provisória, recebendo uma nova menininha a cada poucos meses. Mas nenhuma nunca era a sua filhinha... — A voz de Harriet ficou embargada de novo. — Como é que ela podia aguentar? E você sabe que até você chegar eram *todas* meninas, cada uma delas.

Daniel pôs a mão sobre a boca.

— Ela dizia — continuou Harriet, engasgando novamente e ela permitiu um único soluço dessa vez — que Delia lhe tinha trazido tanto amor... que ela não sabia mais o que fazer de si mesma, entende? Ela simplesmente precisava continuar se doando... Foi isso que a matou, acredite! Ela morreu muito só e isso não é justo para alguém que amou meio mundo indesejado.

— Eu nunca soube de nada disso — disse Daniel, pressionando as costas na parede, sua mente iluminada pelas lembranças no hall escuro. — Quando eu era pequeno, quando fui morar com ela, ela era o assunto da cidade. Havia todos aqueles boatos a rondando. Você não acreditaria...

— Ah, é, devia haver. Cidades pequenas como aquela são cheias de pessoas de mente estreita, não é mesmo? E ela era uma figura. Era uma moça da cidade. Adorava Londres; era feliz aí. Foi Norman que quis que eles se mudassem para Cumbria. Imagine... Cumbria... pelo *amor de Deus*. Minnie em Cumbria! Depois que ele morreu, não consegui entender por que ela ficou. Não tinha nenhuma ligação com aquele lugar. Que voltasse para Londres ou para cá, eu lhe disse, mas ficar naquele lugar maldito.

— Ela gostava do sítio, dos animais.

— Isso foi apenas uma desculpa.

— Ela teve uma família lá. Tinha a casa dela...

— Nem que tivesse voltado para a Irlanda... mas ela estava decidida a ficar, como se fosse uma penitência.

— Penitência pelo quê?

— Bem, ela se culpava, não é? Como se tivesse provocado conscientemente a morte da pequena. Ela a amava mais que qualquer outra coisa no mundo.

— O que aconteceu? — Daniel estava sussurrando. — Um acidente de carro?

— Sim, e dá para imaginar perder uma filha de seis anos? *E a única filha deles*. E Delia era uma gracinha, tão pequenina. Era a criança mais inteligente, mais engraçada que eu conheci. Era a cara de Minnie quando pequena. Cachos negros e os olhos azuis mais brilhantes que já se viu. Ela era um *amor*. Quando aconteceu o desastre, eu estava trabalhando na Inglaterra e fui para lá assim que soube, mas a pequenina já estava quase morta então...

Daniel reteve o ar.

— Ainda estava consciente, entende... indo e vindo — continuou ela. Teve os piores ferimentos e sofreu muito. Minnie simplesmente não aguentou. Ela segurava a mãozinha dela e a pequena dizia: *Estou morrendo, mãe?* Oh, meu Deus, ela estava lutando tanto, lutando para ficar. De repente, Minnie ficou muito calma. Só me lembro dela sussurrando para Delia: *Tudo bem, filhota, você ainda vai ser o meu anjo...*

Harriet começou a chorar baixinho. Daniel levantou-se e acendeu a luz do hall. A luminosidade súbita forçou seus olhos e ele os protegeu com a mão, desligando-a novamente.

— Minnie se culpava por que estava dirigindo quando aconteceu?

— Ela estava dirigindo... mas não foi apenas isso. — O ruído de Harriet assoando o nariz. — Delia tinha uma festa àquela noite, entende? Ela estava na casa de uma das amiguinhas, numa festa de aniversário, e Minnie foi buscá-la. Uma das outras crianças queria ir para casa também e Minnie lhe ofereceu uma carona, para poupar trabalho ao pai dela, sabe?

"Meu Deus, eu lembro como se fosse ontem. Minnie me contou que Delia estava usando seu melhor vestido, cheio de margaridinhas e que estava um encanto. Contou que Delia estava levando um pedaço do bolo da festa num guardanapo azul. Ainda me lembro... ela disse que era um *guardanapo azul.*

"Minnie — que Deus a perdoe — deu a Tildy, a amiga de Delia (tenho certeza de que era esse o nome dela), o banco da frente com o cinto de segurança e tal. Delia foi atrás, sem cinto. Era assim naquela época, Danny, na década de 1970... não havia preocupações com a segurança. Nem sequer tinham inventado...

"Minnie contou que a pequena estava cantando em seu ouvido. Delia sempre gostava de cantar no carro. Estava com um cotovelo em cada um dos assentos, como, você sabe, como as crianças fazem, ou faziam, naquele tempo, e Minnie lhe disse para sentar-se direito no banco, mas então... foi isso."

— Foi isso como? — perguntou Danny, a unha do polegar entre os dentes.

Harriet começou a chorar de novo.

— O carro derrapou. A estrada estava molhada, entende? Tinha chovido muito e *aquelas malditas estradas rurais* estavam escorregadias. Minnie contou que Delia não fez um ruído sequer, nem quando... bateu no para-brisa. Oh, meu Deus, sinto muito, Danny, mas não posso continuar com isso agora.

Harriet chorava. Ele ouviu suas inspirações acentuadas.

— Eu só queria me desculpar — disse ela — pelo outro dia.

— Desculpe por tê-la aborrecido. — O peito dele estava apertado. — Obrigado por ter ligado.

— Ela o amava, sabe? — disse Harriet, fungando. — Tinha orgulho de você. Fico feliz que você tenha ido ao funeral. Ela, com certeza, teria desejado você lá.

Daniel desligou. O apartamento estava frio. Ele sentiu uma dor na garganta. Foi para a sala, que também estava escura. A foto que ela lhe deixara era como um recorte preto contra a lareira branca. Sem acender a luz, ele a pegou, conseguindo ver o rosto dela. Devia ser do fim da década de 1960, início dos anos 1970: as cores eram vivas, mais alegres que as cores da vida real, como se tivessem sido pintadas, tiradas da imaginação em vez da vida. Minnie estava de saia curta e Norman usava óculos de aros de chifre. A criança também era quase irreal: faces de porcelana e dentes que mais pareciam pérolas. Ela era como Ben Stokes: roubada da vida quando ainda era perfeita.

Ele andou no escuro até a cozinha, onde pegou uma cerveja na geladeira. A luz breve que veio de dentro o incomodou. Ele sentiu frio e a garrafa gelada deixou os pelos de seus braços arrepiados. Mordeu o lábio e depois bebeu no gargalo, tomando metade da garrafa antes de largá-la na bancada.

Daniel pôs a mão nos olhos. Estava com muito frio, mas os olhos ardiam. Pôs o dorso da mão nos lábios, sem entender as lágrimas quentes que escorriam pelas faces. Fazia tanto tempo que ele não chorava. Tapando o rosto com a curva do braço, ele se lembrou do conforto da carne dela envolta na lã áspera do cardigã. Xingou e mordeu o lábio, mas a escuridão o estava perdoando, permitindo.

20

Era primavera. O ar estava pesado com o cheiro de estrume e bravos botões de flores. As galochas de Daniel pisavam na lama do quintal, alimentando Hector e as galinhas. A porta do galpão balançava na dobradiça e parte da tela de arame estava rompida. Daniel ajoelhou-se no barro para consertar a tela e fixar o trinco de volta no lugar. Uma raposa tinha matado galinhas no sítio ao lado do de Minnie. As dela apenas haviam se sobressaltado, cacarejando e esvoaçando contra a tela de madrugada até Minnie sair com Blitz e afugentar a raposa.

Eram seis e meia da manhã e o estômago de Daniel roncava de fome enquanto ele trabalhava. Ainda estava frio e suas mãos estavam vermelhas. Ele estava perdendo as roupas novamente e as mangas das blusas começavam a subir até o meio do braço. Minnie prometera comprar roupas novas para ele no fim do mês, além de um uniforme de futebol. Agora ele era atacante do time da escola. Hoje, porém, era sábado e eles tinham a feira.

Daniel viu Minnie na janela, enchendo a chaleira e fazendo o mingau. Pela manhã, o cabelo dela ficava solto, as laterais presas com prendedores de tartaruga. Só depois de vestir-se, ela o prendia no alto da cabeça.

O cabelo da mãe de Daniel era castanho-claro e curto, mas ela o pintava de louro. Esvaziando os últimos restos de comida no galinheiro, Daniel lembrou-se da sensação dos cabelos dela em seus dedos. Eram finos e macios, ao contrário dos cachos pesados de Minnie.

Depois do ocorrido com os Thornton, Minnie dissera a Daniel que entraria com o pedido de adoção. Eles preencheram toda a papelada juntos, espalhando os formulários sobre a mesa da cozinha. Agora só estavam aguardando. A ideia de ser filho de outra pessoa ao mesmo tempo em que era filho de sua mãe era estranha para Daniel, mas ele concordara mesmo assim, sentindo uma estranha alegria auspiciosa com a ideia.

Minnie perguntou a ele se queria mudar o nome para Flynn, mas ele decidiu ficar com o próprio nome: Hunter. Era o nome de sua mãe, não de seu pai. Quis ficar com esse nome porque gostava dele. Era seu nome, mas ele também raciocinou que quando tivesse 18 anos, sua mãe poderia querer encontrá-lo e se ela fosse à sua procura, ele queria ser encontrado com facilidade.

Dentro de casa, Daniel lavou as mãos no banheiro, apreciando a sensação da água quente nos dedos frios. Ao terminar, inclinou-se sobre a pia e olhou-se no espelho. Olhou para o cabelo escuro, que era quase preto, e para os olhos castanhos, que eram tão escuros que era preciso olhar com muita atenção para distinguir a pupila da íris. Muitas vezes, Daniel sentia-se alienado do próprio rosto. Ele era tão diferente de sua mãe. Não sabia de onde vinham suas feições.

Não havia conhecido o pai. Perguntara o nome de seu pai várias vezes, mas sua mãe sempre se recusava a dizer ou lhe dizia que não sabia quem ele era. Embora já tivesse visto sua certidão de nascimento, os dados do pai estavam em branco.

Em breve, ele teria duas mães: uma que o Estado aprovava e outra que não; uma que ele precisava cuidar, e outra que cuidava dele. Mas pai, nenhum.

Minnie estava com o rádio ligado na cozinha. Ela mexia o mingau e movia os quadris no ritmo da música. Quando ela o serviu, Daniel soprou seu mingau antes de acrescentar leite e açúcar. Minnie o ensinara a derramar o leite nas costas da colher para não furar a película do mingau.

— Morrendo de fome — disse ele, enquanto ela lhe servia suco de laranja.

— Bem, você é um menino em crescimento, ah é. Coma.

— Minnie? — chamou Daniel, colocando uma colherada do mingau doce na boca.

— Sim, meu querido?

— Vai ser esta semana que vamos saber?

— Deve ser. Foi o que disseram. Veja bem, você não deve se preocupar. Vai acontecer. E então, nós vamos comemorar.

— O que vamos fazer?

— Podíamos fazer um piquenique. Podíamos ir à praia...

— Mesmo? Mas você teria que dirigir.

— Bem, poderíamos ir devagar. Sem pressa.

Daniel sorriu e comeu o resto do mingau. Ele nunca havia ido à praia e só de pensar, ficou entusiasmado.

— Minnie? — disse ele, lambendo a colher. — Quando os papéis chegarem, eu vou chamar você de mãe?

Ela se levantou e começou a tirar a mesa.

— Contanto que seja cortês, pode me chamar como quiser — disse ela, afagando o cabelo dele.

Acima das faces rosadas, seus olhos brilhavam. Daniel observava, sem saber ao certo se era de alegria ou tristeza.

Ainda estava frio e Minnie o fez vestir a parca quando eles montavam a banca da feira. Daniel já tinha bastante prática. Fixou o plástico sobre a mesa de madeira enquanto Minnie pegava o estoque de produtos no porta-malas do carro. Ela usava dois cardigãs e luvas sem dedos.

Minnie arrumou a mesa: ovos e três galinhas que ela havia abatido, depenado e estripado, colocou batatas, cebolinhas, cenouras, nabos e repolhos, tudo recém-colhido. Ela também vendia vidros de suas geleias, nos sabores damasco e morango, além de oito tortas de ruibarbo.

Daniel abriu o pote de sorvete, que servia de caixa registradora, e contou o dinheiro. Tudo que tivesse a ver com finanças era serviço dele, que recebia dos fregueses e lhes dava o troco. Era ele quem contava os lucros e sua própria porcentagem de gratificação. Quando o carro foi esvaziado e a banca estava pronta, Minnie pegou as garrafas térmicas e os sanduíches: café com leite para Daniel, chá adoçado para ela e sanduíches de geleia de morango. Se estivesse movimentado, era provável que eles não terminassem os sanduíches até a hora de guardar tudo para ir embora, mas se fosse tranquilo, acabavam de comer tudo antes das onze da manhã.

— Feche seu casaco.

— Não estou com frio.

— Feche seu casaco.

— Feche o seu — disse ele, fazendo o que ela mandava.

— Não seja atrevido.

As bancas eram montadas em torno da Assembleia de Brampton, que ficava no centro da cidade há quase duzentos anos. Havia cerca de outras oito barracas além da de Minnie. A maioria vendia verduras, carne ou produtos feitos em casa, mas Minnie era uma das poucas que oferecia uma variedade. Seu sítio não era grande o bastante para especializar-se. Ela vendia o que produzia para si mesma.

A primeira hora passou rapidamente e Minnie vendeu duas galinhas e várias dúzias de ovos. Ela sabia que as suas galinhas eram as melhores e mesmo os que não gostavam dela compravam seus ovos por isso.

As mãos de Daniel estavam rosadas por causa do frio. Quando Minnie o viu enfiando-as nas mangas do casaco, ela esfregou as suas para aquecer as dele. Ela o fez juntar as palmas, como que para rezar e esfregou suas mãos entre as dela até o calor voltar. Ela o esfregou vigorosamente, tão forte que o sacudiu.

Com o sangue voltando aos dedos e aos braços, Daniel lembrou-se de quando esfregava as mãos de sua mãe, que sempre estava com frio; ela era muito magra e usava pouca roupa. Lembrou-se dos ossos das mãos dela em suas palmas infantis. Pensou em onde ela estaria agora. Já não sentia a mesma necessidade de encontrá-la, mas ainda pensava nela e gostaria de saber se ela pensava nele. Queria contar a ela sobre o sítio, sobre Minnie, sobre contar o dinheiro e ganhar uma comissão. Lembrou-se do toque de suas mãos magras, tirando o cabelo do rosto dele. Quando pensava nisso, ele sentia uma dor por baixo das costelas. Era como uma fome intensa — uma ânsia — de senti-la tirando seu cabelo do rosto outra vez.

— No que está pensando? — perguntou Minnie.

Daniel pegou o copo de plástico que ela lhe passou, segurando-o com as duas mãos, retendo seu calor. Deu de ombros e tomou um gole de chá adoçado.

— Você estava a quilômetros de distância! — Minnie estendeu o braço para ele e Daniel desviou-se. Novamente, ela parecia saber do que ele necessitava, mas não era a mesma coisa e nunca seria.

Uma mulher de lábios apertados aproximou-se da banca. Daniel a reconheceu, era a Sra. Wilkes da loja de doces. Ela era mãe de seu amigo Derek. Daniel sabia que ela havia chamado uma ambulância para o marido moribundo de Minnie. Também denunciara dois de seus colegas para a diretora da escola por terem roubado balas.

Seus lábios mostraram inquietação ao apreciar as geleias de Minnie e ela estreitou os olhos quando Daniel a encarou. Ele pôs as mãos nos bolsos do casaco.

— Quanto é a geleia? — perguntou ela, os cantos da boca virando para baixo.

— Duas libras e cinquenta centavos — disse Daniel, com um de seus melhores sorrisos, embora o preço estipulado por Minnie fosse uma libra e cinquenta.

— Isso é uma afronta — disse a Sra. Wilkes, largando a geleia sobre a mesa com tal força que sacudiu os ovos.

Minnie virou-se na direção do ruído e franziu o cenho. Ela segurava um sanduíche comido pela metade.

— Qualidade vem com um preço, Sra. Wilkes, devia saber disso — disse Daniel, tirando a mão do bolso para arrumar a geleia.

— É o que parece. — Daniel percebeu que a Sra. Wilkes perdera interesse por ele e agora dirigia-se a Minnie, que estava com a boca cheia, e o vento soprava seus cabelos no rosto, mas ela se virou, com os olhos alegres e o queixo sujo de migalhas.

— Tudo bem, Jean?

— Só estou apavorada com os preços aqui. Isto é um assalto! — A Sra. Wilkes empurrou um vidro de geleia, perturbando a arrumação de Daniel outra vez.

— Leve uma, então — disse Minnie.

Os cantos da boca de Jean Wilkes viraram para baixo.

— Como assim?

— Estou dizendo para pegar um vidro, meu presente. É uma boa geleia. Leve, desfrute.

Daniel virou-se para olhar Minnie, mas ela estava terminando o sanduíche, olhando para Jean.

— Eu não poderia fazer isso. Eu lhe pago o que ela vale, nem um centavo a mais.

— Bobagem, leve. Aproveite. Obrigada, Jean.

Novamente, Minnie voltou a atenção para as garrafas térmicas e o piquenique que arrumara no porta-malas do seu Renault. Pegou outro sanduíche.

— Minnie, você é ridícula — disse Jean, jogando três libras no pote de sorvete que estava com Daniel. — Primeiro, pede mundos e fundos, e depois dá de presente. É como essas crianças. Todo mundo sabe que você só faz isso para se sentir melhor. Não consegue cuidar dos seus e de repente resolve ser mãe de todo mundo... Mas você tem razão, sua geleia é boa. — Jean segurou o vidro na palma da mão. Sua boca apertada estava comprimida para dentro, como se fosse sorrir.

— O que você disse?

— Eu disse que apesar de tudo, nós concordamos que sua geleia é boa.

Daniel viu que os dentes de Jean Wilkes eram marrons e cogitou se tinham sido os doces que os estragaram.

— Não, antes disso. — Minnie ainda estava sussurrando, mas agora estava com a barriga encostada na banca e inclinando-se para a frente, em direção à Sra. Wilkes. Ela estava bem curvada sobre a mesa e Daniel viu as marcas brancas se formando em suas mãos rosadas por causa da força. — Não consigo cuidar dos meus? Foi isso que você disse?

Jean Wilkes estava indo embora.

Minnie endireitou-se e tirou os cabelos do rosto. Daniel notou que seus dedos tremiam. Ela abriu uma caixa de ovos e deslizou os dedos vermelhos e ásperos para dentro.

Plaft.

Daniel ainda estava parado com as mãos nos bolsos, mas abriu a boca quando Minnie fez mira e atingiu Jean Wilkes bem entre as escápulas com um de seus ovos bem-criados.

Jean virou-se, os cantos da boca voltados para baixo, mas Minnie já tinha outro ovo na mão. Para diversão e assombro de Daniel, Jean Wilkes começou a correr em zigue-zague em seus sapatos de saltinhos, num esforço para escapar da mira de Minnie.

Daniel puxou o cotovelo de Minnie e deu um soco vitorioso no ar. Minnie fez *tsk, tsk* para ele e puxou o braço.

— Isso foi o máximo! Você mostrou a ela.

— Chega! — disse Minnie. Daniel não entendeu por que ela estava zangada com ele. Suas faces estavam rosadas e os olhos, injetados de raiva. — Vamos nos ajeitar. Está muito frio e, de qualquer modo, está na hora de ir.

Os dedos de Daniel estavam quase dormentes de frio, mas ele começou a guardar as coisas da banca. Ela trabalhava ao lado dele, de modo apressado, descuidado. As garrafas térmicas foram jogadas de volta na sacola. Geralmente, ela as teria esvaziado na sarjeta e depois as guardado com cuidado.

— Desculpe — disse Daniel, mas ela não ouviu.

Estava aconchegando-se no cardigã e arrumando as caixas de ovos que sobraram no porta-malas do carro.

— Desculpe — disse ele novamente, mais alto dessa vez, puxando seu cardigã.

Ela finalmente se virou para ele, confusa, com faíscas luminosas de ira lançando-se dos olhos azuis lacrimosos.

— Eu não pretendia provocá-la — explicou ele. — Eu disse que eram duas libras e cinquenta centavos. A geleia. Só estava, tipo, enrolando. Achei que a gente podia ganhar um extra. Não tive a intenção de que ela...

— Não se preocupe, querido.

No caminho para casa, Daniel segurava o pote com o dinheiro e olhava pela janela do carro. As pequenas casas de Brampton, o cheiro das fazendas e o movimento ocasional das pastagens ainda o surpreendiam. Um lado de sua mente esperava a solidez dos tijolos vermelhos de Newcastle, suas propriedades alheias e a confusão urbana. Um lado dele ainda se sentia deslocado ali. Ele pensava em Minnie e em sua briga com a Sra. Wilkes. Não entendia por que tanta gente do lugar não gostava dela. Alguns pareciam odiá-lo, também, por causa dela.

As mãos de Minnie estavam agarradas ao volante. Ela dirigia curvada para a frente, a barriga encostada na base da direção e o queixo estendendo-se para o alto. Daniel a observava lambendo os lábios e apertando-os.

Minnie estava com o vidro aberto e mechas de seu cabelo crespo e grisalho voavam pelo rosto. Sempre que Daniel andava com ela de carro, ela deixava o vidro aberto, não importava o tempo. Ela dizia que se sentia claustrofóbica dentro do carro.

Daniel respirou fundo antes de falar.

— Muita gente por aqui não gosta de você, sabia?

Ela não gostava de conversar no carro. Não tirou os olhos da estrada, mas Daniel percebeu que ela o ouvira ao apertar ainda mais o volante.

— Mas isso não importa — disse ele. — Eu gosto de você.

Novamente, ela não disse nada, mas franziu os lábios, o que — Daniel sabia — significava um sorriso.

Era o dia de comparecer ao tribunal. Minnie lhe dissera que era apenas uma formalidade, que sem dúvida ela poderia adotá-lo, mas mesmo assim ele estava nervoso. Levantou-se antes do galo cantar, fez suas tarefas e antes que ela descesse para o café da manhã, já estava pronto para sair. Já havia preparado o mingau e dera comida para o cachorro.

Ela lhe esfregou o ombro ao chegar à cozinha, guardando um lenço no bolso do roupão. Ela fez o chá e ligou o rádio enquanto Daniel colocava a mesa, com a manteiga e os vidros de geleia. Ela sorriu para ele, que servia o leite e o açúcar nas xícaras de chá. Minnie gostava de três pedrinhas de açúcar e bastante leite. Ele colocou o chá dela na mesa ao lado da tigela e ficou de pé, no meio da cozinha, tomando o dele.

Enquanto bebericava o chá, ele olhava em volta. Blitz dormia de barriga cheia e sonhava, tendo espasmos nas pernas finas. Daniel observava o movimento dos quadris de Minnie, que mexia o mingau, o brilho da luz que as velhas janelas derramavam sobre as colheres. Ele conhecia a canção que tocava no rádio e acompanhava o ritmo com o pé. A cozinha estava quente com o cheiro da manhã e Daniel o reteve na boca, como que para saboreá-lo. Esta era sua casa, esta se tornaria sua casa.

Ele a observou bocejando sobre a tigela de mingau, com a mão atrás da cintura. Depois de hoje, ela seria sua mãe e eles morariam nesta casa para sempre. Daniel mal podia acreditar.

— Por que não está comendo seu mingau? — perguntou ela, limpando sua tigela.

— Estou comendo, veja. — Ele pôs uma colher cheia na boca.

— Você sempre acaba antes. O que é? Frio na barriga?

— Um pouquinho — disse ele, largando a colher com um tinido na porcelana.

— Você não deveria estar nervoso. É emocionante. — Ela estendeu a mão pela mesa e deu um leve puxão na manga dele. — Você quer mesmo isso, não é?

— Quero.

— Você sabe que só depende de você.

— Eu, tipo, quero sim.

— Eu também. Hoje vou virar sua mãe, não apenas sua mãe provisória, mas... sua mãe de verdade.

Daniel encarou os olhos dela, que se encheram de lágrimas, enquanto suas faces coravam. Ela lhe deu um sorriso largo e foi apenas isso, o subir de suas faces e seus olhos se comprimindo, que fez as lágrimas aparecerem, instantâneas, finas, uma descendo por cada face. Rapidamente, como se fosse para limpar uma migalha, ela passou a palma da mão por uma face e o dorso pela outra. As lágrimas sumiram e restou apenas o sorriso.

Mãe de verdade, Daniel lembrou enquanto esperava ao pé da escadaria por ela, que se aprontava. *Mãe de verdade*, ele lembrou a si mesmo enquanto olhava pela janela do ônibus na estrada de Brampton para Newcastle. Eles estavam indo e voltando de ônibus para que Minnie não precisasse dirigir até o centro da cidade grande.

Daniel vestia seu uniforme escolar e Minnie estava de sapatos. Não eram exatamente sapatos femininos. Eram baixos, marrons e tinham cadarços, mas não eram botas, e Daniel ficou olhando para a estranheza de seus pés dentro deles. Ele nunca a vira sem as botas. Ela estava com sua saia cinza, o casaco verde e uma blusa preta por baixo, que estava mais limpa que algumas outras.

Minnie pedira permissão para Daniel faltar à escola — para tratar de *assuntos de família*.

Família, Daniel pensou, olhando pela janela, sentindo a pressão do quadril dela em seu corpo. Ele não sabia bem se já tivera uma família, ou o que isso significava, mas estava feliz de seguir adiante se isso significava ficar com ela e morar no sítio.

Tricia os aguardava no tribunal. Ela estava feliz e inquieta, virando-se de um lado para o outro, e perguntou se ele queria um refrigerante da máquina. Ela segurava pastas e dizia a ele que a audiência seria rápida.

— Todo esse tempo, Danny — disse Tricia. — Quando foi mesmo que nos conhecemos? Você tinha o quê, uns 5 anos?

— Sei lá.

— É, devia ter isso, 4 ou 5 anos. Todo esse tempo que nos conhecemos e agora você será adotado. Estou tão feliz, achava que nunca veria este dia.

O advogado deles chegou. Era jovem, vestia um terno preto e segurava uma pasta marrom. Apertou a mão de Minnie e depois se curvou para apertar a de Daniel também. Daniel ficou olhando para a palma estendida.

— Aperte a mão do homem, Danny, quando lhe é oferecida — disse Minnie.

Daniel estendeu a mão e sentiu-a ser puxada pela mão quente e forte.

— Sou seu advogado — disse o homem, e Daniel sorriu.

Sentiu-se poderoso por um instante, em seu uniforme limpo, com seu advogado, esperando para se encontrar com o juiz e ser adotado. Lembrou-se do que Minnie lhe havia dito sobre advogados.

Quando chegou a hora, eles se reuniram na sala do juiz. Daniel imaginava que o recinto teria vitrais como uma igreja, mas era apenas um escritório, com uma escrivaninha grande com topo de couro e fileiras de estantes de livros.

A sala cheirava à fumaça de cachimbo, o que fez Daniel se lembrar do diretor da escola, o Sr. Hart, mas o juiz não se parecia com ele. Tinha bigodes compridos, amarelados nas pontas, e suas sobrancelhas levantaram-se acima dos óculos quando ele sorriu. Daniel, Minnie, Tricia e os representantes legais foram conduzidos aos assentos diante da escrivaninha do juiz. Daniel sentou-se numa das poltronas e Minnie em outra, na frente dele. Tricia e os advogados ficaram juntos no sofá e o juiz sentou-se em sua poltrona ao lado do escrivão, que tomava nota de tudo que era dito. Parecia diferente das outras vezes que Daniel estivera no tribunal.

O juiz não usava a toga. Daniel pôs as mãos entre as coxas e apertou os lábios quando o juiz começou a falar. Ele gostou da ordem dos procedimentos e do modo como seu advogado olhava para ele, as duas sobrancelhas levantadas cada vez que seu nome era citado.

— Então — disse o juiz — creio que agora é com você, meu jovem. A coisa mais importante é se quer ou não que a Sra. Flynn o adote, tornando-se sua mãe e você... filho dela. Diga-nos o que pensa, Daniel.

Houve um silêncio e Daniel sentiu todos na sala voltados para ele. Tricia anuía para que ele respondesse, a testa do advogado estava enrugada, em expectativa.

Ele olhou para cima e Minnie estava olhando para ele, sorrindo. Percebeu que ela também estava nervosa. Girava sua aliança de casamento, o que deixava seu dedo vermelho e depois branco.

Ele pigarreou e olhou para o juiz, que sorria, fazendo os bigodes virarem para cima nos cantos.

— Eu quero ser adotado — disse Daniel. Falou, olhando para a mesa de centro, mas então ficou mais confiante e olhou para o juiz e depois para o advogado.

Apenas quando tudo foi finalizado, quando as formalidades acabaram, Daniel olhou novamente para Minnie. Eles olharam uma para o outro, de cada lado da mesinha de mogno, lábios entreabertos, respirando com dificuldade de empolgação, como se tivessem corrido a toda velocidade.

Ao sair da sala, Daniel sentiu as pernas bambas. Era como se tivesse jogado futebol por demasiado tempo. Minnie ia na frente com Tricia, e Daniel observava o movimento de seus quadris dentro da saia cinza. Tricia falava, alisando os cabelos para trás, depois pôs a mão na bolsa. O advogado olhou para o relógio e pôs a mão no bolso.

— Bem — disse Minnie, a mão no quadril, finalmente se virando para ele. — Dê um beijo aqui, coisa linda, porque estou me sentindo superimportante.

Ela o tirou do chão e ele deu uma gargalhada quando ela o apertou, tirando o ar de seus pulmões e rodopiando com ele no colo. Quando ela parou, ele estava tonto e o sorriso dela era tão aberto que ele pôde ver o dente que faltava lá atrás. O sol passava pelo átrio acima e Daniel o sentiu na pele das mãos e do rosto. A sensação de que eles eram um prisma, refletindo a própria alegria.

— Quantos anos isso tem? — perguntou Daniel.
— Quase dois mil. Imagine todo esse tempo lá atrás, antes que houvesse carros, trens ou eletricidade, ou qualquer coisa do tipo, e as pessoas conseguiram construir uma muralha dessas.
— Por que se chama Muralha de Adriano?
— Acho que ele foi o imperador romano que mandou construí-la.
— Por que ele quis construir essa muralha?
— Talvez quisesse que lembrassem dele depois de dois mil anos! — Minnie riu. — Deve ter sido isso, aposto que ele era um velho safado e arrogante, com o perdão da linguagem.

Daniel tocou os tijolos de pedra, afagando-os com a ponta dos dedos. Subiu, segurando-se com as mãos e apoiando os joelhos até chegar ao topo. Eles estavam lá comemorando sua adoção e depois Minnie o levaria para jantar fora.

— Cuidado, querido — chamou ela, com uma das mãos no quadril e a outra protegendo os olhos. — Preste atenção para não cair.
— Suba.

— Não seja bobo. Eu mal consigo subir escadas.

Então eles foram andando, lado a lado, mas Daniel lá em cima. Virando-se, ele olhou para as colinas verdejantes que se ondulavam diante dele. Abriu os braços e esticou os dedos. O espaço lhe deu vertigem.

— A vista é linda aqui de cima — disse Daniel, implicando com ela.

— Acredito em você.

No final de uma seção, ele ficou com a ponta dos pés na beirada, dobrando os joelhos.

— Não pule, Danny.

— Você podia me pegar.

— Vai machucar os joelhos.

— Não vou não. Já pulei de muros mais altos que este.

— OK, tente segurar minhas mãos e vou ajudar a amortecer a queda.

Ele pulou e sentiu as mãos fortes e ásperas dela apertando as dele; caiu quase em cima dela, ofegando de empolgação.

Eles subiram o morro para tomar um chá. Daniel olhou para ela, mas ela não estava olhando. Estava sorrindo para a distância, os lábios entreabertos, com o peito subindo e descendo.

Daniel engoliu em seco e então deslizou a mão na dela. Ela olhou para baixo, para ele, e sorriu; ele desviou o olhar, constrangido, mas sentindo um aperto no abdome, como se até seu estômago estivesse tentando sorrir. Ele gostava da aspereza da mão dela. Andando, ela esfregava o polegar pelos dedos dele.

É isso que é a felicidade, ele pensou: *esse dia luminoso, o cheiro de capim, a muralha que estava lá há séculos, a sensação da mão dela e seus lábios molhados na expectativa de uma xícara de chá quente e doce.*

Ele pensou em sua mãe. Queria que ela soubesse desse momento. Conforme sua mão se aquecia na palma de Minnie, ele imaginou sua mãe vindo e segurando sua outra mão. O dia estava quase perfeito, mas isso o completaria.

Julgamento

21

O julgamento de Sebastian seria em Old Bailey.

Daniel acordou cedo para sua corrida, mas mesmo depois de sair do chuveiro, seu estômago estava comprimido de tensão. Ele não sabia por que esse julgamento o deixava tão apreensivo. Estava acostumado a julgamentos em Old Bailey e a julgamentos por homicídio, mas hoje se sentia diferente, como se ele próprio fosse ser julgado.

A entrada para o Tribunal Criminal Central era agora um aglomerado de público enraivecido e imprensa faminta. Ele não esperava que os fotógrafos fossem saber quem ele era e imaginava que Irene fosse concentrar todas as atenções, mas assim que se aproximou, ouviu um grito: *Aquele é um dos advogados*, e então um flash.

— Assassino de criança! — gritou alguém no meio da multidão. — Você está defendendo o assassino de uma criança. O diabinho devia fritar. Ir para o inferno.

Como advogado de defesa, ele se acostumara a animosidades. No passado, fora agredido verbalmente na rua e havia recebido correspondências odiosas de ameaça à sua vida. Tais coisas só deixavam Daniel mais decidido a levar o caso adiante. Todos merecem uma defesa, não importa o que tenham feito. Mas ali, a fúria da multidão parecia excepcional. Ele entendia a ira diante da perda de uma vida inocente, mas não conseguia entender por que as pessoas pareciam tão dispostas a difamar uma criança. A perda de uma criança era cruel por ser uma promessa roubada, mas Daniel sentia que a criminalização de outra era tão cruel quanto. Lembrou-se do pai temporário chamando-o de demônio, de endiabrado. Mesmo se Sebastian fosse culpado, ele precisava de ajuda, não de condenação. Daniel observou o crescer da maré humana — fisionomias desdenhosas pedindo punição. Manifestantes seguravam cartazes nas ruas que diziam *Uma vida por outra*. Gritavam *cretino* sempre que viam alguém relacionado a Sebastian e acotovelavam-se contra uma barreira improvisada de policiais com coletes amarelos.

Um policial empurrou-o com o cotovelo, induzindo-o a seguir em frente e Daniel subiu correndo os últimos degraus tribunal adentro. Sebastian fora levado em um furgão de segurança e aguardava numa cela de observação lá embaixo.

Quando Daniel entrou na cela, Sebastian estava sentado num banco de concreto coberto com um colchonete forrado de plástico azul. Estava pálido. Usava um terno azul-marinho, um pouco grande nos ombros, e uma gravata listrada. O traje fazia o menino parecer ainda mais novo que seus 11 anos.

— Como está se sentindo, Seb? — perguntou Daniel.

— Tudo bem — disse Sebastian, desviando o olhar.

— Que terno elegante.

— Meu pai quis que eu usasse.

Faltava quase uma hora para o julgamento começar e Daniel sentiu pena de Sebastian — o tempo que ele teria de passar naquela inóspita cela de concreto, apenas esperando. Era duro o bastante para adultos. Sebastian fora apresentado à sala de audiência no dia anterior e lhe haviam explicado os procedimentos, mas nada poderia realmente preparar uma criança para isso.

Daniel sentou-se no banco ao lado de Sebastian. Os dois olhavam para a parede à frente, que estava pichada: obscenidades e devoções lado a lado. Daniel notou uma frase que fora entalhada no concreto com uma faca: *Eu te amo, mamãe*.

— Você deu uma corrida hoje de manhã? — perguntou Sebastian.

— Dei. Você tomou café da manhã?

— Tomei — suspirou Sebastian, desviando o olhar novamente, desinteressado.

— É melhor eu ir — disse Daniel, levantando-se.

— Daniel?

— Sim?

— Estou com medo.

— Você vai ficar bem. Eles mostraram onde você vai se sentar? Vai ficar do meu lado, bem como eu disse. Fique de cabeça erguida, hein!

Sebastian fez que sim e Daniel bateu à porta para poder sair.

Quando a porta foi fechada, Daniel demorou um instante com a palma sobre ela e depois subiu para o tribunal.

O juiz e os advogados usavam suas togas, mas não as perucas, pois eram consideradas muito intimidadoras para crianças. A galeria do público estava quase lotada de jornalistas e Daniel sabia que havia muitos outros lá fora que não tinham conseguido entrar. Providências tinham sido tomadas para restringir o número de jornalistas a dez. Havia um burburinho de expectativa na sala de audiência. Daniel tomou seu assento, onde ficaria ao lado de Sebastian. Irene Clarke e o defensor júnior de Sebastian, Mark Gibbons, sentavam-se na frente.

Mordendo os lábios, Sebastian foi trazido por dois policiais. Daniel curvou-se e segurou os ombros dele para tranquilizá-lo. Eram todos uma estranha família ali, esperando para começar.

Os pais de Sebastian sentavam-se atrás deles. Charlotte usava um tailleur bem-cortado. Kenneth estava reclinado na cadeira com as mãos cruzadas sobre a barriga. Não parava de olhar o relógio, enquanto Charlotte examinava a maquiagem num espelhinho redondo e retocava o batom. Havia murmúrios vindo da seção da imprensa na galeria, mas ninguém mais parecia estar conversando.

Daniel pôde ouvir Sebastian engolir em seco.

O juiz entrou. Daniel cutucou o cotovelo de Sebastian, induzindo-o a se levantar. O tribunal inteiro se levantou e voltou a sentar.

Os jurados foram escolhidos e então fizeram o juramento. Os selecionados olhavam fixamente para Sebastian do outro lado da sala. Tinham lido muito a seu respeito, mas agora podiam ver seu rosto e decidiriam seu destino.

Os pais de Benjamin Stokes estavam visíveis na galeria. Sentavam-se juntos, imóveis e pesarosos, sem se consolarem mutuamente nem olharem para Sebastian. Eles também esperavam, cheios de dor, o início da sessão.

O juiz inclinou-se sobre a bancada e olhou por cima dos óculos em direção à galeria do público.

— Membros da imprensa, eu gostaria de lembrá-los que, até segunda ordem, o réu, Sebastian Croll, não poderá ser mencionado pelo nome em nenhuma reportagem sobre o julgamento.

As consoantes do nome de Sebastian pareceram assaltar a sala extasiada. Daniel franziu o cenho.

O juiz deslizou os óculos mais para baixo do nariz e olhou para Sebastian.

— Sebastian, não vou pedir que se levante quando eu me dirigir a você, como é nossa prática no tribunal. Você também está sentado na sala principal, ao lado de seu advogado e com seus pais próximos, em vez de estar no banco dos réus. Muitos dos procedimentos são demorados e podem lhe parecer confusos. Lembro-o de que conta com seus advogados e defensores para conversar se houver alguma coisa que não entenda.

Sebastian olhou para Daniel, que lhe deu um toque nas costas, indicando que ele deveria olhar para a frente. Sebastian havia sido aconselhado sobre o modo como se comportar no tribunal.

Irene Clarke levantou-se, com mão na cintura embaixo da toga.

— Meritíssimo, preciso levantar um pressuposto da lei...

Ela se apresentava com um ar naturalmente fidedigno, falando a língua do tribunal com o sotaque padrão.

O tribunal aguardou pelo sorteio de oito homens e quatro mulheres, dois deles jovens e o restante de meia-idade, para compor os jurados. Daniel ficou observando-os sair.

— Meritíssimo, gostaríamos de solicitar uma suspensão condicional do processo sob a alegação de que a publicidade pré-julgamento foi prejudicial ao caso do meu cliente. Apresento ao tribunal uma série de recortes de jornais que mostram a linguagem altamente emotiva com que o caso tem sido discutido na imprensa. É muito provável que a saturação da cobertura deste caso tenha influenciado os jurados.

O juiz suspirou ao olhar para o maço de artigos que lhe foram passados. Daniel já conhecia esse magistrado. Philip Baron era um dos mais antigos que permanecia na magistratura. Ele próprio já aparecera nos tabloides em razão de vereditos impopulares. Saíra nas manchetes por seu uso de linguagem preconceituosa ao presidir casos de estupro. Ele parecia ter cada um de seus 69 anos.

O promotor público, QC da Coroa, Gordon Jones, argumentou que o júri não teria sido prejudicado pela cobertura da mídia porque o réu não fora citado e os principais detalhes do caso não apareceram na imprensa. A manhã passou enquanto os artigos eram examinados e discutidos. O estômago de Daniel roncou e ele comprimiu a musculatura, reprimindo a sensação. Parecia que todo o recinto já estava cansado. Tanta expectativa entravada nos rastros da burocracia. Daniel estava acostumado com isso, mas enquanto Irene lutava por Sebastian, ele podia ver que o menino já estava entediado. Ele tinha ficado desenhando: pequenos círculos ligados na ponta do bloco. Daniel o ouvia suspirando e se mexendo no assento.

O juiz pigarreou.

— Obrigado, examinei esses pontos e determino o prosseguimento do julgamento, mas lembro aos jurados seu dever de considerar os fatos do caso como aqui neste tribunal apresentados. No entanto, estou ciente da hora e creio que este seja um momento conveniente para suspender a sessão. Recomeçaremos depois do almoço...

A sessão foi concluída e Sebastian foi levado de volta à cela.

Irene foi embora antes que Daniel pudesse falar com ela, então ele desceu para ver Sebastian. O guarda abriu a banda da janela de observação para verificar a posição de Sebastian antes de permitir que Daniel entrasse.

— Tudo bem, Seb? — perguntou ele. Sebastian estava sentado na ponta do banco, olhando para os pés, que estavam virados para dentro. — Seu almoço virá num minuto.

Sebastian anuiu sem olhar para Daniel.

— Eu sei que é chato... talvez a pior coisa de um tribunal.

— Eu não estava entediado. Eu só não queria ter que ouvir...

— Ouvir o quê? Como assim?

— Todas as coisas ruins sobre mim.

Daniel respirou fundo, sem saber direito como responder e acomodou-se no banco ao lado dele.

— Isso vai piorar, sabia, Seb? — disse ele por fim, curvando-se e apoiando-se nos cotovelos para sua cabeça ficar da mesma altura que a do menino.

— Perdemos o primeiro argumento — disse ele.

— Verdade — disse Daniel —, mas isso já era esperado.

— Então por que argumentar se você sabe que não vai ganhar?

— Bem, uma das coisas é porque o argumento é válido e no tribunal, não se esqueça, mesmo que um juiz discorde de você, numa apelação, outro pode achar que a gente tem razão.

Sebastian ficou quieto de novo, olhando para o chão. Daniel não tinha certeza de que ele tivesse entendido. Pensou em lhe explicar melhor, mas não queria sobrecarregá-lo. Imaginou como teria se sentido, sozinho numa cela, quando tinha 11 anos. Estivera perto disso. Os Thornton poderiam facilmente ter dado queixa.

— Você é meu amigo? — perguntou Sebastian.

— Sou seu advogado.

— As pessoas não gostam de mim. Acho que os jurados também não vão gostar.

—- Os jurados estão lá para analisar os fatos que forem apresentados. Não importa se gostam ou não de você — disse Daniel. Ele queria que isso fosse verdade, mas não acreditava integralmente.

— Você gosta de mim? — perguntou Sebastian, olhando para cima. O primeiro instinto de Daniel foi desviar o olhar dos olhos verdes que o fitavam, mas ficou firme.

— É claro — disse ele, sentindo que estava novamente cruzando um limite.

Não sobrou muito tempo antes do reinício da sessão. Daniel comprou um sanduíche perto da catedral de St. Paul e o comeu olhando para a Cannon Street. O desânimo de Sebastian penetrou nele e as perguntas que o menino fizera giravam em sua mente.

Ele tinha um pressentimento: não sabia bem se era medo do resultado do julgamento ou empatia pelo menino e pelo que ele enfrentava. Sentia o peso da responsabilidade. Um corvo pousou de repente no peitoril fora da lanchonete. Daniel parou de comer e ficou olhando o pássaro engolir uma batata frita que pegara na calçada. O corvo virou a cabeça e olhou para Daniel, o bico lustroso. Em seguida se foi, voando até o alto dos prédios, onde esculturas barrocas tinham sido entalhadas na pedra de calcário. Daniel ficou observando a ascensão até o pássaro ficar fora de vista.

Voo: o controle de forças opostas, peso *versus* suspensão, a gravidade e a atração pelo além maior.

Lutar ou escapar: o corpo facilita as duas coisas ao mesmo tempo; existe a escolha de atacar aquilo que nos ameaça ou de sair correndo.

Fazia anos que ele não sentia a necessidade de sair correndo, mas sentiu agora. Ficou com medo do resultado e da responsabilidade por sua participação nele.

Quando Daniel retornou a Old Bailey, Irene andava de um lado para o outro diante da sala de audiência, celular no ouvido, a toga arrastando-se atrás dela. Piscou para ela ao passar e Irene levantou os olhos para ele.

A Sala 13 estava quase cheia. Sebastian foi trazido e tomou seu assento. Olhou em volta, procurando a mãe. Os Croll estavam ali atrás, mas não olhavam para o filho. Charlotte usava óculos escuros, que não parava de ajeitar para cima do nariz. Cruzava e descruzava as pernas. Kenneth olhava para o relógio e depois para o promotor, Gordon Jones, que mesmo sem a peruca, Daniel pensou, conseguia parecer um diretor de escola particular. Magro e sempre levemente curvado a partir dos quadris, Jones era uma pessoa de idade indeterminada. Podia facilmente ter uns 35 anos, como estar perto de aposentar-se. A pele de seu rosto era esticada.

— O que você almoçou? — perguntou Sebastian
— Sanduíche. E você?
— Espaguete, mas não estava bom. Tinha gosto de plástico ou coisa parecida.
— Que chato.
— Só comi um pouco. Estava nojento.
— Você vai ficar com fome. Quer uma bala? Vamos ficar aqui algum tempo.

Sebastian pegou uma das balas de hortelã de Daniel e a pôs na boca. Daniel notou um dos jornalistas apontando quando ele ofereceu as balas a Sebastian e depois fez anotações.

Sebastian parecia satisfeito consigo mesmo. O juiz entrou. Irene ainda não tinha voltado, então o assistente estava em seu lugar. No entanto, a tarde seria da promotoria.

Gordon Jones estava de pé, apoiando dois dedos no atril.

— Senhores e senhoras membros do júri, estou aqui em nome da Coroa. O réu é defendido por minha ilustre colega, a Dra. Clarke.

Ele respirou fundo. Devia ter sido para acalmar-se antes de dar início, mas Daniel sabia que tinha intenção de ser um suspiro.

— William Butler Yeats escreveu certa vez que *os inocentes e belos não têm inimigos a não ser o tempo*. Ben Stokes era inocente e era belo. Era um belo garotinho de 8 anos. Era desse tamanho... — Gordon Jones estendeu a mão para mostrar a altura de Ben.

Na galeria, a mãe de Ben arfou. Todo mundo no tribunal olhou para cima e o marido envolveu-a com o braço. Jones aguardou alguns segundos até todos se aquietarem.

— Ele teria o mundo pela frente: escola, namoradas, universidade, uma carreira e uma família. Infelizmente, porém, Ben tinha outro inimigo, que não o tempo. Mostraremos que ele foi golpeado até a morte num ataque violento por alguém que conhecia como vizinho e companheiro de brincadeiras, mas que, de fato, como mostraremos, era um intimidador cruel.

"Ben estava apenas andando de bicicleta perto de sua casa, em Islington, no domingo, oito de agosto deste ano. Ele era conhecido como uma criança calma, bem-comportada e tímida. Gostava muito de andar de bicicleta, como aqueles entre os senhores que têm filhos bem sabem. No entanto, ele deixou a bicicleta abandonada na rua e, no dia seguinte, foi encontrado morto, tendo sido golpeado com um tijolo que estava no canto do parquinho onde ele foi encontrado.

"Mostraremos que o réu, Sebastian Croll, convenceu Ben a sair de perto de casa e deixar sua bicicleta antes de levá-lo para o Barnard Park, onde mais tarde fora visto intimidando e agredindo, fisicamente, o menino menor e mais novo. Finalmente, quando Ben se recusou a continuar ali, aceitando toda aquela agressão, é de nosso entendimento que Sebastian se exasperou e deu início a um ataque contínuo e fatal a Ben numa área arborizada do parque.

"Demonstraremos que Sebastian Croll brandiu a arma do crime de modo selvagem.

"Esse é um crime inqualificável, mas que ainda é muito raro. Os jornais os fariam acreditar que nossa sociedade está em decadência e que a grave violência entre crianças é mais comum do que era no passado. Não é o caso. Crimes desse tipo, misericordiosamente, são raros, mas sua raridade não ameniza sua gravidade. A idade do réu não deve desviar vossa atenção dos fatos do caso: que essa criança, Ben Stokes, teve sua vida roubada antes do nono aniversário.

"A tarefa da promotoria é clara: mostrar que, sem dúvida, o réu a) praticou os atos que levaram o falecido, Ben Stokes, à morte e b) quando fez isso, assim o fez com a intenção de matar ou ferir gravemente. Mostraremos que, sem dúvida, o réu lutou violentamente com Ben Stokes, escolhendo uma área isolada e bem-servida de folhagens para lançar-se num ataque selvagem. Mostraremos que o réu sentou-se em cima do falecido e brandiu um tijolo no rosto do menino com a clara intenção de matá-lo. O que se seguiu... e sejamos claros, este fato não é minimizado pela pouca idade do réu... O que se seguiu... foi um ato premeditado de homicídio.

"Ben Stokes era realmente belo e inocente, e vamos mostrar que o réu cometeu o mais horrendo dos crimes e, sem qualquer dúvida, é culpado."

Todo o tribunal pareceu prender a respiração, assim como Daniel prendeu a sua. Os painéis de carvalho e o couro verde pareceram ranger e sofrer atritos pela impaciência no silêncio que se prolongou. Daniel deu uma olhada para os Croll ali atrás. Charlotte sentava-se ereta, a boca apenas virada para baixo nos cantos. Kenneth franzia o cenho para Gordon Jones.

Sebastian estava extasiado. Seu tédio sumira. Daniel o observara inclinando-se para a frente, ouvindo a exposição de Jones como se fosse uma história criada para sua diversão, com Sebastian sendo o protagonista.

Silenciosamente, Irene entrou na sala.

Quando a promotoria terminou de esboçar o caso para a acusação, Daniel sentiu um calafrio. Ele não tinha certeza da inocência ou da culpa de Sebastian; sabia apenas que o menino estava deslocado ali no tribunal para adultos — mesmo com a disposição das bancadas, as perucas ausentes e apenas dez repórteres na galeria.

Gordon Jones finalmente sentou-se e Sebastian encostou-se em Daniel:

— Ele entendeu tudo errado. Talvez eu devesse contar a eles. — Sua voz clara, bem articulada era alta mesmo num sussurro.

— Agora não — disse Daniel, ciente de Irene pigarreando e olhando em sua direção. — Teremos nossa vez.

Era o segundo dia do julgamento e Daniel chegou ao tribunal às nove e meia da manhã. Passou correndo pelas três fileiras de fotógrafos que estavam atrás da barreira improvisada. Ao entrar, o Tribunal Criminal Central pareceu escuro e úmido. Cada entrada para esse tribunal sempre dava a sensação de ser portentosa. Era como ser engolido, como estar entrando na cavidade entre as costelas de um animal selvagem. As estátuas de mármore censuravam-no.

Novamente, Daniel se sentiu nervoso, como se fosse um advogado mais jovem, menos experiente. Estivera envolvido em inúmeros julgamentos criminais, mas hoje suas palmas estavam úmidas, como se fosse o próprio julgamento.

Antes que Sebastian chegasse à sala de audiência, Daniel respirou fundo e tentou se acalmar. Sabia o que aquele dia prometia e sabia que poderia ser duro para o menino.

***

— *A Coroa chama a Sra. Madeline Stokes.*

A mãe de Ben Stokes entrou e foi até o banco das testemunhas. Ela andava como se arrastasse grilhões. Estava com o cabelo preso para trás, e torto, como se o tivesse prendido às pressas. O penteado acentuava suas faces encovadas e os olhos escuros. Daniel estava a pelo menos 6 metros dela e, mesmo assim, teve a certeza de que a via tremer. Ela se apoiou na borda do banco das testemunhas ao chegar e sua respiração ficou audível no microfone.

O aquecimento deixou o recinto seco e abafado. Daniel sentiu as axilas molhadas de suor.

Os segundos passavam enquanto Gordon Jones folheava suas anotações. Todos aguardavam sua fala.

— Sra. Stokes — disse ele, após uma longa pausa. — Sei que é difícil, mas eu lhe pediria que se transportasse para a tarde de domingo, dia oito de agosto. Poderia contar ao tribunal sobre a última vez que viu seu filho com vida?

— Bem... fazia um dia bonito. Ele me pediu para ir andar de bicicleta e eu disse que sim, mas que ele devia... devia ficar na nossa rua.

Ela estava obviamente nervosa, acometida por uma profunda tristeza, contudo sua voz era clara e amável. Fez Daniel lembrar-se do ruído de gelo no copo. Quando ela ficava comovida, a voz ficava mais grave.

— A senhora ficou observando seu filho brincar lá fora?

— Sim, por algum tempo. Eu estava lavando a louça e podia vê-lo indo e vindo pela calçada.

— Que horas a senhora acha que eram *quando o viu pela última vez?* — Jones tinha a fala mansa, respeitosa.

— Era aproximadamente uma da tarde. Ele estava fora de casa havia meia hora, mais ou menos, depois do almoço, e eu lhe perguntei se ele queria vestir um casaco ou entrar. Achei que poderia chover. Ele disse que estava bem. Como eu gostaria de tê-lo obrigado agora. Como eu queria ter insistido. Como eu queria...

— Então a senhora permitiu que Ben continuasse brincando lá fora? A que horas descobriu que ele já não estava na rua?

— Não foi muito tempo depois disso. Talvez uns quinze, vinte minutos depois, só isso. Eu estava trabalhando lá em cima e olhei pela janela. Estava cuidando dele todo o tempo. Eu... Dá para ver toda nossa rua lá de cima, mas quando olhei para fora... simplesmente não o vi mais.

Ao dizer não o vi mais, os olhos de Madeline Stokes se arregalaram.

— O que a senhora fez?

— Corri para a rua. Andei de um lado para o outro e encontrei a bicicleta dele, deitada, abandonada na esquina. Imediatamente, senti que algo terrível tinha acontecido com ele. Não sei por quê, mas senti. A princípio, achei que ele podia ter sido atropelado por um carro, mas tudo estava completamente tranquilo. Ele tinha simplesmente... sumido.

Madeline Stokes chorava agora. Daniel ficou comovido e sabia que os jurados também ficariam. Sua mão esquerda estava vermelha no banco das testemunhas, mas o rosto continuava pálido. Ao chorar, ela pôs a mão sobre a boca. Daniel lembrou-se do que Harriet lhe contara sobre Minnie perder a filha. Lembrou-se do dia na feira com as mãos frias de Minnie pousadas sobre ele e de seus olhos azuis, tristes e marejados, implorando-lhe para não mencionar sua filhinha. Madeline Stokes tinha só um filho. Havia perdido tudo que importava e agora o mundo era um lugar sombrio.

— Eu o procurei nas outras ruas, gritando o nome dele, e fui até o portão do parque, mas não o vi lá. Liguei para os amigos dele, depois para o pai dele e nós... ligamos para o hospital e então para a polícia.

— Ligou para seus vizinhos, os Croll?

— Não. — Ela enxugou o rosto com as mãos espalmadas. Seus olhos estavam pesarosos, pedrinhas vermelhas, que se viraram, brilhando, assistindo à cena, revivendo o pânico. — Não liguei.

— Ben brincava com Sebastian às vezes?

— Sim, não na escola, mas às vezes nos fins de semana. A princípio, estava tudo bem para mim, mas depois descobri que Sebastian intimidava Ben, causando problemas e então eu proibi que se encontrassem.

— Poderia explicar o que quer dizer com "intimidar e causar problemas"?

— Bem, quando nos mudamos para Richmond Crescent, Sebastian começou a chamar Ben para brincar. Fiquei contente que houvesse um garotinho bem perto, mesmo que ele fosse um pouco mais velho, mas depois concluí que ele não era realmente... compatível.

— E por que concluiu isso?

— Depois de brincar com Sebastian, Ben começou a usar uns *palavrões muito vulgares*, palavras que antes desconhecia. Eu o repreendi e proibi que brincasse com Sebastian por uns dias, mas ainda assim eles às vezes brincavam nos fins de semana. Depois, percebi que Ben apresentava contusões depois de brincar com Sebastian. Ben me contou que Sebastian batia nele quando o meu filho não fazia o que ele mandava. Reclamei com a mãe de Sebastian e proibi Ben de brincar com ele.

— Quando reclamou com a mãe de Sebastian, a senhora teve uma reação satisfatória?

— Não, Sebastian faz o que bem entende naquela casa, ou pelo menos é o que percebo. A mãe não tem controle sobre ele e o pai está sempre viajando. Acho que ela não dá conta do recado.

A Sra. Stokes assoou o nariz e falou por trás do lenço. Daniel deu uma espiada em Charlotte com o canto do olho. Ela estava impassível, mas agora a maquiagem estava um pouco lustrosa. Nenhuma das duas mulheres olhou para a outra. Sebastian sentava-se ereto, olhando fixamente para Madeline. Ele piscava frequentemente.

— Quer dizer que a senhora não falou com os Croll sobre o desaparecimento de Ben porque havia proibido seu filho de brincar com Sebastian e, portanto, não desconfiou que os dois meninos pudessem estar juntos. Mas você acha que Ben pode ter desobedecido...

A Sra. Stokes começou a chorar silenciosamente. Seus ombros sacudiam e ela apertava o nariz com o lenço. A voz estava mais grave quando ela voltou a falar.

— Creio que Ben era dominado por Sebastian, que era mais forte e mais velho. Fazia meses que não brincava com ele e eu simplesmente não pensei. Agora... parece óbvio.

— O que aconteceu depois que a senhora ligou para o hospital e a polícia?

— Meu marido chegou em casa. A polícia foi fantástica. Eu não esperava que agissem com tanta rapidez, mas eles chegaram logo, pedindo os detalhes e nos ajudaram a vistoriar a região e a divulgar uma descrição de Ben.

— Obrigado, Sra. Stokes — disse Gordon Jones.

Irene Clarke levantou-se. Daniel observou-a dando um sorriso simpático e entrelaçando as mãos no atril. Ela estava sombria, quase penitente diante da Sra. Stokes.

— Sra. Stokes, fico penalizada com a grande tragédia que a senhora e sua família vivenciaram. Gostaria apenas de lhe fazer umas poucas e breves perguntas. Por favor, não tenha pressa.

Madeline deu uma tossida estrangulada e anuiu.

— Seu filho já havia desaparecido por um logo tempo antes?

— Não.

— A senhora disse que houve uma época em que ele brincava regularmente com Sebastian. Em alguma dessas ocasiões, os meninos saíram de onde costumavam brincar ou desapareciam por algum tempo?

A Sra. Stokes tossiu e pareceu ter certa dificuldade para se recompor.

— Sra. Stokes?

— Não.

— E não é certo que até saber que o filho de seus vizinhos tinha sido preso, a senhora não suspeitava que Sebastian pudesse estar envolvido no desaparecimento do seu filho?

Madeline olhou para os cantos da sala. Tensa no banco das testemunhas, ela parecia exaltada e a sala dava a impressão de ser um espaço oco. Lágrimas escorreram silenciosamente por suas faces.

— Não pensei nele — disse ela, baixinho.

— A senhora declarou que teve de proibir Ben de se encontrar com Sebastian. Então é verdade que Ben *gostava* de brincar com Sebastian?

— Não, ele era um valentão, era um... — Os dedos da Sra. Stokes apertaram a borda do banco.

— A senhora não gostava do Sebastian, Sra. Stokes, isso é visível, mas seu filho não lhe *pedia* para brincar com ele? A senhora o descreveu como estando dominado por Sebastian. Não seria o caso de, apesar da sua reprovação, Ben e Sebastian, na verdade, serem amigos e gostarem da companhia um do outro?

A Sra. Stokes assoou o nariz e fez algumas respirações curtas. O juiz perguntou se ela queria um copo de água. Ela fez que não com a cabeça e olhou para Irene.

— Sinto muito, Sra. Stokes — disse Irene —, sei que isso é muito difícil. Era o caso?

Madeline suspirou e assentiu.

— Sra. Stokes, posso lhe pedir que dê sua resposta em voz alta?

— Talvez eles fossem amigos.

Irene olhou de relance para Daniel e sentou-se. Ela podia ter ido adiante, ele sabia, mas o júri estava tenso em solidariedade para com a mãe do menino. Isso era outra coisa que Daniel respeitava em Irene; ela sabia inverter uma testemunha quando era preciso, mas era sempre generosa.

* * *

Os intervalos ocorriam regularmente devido às regras impostas desde o julgamento de Bulger. Assim que a sessão foi suspensa, Daniel foi ao banheiro. Sentia-se pesado e cansado. Os saltos dos sapatos soavam nos pisos de mármore. O banheiro lhe era familiar, com suas paredes azuis e suas torneiras douradas, mas tinha um cheiro de urina entranhado, misturado com água sanitária.

Havia um mictório vago no canto. Daniel expirou ao urinar na porcelana branca.

— Tudo bem, Danny?

Era o detetive superintendente McCrum. Seu ombro roçou de leve no de Daniel quando ele abriu o zíper.

— Às vezes a gente se pergunta... — disse McCrum, seu sotaque nortista estranhamente reconfortante e bem-vindo no frio toalete vitoriano — se não há outra maneira. Dá para ver que este julgamento será cruel. É errado fazê-los passar por tudo isso.

— Estou inteiramente de acordo — disse Daniel, fechando a braguilha, depois indo lavar as mãos. Ele não sabia como Sebastian iria aguentar os longos dias pela frente e o pior que ainda estava por vir. — E só estamos começando...

— Eu sei... coitada daquela mulher — disse McCrum.

Daniel se virou. Saiu sem dizer outra palavra, anuindo para McCrum ao passar. O homem mais velho ficou olhando-o sair.

22

Um ano se sobrepôs ao outro como sulcos de terra lavrada.

Depois que as galinhas picaram toda a massa de vidraceiro, Minnie mandou consertar todas as janelas dos fundos. Algumas placas de ardósia caíram do telhado com a ventania, deixando uma goteira que pingava lentamente num balde na escadaria quando chovia. Como ela não tinha dinheiro para o conserto, isso ficou assim por mais de um ano. Era serviço de Daniel esvaziar o balde de manhã.

O bode de Minnie, Hector, morreu durante o terceiro inverno de Daniel em Brampton, mas, na primavera seguinte, ela levou uma cabra com dois filhotes para substituí-lo. Daniel teve permissão de fazer a ordenha matutina: Minnie ensinou-o a hidratar os úberes e depois fazer uma ordenha paciente e metódica. Eles fizeram um novo cercado para as cabras e uma área especial de ordenha, a qual os outros animais não tinham acesso. Minnie disse a Daniel que a área da ordenha devia ser mantida bem limpa. À noite, eles separavam a cabra dos filhotes para que os úberes enchessem. A cabra foi chamada de Barbara, e Daniel batizou as cabritas de Brock e Liam, nomes de jogadores do Newcastle United, embora as duas fossem fêmeas.

À noite, depois de tomar banho e fazer os deveres da escola, ele jogava gamão com Minnie enquanto ela tomava seu gim e ele saboreava bombas de chocolate. Ela se maravilhava com a capacidade que ele tinha de contar sem tocar nos números do tabuleiro. Ou então eles jogavam cartas: uíste ou pontão. Ela punha discos para tocar enquanto eles jogavam: Elvis, Ray Charles e Bobby Darin. Daniel balançava os ombros, botando suas cartas na mesa e ela levantava as sobrancelhas para ele e jogava um salgadinho para Blitz.

Daniel estava com 13 anos e frequentava o primeiro ano da Escola Secundária William Howard na Longtown Road. Era capitão do time de futebol e tinha ganhado duas medalhas de ouro por corrida de longa distância, mas ainda era menor e mais magro que os outros garotos da sua sala. No ano seguinte, ele começaria a se preparar para a conclusão do curso. Ele tirava boas notas em inglês, história e química. Havia uma garota, Carol-Ann, um ano mais velha que ele, que às vezes ia até o sítio depois da escola. Ela era uma moleca e ele a ensinava a fazer embaixadinhas com a bola de futebol e a cuidar dos animais. Minnie a convidava para o jantar se a mãe dela trabalhasse até tarde. Carol-Ann não era namorada dele nem nada, mas ele já tinha visto seus seios quando a parte de cima de seu biquíni caiu num dia em que eles foram nadar no rio Irving, no último verão.

Daniel era popular na escola. Tinha amigos por causa do futebol e raramente se metia em brigas. Mas além de Carol-Ann, ninguém ia muito ao sítio. Daniel era convidado para festas de aniversário e frequentava todas as festividades escolares. Ele tinha um grupo de amigos com quem andava na escola, basicamente do futebol, mas não havia nenhum com quem brincasse regularmente depois da escola e nenhuma casa de amigo que ele frequentasse mais que algumas vezes por ano. Depois da escola, se não houvesse um jogo ou uma festa, ele ficava em casa com Minnie, trabalhando com os animais, colhendo folhagens para o jantar, esfregando batatas ou chutando latas para Blitz pegar no quintal dos fundos. Depois tinha o jantar, os jogos, o gim e a música. Entrava ano, saía ano. Era a simetria dos dias, a percepção agradecida da expectativa, a estrutura de tudo que fazia Daniel sentir-se seguro.

Ele aprendeu a ter esperança. Seus desejos tinham de ficar dentro dos limites da casa dela, como as asas das galinhas que ela cortava para impedi-las de fugir, mas qualquer coisa que ele pudesse desejar naquela casa, Minnie lhe dava.

Era sábado e Daniel acordou antes de o despertador tocar. Espreguiçou-se como uma estrela do mar, sentido alongar até a ponta dos dedos. Do lado de fora das vidraças finas, ele podia ouvir o cacarejo e estardalhaço das galinhas e os balidos irritados das cabras. Ficou deitado na cama com as mãos atrás da cabeça, pensando, recordando.

Virou-se, bocejou e abriu a gaveta da mesa de cabeceira. Pegou o colar de sua mãe e afagou o S dourado. Pareceu mais liso do que ele se lembrava, fazendo-o cogitar se não fora ele mesmo que o deixara assim, do mesmo modo que o mar alisava os cacos pontiagudos de vidro. Fazia quase um ano que o colar estava na gaveta enrolado num lenço, sem que ele o tocasse. Quase se esquecera dele.

Voltou a se deitar de costas, olhando para o colar. As lembranças que ele escolhia ao afagar o colar não eram verdadeiras, e sim fotografias que sua mente tirara e depois revelara no líquido da esperança, de modo que pudessem ser penduradas no escuro, pingando encharcadas com suas próprias expectativas. Uma das fotografias era de sua mãe rindo na cozinha de Minnie, rindo de modo tão exagerado que dava para ver os dois dentes que faltavam, os olhos tão apertados de alegria que as rugas da risada entalhavam seus ossos. Outra era de sua mãe alimentando as galinhas enquanto Minnie acenava da janela. Em sua mente, as mãos de sua mãe eram sempre puro osso e bem demoradas: elas soltavam a ração em câmera lenta, como se as articulações estivessem presas. Em outra foto, eles estavam jogando cartas e sua mãe venceu; ela rolou de costas no sofá, com os joelhos no ar, soltando um grito de descrença.

Daniel recolocou o colar na gaveta. Pensou no que Minnie acharia de sua mãe caso elas se encontrassem. Sua mãe ficaria tão frágil: um pardal diante do urso pesado. Minnie a alimentaria, a amaria e a poria para trabalhar, bem como fizera com Daniel. Perto de Minnie, a mãe de Daniel seria como outra criança. Ao pensar nisso, seu coração se partiu. Sua mãe lhe parecia uma criança, e a cada ano ele se sentia passando dela, enquanto mentalmente ela ficava a mesma: jovem, magra, precisando dele.

Desde a adoção, Daniel pensava em sua mãe de outro modo. Antes, ele tinha sentido o pânico de perdê-la, o romper, o dilacerar e a dor que isso causou. Agora queria confortá-la. Lembrou-se de lhe afagar a testa e de cobri-la com o cardigã quando ela dormia no sofá: os olhos pretos e lábios azuis, ambos sorrindo para ele. Ele já não tinha vontade de correr para ela. Queria mais a calma de sua nova vida do que o caos da dela, mas agora ele fantasiava sobre trazê-la para esta nova vida. Minnie poderia adotá-la também; ela poderia dormir no sofá escutando Ray Charles enquanto Daniel colhia guarda-chuvas de ruibarbo do quintal e colocava verduras nos lábios ágeis das cabras.

Lá embaixo, Minnie estava com o mingau no fogo. Usava seu roupão, os pés descalços e sujos no piso da cozinha. As solas de seus pés eram grossas como couro. À noite, ela assistia à televisão com os pés sobre um banco e, às vezes, Daniel batucava um ritmo com os dedos na pele amarelada e áspera. Ela poderia pisar numa tachinha e só perceber uma semana depois, não por causa da dor, mas porque ouvia o *tap-tap* do pé no assoalho. Então ela colocaria o tornozelo sobre o joelho e removia a tachinha ofensiva, sem que houvesse uma gota de sangue.

Ao ouvi-lo, ela foi até o pé da escada, segurando a colher de pau. Apertou as faces de Daniel e lhe plantou um beijo na testa.

— Bom dia, lindo.

Era verão e apesar de ainda não ser sete da manhã, o céu estava de um azul imaculado. Daniel calçou as botas e foi lá fora alimentar os animais. Estava com as mãos frias e Barbara chutou e bateu as patas no chão quando ele tocou seus úberes, então Daniel as colocou debaixo das axilas, para aquecê-las, antes de tentar de novo.

Juntas novamente, as cabras se afocinharam, farejando umas as outras, e Daniel levou o leite para Minnie.

— Você é um bom menino — disse ela, colocando o mingau na frente dele com uma xícara de chá quente, que Daniel sabia que ela já tinha adoçado e servido de leite. — Vou me vestir.

Quando ela voltou, Danny estava fazendo torradas e perguntou se ela queria uma.

— Só meia fatia, querido. Estou satisfeita com o chá.

Daniel lhe deu uma fatia inteira, sabendo que ela comeria de todo modo. Ela falou com ele sobre o quintal e a goteira no telhado e como ela talvez conseguisse alguém para consertá-lo na semana seguinte. Fazia meses que dizia isso. Perguntou o que ele queria fazer naquele dia, visto que era sábado. Se o dia continuasse bom, eles poderiam sair para uma caminhada, mas se chovesse, assistiriam aos filmes da tarde e comeriam pacotes de salgadinhos. Às vezes, Minnie ficava cozinhando ou fazendo tortas, e Danny ficava jogando bola pelo quintal.

Daniel deu de ombros.

— Sabe o que estou pensando? — perguntou ele, dando uma mordidinha na torrada e observando a fisionomia dela.

Ela sorriu, seus olhos azuis e suas faces rosadas.

— Tenho certeza de que você vai me contar.

— Você acha que a assistente social descobriria onde minha mãe está agora?

A luz sumiu dos olhos dela.

— Querido, você sabe o que eles disseram. Dezoito anos e então você pode se comunicar com ela se ainda quiser. Eu sei que é difícil, mas essa é a lei, e precisamos obedecer. Você precisa tentar superar isso.

— Eu posso, eu estou superando, é só que... eu queria, talvez, mostrar a ela as novas cabras e meu quarto agora que está pronto. Ela ia gostar. Eu só queria falar com ela.

Minnie suspirou. Seu busto elevou-se da mesa e depois caiu de novo.

— Danny, olhe para mim.

— O quê? — perguntou ele, olhando para ela, a boca ainda cheia de torrada. Ela o encarava com o olhar sério.

— Você não vai me fugir de novo, está ouvindo? — Ela pôs a mão no coração. — Eu simplesmente não vou aguentar, querido.

— Eu não vou fugir, só queria contar a ela sobre as novas cabras, só isso. — Ele desviou o olhar e terminou a torrada, colocando uma quantidade muito grande na boca e ousando uma olhada para ela. Ela estava parada, olhando para ele, com as mãos no colo.

Daniel desviou o olhar.

— Achei que podia ser bom se ela viesse morar conosco — disse ele. Ao falar isso em voz alta, agora achava que parecia impossível, burrice, mas mesmo assim ele olhou para ver a reação dela.

— Você sabe que isso não pode acontecer, Danny — disse ela, bem baixinho.

Ele fez que sim, sentindo uma dor na garganta.

— Eu sei que ela gostaria daqui. Ela precisa de alguém para cuidar dela e eu poderia faz isso aqui.

Daniel sentiu a mão pesada dela sobre a sua.

— Você precisa compreender que não é tarefa sua cuidar de sua mãe. É minha tarefa cuidar de você.

Daniel assentiu. Seu nariz estava ardendo e ele sabia que iria chorar se falasse mais alguma coisa. Não queria magoar Minnie. Amava-a e queria ficar. Só queria que ela entendesse que sua mãe devia vir morar com eles também. Então tudo seria perfeito.

— Eu não vou fugir. — Ele conseguiu dizer. — Só queria falar com ela. Queria contar sobre o sítio e tudo mais. — Ele passou o dedo no olho esquerdo. — Só queria, tipo, falar com ela.

— Entendo, meu querido — disse ela. — Eu vou falar com eles. Vou ver se me dão um número de telefone, ou algo assim.

— Mesmo? — Ele se inclinou para a frente, sorrindo de alívio, mas ela franzia o cenho para ele.

Ela assentiu.

— Promete?

— Eu disse que sim.

— Acha que eles vão lhe dar?

— Só posso pedir.

Daniel sorriu e sentou para trás na cadeira. Minnie estava tirando a mesa: guardando a manteiga, a geleia e limpando a metade da mesa onde eles comiam — a outra metade estava entulhada de livros empilhados, biscoitos de cachorro e jornais velhos. Daniel sentiu-se preenchido de calor, desde o estômago até as costelas. Isso o elevou e ele se sentou ereto, erguendo os ombros.

Mais tarde naquela semana, Daniel ia para casa, atravessando o Dandy na corrida. Encontrou uma lata e foi chutando-a por uns 400 metros, a gravata do uniforme frouxa, a camisa saindo de dentro das calças e a bolsa escorregando do ombro. Sentia-se no ar o cheiro de grama recém-cortada. Daniel ouvia a própria respiração e sentia o suor formando-se na linha dos cabelos enquanto ia chutando a lata adiante com os sapatos respingados de lama. Gostava de sentir a elasticidade e o vigor de seus músculos e de suas articulações, o sol quente nos braços e no rosto. Ele concluiu que estava feliz de estar ali, correndo para casa e para Minnie.

Casa. Ele deu um chute forte na lata, que subiu em arco por uns 10 metros, cintilando, iluminada pelos raios do sol, antes de cair silenciosamente no capim alto. *Casa*. Daniel encontrou-a e deu outro chute. Ela subiu e ele esperou que caísse antes de pegá-la com a lateral do pé e mandá-la voar outra vez morro abaixo na direção do Sítio Flynn e de Minnie, que estaria esperando por ele com sanduíches de banana amassada.

A coisa que ele mais gostava nela era a previsibilidade. Ela possuía o dom de lhe mostrar o próprio mundo e depois de repeti-lo um dia após o outro. As coisas aconteciam quando ela dizia que iriam acontecer. Ela disse que iria adotá-lo e o fez. A fisionomia do juiz tinha se contorcido, descrente, diante dos papéis a sua frente, e Daniel sentiu um frio na barriga, mas o juiz acabara tomado a decisão a favor deles e Daniel se tornara filho de Minnie, bem como ela prometera.

Agora, Daniel a via de outro modo. Já amava seu corpanzil e suas carnes macias, mas agora a encarava como possuidora de um novo poder. Confiava nela. Ela tinha a capacidade de alcançar as coisas que desejava; tinha as coisas ao seu alcance. Até mesmo o destino de Daniel ela detivera em seu poder. Ao pensar nela, ele se lembrava do cangote de Blitz seguro em sua mão, quando ela o detinha, abrindo a porta para estranhos enquanto ele latia.

Daniel diminuiu o passo e continuou andando. Estava com a respiração irregular. Respirou fundo e sentiu o cheiro dos capins mornos de verão. O céu estava azul e tão limpo que ele se sentiu tonto com sua infinitude.

Ele ouviu vozes e depois passos atrás dele. Olhou por cima do ombro e viu que eram os três garotos mais velhos que tinham batido nele. Agora sabia seus nomes: Liam, Peter e Matt. Estavam uma série à frente na escola.

Ele sentiu a tensão invadir-lhe os músculos. Continuou andando como se não estivesse ciente dos garotos, mas exagerou nas passadas e no balanço dos ombros. Conseguia ouvir a conversa deles, embora achasse que eles estivessem a cerca de meio metro atrás. Conversavam sobre futebol, mas depois ficaram quietos, e Daniel sentiu os pelos da nuca se eriçarem. Tentou escutar seus movimentos.

— Como vai a bruxa velha, hein, Danny? — chamou um. — Ela já te ensinou algum feitiço?

A voz estava próxima.

Daniel ignorou-os, sentindo a tensão passar dos ombros e correr pela espinha. Cerrou os dentes e os punhos.

— Uma bruxa gorda como ela. Eu bem queria vê-la tentando voar.

Daniel deu outra olhada para trás e viu um dos garotos fazer a mímica de uma vassoura antes de cair e rolar no capim. Todos caíram na risada então: risadas sórdidas. As vozes eram guturais e graves; vozes em transformação, oscilando com deboche.

Daniel virou-se para encará-los. Imediatamente os garotos se posicionaram com os pés afastados e tiraram as mãos dos bolsos.

Houve uma pausa, de modo que Daniel só ouviu o sopro em seus ouvidos.

— Algum problema? — Foi Peter quem falou, queixo empinado, olhos estreitos, querendo que Daniel começasse alguma coisa.

— Parem de falar dela, tá bom?!

— Ou você vai fazer o quê?

— Eu te dou um soco.

— É, você e o exército de quem?

Foi como da primeira vez. Daniel atacou o garoto e golpeou seu abdome com a cabeça. Ele era maior que Daniel, que sentiu os punhos cerrados dos outros golpear suas costelas e inspirou com dor. Ouvia os outros dois debochando, gritando. *Bate nele, Pete. Bate nele.*

Daniel lembrou-se de brigar com o namorado de sua mãe, o que o puxou do chão pelos cabelos. Sentiu-se tomado pela ira, que passava rápida, animada e poderosa por seu corpo. O golpe foi fortalecedor, esclarecedor. Ele golpeou Peter, derrubou-o e então lhe deu chutes no rosto até ele se virar.

Os outros garotos, então, caíram sobre Daniel, mas ele estava tenso com o ataque e não sentiu seus socos nos braços e no peito. Atingiu o nariz de Matt, sentindo o estalo reverberar em seus dedos e depois chutou o saco de Liam.

Daniel saiu cambaleante. Seu punho estava ardendo e, ao olhar para baixo, viu que estava com o dedo cortado, mas, ao tocá-lo, percebeu que era apenas o sangue de Matt. Virou-se para o Dandy para encará-los mais uma vez.

— Mais uma palavra sobre ela e vocês morrem.

A palavra *morrem* saiu de sua boca como um projétil. Ecoou pelo Dandy. Os pássaros se dispersaram em seu rastro.

Os garotos, caídos no meio do capim alto, não disseram nada. Daniel afastou-se deles, ainda cauteloso, mas exagerando no gingado mesmo assim. Uma brisa soprou, e todo o capim curvou-se em sua direção, como que em reverência.

Daniel sabia que os garotos podiam tentar uma retaliação, mas se sentia bem consigo mesmo ao ir andando para o sítio. Andava com passos leves. Eles pensariam duas vezes antes de falar mal dela novamente. Ela era sua mãe agora; ele a defenderia.

Quando Daniel chegou ao sítio, estava tudo calmo. As galinhas andavam por ali, ciscando, mas quietas, e as cabritas mamavam das tetas que lhes seriam negadas ao anoitecer. Entre o capim, as margaridas preparavam-se para enfrentar o vento.

Minnie estava descongelando a geladeira. Daniel subiu para fazer xixi assim que chegou. Lavou as mãos e olhou-se no espelho. Levantou a camiseta para ver as costelas. Não tinha um arranhão sequer, ela não imaginaria que ele a defendera, lutara por ela e vencera.

Ele não conseguiu deixar de entrar na cozinha de ombros eretos.

Ela estava de galochas, martelando uma espátula de madeira no gelo compacto do congelador.

— Mãe de Deus, já é tarde assim? — disse ela, quando ele entrou. — Claro que é e eu achava que tinham se passado apenas duas horas. Você deve estar com fome e nem aprontei seus sanduíches.

Daniel enxugou o nariz e a testa na manga e esperou que ela colocasse banana fatiada no pão fresco e lhe servisse um copo de laranjada. Bebeu o suco e comeu meio sanduíche antes de falar com ela.

— Por que está fazendo isso? — perguntou ele, apontando para o congelador aberto e gotejante.

— É como tudo na vida, Danny. De vez em quando, é preciso pegar o martelo e começar tudo de novo.

Daniel não entendeu bem o significado daquilo e começou a comer a outra metade do sanduíche. As janelas estavam abertas e o cheiro de esterco da fazenda vizinha entrou. Minnie tragou seu chá num só gole e depois pegou o martelo e a espátula. Ela entalhava o gelo com golpes altos e fortes.

— Tirei um A no teste de história hoje! — gritou ele. Ela parou o ataque ao congelador por tempo suficiente para lhe dar uma piscada.

— Esperto você. Eu lhe disse. Você é inteligente demais. É só se esforçar um pouquinho e na semana que vem vai passar de todo mundo... eu falei.

Blitz escapuliu para outro cômodo, fugindo do barulho. O gelo deslizou pelo piso da cozinha, silencioso e aguado como o arrependimento.

Daniel acabou de comer e acomodou-se na cadeira, lambendo os dedos. Ele percebeu Minnie olhando para ele, com o martelo na mão. Ela enxugou a testa com o braço nu e descansou as ferramentas no congelador. Sentou-se ao lado de Daniel e pousou a mão pesada na coxa dele.

— O que foi? — perguntou Daniel, enxugando o nariz na manga.

— Falei com Tricia.

Salpicada de contas de luz, aromas de torrada e calor, a cozinha ficou subitamente tesa como as cordas de um violino. No hall, o cachorro repousava o focinho sobre as patas. Daniel aguardava com a coluna ereta. Minnie estava com a mão pesada em sua perna e começou a esfregar seu joelho. Ele sentiu a fricção, o calor passando pelas calças do uniforme.

— Não sei como vou te contar isso, Danny. Deus sabe que eu quero lhe poupar de mais tristezas, mas você me pediu para descobrir.

— O que foi? Ela está no hospital de novo?

— Nunca há o momento certo, então vou simplesmente lhe contar. Eu soube hoje.

Minnie mordeu o lábio.

— Ela está, não é? Está doente de novo.

— Dessa vez foi pior, filhote. — Ela olhou para ele sem piscar, como se ele fosse saber sem que ela precisasse dizer.

— O quê?

— Querido, sua mãe morreu.

O mundo ficou ao mesmo tempo muito quieto e muito ruidoso. Tudo pareceu parar e Daniel sentiu a pausa, o silêncio. Seus ouvidos zumbiram. Foi como mais cedo, antes da briga. Foi como se ele tivesse perdido o equilíbrio por um ou dois minutos. O ruído em seus ouvidos o fez desconfiar do que ouvira, e, ainda assim, o pavor que sentia na garganta — ácido, negro — significava que ele não poderia aguentar ouvir isso sendo repetido.

Daniel levantou-se e sentiu imediatamente as mãos quentes de Minnie sobre seus ombros.

— Tudo bem, querido — disse ela. — Não fuja disso. Estarei sempre aqui para você.

Nos anos posteriores, quando Daniel recordava, essas palavras sempre o faziam correr mais rápido.

Foi um choque, mas uma estranha alegria. Ele sentiu o golpe que isso provocou, como que o sacudindo ou como seu fosse um soco, mas depois veio a empolgação lancinante e estranha. Seu coração batia forte, a língua grudou no céu da boca, os olhos ficaram esbugalhados e secos.

Morreu?

Ele ficou sem fôlego como se a garganta estivesse cortada.

Morreu.

Olhando para baixo, ele viu a mão de Minnie em seu braço; seus dedos quentes tão mais seguros que as mãos de sua mãe. Eram fortes, como uma corda em que ele podia confiar para se jogar de uma pedra, sabendo que ela o seguraria — equilibrada no espaço e no tempo — e receberia seu peso quando a gravidade o puxasse para baixo.

Morreu.

Danny encolheu-se junto a Minnie. Ela não pediu isso dele. Não o puxou para si, mas mesmo assim ele se encolheu junto a ela, como uma folha se encolhe no outono porque sua energia se esvaiu.

— Pronto — disse ela. — Pronto, pronto, meu querido, meu filho precioso. Você pode não sentir, mas está livre, agora está livre.

Ele não se sentia livre, mas sentiu-se solto, e o medo que isso lhe trouxe o fez agarrar-se novamente em Minnie, pela primeira vez, realmente entregando-se a ela: pedindo-lhe que o amasse.

Mais tarde, ela fez um chá para ele, que tinha muitas perguntas.

— Como ela morreu?

— Foi outra overdose, querido. Uma das grandes.

Ele segurou a caneca de chá com as duas mãos e deu um gole.

— Posso ir vê-la? Ela vai ser enterrada em algum lugar?

— Não, querido, foi uma cremação. Mas você ainda tem o colar e pode pensar nela sempre que quiser.

— Eu devia estar com ela. Podia ter chamado a ambulância. Sempre consigo fazer a ambulância chegar a tempo.

— Não foi culpa sua, Danny.

— Foi porque ela estava sozinha.

— Não foi culpa sua.

Ele pensou em ir embora de Brampton, pegar uma carona até Newcastle como antes havia feito, mas agora que ela se fora, não fazia sentido. Minnie era sua mãe agora, e ele tentaria dar seu melhor.

23

Agora a promotoria estava claramente retratando Sebastian como uma criança má. A lista de testemunhas do dia incluía vizinhos dos Croll, crianças da escola e a professora dele. Sem a presença dos jurados, Irene fez objeção ao encaminhamento das perguntas como tentativa de evocar provas irrelevantes de mau-comportamento, mas o juiz permitiu certa liberdade de ação, especialmente no que se referia à reputação de Sebastian como intimidador violento, vendo isso relacionado ao crime.

Hoje Sebastian estava alerta e concentrado no julgamento. Nada de rabiscar nem de ficar balançando as pernas. Seu pai não estava no tribunal. Daniel falou com Charlotte e foi informado de que Kenneth recebera um chamado do exterior e retornaria em poucos dias. Charlotte parecia totalmente exaurida: só tendões, olhos encovados e dedos trêmulos. Ela disse a Daniel que ficava apavorada de sair para fumar um cigarro e correr o risco de ser cercada pelos jornalistas. Não aguentava as mentiras que estavam sendo escritas sobre seu filho. Daniel apertou seu cotovelo, dizendo-lhe que se acalmasse. *Vai ficar pior antes que chegue nossa vez*, disse-lhe. É melhor se preparar.

— A coroa chama a Sra. Gillian Hodge.

Daniel observou-a indo para o banco das testemunhas. Na galeria, os jornalistas escreviam furiosamente enquanto ela levantava a mão direita e jurava dizer a verdade. Ela era vizinha de ambos, os Croll e os Stokes e mãe de duas meninas. Daniel falara com Irene sobre ela na festa das câmaras. Sua voz era clara e forte, os gestos seguros e compostos. Ela era ao mesmo tempo profissional e maternal, tinha olhos brilhantes e honestos e dentes proeminentes. Daniel cruzou as mãos e aguardou, quase temendo seu depoimento. Sentindo a mãozinha de Sebastian na coxa, ele se curvou para aproximar o ouvido da boca do menino.

— Ela me odeia. — Foi tudo que ele disse.

— Relaxe — disse Daniel, quase que para si mesmo.

Gordon Jones fez a toga zunir para o lado e assumiu sua posição junto ao atril.

— Sra. Hodge, poderia nos contar como conhece os Croll e o filho deles, Sebastian?

— Sou vizinha deles, assim como de Madeline e Paul Stokes. Minha casa fica entre as duas.

Daniel a escutava atentamente. Sua voz de escola particular londrina era assertiva e ela quase não precisava do microfone.

— E os filhos deles — induziu Jones —, a senhora diria que os conhece bem?

— Minhas filhas costumavam brincar com os dois, Ben e Sebastian, portanto, conheço bem os pais e seus filhos.

Quando ela disse *e seus filhos*, Madeline virou-se nitidamente para Sebastian. Daniel endireitou a coluna, sentindo seu olhar severo.

— A senhora tem duas filhas, não é mesmo?

— Sim.

— E qual é a idade delas?

— Uma tem 8 anos e a outra 12.

— Sua filha mais nova é da mesma idade de Ben Stokes?

— Sim, eles estavam na mesma turma na escola. — Os grandes olhos brilhantes de Gillian procuraram Madeline Stokes, que deixou a cabeça pender. Gillian pigarreou.

— E sua filha mais velha... quase da mesma idade de Sebastian?

— Sim, ela é mais velha, mas não brinca muito com os meninos. A mais nova é a moleca. Ela gostava de brincar com Ben...

— A senhora enfrentou algum problema quando sua filha brincava com qualquer um dos meninos que eram seus vizinhos?

— Bem, como eu disse, Poppy, a mais nova, realmente se dava bem com o pequeno Ben, mas muitas vezes Sebastian tentava entrar na brincadeira ou então queria brincar com Poppy, mesmo quando Ben não estava.

— Isso era problemático de algum modo?

Irene levantou-se, e Daniel reteve a respiração.

— Com a permissão do Meritíssimo juiz, devo fazer objeção a essa condução das perguntas. Não passam de boatos.

— Sim, mas vou permitir. — A voz de Philip Baron era grave e inquestionável, apesar de sentar-se curvado, perdido dentro da toga, e de ser corpulento. — Isso é admissível no interesse da justiça.

Irene se sentou. Virou-se e olhou para Daniel, que assentiu em solidariedade a sua frustração.

— Sebastian podia ser muito violento, muito intimidador...

— De que modo?

— Uma vez, quando Poppy não queria fazer uma brincadeira que ele queria, ele a ameaçou com um caco de vidro. Ficou segurando o cabelo dela, impedindo-a de se mover e ficou com o caco de vidro bem na garganta dela... eu vi da...

Irene se pôs de pé novamente.

— Meritíssimo, protesto contra esse direcionamento prejudicial perante o júri. Meu cliente não tem oportunidade de se defender.

— Bem — disse o juiz Baron, com os dedos subindo como um Cristo enaltecido —, vejo que ele tem mais que uma defesa adequada em sua pessoa, Dra. Clarke.

Irene abriu a boca para falar, mas, relutante, sentou-se. Daniel escreveu uma nota e passou-a para o assistente dela, Mark. Dizia: *Pergunte a ela sobre violência doméstica na casa dos Croll.*

Irene virou-se ao ler a nota. Seus olhos se encontraram enquanto ela considerava. A violência dava contexto ao comportamento de Sebastian com as crianças dos vizinhos, mas Daniel entendia que também era arriscado. Podia indicar que Sebastian tinha aprendido a ser violento; que era levado a agir desse modo por causa das cenas que testemunhava em casa.

— ... Poppy tinha muito medo dele. Ela já tinha me dito que não gostava de Sebastian, mas eu a incentivara a tentar se dar bem com ele. Depois de ver minha filha sendo ameaçada daquele jeito, eu a proibi de brincar com ele.

— A senhora falou com os pais de Sebastian sobre esse incidente?

— Falei com a mãe dele, sim. — Gillian se enrijeceu, como se a lembrança lhe fosse revoltante. — Ela não demonstrou o mínimo interesse. Parecia totalmente indiferente. Eu só garanti que Poppy não brincasse mais com ele.

— Obrigada, Sra. Hodge. — Gordon Jones arrumou suas anotações e sentou-se.

— Sra. Hodge. — Irene estava serena.

Daniel inclinou-se sobre a mesa, com a mão sob o queixo. Um segundo depois, Sebastian fez o mesmo, espelhando a posição de Daniel.

— Há quanto tempo mora ao lado dos Croll e dos Stokes?

— Há... não lembro, uns três ou quatro anos.

— Foi quando se mudou para Richmond Crescent?

— Sim.

— As crianças brincavam juntas. A senhora tinha alguma interação social com qualquer um dos outros pais?

— Sim, é claro, houve um e outro encontro para tomarmos um vinho ou um café, mais com Madeline, eu diria, mas também visitei... Charlotte uma ou duas vezes.

— A senhora contou a Charlotte Croll sobre o comportamento de Sebastian em relação a sua filha e disse que ela não demonstrou interesse. Uma vizinha com quem havia socializado. Espera que acreditemos nisso?

Gillian pareceu corar um pouco. Seus olhos grandes passaram pela sala e depois olharam para cima.

— Ela foi... compreensiva... mas nada mudou. Ela não parecia ter nenhum controle...

— Sra. Hodge, esse incidente a que se refere, em que Sebastian supostamente ameaçou sua filha com um caco de vidro, a senhora comentou isso com mais alguém, além da mãe do menino?

Os olhos da Sra. Hodge se arregalaram. Ela olhou para Irene e balançou a cabeça.

— A senhora está balançando a cabeça. Não relatou o incidente à polícia nem sequer à escola... a uma assistente social?

A Sra. Hodge pigarreou.

— Não.

— Por que não?

— Eu vi isso acontecer e o repreendi, severamente, e depois proibi Poppy de brincar com ele. Acabou por aí. Não houve nenhum dano.

— Entendo, *não houve nenhum dano*. Quando repreendeu Sebastian, *severamente*, como diz, qual foi a reação dele?

— Ele... se desculpou. Ele é... muito educado. — Gillian pigarreou. — Ele se desculpou com Poppy quando eu lhe pedi.

Ao seu lado, Sebastian sorriu para Daniel, como que satisfeito com o elogio.

— Sra. Hodge, nós a ouvimos dizer que Sebastian pode ser um pouco agressivo. Mas a senhora *alguma vez* teve motivo para dar queixa de seu comportamento às autoridades nos quase quatro anos em que mora na casa ao lado?

Gillian Hodge enrubesceu.

— Não, às autoridades não.

— E como boa mãe, se *alguma vez* tivesse sentido que Sebastian fosse uma verdadeira ameaça para sua filha ou para os filhos de seus vizinhos, teria feito isso imediatamente?

— Bem, sim...

— A senhora é mãe de duas filhas, com as idades do falecido e do réu, não é mesmo?

— Sim.

— Diga-me, alguma das suas filhas já agiram de modo agressivo?

A Sra. Hodge enrubesceu novamente.

Jones levantou-se com a mão apontada para o alto, exasperado.

— Meritíssimo, ponho em dúvida a relevância dessa linha de interrogatório.

— Sim, mas vou permitir — disse Baron. — Já determinei que é admissível.

— Sra. Hodge — repetiu Irene —, alguma das suas filhas já agiu de modo agressivo?

— Bem, sim. Qualquer criança pode ser agressiva.

— Pode mesmo — retrucou Irene. — Não tenho mais perguntas.

— Muito bem, em vista da hora, creio que esse é um momento conveniente... — Baron virou-se para encarar o júri. — Aproveitem seu almoço, mas devo lembrá-los mais uma vez que não discutam o caso a menos que estejam todos reunidos.

Houve um silêncio, uma onda sem água, uma precipitação de tecidos e ar na sala abafada quando todo o tribunal levantou-se com o juiz e depois sentou-se novamente em sua ausência. Um oficial de justiça pediu que as galerias fossem esvaziadas e Daniel olhou para cima, vendo os rostos relutantes darem as costas para o espetáculo.

Daniel ficou de pé atrás da cadeira de Sebastian e apertou de leve seus ombros.

— Tudo bem, Sebastian? — perguntou, com uma sobrancelha levantada.

Sebastian começou a pular enquanto anuía para Daniel; em seguida, estava tocando os pés e se virou. As pontas rígidas de seu terno grande demais subiam até suas orelhas e desciam de novo enquanto ele pulava.

— Está dançando, Seb? — perguntou o policial. — É hora de voltar lá para baixo.

— Só um minuto, Charlie — disse Sebastian. — Fiquei muito tempo sentado.

— Você pode ir dançando até lá embaixo, Fred Astaire, OK?

— Até logo, Danny — disse Sebastian, virando-se, a mão do policial em seu ombro. — Até depois do almoço.

— Até mais — disse Daniel, balançando a cabeça enquanto observava seu jovem cliente ir embora. Um lado dele tinha vontade de rir do menino e de seu comportamento infantil, mas outro estava profundamente entristecido.

Irene estendeu a mão e apertou o cotovelo de Daniel.

— Eu simplesmente senti que não era certo, Danny. — Daniel sorriu, encarando-a e pensando no quanto seus olhos eram bonitos. — É uma faca de dois gumes.

— Ei, eu sei que é arriscado — disse ele. — E francamente, talvez seja a última coisa que Sebastian e sua família desejem que seja revelado em pleno tribunal.

Ela sorriu para ele.

— Confio em seu discernimento — disse ele, enquanto saíam da sala.

Daniel foi até a cela para falar com Sebastian. Charlotte também estava lá. Quando o guarda abriu a porta para Daniel, Sebastian estava dando um chute na coxa da mãe. Ela não emitiu nenhum som, mas se afastou com a mão espalmada na perna.

— Calma, Seb — disse Daniel.

Curvado, Sebastian encostava-se na parede, fazendo beiço. Charlotte parecia agitada depois do depoimento.

— Por que eles tinham de chamá-la? Ela está sempre metendo o nariz onde não é chamada — disse Charlotte.

— Ela me odeia — disse Sebastian novamente.

— Gillian *odeia todos nós* — disse Charlotte.

— Posso falar com você lá fora, Charlotte? — pediu Daniel.

Ela assentiu e virou-se para pegar a bolsa. Dava para ver suas escápulas através do casaco.

Quando a porta se fechou, Charlotte queria fumar. Daniel pediu a permissão do oficial de segurança para que ela saísse diretamente das celas, sem subir, e ficou surpreso que ele permitisse, mas teve a impressão de que Charlotte já tinha feito o mesmo pedido antes. A porta dos fundos das celas era isolada e livre de repórteres.

Suas mãos tremiam ao tentar acender o cigarro. Soprava uma brisa, então Daniel protegeu o cigarro com as mãos. Quando aceso, ela deu uma longa tragada antes de virar-se para ele com o cenho marcado por linhas profundas.

— Eu sei que é difícil para você, Charlotte, mas pense em como está sendo para Sebastian. Nesse momento, cada pessoa que presta depoimento o está recriminando.

— Ele é meu filho. Elas estão me recriminando também.

— Você precisa ser forte. Isso é só o começo. Só vai piorar.

— Não deviam permitir que dissessem essas coisas. Que eu não consigo controlá-lo, que não me importei quando ele ameaçou outras crianças. Eu não estava lá quando ele tentou cortar a menina com um caco de vidro.

A voz dela estava estridente, a fisionomia se desmoronando. De repente, ela pareceu muito velha.

— Tente se lembrar de que quando eles se rebaixam a coisas desse tipo, mau-caratismo, boatos, é porque precisam. As provas que eles têm são, principalmente, circunstanciais. Com o registro escolar mostrando um histórico de agressividade, era de se esperar que isso aparecesse, mas tente se lembrar de que isso não prova...

— A culpa é minha... é isso que estão tentando dizer. Esse julgamento é para ser o *meu*. Se ele for considerado culpado, vão dizer que é tudo culpa minha.

Daniel estendeu a mão e apertou o ombro de Charlotte.

— Ninguém está dizendo isso...

Ela se virou e quando ficou novamente de frente para ele para dar outra tragada, Daniel viu que ela estava chorando. As lágrimas eram pretas e lavaram frágeis veias brancas através da base.

— Você é mãe dele — disse Daniel. — Ele tem 11 anos e está sendo julgado por homicídio. Isso vai afetá-lo pelo resto da vida. Ele precisa que você seja forte.

Os furgões da prisão estavam num ajuntamento escuro e proibitivo no pátio. Isso lembrou Daniel do sítio à noite: os galpões onde os animais ficavam. A porta da saída de emergência por onde eles tinham passado bateu com o vento.

— Forte como você, é isso o que quer dizer? — disse ela, com o nó do dedo abaixo das pálpebras, cuidando para não borrar. Ela colocou a palma de sua mão no peito de Daniel. Por baixo da camisa, ele sentiu a pele formigar com o toque. — *Sentir* o quanto você é forte.

— Charlotte — sussurrou ele, dando um passo para trás e sentindo o edifício atrás de si. Sentiu o cheiro estonteante do perfume dela e depois seu hálito de tabaco. Seus lábios estavam a milímetros dos dele. Uma coluna de cinza tremeu e caiu na lapela do casaco dela. Daniel ficou bem ereto, deixando a cabeça tocar na parede.

Ela deixou a mão cair lentamente, e ele sentiu as unhas compridas de Charlotte sobre seu ventre. Enrijeceu a musculatura do abdome, que sob a camisa se recolheu, afastando-se dela.

Havia algo quase abominável nela, a maquiagem dos olhos borrada, a base grossa cobrindo os poros, mas ele sentiu uma onda de empatia.

— Basta — sussurrou ele. — Seu filho precisa de você.

Charlotte recuou, recompondo-se. Ela parecia quase inconsolável, mas Daniel sabia que não era apenas essa rejeição que a esmagava. Os olhos dela eram borrões, os dedos amarelados tremiam levando o toco do cigarro à boca.

— Desculpe — balbuciou ela.

Ela deixou o cigarro cair no chão, e Daniel segurou a porta.

— *A Coroa chama Geoffrey Rankine.*

Daniel observou o homem levantar-se e ir até o banco das testemunhas. Ele parecia alto demais para a sala de audiência, as calças contornando a parte superior de seus sapatos. Seu cabelo era bem-aparado e rareava na frente, e as sobrancelhas ficavam perpetuamente levantadas. Ao jurar dizer a verdade diante de Deus, ele tinha um leve sorriso nos lábios.

— Sr. Rankine, está correto seu relato à polícia de que testemunhou dois meninos brigando no Barnard Park na tarde de oito de agosto?

— Está. Tenho acompanhado os noticiários desde então e pensado que deveria ter feito alguma coisa... — A voz de Rankine era fleumática.

— O senhor menciona ter avistado duas vezes os meninos brigando em seu depoimento de oito de agosto. Quando cada uma delas ocorreu?

— A primeira vez que os vi foi mais ou menos às duas da tarde. Sempre levo o cachorro para passear por volta desse horário, uma rápida caminhada apenas, para que ele faça suas necessidades.

— Pode descrever os dois meninos que viu brigando?

— Bem, foi como eu disse à polícia: os dois tinham cabelos castanhos e curtos e não eram muito diferentes em altura, mas um era ligeiramente menor. Um deles usava uma blusa branca de mangas compridas e o outro uma camiseta vermelha.

— Meritíssimo... eu gostaria de indicar a Vossa Excelência e aos jurados a folha cinquenta e sete dos seus autos e a foto e descrição da roupa de Ben Stokes no dia de sua morte, especialmente a camiseta vermelha — disse Gordon Jones, deixando que os óculos balançassem na ponta do nariz ao verificar os próprios autos. — E na folha cinquenta e oito, as roupas recolhidas pela perícia e usadas pelo réu na data do crime... conhecia algum dos meninos, Sr. Rankine?

— Não de nome, mas já tinha visto os dois. Eram fisionomias familiares. Não moramos longe e eu sempre saio com o cachorro.

— Conte-nos sobre a primeira vez que viu os meninos naquele dia.

— Eu passeava com o cachorro, não no parque, mas pela calçada da Barnsbury Road. É um cachorro grande, entende? Gosta de ficar farejando. Eu gosto de caminhar e fico frustrado com ele. Esse dia foi como todos os outros, ele conseguia estar mais devagar do que o normal. Fazia sol. O parque estava movimentado, eu diria, e eu conhecia alguns dos outros donos de cães que costumo ver, mas então percebi dois meninos brigando no alto da colina.

— A que distância estava dos meninos?

— Talvez uns seiscentos, novecentos metros, não mais que isso.

— O que viu?

— Bem, a princípio não fiquei preocupado. Eram apenas dois meninos tendo uma briga, mas então um deles começou a levar vantagem. Lembro que ele segurou o menino menor pelos cabelos e o forçou a ficar de joelhos. Ele o golpeava nos rins e no estômago. Tenho dois filhos e meninos são meninos, normalmente eu não interferiria, mas aquilo me pareceu excessivo, meio perigoso ou... violento.

— Qual dos meninos que o senhor descreveu parecia estar "levando vantagem"?

— O que era um pouco maior, o de branco.

— O senhor falou com eles, o que foi que disse?

— Bem, parecia que eles estavam pegando pesado um com o outro, sabe? Eu falei para eles pararem.

— E o que aconteceu?

— Bem, eles pararam e um dos meninos se virou para mim e sorriu, dizendo que só estavam brincando.

— Qual deles fez isso?

— O réu. Eu não estava muito certo, mas meninos são meninos, como eu disse... então fui embora. — As faces de Rankine ficaram subitamente cinza. Ele pendeu a cabeça. — Não paro de reviver a cena. Eu não devia ter ido embora. Devia ter feito alguma coisa... se eu imaginasse o que iria acontecer.

De repente, Rankine endireitou-se e olhou para o centro do tribunal, na direção dos Stokes.

— Sinto muito — disse ele.

Gordon Jones assentiu compreensivamente e depois continuou.

— O senhor disse que eles estavam *pegando pesado um com o outro*, não foi? Considerou que era uma brincadeira bruta que estava saindo de controle ou diria que um dos meninos era o agressor?

— Talvez, sim, acho que sim. Já faz algum tempo, mas acho que o menino de blusa branca... foi sobre ele que a polícia me interrogou, depois de encontrarem... o corpo. — O Sr. Rankine sacudiu a cabeça e pôs a mão sobre os olhos.

— O que os meninos fizeram depois que o senhor falou com eles?

— Bem, eles seguiram o caminho deles e eu segui o meu.

— Em que direção eles foram?

— Para o parque, em direção ao parquinho... aquele lugar onde ficam as crianças menores.

— O senhor descreveu um dos meninos como estando "aflito", não foi?

— Bem, a polícia me perguntou sobre isso e acho que, sim, acho que era o caso.

— Qual dos meninos o senhor percebeu que estava aflito?

— Bem, acho que disse que era o de vermelho...

— E ainda se lembra de ser esse o caso?

— Acho que sim. Pelo que me lembro...

— Que feições ou aspectos do comportamento do menino o levou a pensar que ele estava aflito?

— Bem, acho que o menino de blusa vermelha podia estar chorando.

— Podia estar?

— Bem, eu estava mais distante a essa altura, a alguns metros. Parecia.

— Com isso o senhor quer dizer, berrando, rosto vermelho, lágrimas?

— Lágrimas talvez, sim, talvez lágrimas e o rosto vermelho. Acho que me lembro de vê-lo esfregando os olhos.

O Sr. Rankine olhou para o espaço, os próprios olhos aquosos tentando rever o que vira meses antes e havia ignorado.

— Em seu interrogatório, o réu confirmou que o viu logo depois das duas da tarde naquele dia e que o senhor mandou que ele e o falecido parassem de brigar. O senhor viu os meninos brigando em outro momento naquele dia?

— Sim, mais tarde, deviam ser três e meia, por aí, ou talvez umas quatro horas. Eu estava indo fazer compras. Olhei para o parque e vi os mesmos meninos no parquinho brigando de novo. Lembro-me disso porque pensei em cruzar a rua e mandar que parassem de novo... era o que eu devia ter feito...

— Descreva essa segunda vez que os viu.

— Quando estava indo para a loja, olhei em direção ao parque e os vi, a mesma blusa branca e a camiseta vermelha. Vi o menino de branco dando socos no de vermelho.

— Mas dessa vez não fez nada?

— Não — disse Rankine, encolhendo-se no banco das testemunhas. — Sinto muito, sinto muito. — Ele pôs a mão na boca e apertou os olhos.

— O que o levou a relatar o que viu à polícia, na delegacia móvel estacionada na Barnsbury Road na manhã após o sumiço de Ben?

— Ora, no dia seguinte eu vi a foto de Ben. Tinha passado a noite desaparecido. Na hora em que vi a foto, tive certeza de que era o menino que vi apanhando, o que estava de camiseta vermelha.

* * *

Sebastian tinha acompanhado o depoimento atentamente, observando Rankine com um leve franzido entre as sobrancelhas. Às vezes, ele se encostava em Daniel, espiando acima do braço as anotações que ele fazia.

Rankine se mexia, inquieto, quando Irene se levantou e colocou suas anotações no atril. Os jornalistas esticaram o pescoço na galeria.

— Escutando seu depoimento, Sr. Rankine, e comparando-o com sua declaração à polícia, parece que o senhor não está absolutamente certo do que viu na tarde de oito de agosto. Indico-lhe a folha vinte e três da sua síntese do processo. É sua declaração feita à polícia sob juramento. Por favor, leia a partir do segundo parágrafo.

Rankine pigarreou e então começou:

— *Vi dois meninos, que reconheci como moradores do bairro, brigando no alto da colina no Barnard Park. Os dois eram brancos. Um deles era menor, possivelmente mais novo e usava uma camiseta vermelha e jeans. Ele estava sendo violentamente atacado por um menino maior, que usava uma blusa branca ou azul-clara.*

— Obrigada, Sr. Rankine. A briga entre os dois meninos que o senhor descreveu como "ataque violento" a um deles e depois como "pegando pesado um com o outro" e o senhor mesmo observou que "meninos são meninos". O que foi, Sr. Rankine? O senhor testemunhou um ataque violento ou apenas uma brincadeira meio bruta entre dois meninos em idade escolar?

— Foi bem violento. Sem dúvida, um dos meninos estava levando vantagem.

— Bem violento? Havia sangue? Algum dos meninos parecia estar machucado em consequência dos golpes?

— Bem, como eu disse, houve alguns socos fortes. O menino menor realmente parecia aflito...

— Quais foram as palavras exatas que o senhor usou para interromper a briga?

— Acho que disse: "Meninos, parem com isso... já basta."

— Entendo. O senhor entrou no parque e tentou separá-los?

— Não, como eu disse, eles pararam assim que eu pedi.

— Entendo, e nessa hora nenhum dos meninos estava obviamente machucado.

— Bem, não.

— E então o senhor seguiu seu caminho e eles desceram a colina correndo em direção ao parquinho?

— Sim.

— O senhor não avisou nenhuma autoridade sobre o ataque nesse momento?

— Não.

— O que fez, de fato?

— Fui para casa.

— Sei, e o que fez lá?

— Eu... assisti um pouco de TV.

— Então é justo dizer que após testemunhar esse inicialmente "ataque violento", o senhor ficou indiferente à segurança dos meninos?

— Bem, sim, mas depois, quando vi que o menino estava desaparecido...

— Resumindo sua primeira visão dos meninos, levando em consideração sua declaração à polícia e seu depoimento aqui hoje, seria justo dizer que a briga que descreveu como *um tanto violenta*, foi, na verdade, uma briga meio bruta, normal, que não era digna de ser denunciada na hora e nem o distraiu de suas outras atividades no restante do dia, como sua TV vespertina. Isso está correto?

— Bem, eu... acho que sim.

— Como meu ilustre colega lembrou ao tribunal, meu cliente declarou em interrogatório que estava brincando de luta com a vítima na tarde de sua morte e que se lembrava de um adulto mandando eles pararem. Vamos passar agora para sua suposta visão dos meninos mais tarde. O senhor testemunhou que essa segunda vez em que os viu foi em torno das três e meia ou quatro horas. Pode ser mais exato?

— Não, mas foi em torno dessa hora.

— Indico, na folha trinta e seis dos autos do júri, um mapa do Barnard Park e da Barnsbury Road.

A posição exata do Sr. Rankine estava marcada no outro lado da Barnsbury Road na hora em que viu os meninos. A testemunha concordou que devia estar a cerca de cinquenta metros dos meninos nesse momento. Os laudos do oftalmologista do Sr. Rankine foram apresentados, mostrando que ele é míope e tem uma prescrição de -2.50. Então, em seu depoimento, Rankine afirmou que usava óculos apenas para ver televisão e para dirigir. Depois que isso ficou esclarecido, Irene lançou-se ao ataque.

— O menino que o senhor viu de blusa branca *ou azul-clara* podia ter sido qualquer criança que estivesse na área. Não é mesmo?

— Eu o reconheço agora como sendo... o réu.

— Agora, entendo... *agora*. Antes, o senhor nos disse que os meninos que viu não eram visivelmente diferentes em altura, mas sua declaração original à polícia sugeria um menino grande e outro pequeno brigando. O que era de fato?

— Bem, um era um pouco maior. Não havia muita diferença, mas um era claramente maior, mais alto, como eu disse antes.

— Sei, e a roupa usada pelo menino maior era "branca ou azul", mas agora o senhor parece seguro de que era branca, certo?

— Agora eu me lembro de que era branca.

— *Agora* o senhor se lembra. Não será isso porque a polícia o interrogou especificamente sobre um "menino de blusa branca" que eles já haviam prendido?

— Creio que não. Não posso dizer com certeza.

— Realmente, eu acho que o senhor não tem muita certeza das coisas, ou tem, Sr. Rankine?

Daniel tentou não sorrir. Sentiu uma onda de orgulho dela.

— Bem, eu...

— Voltemos à sua declaração original à polícia. Indico-lhe a folha trinta e nove, segundo parágrafo dos seus autos. Por favor, leia sua declaração a partir de *um pouco mais tarde naquele dia...*

Rankine pigarreou e começou a ler:

— *... Um pouco mais tarde naquele dia, eu vi os meninos novamente, dessa vez brigando no parquinho. O menino menor, de vermelho, estava sendo atacado por uma pessoa maior...*

— Deixe-me interrompê-lo aí, Sr. Rankine. *Uma pessoa maior... uma pessoa maior.* Tem certeza de que era o réu?

— Sim, eu o tinha visto mais cedo naquela tarde.

— Sr. Rankine, lembro-o de que está sob juramento. O senhor realmente viu Sebastian mais cedo naquele dia, mas o viu brigando no parquinho horas depois? A Coroa e a defesa concordam que não há provas desta cena nas câmeras de vigilância. Sabemos que o senhor não estava usando seus óculos e que estava do outro lado da rua, olhando através dos arbustos e do gradil que cercam o parquinho. Sugiro que o senhor *supôs* que a pessoa que viu era meu cliente, a quem tinha visto mais cedo.

O Juiz Baron inclinou-se para a frente.

— Dra. Clarke, haverá uma pergunta para a testemunha em breve?

— Sim, Meritíssimo.

— Fico muito contente — retrucou o juiz, a boca virada para baixo.

— Sr. Rankine, não é verdade que o senhor não tinha como identificar meu cliente à distância, especialmente levando em consideração sua miopia?

— Eu achei que era o menino de antes.

— É mesmo? O que o senhor quis dizer quando descreveu a pessoa que viu aparentemente atacando o falecido como *uma pessoa maior*? Pode nos dizer se queria indicar uma pessoa mais alta e mais pesada que a vítima?

— Achei que fosse o menino de antes — gaguejou Rankine, parecendo confuso, puxando o lóbulo da orelha. — Era um bocado mais alto e mais corpulento que o menininho.

— Um bocado mais alto e mais corpulento? Apresento como prova a altura e o peso da vítima, Benjamim Stokes, como tendo um metro e vinte e três e pesando vinte e oito quilos. O réu tinha apenas um metro e vinte e sete e pesava trinta quilos quando detido em custódia. Na verdade, os meninos tinham altura e peso similares, e um não era "um bocado mais alto e mais corpulento". Sugiro, Sr. Rankine, que a pessoa que viu mais tarde naquele dia não foi Sebastian Croll, a quem o senhor repreendeu mais cedo, mas sim alguém inteiramente diferente. Isso seria possível?

— Bem, na hora eu tive certeza...

— Sr. Rankine, o senhor está sob juramento. Sabemos da prescrição para os seus óculos e sabemos da distância em que estava das duas pessoas que declara ter visto às três e meia ou quatro horas naquele dia. Não poderia ter visto outra pessoa, possivelmente até um adulto, com a vítima?

— Sim — disse Rankine enfim, parecendo afundar-se no assento. — É possível.

— Obrigada — disse Irene. Ela estava prestes a se sentar, mas a testemunha se levantou, balançando a cabeça.

— Eu gostaria de estar enganado — disse Rankine. — Se eu nunca o tivesse visto, nunca poderia ter impedido o que aconteceu. Gostaria de estar enganado.

— Obrigada, sem mais perguntas, Meritíssimo. — Irene puxou a toga para baixo de si ao sentar.

* * *

— Irene é uma ótima defensora — sussurrou Sebastian para Daniel, quando o júri foi dispensado e ele estava para ser levado de volta à cela. — Ele nunca me viu no parquinho. Viu outra pessoa.

Daniel teve um calafrio e pôs a mão no ombro de Sebastian quando o policial se aproximou. Teve certeza de que o menino compreendia inteiramente o que estava acontecendo.

Irene revirou os olhos para Daniel ao deixar a sala.

Daniel trabalhou até tarde no escritório e chegou em casa, em Bow, depois das oito da noite. Fechou a porta do apartamento e encostou a testa no batente. Sua casa cheirava a desabitada. Ele ligou o aquecimento e fez um chá, trocou o terno por jeans e camiseta e pôs um monte de roupa na máquina de lavar.

Ligou para Cunningham, advogado de Minnie, para verificar o progresso da negociação da casa, mas o celular dele estava na caixa postal. Foi então que bateram à porta. Daniel imaginou que fosse um vizinho, pois havia um sistema de interfone que dava acesso ao edifício. Ele abriu a porta e encontrou um homem baixo e corpulento com um iPhone, que segurava como se fosse um microfone.

— O que deseja? — perguntou Daniel, franzindo o cenho, dois dedos enganchados no bolso de trás das calças.

— Você é Daniel Hunter, advogado do Assassino do Anjo — disse o homem. — Será que poderia falar comigo? Sou do *Mail*.

Daniel sentiu a ira inundar seus músculos, quente e rápida. Riu numa única sílaba e deu um passo à frente.

— Como se atreve? Como me achou...?

— No registro eleitoral — disse o homem, indiferente. Daniel notou a camisa amassada e os dedos manchados de nicotina.

— Saia já da minha residência ou chamo a polícia.

— A escadaria é pública...

— É a minha escadaria, *cai fora* — disse Daniel tão alto que sua voz ecoou pelo corredor. Ouviu a cadência nortista dela. Seu sotaque sempre se acentuava quando ele estava com raiva.

— De qualquer modo, estamos fazendo uma reportagem a seu respeito. Talvez fosse melhor para você se dissesse alguma coisa — falou o homem, novamente sem expressão, desviando o olhar para mexer no telefone e, Daniel presumiu, gravar a conversa.

O ato pareceu liberar alguma coisa em Daniel. Fazia anos que ele não batia em ninguém nem tinha qualquer reação física desse tipo. Ele pegou o homem pelo colarinho e jogou-o contra a parede da escadaria. O telefone caiu no chão com um estalido.

— Vou precisar dizer de novo? — perguntou Daniel, o rosto curvando-se para aproximar-se do homem. Deu para sentir o cheiro de capa de chuva úmida e de chiclete de menta.

O homem desvencilhou-se dele, abaixou-se apressado para pegar o telefone e quase caiu nos degraus que davam para a porta de entrada. Daniel esperou no patamar até ouvir o estalo da porta fechando.

Do lado de dentro, ele andou de um lado para o outro pelo corredor, passando a mão pelos cabelos. Bateu na parede com a palma aberta.

Entrou na sala, xingando baixinho. Viu a foto de Minnie no console e imaginou o que ela lhe diria agora. *Afinal, por que um menino inteligente como você precisa usar os punhos?* Mesmo sem querer, ele sorriu.

Ele tentou imaginá-la vindo visitá-lo: subindo as escadas com esforço, perguntando por que ele não podia ter achado alguma coisa no térreo. Ela cozinharia para ele e eles tomariam um gim e ririam das brigas que haviam tido.

Mas ela estava morta e agora ele nunca saberia como seria ser um adulto com ela. Ela o pegara quando criança e ele a deixara quando criança, mais velho, mas ainda uma criança, com raiva e amargurado. Tinha perdido a chance de compartilhar um gim e ouvir sua história — ouvir como igual, não como alguém que ela havia salvado. Era disso, mais que de qualquer outra coisa, que ele se arrependia agora, a sensação de que ele perdera a chance de conhecê-la direito.

Daniel levantou-se e foi à cozinha à procura do gim. Guardava suas bebidas numa caixa dentro do armário. Havia todo tipo, sobras de festas: Madeira, Bols, Malibu, e Daniel raramente as provava. Ele baixou a caixa e encontrou uma garrafa pela metade de Bombay Sapphire. Era melhor do que o que ela se permitia, mas mesmo assim Daniel tomou o cuidado de prepará-lo como ela teria gostado: um copo alto, gelo primeiro, o limão (quando tinha) espremido em cima. Ele tinha certeza de que ela colocava o gelo antes para se enganar de que a dose não era tão grande quanto parecia. A tônica chiou sobre o gelo, o gim e o limão, e Daniel mexeu-o com o cabo de um garfo.

Deu um gole na cozinha, recordando sua mão rosada agarrando o copo e os olhos cintilando.

Estava passando futebol, mas ele tirou o som da TV e pegou a caderneta de endereços, virando as páginas até o número de Jane Flynn e o endereço em Hounslow. Olhou para o relógio. Passava um pouco das nove horas, não era muito tarde para ligar.

Daniel discou o número que Minnie escrevera caprichadamente com caneta esferográfica azul. Ele não se lembrava de Minnie tendo contato com Jane, mas talvez esse número tivesse sido anotado quando Norman ainda era vivo.

Bebericando, Daniel ouvia o telefone chamar. O cheiro da bebida o fazia lembrar Minnie.

— Alô? — A voz soou com eco, solitária, como se falada num hall escuro.

— Oi, eu gostaria de falar com... Jane Flynn.

— É ela. Quem fala?

— Meu nome é Daniel Hunter. Eu era... Minnie Flynn era minha... Se não me engano, ela era mulher do seu irmão.

— Você conhece Minnie?

— Sim, pode falar agora?

— Sim, mas... o que deseja? Como ela está? Sempre penso nela.

— Bem, ela... morreu este ano.

— Oh, sinto muito. Que terrível. Como disse mesmo que a conhecia...?

— Eu sou... filho dela. Ela me adotou. — As palavras lhe tiraram o fôlego e ele se recostou no sofá, sem ar.

— Que terrível — repetiu ela. — Nossa... muitíssimo obrigada por me informar. Como é mesmo seu nome?

— Danny...

— Danny — repetiu Jane. Daniel pôde ouvir crianças gargalhando ao fundo, sobrepondo o som da televisão e cogitou se não seriam os netos dela.

— Você a conhecia bem? — perguntou ele.

— Bem, nós saíamos todos juntos em Londres quando éramos jovens. Ela e Norman se conheceram aqui. Saíamos para dançar, comer peixe com fritas. Depois que ela e Norman se mudaram de volta para Cumbria, não nos víamos muito.

— Você e Norman eram de lá?

— Sim, mas eu raramente ia. Norman sentia saudade, sentia falta daquela vida, mas eu sempre gostei de cidade. Quando foi o funeral?

— Alguns meses atrás. Eu me atrasei com as ligações... — Daniel deu uma leve colorida na situação: assumindo o aspecto do filho zeloso. — Ela me deixou a caderneta de endereços e eu vi seu número. Achei melhor ligar, caso você continuasse com o mesmo... caso quisesse saber.

— Obrigada, fico feliz por ter ligado. Uma notícia triste, mas... que Deus a abençoe, pois ela não teve uma vida fácil, não é?

— Você sabe o que aconteceu com eles, Delia e Norman? — Daniel pôde sentir as faces ardendo.

— Levei anos para superar. Por um lado, sempre fiquei com raiva de Minnie... Isso deve soar horrível para você, desculpe, mas é claro que agora me dou conta de que eu estava enganada. É só que a gente se sente assim quando uma coisa dessas acontece. A gente quer culpar alguém, e não dá para culpar nosso irmão. Acho que foi por isso que perdemos o contato. Sei que deve pensar que sou horrível...

— Entendo — disse Daniel, baixinho. — O que aconteceu ao Norman?

— Bem, quando Delia morreu, Norman pegou uma espingarda, foi para o jardim e... a pôs dentro da boca. Minnie não estava em casa. Os vizinhos o encontraram. Saiu tudo nos jornais. Entendo que ele tenha ficado... ele adorava aquela menina, mas não tinha sido culpa dele... o casamento deles havia acabado, entende? Acho que eles passaram por um período realmente negro. Ele culpava Minnie, sabe?

— Acho que Minnie se culpava.

— Afinal, era ela quem estava dirigindo... ele conseguiu chegar ao hospital para vê-la uma última vez: ele estava com a pequena quando ela morreu, mas... nunca se recuperou. Foram só alguns meses depois que ela morreu que ele se matou.

"Espero que você nunca tenha que passar por uma coisa dessas, Danny. Eu fui à Cumbria para o enterro da minha sobrinha e voltei três meses depois para o do meu irmão. Não é de se admirar que eu nem pense em voltar lá agora."

— Como estava a Minnie no enterro de Delia?

— Estava bem. Ela nos levou todos de volta para a casa deles, onde havia uma mesa posta nos esperando. Não derramou uma lágrima. Estávamos todos uns cacos, mas eles dois ficaram contidos. Mas eu me lembro de uma coisa...

— Do quê?

— Tinha acabado. O padre tinha feito seu sermão. Os coveiros estavam enchendo a cova, mas então Minnie saiu do lado de Norman, voltou correndo e jogou-se na terra ao lado da cova. Ela usava um vestido cinza-claro florido. Ajoelhou-se ao lado da cova de Delia e estendeu os braços na borda. Tivemos que puxá-la. Norman teve que puxá-la. Ela teria entrado na sepultura com a filha. Esse foi realmente o único sinal de que ela estava... Quando voltamos para a casa, Minnie tinha feito pães-de-ló. Pão-de-ló fresco, não industrializado, feito por ela. Devia ter feito na noite anterior. E me lembro de vê-la passá-lo com um sorriso e os olhos secos... mas com aqueles dois círculos marrons de terra no vestido.

Daniel não sabia o que dizer. Houve um silêncio enquanto ele imaginava a cena que Jane descrevera.

— Quando Norman morreu, ela não tentou se jogar no túmulo. Nem sequer tinha trocado de roupa, pelo que pude ver. Estava de roupão. Não estava nem usando meias. Nada de pães-de-ló no enterro de Norman. Minnie apenas esperou que acabasse e então foi embora. Na época, pensei mal dela, mas agora não a culpo. Ela chegara ao seu limite. Todos temos nossos limites, sabe? Ela ficou muito zangada com ele. Meu Deus, eu também fiquei, depois de me recuperar do choque.

Silêncio de novo.

— Sinto muito — disse Daniel.

— É, foi uma coisa terrível. Minnie e eu paramos de nos falar porque eu a culpava por ter provocado a morte de Norman, mas a verdade é... e vou lhe dizer, só recentemente consegui admitir isso para mim mesma... foi escolha dele, não dela, e foi uma escolha covarde. Afinal, todos morremos, nada é mais certo. Ele simplesmente não conseguiu aguentar. Eu conhecia Minnie, ela deve ter odiado aquela... covardia... especialmente porque ela foi corajosa e sua perda deve ter sido ainda mais difícil de suportar.

— Por que diz isso?

— Ora, porque ela estava dirigindo. Ela devia pensar: e se a pequena estivesse na frente com o cinto de segurança... e se ela tivesse derrapado numa direção um pouco diferente? É de enlouquecer. Ela conseguiu manter a cabeça no lugar. Imagino que sim, não é?

— Bem no lugar — disse Daniel, permitindo-se um leve sorriso. — Mais no lugar que a de muitos.

Ele expirou meio suspiro, meia risada.

— O que você faz agora, Danny? De onde está ligando?

— Sou advogado, estou em Londres também. No East End.

— Sinto muito pela sua perda, filhote.

— Obrigada por falar comigo. Eu só...

— Não, eu é que agradeço por me comunicar. Eu teria ido ao funeral se tivesse sabido. Ela era uma boa mulher. Tudo de bom...

Daniel desligou.

Uma boa mulher.

Ele terminou seu gini, pensando nas manchas de terra no vestido dela.

24

Minnie estava ajoelhada na terra, plantando flores no jardim da frente. Pressionava as mudas e depois apalpava a terra em volta. Sentou-se quando Carol-Ann e Daniel passaram por ela, as bolsas penduradas nos ombros, as camisas do uniforme saindo das calças.

— Tudo bem, Min? — disse Carol-Ann.

Minnie levantou-se e foi na direção deles, esfregando a terra das mãos na saia.

— Então, como foi?

— Bem — disse Daniel, jogando a bolsa na grama. — Mas vai ter mais cinco na semana que vem.

— Mas esses foram bem? — induziu Minnie, segurando Blitz pelo cangote, impedindo-o de farejar Carol-Ann. — Você está confiante...?

— Vai saber — disse Daniel, que estava mais alto que ela agora, mas mesmo que Minnie olhasse para cima quando ele falava, ele ainda se sentia menor. — Foi tudo bem. Logo vamos saber.

— OK é bom. Carol-Ann, vai ficar para o jantar, filhota? É sexta-feira, comprei peixe.

— Vou — disse ela. — Que ótimo, Min.

Os dois se jogaram no chão, ao lado de Minnie, conversando e implicando um com o outro, enquanto ela continuava a plantar. Daniel tinha trocado de roupa. Carol-Ann gritava com Daniel fazendo cócegas nele e Minnie olhava para os dois, sorrindo. Eles se deitaram na grama. Carol-Ann rolou e jogou a perna em cima de Daniel. Inclinou-se sobre o rosto dele, prendendo seus punhos no chão.

— Prisioneiro? — perguntou ele.

— Isso mesmo — disse ela, tentando fazer cócegas nele enquanto prendia seus braços ao lado e tirava as mãos.

Uma borboleta branca esvoaçava, cega e encantadora, sobre o rosto de Daniel. Ele observava seu voo lento.

— Fique bem parado! — gritou Carol-Ann, de repente. — Pousou em seu cabelo. Quero pegar. Vou dar de presente para você.

Daniel ficou imóvel, observando Carol-Ann levar as mãos até sua cabeça e fechá-las em concha em torno da borboleta.

— Pare! — Minnie estava de pé acima deles, a voz elevada.

Daniel ficou confuso. Ergueu-se apoiado nos cotovelos e Carol-Ann, ainda a cavalo em cima dele, com as mãos em concha em volta da borboleta, virou-se.

— Solte-a *agora mesmo* — disse Minnie.

Carol-Ann abriu as mãos imediatamente. Ficou de pé e pôs a mão no braço de Minnie.

— Desculpe, Min — disse ela —, eu não queria, tipo, deixar você chateada.

— Desculpe também — disse Minnie, virando-se com a mão na testa. — É só que se você as segura, pode tirar o pó de suas asas e aí elas não conseguem mais voar e morrem.

Carol-Ann passava o hadoque na farinha de rosca enquanto Daniel cortava as batatas em fatias grossas e colocava na cesta de metal da fritadeira. Minnie alimentou os animais e depois sentou com os dois jovens à mesa da cozinha, três espaços abertos entre os jornais velhos e vidros de espaguete. Daniel acabara de fazer 16 anos.

Carol-Ann ficava para jantar duas ou três vezes por semana. Era a época dos exames de final de curso e Minnie andava preocupada há dias: perguntando se ele não devia estudar antes de sair para jogar futebol, comprando uma nova escrivaninha para o quarto dele e dizendo-lhe para tomar longos banhos, que relaxavam, e ir dormir cedo.

— Você não percebe e não vai dar para sentir — dizia ela sem parar, mordendo o lábio superior entre as frases —, mas este é um momento importante. Você está no limiar entre uma vida e outra. Você é quem escolhe o que vai fazer, mas eu quero que vá para a universidade. Quero que tenha escolhas. Quero que simplesmente veja o que há em oferta.

Ela o ajudava com a biologia e a química e lhe dizia para comer mais, pois alimentaria seu cérebro.

— Está muito bom — disse Carol-Ann, espremendo uma porção de ketchup no canto do prato. Blitz os observava atentamente, um fio de saliva na boca pendente ao chão.

— Coma, meu querido. — Ela passou uma batata para Blitz, que a abocanhou de seus dedos, faminto.

Daniel comia com um cotovelo na mesa e os dedos da mão direita nos cabelos.

— Então, basicamente, o que você está me dizendo é que não houve problema. Não houve nada que não conseguiu fazer e teve tempo de revisar tudo antes de ir embora, não é?

— É, fui bem — disse ele, a boca cheia e o olhar voltado para as lascas frescas de peixe em seu garfo.

— O que foi, querido? — perguntou ela, tirando os cabelos dos olhos dele com a mão esquerda.

Ele se endireitou na cadeira e recuou delicadamente. Não gostava quando ela o tocava assim quando tinha amigos lá. Quando estavam só os dois, ele deixava.

— Eu falei que fui bem — disse ele, sem falar alto, mas dessa vez fitando-a nos olhos.

— Não me olhe desse jeito com seus olhinhos castanhos. — Ela olhou para Carol-Ann. — Eu só estava perguntando, só isso. — Ela sorriu para ele, desafiadoramente, e deu outra batata para o cachorro.

Mais tarde, depois de Carol-Ann ter ido embora, ele pegou os livros e sentou-se diante da grande escrivaninha de carvalho que ela lhe tinha comprado. Ela lhe levou chocolate quente e pãezinhos doces com manteiga feitos em casa.

— Não fique estudando por muito tempo, querido — disse ela, esfregando o espaço entre suas escápulas. — Não deve se cansar demais.

— Estou bem.

— Quer que eu prepare seu banho agora? Fique de molho um pouco e depois venha falar comigo.

— Tudo bem.

— Eu sei que você se saiu bem hoje.

— Como sabe?

— Simplesmente sei. É meu sexto sentido irlandês. Este vai ser o começo de uma coisa importante para você. Teve um pouco de azar quando era pequeno, mas aí está agora, trilhando seu caminho. — Ela cerrou um punho e o ergueu, sorrindo. — Já consigo vê-lo num terno elegante um dia. Talvez esteja em Londres, ou, quem sabe, em Paris, ganhando uma boa grana. E eu irei visitá-lo... você vai me levar para almoçar fora?

— É, acho que sim. Um almoço de primeira, o que você quiser.

Minnie jogou a cabeça para trás e deu uma risada. Ele gostava da risada dela. Vinha borbulhando desde a barriga. Ela se apoiou na escrivaninha.

— Você é uma figura, mas eu vou cobrar.

Mais uma vez, ela tirou os cabelos do rosto dele e plantou um beijo molhado em sua testa. Ele sorriu e esquivou-se dela novamente.

— Seu banho estará pronto em dez minutos. Vê se termina até lá, senão a água esfria.

Daniel escutou-a descendo as escadas, as tábuas e o corrimão protestando sob seu peso. Blitz deu um latido quando ela se aproximou do pé da escada, aborrecido com que ela pudesse pensar em deixá-lo por tanto tempo. Ele ouviu a porta da sala fechar-se com um rangido e o som abafado da televisão passando pelo assoalho. Ainda estava claro lá fora e passarinhos de início de verão pulavam de árvore em árvore. Um lado dele ainda se sentia deslocado: desejava a cidade com todos os seus riscos e sua liberdade despretensiosa. Ao mesmo tempo, porém, sentia-se em casa com ela.

Fazia mais de três anos que ela o adotara e, sim, ele se sentia diferente. Sentia-se cuidado. Talvez fosse isso que lhe parecesse mais estranho. Quando ele parou de combatê-la, ela o enchera de cuidados e atenção. Mesmo quando se sentia constrangido por ela beijá-lo na frente de Carol-Ann ou ao elogiá-lo para os outros feirantes, ele se sentia acarinhado por ela. Ela lhe dizia que o amava e ele acreditava.

Na banheira, ele se deixou afundar, ficando com os ombros embaixo d'água. Agora estava com 1m76, quase 15 centímetros mais alto que Minnie. Já não podia se esticar na banheira. No entanto, era magro demais. Cerrando o punho, ele trouxe o braço para cima, examinando o bíceps. Além de jogar futebol, ele tinha começado a fazer musculação. O som da televisão ficou mais alto quando a porta da sala se abriu. Ele ouviu Minnie ir e vir pela cozinha. O banheiro estava cheio de vapor, apesar de ele ter deixado a janela levemente aberta — o suficiente para enxergar o quintal lá fora. A tramazeira era como a mão esquelética de alguém, cheia de tendões, esticando-se para fora da terra ao encontro do céu noturno.

Na prateleira do banheiro, a borboleta estava posta do lado que Minnie gostava. Ele enxugou o suor do rosto e ficou olhando para ela, imaginando a criancinha colocando-a na prateleira. Engolindo em seco, Daniel desviou o olhar.

Secou-se e vestiu uma calça de moletom e uma camiseta. Secou o cabelo com a toalha e tirou-o do rosto. Estava ficando comprido na frente. Passando a mão no rosto, ele procurou sinais de barba. Estava liso, limpo e imberbe.

Na cozinha, ele fez uma torrada, serviu um copo de leite e foi para a sala sentar-se com ela.

— Quer uma torrada? Eu faço para você.

— Não, querido, estou ótima. Está com fome de novo? Em vez de estômago, você tem um saco furado. Eu bem queria poder comer como você.

Ela tentou pôr o cotovelo no braço da poltrona, mas não conseguiu e derramou um pouco de bebida no chão.

— Lá vou eu de novo — disse ela, enxugando os respingos com o calcanhar da meia.

Daniel deu o restinho da torrada para Blitz e terminou o leite, escutando Minnie resmungar das notícias. O Primeiro Ministro, John Major, falava sobre o potencial da recuperação da economia.

— Que bobagem! — Minnie brigava com a tela. — Eles não vão ficar satisfeitos enquanto não deixarem este país de joelhos... Nossa, eu odiava aquela mulher, mas ele não é muito melhor.

Ela não esperava uma resposta de Daniel, que ficou quieto e pôs um pedaço de carvão no fogo.

— Como foi seu banho, querido? — perguntou ela, com as faces molhadas como se fossem lágrimas recém-derramadas. Ela se curvou sobre o braço da poltrona com um sorriso e os olhos alegres. — Terminou de estudar?

— Hã-hã.

— Que bom.

— Você está bem? — perguntou ele, vendo-a enxugar o rosto de novo.

— Estou ótima, querido. Só fiquei exasperada por ver esse homem maldito. Tire desse noticiário. Desligue. Não consigo digerir a figura dele.

Daniel levantou-se e mudou de canal. Era esporte e ele olhou para ela, vendo se iria permitir. Geralmente, ela lhe pedia que assistisse na preta e branca da cozinha ou concordava, mas depois perdia a paciência. Hoje, seus olhos oscilavam diante da tela e depois se fecharam numa piscada prolongada.

Quando Daniel se acomodou para assistir ao jogo, os olhos dela se fecharam e a cabeça pendeu duas vezes, acordando-a. Quando seus olhos começaram a se fechar de novo, ele tirou suavemente o copo da mão dela e levou-o para a cozinha. O cachorro queria sair, então ele abriu a porta dos fundos. Lavou a louça do jantar e limpou a parte da mesa da cozinha onde eles haviam comido.

Quando Blitz voltou para dentro, Daniel trancou a porta e fechou as janelas. O cachorro acomodou-se em sua cesta e a casa começou a ficar aquecida com os roncos de Minnie.

Na sala, sua cabeça estava jogada para trás na poltrona, os dedos da mão direita ainda esticando-se para pegar o copo que Daniel já tinha levado.

Daniel ficou de pé com as mãos na cintura por um instante e suspirou. Desligou a televisão e pôs a grade diante da lareira. Apagou a luminária ao lado da poltrona dela e pegou sua mão, ajudando-a a vir para a frente até conseguir pôr um braço sobre seu ombro.

— Não, me deixe, querido, me deixe — protestou ela.

Mas ele a levantou, pôs o braço dela sobre seu ombro e levou-a, a mão segurando seu punho, para fora da sala e para cima. Precisou parar duas vezes para equilibrar-se, com um pé atrás, no degrau de baixo, quando ela se apoiava nele, mas conseguiu levá-la para cima e deitá-la na cama, onde ela ficou com os lábios entreabertos e o torso virado, com os pés no chão.

Daniel ajoelhou-se e desamarrou as botas dela, tirou-as e depois tirou também suas grandes meias de lã. A pequenez de seus pés sempre o impressionava. Ele tirou o cardigã e afrouxou a blusa, depois tirou o prendedor de cabelo, deixando que seus longos cachos grisalhos se espalhassem sobre o travesseiro.

Ele pegou os pés dela e levou-os para baixo das cobertas, ergueu seus ombros um pouco, centralizando-os sobre o travesseiro, antes de cobri-la com o edredom.

— Você é um bom menino — sussurrou ela, quando ele ainda se inclinava por cima. Ela sempre fazia isso: surpreendia-o com sua lucidez. — Eu te amo, e como!

Ele a deixou aconchegada embaixo das cobertas e apagou a luz.

— Boa noite, mãe — sussurrou ele, na penumbra.

25

Era a segunda semana do julgamento de Sebastian. Intencionalmente, Daniel não estava lendo os jornais, mas foi atraído para um artigo que vislumbrou num jornal que alguém lia no metrô. Ao chegar a St. Paul, ele foi a uma banca, pegou um exemplar do *Mail* e deu uma folheada. Na página seis estava uma foto sua. Ele franzia o cenho; a foto tinha sido tirada na entrada de Old Bailey. A manchete dizia: O HOMEM QUE QUER SOLTAR O ASSASSINO DO ANJO. A reportagem também mencionava Irene.

Daniel colocou o jornal de volta na pilha. Faltava pouco para as nove horas quando ele chegou ao tribunal. A multidão na frente de Old Bailey não havia diminuído desde o início do julgamento. Um policial serviu de escudo para Daniel quando ele tentava entrar, com um copo de café numa das mãos e a pasta na outra.

— Dr. Hunter, qual será a defesa? — gritou um jornalista, e Daniel virou-se para ver se reconhecia o homem, mas não era o mesmo que tinha ido ao seu apartamento. — O senhor diria que a Coroa está vencendo?

A multidão se acotovelava em volta do repórter.

Dentro de Old Bailey, Daniel endireitou os ombros e foi andando em direção à Sala de Audiência 13, olhando para os ornamentos e para pinturas das paredes. Encontrou Irene minutos antes de o juiz entrar. Ela lhe deu um tapinha no ombro ao passar e inclinou-se para sussurrar "Cretinos" tão perto que a voz fez cócegas em seu ouvido. Era claro que ela havia visto o artigo.

— Eles não sabem o quanto pervertem a justiça — disse ela. — Como ousam bancar o juiz e o júri?

— Não se preocupe com isso — sussurrou Daniel, em resposta. — Boa sorte.

***

— *A Coroa chama John Cairns.*

John Cairns era um homem que se sentia desconfortável dentro de um terno. Daniel percebeu que ele se sentia apertado pelo modo como o terno estava repuxado nos ombros. O homem foi para o banco das testemunhas e tomou um gole de água antes de olhar para o júri, para o juiz e então para Gordon Jones, que o encarava com o queixo pontudo virado para cima.

— Sr. Cairns, está correto que trabalha no parquinho do Barnard Park?

— Sim.

— Por favor, poderia declarar seu cargo e dizer há quanto tempo está empregado lá?

— Sou um dos gerentes do lugar e trabalho lá há três anos. — A voz dele estava grossa, como se estivesse nervoso ou se recuperando de um resfriado.

— Sr. Cairns, poderia nos contar sobre a manhã de segunda-feira, nove de agosto deste ano?

O Sr. Cairns fungou e apoiou-se na borda do banco das testemunhas.

— Cheguei antes de todos. Sempre chego. Abri, como de costume, e fiz um café. Sempre verifico o pátio nas segundas, caso alguma corda tenha se soltado ou... geralmente preciso recolher algum lixo, então foi o que fiz em seguida. Foi quando fazia isso que encontrei... o corpo da criança.

— O corpo foi posteriormente identificado como sendo da vítima, Benjamin Stokes. Pode nos confirmar a localização exata do corpo quando o encontrou?

— Ele estava parcialmente oculto embaixo da casa de brinquedo que temos no parquinho, no canto, perto da Barnsbury Road e Copenhagen Street.

— A esta altura, eu lhe indicaria a folha cinquenta e três dos autos, que os jurados acompanham. Verá ali um mapa do parquinho com as áreas identificadas por quadrados numerados e marcados com letras. Poderia nos mostrar a localização aproximada nesse mapa?

— E3.

— Obrigado. O corpo ficou imediatamente óbvio para o senhor?

— Não, de modo algum. Notei que havia algo ali, mas para ser franco, achei que fosse uma sacola de plástico ou algo assim, lixo que tinha ficado preso pelas árvores próximas à cerca...

Houve uma exclamação na galeria. Daniel olhou para cima e viu a Sra. Stokes inclinar-se para a frente com a mão tapando a boca. O marido puxou-a para junto de si, mas ela estava inconsolável e teve que ser levada para fora. Sebastian sentava-se ereto com as mãos cruzadas no colo. Ele parecia interessado no depoimento do gerente do parquinho e também estranhamente satisfeito com o colapso da Sra. Stokes. Daniel lhe tocou as costas para que se virasse para a frente quando ele se virou para ver a Sra. Stokes sair.

Kenneth Croll estava no tribunal e inclinou-se para a frente, levantando-se um pouco do assento, e cutucou Sebastian nas costas. O dedo grosso foi suficiente para fazer Sebastian andar um pouco no assento. Daniel olhou para Croll com o canto do olho. Sebastian começou a enrugar os olhos de novo e a se balançar levemente, para a frente e para trás.

Os jornalistas na galeria haviam percebido. Assim como o júri.

— Continue, por favor, Sr. Cairns — solicitou Jones.

— Bem, quando me aproximei, vi os tênis do menino e novamente... a primeira coisa que pensei foi que tinham sido calçados e calças jogados fora, possivelmente jogados pela cerca. Esse tipo de coisa acontece... Mas quando cheguei mais perto...

— Temos fotos do corpo como estava quando o senhor o descobriu. Se o júri puder ir para a folha três dos autos.

Daniel observou quando os jurados viram a fotografia, mãos sobre a boca em desgosto, embora houvesse coisas piores pela frente. Sebastian observava as fisionomias deles. Ao mesmo tempo desenhava com a caneta esferográfica — um desenho de árvores.

— Sr. Cairns, sinto ter que pressioná-lo a isso, sei que deve ser uma lembrança perturbadora, mas se pudesse continuar nos contando o que viu...

— Bem, ao me aproximar, percebi que não era um monte de roupas, mas sim um menino, por baixo da casa de madeira.

— Conseguiu ver imediatamente que era um menino?

— Não, pude ver suas pernas para fora. O rosto estava bem oculto, debaixo da casa, mas percebi que era uma criança.

— O que fez?

— Rastejei sob as árvores e então fiquei de barriga no chão para puxá-lo de baixo da casa de madeira, mas ao chegar bem perto, percebi...

— Sim, Sr. Cairns?

— Bem, percebi que estava morto e não me atrevi a tocá-lo. Saí dali e chamei a polícia imediatamente.

— O senhor tinha conhecimento do desaparecimento de um menino?

— Bem, eu não moro na região, mas quando fui para o trabalho de manhã, vi os retratos e a delegacia móvel. Não tinha assistido aos noticiários. Não sabia do que se tratava...

— O senhor acabou de nos descrever como chegou ao corpo... — Jones pôs os óculos e segurou suas anotações a um braço de distância para ler — ... rastejou... ficou de barriga no chão. — Ele tirou os óculos e inclinou-se sobre o atril. — Então seria correto dizer que a área onde o corpo foi encontrado era de difícil acesso para um adulto?

— Bastante, é coberta de folhagem. Acho que foi por isso que o corpo não foi visto. Ainda bem que fui eu e não uma das crianças que o encontrou.

— Realmente. Quando o menino foi identificado, o senhor o reconheceu?

— Não, ele não era frequentador assíduo do parquinho.

— Obrigado, Sr. Cairns.

Houve o silêncio usual quando Gordon Jones virou-se para Irene Clarke. Daniel mordeu o lábio, esperando pelo inquirição dela. Observou-a consultando suas anotações, percebendo o tendão que definia seu pescoço longo.

Jones parecia satisfeito consigo mesmo. Ao tentar mostrar que o lugar do crime era de difícil acesso para um adulto, ele impedira a afirmação da defesa de que as lesões infligidas a Ben requeriam uma força difícil de ser atribuída a uma criança.

Irene inclinou-se com as duas mãos sobre o atril e sorriu para o Sr. Cairns com os lábios fechados. Daniel admirou seu equilíbrio.

— Sr. Cairns, o senhor descreve a estrutura sob a qual a vítima foi encontrada como uma casa de madeira. Podia nos falar um pouco mais sobre isso, por favor?

— Bem, é uma pequena cabana, ou casa, suspensa do solo por estacas... é uma espécie de casa da árvore, mas... fica a apenas sessenta centímetros acima do solo. Como é cercada de árvores, dá às crianças essa sensação. Acho que essa é a ideia.

— É uma parte do parque que as crianças procuram muito?

— Bem, às vezes elas brincam lá, mas eu não diria que a procuram muito, não. Como é muito cercada de folhagens, é meio selvagem demais para algumas crianças. Muitas vezes há insetos, urtigas e coisas...

— Meu Deus, me parece uma área de difícil acesso, mesmo para uma criança, não é?

— Até certo ponto. É preciso empurrar alguns galhos, talvez se sujar um pouco. Mas a maioria das crianças não se importa com isso.

— Então o senhor diria que levou o quê...? Uns dez minutos para chegar a casa da árvore e ao corpo da vítima?

— Não, menos de um minuto.

— Menos de um minuto? Para um homem adulto enfiar-se no meio de toda essa vegetação?

— É, eu diria que sim.

— Então *não é o caso* de que essa área do parque seja acessível apenas a crianças?

— Não, isso seria impossível. Nós supervisionamos toda a área e é preciso ter acesso a todos os cantos, no caso de alguma criança precisar de ajuda.

— Poderia até ser o caso de algumas crianças terem dificuldade de chegar a casa, caso não tivessem força para segurar os galhos, tirando-os do caminho?

— Bem, sim, poderia ser o caso, mas a maioria das crianças rasteja por baixo das árvores. Um adulto teria que empurrar os galhos.

— Obrigada, Sr. Cairns, nada mais a perguntar.

Após o intervalo, Daniel observou Kenneth Croll sentado bem para trás na cadeira, olhando de modo penetrante para Sebastian. O menino desviava-se do pai, olhando para a mesa, como que envergonhado. Daniel tinha encontrado um caça-palavras num dos jornais que fora deixado na sala comunitária e colocou-o diante de Sebastian, virando-se para olhar e acenar com a cabeça para Croll.

Sebastian baixou a cabeça, tirou a tampa da caneta e começou a circular as palavras, decidido. Daniel observou o pescoço frágil do menino: a nuca ainda com os pelos afunilados de bebê. Ele já vira homens adultos chorarem em seus julgamentos e se perguntou que força permitia a Sebastian manter tal concentração e compostura.

As telas de projeção estavam sendo testadas. Madeline Stokes encontrava-se em lágrimas, com o semblante pálido e contorcido, e Daniel teve de desviar o olhar. Ele vira o oficial mediador de casos de família explicando-lhes alguma coisa durante o intervalo. O Sr. Stokes assentia, com a fisionomia soturna. Daniel podia imaginar o que lhes diziam. Os próximos a serem chamados eram o patologista, as testemunhas policiais e os cientistas da perícia criminal. O oficial lhes teria explicado que as fotografias do corpo eram necessárias e que precisavam ser projetadas para salientar os detalhes, mas que os pais não precisam permanecer na sala de audiência. Provavelmente, o Sr. Stokes havia identificado o corpo do filho: confirmando uma marca de nascença no ombro ou o formato dos pés.

Nesse momento, ele não se virou para consolar a mulher, que chorava, nem lhe passou um lenço quando ela abriu a bolsa em busca de um. Apenas seus olhos correspondiam à sua dor; passando pela sala de audiência, por cada canto, por todos os rostos, como que silenciosamente perguntando *por quê*.

— Eles vão passar um filme? — perguntou Sebastian.

— Não, vão mostrar algumas fotos do... — Daniel parou para não dizer *do corpo*, lembrando-se do fascínio de Sebastian. — Os advogados da outra parte vão fazer alguns especialistas explicarem o que acham que aconteceu à vítima. Acho que eles vão querer apontar para algumas coisas na tela...

Sebastian sorriu e assentiu, tampando a caneta e cruzando as mãos. Era como se um espetáculo estivesse para começar.

A tarde teve início com as provas da polícia: fotografias do corpo da criança, encontrado deitado de barriga para cima, braços esticados ao lado. O sargento Turner, que havia interrogado Sebastian, foi para o banco das testemunhas. Mostraram uma gravação do interrogatório de Sebastian — recusando-se a admitir que tivesse machucado Ben. Jones aproveitou o resto da tarde inquirindo o sargento Turner enquanto passava as partes da gravação de Sebastian falando sobre o sangue em suas roupas e irrompendo em choro. Jones também se demorou na bravata de Sebastian diante do interrogatório e em suas explicações lógicas para as evidências da perícia sobre sua pessoa. O júri pareceu ficar com a impressão de que Sebastian era mais esperto e manipulador que sua idade poderia supor.

Foi apenas na manhã seguinte que Irene conseguiu inquirir o sargento da polícia. O tribunal parecia estar mais denso e silencioso que de costume, como se todos ainda estivessem chocados pela imagem mostrada no dia anterior, do menino que chorava sob custódia policial. Ele parecia tão pequeno nas gravações.

— Sargento, eu gostaria de lhe fazer algumas perguntas sobre a declaração do Sr. Rankine, tudo bem? — Irene começou.

— Claro — disse o sargento. Sob a luz forte da sala de audiência, seu rosto parecia vermelho, quase bravo, no entanto, ele sorriu para Irene.

— Ouvimos do patologista que a vítima poderia ter sido atacada a qualquer hora da tarde de oito de agosto... às quatro, cinco, até seis da tarde. O Sr. Rankine afirmou que viu uma pessoa vestindo uma blusa branca ou azul-clara aparentemente atacando a vítima em torno de três e meia ou quatro horas. O que o senhor fez para confirmar a identidade desse agressor de branco?

— Uma blusa branca pertencente ao réu foi submetida à perícia. A testemunha parecia segura de ter visto um menino que correspondia à descrição do réu mais cedo aquele dia, o que o réu admite, e depois mais tarde.

— Sei — disse Irene, virando-se e levantando a mão para o júri. — Mas é claro! — Ela virou-se para encarar o sargento. — Seu réu usava uma blusa branca e admite ter se altercado com a vítima em torno das duas da tarde. Não era necessário fazer mais nada. Não era necessário investigar se houve ou não outro agressor, possivelmente um adulto de *blusa azul-clara*...

— Dra. Clarke — disse Baron, com outro sorriso enrugado —, pretende fazer uma pergunta à testemunha?

— Sim, Meritíssimo. Sargento, a testemunha se convenceu de que viu uma criança de blusa branca porque seus colegas sugeriram que tinham sob custódia alguém que correspondia a essa descrição?

— De modo algum.

— Dra. Clarke, eu teria esperado algo melhor de uma jovem QC — criticou o juiz.

Daniel olhou para Irene, mas ela não se deixou intimidar. Estava com o queixo erguido, desafiadora.

— Sargento Turner — continuou ela —, o Sr. Rankine admitiu neste tribunal que, na verdade, ele pode ter visto um adulto usando uma blusa azul ou branca. Sem levar em consideração o fato de o réu possuir uma blusa branca, o senhor pode nos dizer o que fez para rastrear essa imagem de alguém atacando a vítima naquela tarde, numa hora em que meu cliente tem um álibi?

— Nós examinamos as imagens das câmeras de vigilância, mas não conseguimos confirmar a presença de ninguém no parquinho a essa hora... na verdade, nem durante toda a tarde nem ao anoitecer.

— Isso significa que um adulto vestindo uma blusa azul-clara não atacou a vítima naquela tarde?

— Não, nem prova que seu cliente não atacou a vítima naquela tarde.

— E por que isso?

O sargento Turner tossiu.

— Bem, as câmeras de vigilância estavam apontadas para as ruas do entorno durante a tarde e não ficaram viradas para o parque por tempo suficiente para permitir uma imagem... Basicamente, o ataque não foi captado pela câmera, nem a briga que os meninos tiveram mais cedo, a qual o réu já admitiu.

— Que conveniente. — Mais uma vez Irene virou-se para o júri. — As câmeras não estavam apontadas para o parque naquela tarde, uma testemunha identifica uma pessoa de blusa branca ou azul-clara atacando a vítima, o senhor detém uma criança sob custódia que tem uma blusa branca, de modo que...

— Uma blusa branca marcada com o sangue da vítima — disse o sargento Turner, interrompendo-a e elevando a voz.

Daniel sentiu a sala de audiência eriçar-se enquanto Irene erguia o queixo novamente para o ataque.

— Quando as imagens das câmeras de vigilância se comprovaram inúteis, o que mais o senhor fez para encontrar o agressor da tarde?

— Como eu disse, as evidências periciais nos convenceram de que tínhamos nosso homem.

Turner fez uma pausa e pareceu corar, como se reconhecesse a impropriedade da linguagem.

— *Vocês tinham seu homem* — repetiu Irene. — Sei. Vocês tinham um menino sob custódia e uma testemunha que disse ter visto alguém de blusa azul-clara ou branca atacando a vítima por volta das quatro da tarde...

Novamente, Turner interrompeu Irene:

— A testemunha disse que viu *um menino...* o mesmo menino que vira mais cedo.

Daniel pôde ver que o júri não estava gostando de ver o sargento gritando com Irene.

— Sei, então os senhores tinham uma correspondência... — Irene virou-se para a testemunha e fez uma pausa.

— Não fomos nós que o encaixamos na descrição. — Agora o rosto de Turner estava bem vermelho.

— E se eu lhe dissesse que o Sr. Rankine declarou que é míope e que agora leva em consideração a possibilidade de ter visto um adulto naquela tarde, o senhor acharia que tinha uma correspondência?

— Sim, as provas da perícia falam por si mesmas.

— Eu diria que sua falta de investigação policial fala por si mesma. Se houver *uma chance* de que a testemunha realmente tenha visto um adulto atacar a vítima, o senhor não considera razoável fazer o possível para localizar essa pessoa?

— Fizemos uma investigação completa. O réu correspondia à descrição dada pela testemunha e mais tarde foi encontrado sangue da vítima em suas roupas.

— Serviço feito, entendo — disse Irene, erguendo os olhos para o júri e sentando-se.

Baron baixou os óculos até a ponta do nariz para olhar de modo crítico para Irene antes de dispensar a testemunha, mas não disse nada.

Daniel notou a respiração acelerada de Irene ao sentar-se. Observou a elevação suave de seu peito. Ficou olhando para ela por alguns instantes, na esperança de que ela se virasse para ele, o que não aconteceu.

À tarde, os peritos da cena do crime prestaram depoimento sobre as provas que tinham sido recolhidas: o tijolo e a folhagem manchada de sangue.

— Vamos ser bem claros — disse Irene, em sua inquirição. — Os senhores não encontraram *nenhuma impressão digital* na cena do crime?

— Bem, encontramos algumas impressões parciais, mas não eram identificáveis.

— Esclarecendo, os senhores não encontraram nenhuma impressão digital viável na cena do crime?

— Correto.

— E na arma usada no homicídio? Encontraram uma impressão digital no tijolo?

— Não, mas isso não é de surpreender, dada a natureza da superfície...

— Eu lhe agradeceria se respondesse sim ou não.

— Não.

Depois que o oficial da cena do crime saiu do banco, houve um intervalo e então o cientista perito criminal da Coroa foi chamado: Harry Watson.

Jones levantou-se e pediu a Watson que dissesse seu nome, seu cargo e declarasse suas qualificações. Watson relacionou-as: Bacharel em economia pela Universidade de Nottingham, formado em biologia e membro do

Instituto de Biologia. Ele fizera os cursos básico e avançado de análise das configurações de manchas de sangue nos Estados Unidos e era membro da Associação Internacional de Análise de Manchas de Sangue. Watson descreveu sua experiência como sendo, principalmente, na área dos aspectos biológicos da ciência forense, como sangue, pelos e fibras.

Daniel sentiu que Sebastian estava entediado. A tarde fora longa, mas esse depoimento era crucial para o caso da Coroa e Daniel esperava que Irene conseguisse miná-lo.

— Que itens em particular o senhor analisou? — perguntou Jones.

— Basicamente as roupas da vítima e as roupas do réu. — Watson devia ter uns 50 anos e preenchia bem seu terno. Sentava-se empertigado, com os lábios apertados enquanto esperava a próxima pergunta.

— E o que foi que encontrou?

— As calças jeans do réu foram levadas para perícia numa busca feita na casa. Encontrou-se uma concentração de fibras na parte interna das coxas. As fibras coincidiam positivamente com as fibras das calças da vítima. Manchas de sangue também foram identificadas nos calçados, jeans e na blusa do réu. Esse sangue foi positivamente identificado como sendo da vítima.

— Como o senhor descreveria a configuração do sangue encontrado nas roupas do réu?

— As manchas encontradas na blusa eram de sangue expirado, ou seja, sangue saído do nariz, da boca ou de uma lesão resultante da pressão de ar que foi a força propulsora.

— Que tipos de lesões a uma vítima provocaria esse tipo de mancha de sangue no réu?

— A mancha de sangue condiz com um traumatismo facial, um ataque violento ao rosto ou nariz, fazendo com que a vítima soprasse sangue no agressor.

Murmúrios chocados reverberaram pela sala de audiência.

— Quer dizer que Sebastian Croll foi respingado com o sangue expirado pela vítima. Havia mais alguma coisa em relação ao sangue nas roupas do réu que indicassem que ele se envolvera num incidente violento com o falecido?

— Além do sangue expirado encontrado na blusa do réu, havia manchas de contato nas calças e nos calçados, o que sugere que o réu esteve em contato próximo com o falecido na hora do ataque fatal. Havia também uma pequena quantidade de sangue na sola do calçado do réu.

— O que o sangue na sola pode indicar?

— Bem, isso pode ter ocorrido em consequência de pisar no sangue da vítima após a ocorrência do ataque.

— Houve alguma evidência pericial que sugerisse que o incidente violento ocorrera no local onde o corpo foi encontrado?

— Sim, a sujeira nos joelhos das calças do réu e também na área traseira das calças da vítima coincide com as folhas e a terra encontrada na cena do crime.

— Algum outro material biológico da vítima foi recolhido do réu?

— Bem, sim, a pele do réu foi encontrada sob as unhas da vítima e o réu apresentava arranhões nos braços e no pescoço.

— Quer dizer que Ben tentou se defender de Sebastian e o arranhou no processo?

— É o que tudo indica.

Gordon Jones tomou seu assento enquanto Irene se levantava.

— Sr. Watson — disse Irene, sem olhar para a testemunha, mas consultando suas anotações —, quando foi que entrou para o Serviço de Ciência Forense do Ministério do Interior?

O Sr. Watson endireitou a gravata e depois respondeu.

— Há pouco mais de trinta anos.

— Trinta anos. Nossa! Uma experiência e tanto. Entrou em 1979, correto?

— Sim.

— E nesses trinta anos de serviço, pode nos dizer em quantos casos trabalhou?

— Não tenho como dizer sem consultar meus registros.

— Faça uma estimativa para nós, o que seria: trinta, cem, mais de quinhentos, quantos, aproximadamente?

Irene inclinava-se sobre o atril, os ombros próximos das orelhas. Daniel achou que ela parecia uma garota debruçada numa janela assistindo a um desfile.

— Em 31 anos, eu diria que estive diretamente envolvido em centenas de casos, talvez em torno de quinhentos.

— E em quantos julgamentos o senhor prestou depoimento nesses trinta e um anos de serviço?

— Em mais de cem, com certeza.

— Duzentos e setenta e três, para ser exata. O senhor realmente é uma testemunha especializada. Diga-nos, nesses duzentos e setenta e três casos, quantas vezes prestou depoimento para a defesa?

— Meu depoimento é imparcial e sem inclinação para a defesa ou para a acusação.

— É claro. Deixe-me esclarecer: em quantos dos seus duzentos e setenta e três julgamentos, o senhor prestou depoimento chamado pela acusação?

— Na maioria.

— Na maioria. Arriscaria um número?

— Talvez dois terços?

— Não exatamente, Sr. Watson. Em duzentos e setenta e três casos, o senhor foi chamado como testemunha da defesa apenas três vezes. Três vezes em trinta anos. Acha isso surpreendente?

— Um pouco. Eu esperaria um pouco mais.

— Entendo. Um pouco mais. Quanto à sua formação, vejo que possui um bacharelado em economia pela Universidade de Nottingham... economia. Acha a economia útil em seu campo atual de atividade?

— Depois disso, eu me formei em biologia.

— Entendo. O senhor declarou que havia fibras das calças de Ben Stokes nas roupas do réu. Diga-me, não seria de se esperar que dois meninos, vizinhos, que brincavam juntos poderiam ter fibras das roupas um do outro em consequência de uma brincadeira normal?

— Sim, é possível.

— De modo similar, os arranhões defensivos no réu e a pele sob as unhas da vítima poderiam ser consequência de uma brincadeira bruta de se agarrar e rolar, não poderia?

— É possível.

— E o senhor também declarou que o sangue nas roupas de Sebastian era expirado. Afirmou que isso condizia com um sopro nasal ou facial. Correto?

— Sim.

— O réu fez uma declaração em referência a isso de que a vítima caiu e bateu com o nariz enquanto eles brincavam, fazendo com que sangrasse muito. Meu cliente declarou que se inclinou sobre a vítima para examinar a lesão. Diga-nos, é possível que a transferência do sangue expirado tenha ocorrido sob essas circunstâncias mais benignas?

— A mancha de sangue condiz com força e considero que essa seja a causa mais provável, mas é possível que o sangue expirado pudesse ter resultado da lesão acidental que a senhorita descreveu.

— Mais uma coisa — disse Irene. — O senhor diria que o sangue expirado nas roupas do réu é mínimo?

— A quantidade de sangue nas roupas é moderada.

— A transferência de sangue ficou claramente evidente no exame pericial, mas ao verificarmos as fotografias na folha vinte e três dos autos, não fica claramente aparente a olho nu.

Sebastian observava de olhos bem abertos. Daniel lembrou-se de quando via os filhos de amigos vendo alguém jogar videogames: a imobilidade anormal em pessoas tão novas. Agora, a atenção de Sebastian também era anormal. Ele estudou cuidadosamente as fotografias da mancha de sangue na roupa suja.

— Os pontos de sangue eram aparentes a olho nu, mas não tão grandes ou significativos para serem claramente identificados como sangue.

— Entendo. Obrigada por esse esclarecimento, Sr. Watson... com uma lesão grave desse tipo, um traumatismo facial por força abrupta, obviamente desferida com o agressor bem próximo à vítima, não seria de se esperar que o agressor ficasse... coberto de sangue?

Watson remexeu-se no assento. Daniel o observava. Seu rosto corado sugeria que ele estava ficando irritado.

A testemunha pigarreou.

— O tipo de lesão seria compatível com perda significativa de sangue e seria de se esperar uma transferência significativa de sangue ao agressor.

— Característicamente, com esse tipo de traumatismo por força abrupta, não seria de se esperar maior quantidade do sangue expirado e que as manchas de contato fossem maiores do que as encontradas nas roupas do réu?

— Devemos lembrar a posição do corpo e o fato de que a maior parte do dano foi causada por hemorragia interna...

— Entendo — disse Irene. — Mas, apesar disso, o senhor acabou de dizer que seria de se esperar uma transferência significativa de sangue, não foi?

Watson pigarreou novamente. Ele olhou em torno da sala de audiência, buscando ajuda. Jones o olhava fixamente, o queixo apoiado entre dois dedos.

— Sr. Watson, não é o caso de que seria de se esperar que as roupas do agressor ficassem cobertas de sangue com esse tipo de lesão?

— Caracteristicamente, seria de se *esperar* uma maior quantidade de manchas de contato ou de transferência aérea de sangue.

— Obrigada, Sr. Watson.

A inquirição tinha ido tão bem que Irene decidiu não chamar o cientista forense da defesa. Essa guinada do cientista da Coroa para o benefício da defesa era mais poderosa.

A semana encerrou-se com a patologista da Coroa, Jill Gault. Ao ocupar o banco das testemunhas, ela estava tão cordial e tranquilizadora quanto parecera a Daniel em seu escritório que dava para St. James Park. Ela era alta, usava botas e um tailleur cinza. Parecia ser o tipo de pessoa que rema nos fins de semana, indiferente ao conhecimento de como, exatamente, o crânio de uma criança tinha sido esmagado.

— Dra. Gault, a senhora conduziu a necropsia da vítima, Benjamin Stokes? — começou Jones.

— Sim, está correto.

— Poderia nos contar a que conclusão chegou sobre a causa da morte?

— A causa da morte foi hematoma subdural agudo, condizente com traumatismo por força abrupta, causado por um golpe no lado frontal direito do crânio.

— E em termos leigos, Sra. Gault, como descreveria um hematoma subdural?

— Bem, basicamente trata-se de uma hemorragia cerebral, que provoca uma crescente pressão no cérebro, a qual, se não for tratada, resulta em morte cerebral.

Um modelo do cérebro e da lesão foram projetados para o júri, mostrando a localização exata da contusão. Uma fotografia do rosto de Ben Stokes constava dos autos dos jurados. Sebastian analisou-a e depois inclinou-se para sussurrar no ouvido de Daniel:

— Por que o outro olho dele não está fechado? Quando a gente morre, os olhos não se fecham? — Daniel sentiu os dedos suaves do menino em sua mão e inclinou-se para fazê-lo silenciar.

— Dra. Gault, a senhora determinou o instrumento que provocou esse golpe fatal na cabeça?

— A contusão condizia com uma força abrupta, indicando que o objeto do crime teria sido algo pesado e rombudo. Um tijolo foi recuperado da cena e outros pedacinhos foram encontrados na lesão facial.

Um oficial de justiça trouxe um saco com o elemento material de prova e um tijolo envolto em celofane foi exibido aos jurados.

— Este tijolo foi encontrado na cena do crime e soubemos de provas que confirmam a presença de sangue, matéria cerebral, pele e fios de cabelo da vítima identificada em sua superfície. A senhora encontrou a forma e o tamanho deste tijolo condizente com as lesões sofridas pela vítima?

— Sim, os contornos do tijolo combinam exatamente com o da contusão.

Novamente foi usado um modelo para mostrar o encaixe do tijolo na contusão.

Sebastian virou-se para Daniel e sorriu.

— Esse é o tijolo *real*? — sussurrou ele, com hálito de mel.

Daniel fez que sim, levantando a mão para que ele se calasse.

As fotos do rosto mutilado de Ben Stokes passaram nas telas, que foram providenciadas para o juiz, os jurados e a assessoria jurídica, mas que estavam invisíveis para a galeria. O olho esquerdo da criança estava aberto — como Sebastian notara — branco e límpido; o direito lembrou a Daniel um ovo esmagado. Os jurados ficaram horrorizados. O Juiz Philip Baron olhava impassível para sua tela. Daniel estudou a fisionomia do homem, o peso da pele puxando a boca para baixo. Jill Gault usou um laser para mostrar o ponto do impacto e falou da força necessária para criar tal dano ao crânio e ao osso da face.

— E a senhora conseguiu determinar a hora da morte, Dra. Gault? — continuou Gordon Jones, com a caneta apunhalando sua pasta.

— Sim, aproximadamente seis e quarenta e cinco da tarde, no domingo, oito de agosto.

— E isso determinaria um ataque mais cedo, por exemplo, às duas ou até às quatro da tarde, quando o réu foi visto por último brigando com a vítima?

— De modo algum. Com um hematoma subdural agudo, só é possível determinar a hora aproximada da morte, não a hora da contusão. A natureza dessa contusão é tal que a morte pode ocorrer pouco depois ou após algumas horas. A hemorragia provoca pressão intracraniana, mas pode levar de minutos a horas antes que se torne fatal.

— Quer dizer que Ben pode ter morrido horas depois de ser atingido no rosto com um tijolo, correto?

— Sim, isso está correto.
— Ele poderia ter ficado consciente durante esse período?
— É muitíssimo improvável... mas possível.
— Possível. Obrigado, Dra. Gault.

O Juiz Baron pigarreou ruidosamente e inclinou-se em direção ao microfone.

— Em vista da hora, creio que este seja um momento conveniente para um intervalo. — Ele se virou, girando a toga e a papada em direção aos jurados. — É hora de sair e tomar um café. Relembro-os de não debater este caso fora de seu grupo.

Levantam-se todos.

Daniel ficou até Sebastian ser escoltado e então saiu. Pôs as mãos nos bolsos, observando as pessoas nos corredores suntuosos do Tribunal Criminal Central: uma profusão de almas perdidas movimentando-se com dor, pobreza e falta de sorte. Felicidade e infelicidade eram decididas ali, não encontradas. Ele se sentia desolado, outra das almas perdidas que andava cambaleante por esses espaços. Pegou o celular e ligou para Cunningham. Ele estava ocupado com um cliente, então Daniel deixou um recado, pedindo informações sobre a venda da casa de Minnie.

Sentiu um toque no ombro. Era Irene.

— Está tudo bem?
— Claro, por que pergunta?
— Toda vez que eu olhava para você lá dentro, via que estava de cenho franzido.
— Ficou todo o tempo olhando para mim, hein? — disse Daniel, aproveitando a oportunidade para flertar com ela, embora percebesse que o clima não era adequado.

Ela lhe deu uma batida punitiva no braço com a caneta.

— O que o preocupa?
— Viu a cara dos jurados quando mostraram aquelas fotos?
— Eu sei, mas nós vamos provar que Sebastian não é responsável por aquilo.
— E Jones perguntando se Ben podia ter ficado consciente pelas possíveis horas antes de morrer. Meu Deus. — Daniel balançou a cabeça e Irene pôs a mão em seu braço. Ele sentiu o calor que vinha dela.

— Não perca a fé — sussurrou ela.

— Em você, não — disse ele, quando ela se virava para dirigir-se ao tribunal.

— Dra. Gault, a senhora descreveu um hematoma subdural como "hemorragia intracerebral"? — perguntou Irene, na inquirição. — Quer dizer que seria de se esperar uma perda substancial de sangue?

— Bem, o sangue acumula-se no cérebro em resultado do traumatismo. Em qualquer hematoma subdural, minúsculas veias entre a superfície do cérebro e sua cobertura externa, a dura-máter, se esticam e se rompem, permitindo que o sangue se acumule. É essa pressão que provoca a morte.

— Obrigada por esse esclarecimento, doutora. Mas me diga, com esse tipo de traumatismo facial por força abrupta, seria de se esperar que um agressor ficasse... respingado com o sangue da vítima em consequência do ataque?

— Sim, é provável que um traumatismo facial dessa natureza provocasse um respingo significativo no perpetrador.

Irene fez uma pausa e anuiu. Daniel observou seu rosto em forma de semente de melão curvar-se, pensando.

— Uma última pergunta. Quanto pesa um tijolo, Dra. Gault?

— Como?

— Um tijolo, um tijolo normal, como o da prova apresentada, quanto pesa?

— Eu diria que cerca de dois quilos.

— Então nos diga, doutora, em sua opinião, que tipo de força ou potência seria necessária para infligir as lesões que Benjamin Stokes recebeu, tendo em mente o peso da arma do crime.

— Uma força bem significativa.

— A senhora imaginaria que a força necessária poderia ser produzida por um menino de onze anos, especialmente com a estatura pequena do réu?

A Dra. Gault remexeu-se no assento. Ela olhou em direção a Sebastian, e Daniel notou que o menino sustentou seu olhar.

— Não, eu imaginaria que a força necessária seria mais condizente com um agressor adulto... mas dito isso... alguém de menor estatura, ou mesmo uma criança, poderia ser capaz de infligir essas lesões se a vítima estivesse abaixo do agressor, permitindo que a força da gravidade compensasse a falta de força física.

— Entendo. — O Juiz Baron assentiu. — Entendo. — Tem mais alguma pergunta a fazer, Dra. Clarke?

— Dra. Gault, em sua opinião médica especializada, uma criança teria dificuldade de infligir essas lesões por causa do peso da arma do crime?

— A testemunha foi questionada e respondeu, Dra. Clarke — disse Baron. Irene sentou-se, com as faces brevemente enrubescidas. — Dr. Jones?

— Se possível, Meritíssimo, um ponto de esclarecimento...

O juiz Baron agitou os dedos, concordando. Irene lançou um olhar para Daniel. Mais uma vez, Gordon Jones ocupou o atril.

— Dra. Gault, brevemente, se o golpe facial foi dado com o auxílio da gravidade, seria condizente com a posição do corpo quando foi encontrado, de frente e com as mãos ao lado?

— Sim — disse a Dra. Gault, com alguma hesitação. — Várias posições poderiam ter sido possíveis, mas com certeza, se a vítima estivesse atordoada ou com medo, poderia ser possível dar o golpe enquanto estivesse no chão, fosse a partir de uma posição ereta ou sentada... ou montada. Isso teria sido mais fácil para... um agressor mais fraco.

— Obrigado, Dra. Gault.

Daniel levou vários jornais para casa e folheou cada um até encontrar reportagens sobre o julgamento. Diversas concentravam-se na relação dele com Sebastian: *o menino aconchegava-se a seu advogado.* Uma se referiu ao depoimento da Dra. Gault *"A patologista da Coroa, Dra. Jillian Gault, levantou a hipótese de que o Assassino do Anjo pudesse ter montado em sua vítima para ter força suficiente ao desferir o golpe e matá-lo, cara a cara."*

Daniel apertou os olhos com as mãos. O apartamento estava escuro, mas ele não poderia suportar as luzes acesas. A mesa da cozinha estava coberta com a papelada do trabalho. Parado na janela, ele ficou olhando para o parque sob a luz vacilante do luar. O lago ficou do tamanho de uma moeda com a luminosidade cambiante. Ele estava cansado, mas era uma fadiga inquieta e ele sabia que não conseguiria dormir.

Notou a luzinha da secretária eletrônica piscando. Cunningham deixara uma mensagem. A linha estava ruim e Daniel não conseguiu ouvir todas as palavras: "Danny, recebi seu recado... A casa foi esvaziada e tenho um possível comprador. Um jovem casal da cidade, que anda procurando um sítio pequeno como esse. Já lhe enviei um e-mail. É uma boa oferta, portanto, me dê uma ligada e me informe se podemos prosseguir com a venda."

Daniel expirou. Automaticamente, apagou a mensagem. Não estava pronto para isso agora. Precisava de tempo para se preparar. Deitou-se vestido na cama e ficou olhando fixamente para o teto, sem piscar. Lembrou-se de quando chegou à casa de Minnie pela primeira vez, ainda criança. Lembrou-se de suas explosões de raiva. Mas depois lhe veio à mente tudo que acontecera entre eles e de tudo que ela fizera por ele. Porém, as últimas palavras que ele dirigira a ela eram do que ele se lembrava mais: *Eu queria que você estivesse morta.*

Agora que ela estava morta, ele queria pedir desculpas. O julgamento do menino só o fazia pensar mais nela. Fez com que percebesse o quanto estivera próximo de estar na posição de Sebastian. Ela o magoara, mas também o salvara.

Ele correu a palma da mão pelo peito, sentindo os ossos das costelas. Lembrou-se da investida inapropriada de Charlotte na porta dos fundos das celas. Ele não sabia bem por que tinha tanta pena dela. Daniel se sentia traído em nome de Sebastian pela fraqueza e pelo desespero de Charlotte, apesar de o filho só lhe demonstrar amor.

Ele pôs a mão embaixo da cabeça. Podia entender a paixão de Sebastian pela mãe. Quando criança, ele estava disposto a morrer para proteger a sua. Lembrou-se de estar descalço, de pijamas, parado entre ela e o namorado. Lembrou-se de sentir o fluxo lento e quente da urina descendo por sua perna e ainda assim de estar preparado para receber o que viesse, se fosse para salvá-la.

Depois disso, a assistência social encarregou-se dele.

Pensou em sua mãe: nas marcas em seus braços e em suas mudanças de humor, no mau cheiro de seu hálito. Agora ele tinha pena dela, como tinha de Charlotte. Seu amor desesperado e infantil por ela havia se apagado fazia muito tempo. Ele virara homem antes de perceber o mal que ela lhe causara.

Daniel sentou-se e passou a mão pelo queixo. Trocou de roupa e pegou o telefone no hall. Indeciso, ficou com o fone na mão antes de discar o número. Dessa vez, foi o marido de Harriet que atendeu. Daniel gaguejou de leve, explicando quem era.

— Ah, sim, claro — disse o homem. — Vou chamá-la.

Daniel ficou de pé com a palma da mão pressionada contra a parede enquanto esperava. Dava para ouvir o barulho da televisão ao fundo e o homem pigarreando. Daniel mordeu o lábio.

— Olá de novo. — A voz dela estava cansada. — Muito bom, mas estou surpresa de você ligar novamente tão rápido.

— Eu sei, mas foi por causa de uma coisa que a senhora disse no outro dia. Fiquei pensando nisso. Tem tempo agora?

— É claro, querido, o que é?

A voz dela lembrava a de Minnie. Ele fechou os olhos.

— Falei com a irmã do Norman. Ela me contou mais sobre o acidente...

Harriet não falou nada, mas ele podia ouvir sua respiração.

— É só que eu acho que nunca entendi direito o que Minnie tinha passado e agora entendo e... fiquei pensando em uma coisa que a senhora disse...

Ele podia ouvir o próprio coração batendo. Fez uma pausa para que ela pudesse falar, mas ela continuou calada. Será que ele a deixara zangada outra vez?

— O que é, querido? O que foi que eu disse?

Ele respirou fundo.

— Sobre ela se torturar, recebendo todas aquelas crianças.

— Eu sei, que Deus a tenha.

Daniel fechou o punho e deu um leve golpe na parede.

— Por que eu, a senhora acha? Por que ela *me* adotou, e não uma das outras?

Harriet suspirou.

— Será que foi por que eu pedi a ela? Ou... por que eu tinha medo de ser levado para outro lugar? Ela já tinha pensado em adotar alguma das outras crianças?

Ele esperou que Harriet falasse, mas ela não o fez. O silêncio prolongou-se gravemente, como a nota de um piano com o pedal pressionado.

— Você não sabe, filhote? — disse ela, finalmente. — Ela o amava como se fosse filho de verdade. Você era especial para ela, e como... Eu me lembro do primeiro ano em que você foi ficar com ela. A princípio, ela teve muitos *problemas* com você, eu me lembro. Você era muito rebelde. Mas ela viu algo em você...

"Quer dizer, ela queria o melhor para você, é claro. Teria aberto mão de você para o seu bem, como tinha feito com outras crianças. Ela estava sozinha e sempre me dizia o quanto as crianças precisam de famílias, de irmãos e irmãs... da presença de um homem. Lembro que ela tentou encontrar um lar adequado para você, mesmo estando desesperada para que você ficasse."

— Ela era família bastante para qualquer um... para mim foi, de qualquer modo.

— No dia em que o adotou, ela me ligou depois de você ter ido dormir. Eu não a via tão feliz desde antes da morte de Delia.

Daniel pigarreou. Harriet começou a tossir: uma tosse áspera tão persistente que ela teve de afastar o fone por um segundo. Daniel aguardou.

— A senhora está bem?

— Não estou conseguindo melhorar dessa tosse. Minha nossa... Mas é preciso que saiba, Danny... a coisa que ela mais queria era que você fosse filho dela. Você era muito importante para ela.

— Obrigado — disse ele, quase sorrindo.

— Não pense mais nessas coisas, filho. Não faz bem a ninguém. Deixe isso para trás.

Harriet começou a tossir de novo.

— A senhora devia ir ao médico — disse ele.

— Vou melhorar. E você, está bem? Acho que o vi no noticiário outro dia. Está naquele caso do Assassino do Anjo agora? Foi você mesmo? Que coisa terrível aquilo.

— É, a senhora não se enganou — disse Daniel, ficando bem ereto; a menção ao caso o sacudiu das garras melancólicas de suas lembranças.

— No que o mundo está se transformando? Você já tinha ouvido uma coisa dessas, as crianças se matando?

Daniel pôs a mão no bolso e disse que precisava desligar.

— Você está certo, querido. Sempre se empenhou tanto no trabalho. Vá e ponha os pés para cima agora. Pare de pensar em tudo isso.

Daniel desligou. Foi para cama, com o arrependimento repicando lá dentro.

Quando acordou, eram seis e meia e ele estava atrasado para sua corrida. Um sonho ainda estava vivo em sua mente. Ele tinha sonhado com a casa de Brampton. As paredes da casa tinham se aberto, como um presépio ou uma casa de bonecas. Os animais entravam e saíam livremente. Daniel era adulto no sonho, mas ainda morava lá, e cuidava dos animais. Minnie estava lá fora, em algum lugar, mas ele não conseguia vê-la nem ouvi-la.

Na cozinha, ele tinha encontrado um carneirinho adormecido, ressonando audivelmente de contentamento, o abdome subindo e descendo e com um leve sorriso nos lábios. Daniel abaixou-se, pegou o carneirinho e levou-o para fora, onde os raios do sol passavam por entre as árvores.

Sentado na beira da cama, Daniel ainda se lembrava do peso palpável do carneirinho em suas mãos e do calor de seu pelo fino.

Depois do café, ele verificou os e-mails e então retornou a ligação de Cunningham, concordando que o sítio podia ser vendido. Daniel falou bem baixinho ao dizer essas palavras, caso mudasse de ideia. Concluiu que era hora de vender a casa. Era preciso seguir em frente. Não pensaria mais nela.

26

Minnie queria levá-lo até a universidade, mas Daniel sabia que ela estava ansiosa com isso. Por fim, ele pegou o trem para Sheffield, deixando que ela o levasse apenas até Carlisle. Blitz foi se lamuriando o tempo todo dentro do carro e depois os olhos de Minnie ficaram cheios de lágrimas quando eles chegaram à plataforma.

— Mãe, eu estarei de volta em dez semanas. O Natal é daqui a dez semanas.

— Eu sei, meu querido — disse ela, segurando o rosto dele com as duas mãos. — Parece tanto tempo e o tempo que passei com você agora parece ter sido tão curto. Mal consigo acreditar.

Fazia calor nesse dia. Blitz esticava a guia, virando-se ao som das pessoas e dos trens. Daniel sentiu o cheiro de diesel e, com isso, um breve arrepio de medo ao pensar em deixar Brampton e morar novamente numa cidade. Observou Minnie com o dedo dobrado no olho.

— Você vai ficar bem? — perguntou ele.

Ela deu um suspiro e sorriu para ele, exultante, com as faces rosadas.

— Claro, vou ficar ótima. Aproveite ao máximo. Ligue de vez em quando para eu saber que está vivo e que não se entregou à bebida ou às drogas. — Ela riu, mas Daniel pôde ver o brilho voltar aos seus olhos.

— Vai me ligar? — perguntou ele.

— Tente me impedir.

Ele sorriu, com o queixo grudado no peito. Ele queria ir embora agora, mas ainda faltavam alguns minutos para o trem. Deixá-la estava sendo mais difícil do que ele imaginara, e agora ele se arrependia de não ter se despedido no sítio.

Um lado dele se preocupava com que ela se sentisse só, outro estava cheio de apreensão por si mesmo. Um lado infantil dele não queria ir. Ele não conhecia ninguém que tivesse ido à universidade, não sabia o que esperar.

— E não fique pensando que você não é importante — disse ela, como se tivesse lido a mente dele outra vez. Seus olhos se dividiam entre o júbilo e a sabedoria. — A única coisa que você precisava era desta oportunidade. Aproveite-a e mostre a todos do que é feito.

Ele a abraçou, curvando-se para apertá-la, sentindo seu corpo ceder a ele. Blitz latia e saltava em cima deles, tentando separá-los.

— Você não passa de um bobo ciumento. — Ela zombou de Blitz, afagando sua cabeça.

Estava na hora. Daniel sorriu, deu-lhe um beijo na face molhada, afagou a orelha desconfiada de Blitz e se foi.

Na Universidade de Sheffield, embora quase todos os alunos com quem ele fez amizade fossem um ano mais velhos que ele, pois tinham passado um ano no exterior antes de ir para a faculdade, Daniel se sentia estranhamente mais velho. Ele entrou para o time de futebol e também para um clube de corrida e saía para beber com os amigos de ambos. Carol-Ann ficou em Brampton e eles se encontravam ocasionalmente durante o ano letivo e nas férias, quando ele voltava para o sítio, mas na universidade ele ia para a cama com outras garotas e não dizia nada a Carol-Ann, que o conhecia bem o suficiente para não perguntar.

Uma das garotas com quem ele transava ficou grávida e fez um aborto no início do segundo ano em que ele estava lá. Ele dividia um apartamento na Ecclesall Road e tinha ido com ela à Clínica Danum Lodge em Doncaster para realizar o procedimento. Os dois tinham ficado atemorizados e depois ela teve uma hemorragia e sentiu muita dor. Ele cuidou dela, mas depois de algumas semanas foi como se aquilo nunca tivesse acontecido.

Daniel não sabia bem se tinha sido isso que o levara a pensar em sua mãe novamente — sua mãe verdadeira —, mas pouco antes dos exames de direito do segundo ano, ele ligou para o Departamento de Assistência Social de Newcastle e pediu para falar com Tricia. Informaram que ela tinha saído do departamento em 1989.

Daniel recordou que teria o direito de procurar sua mãe quando tivesse 18 anos. Apesar de ela estar morta, ele ainda queria saber como ela havia morrido e se havia algum memorial. Então, decidiu que iria a Newcastle para ver se descobria alguma coisa sobre a morte dela. Um lado dele queria voltar lá. Ele não falou com Minnie o que estava fazendo, pois isso a aborreceria muito. Não queria magoar Minnie, mas, longe de Brampton, ele se sentiu mais à vontade para fazer a ligação. Telefonou para a assistência social mais três vezes antes de conseguir falar com alguém que o ajudasse.

— Daniel Hunter, você disse?
— Isso mesmo.
— E sua mãe biológica era Samantha. Foi adotado em 1988 por Minnie Florence Flynn.
— Hã-hã.
A assistente social chamava-se Margaret Bentley. Ela parecia exausta, como se cada palavra dita lhe custasse uma energia preciosa.
— A única coisa que consegui encontrar sobre sua mãe foram anotações da equipe de narcóticos, mas nada recente...
— Tudo bem, eu sei que ela morreu. Eu só queria saber como ela morreu e talvez descobrir se há um memorial. Sei que ela foi cremada.
— Desculpe, não guardamos esse tipo de informação, mas você poderia se informar no cartório de Newcastle. Eles devem ter o atestado de óbito dela. Na prefeitura, poderão informar onde ela foi cremada e se há um memorial...
— Bem... o último relatório da equipe de narcóticos era muito ruim?
— Nós não temos permissão para dar esse tipo de informação.
— A senhora não vai me dizer nada que eu não saiba — disse Daniel. — Eu sei que minha mãe usava drogas. É só...
— Bem, esse último relatório é muito bom. Ela estava limpa.
— Mesmo? Quando foi isso?
— Em 1988, no mesmo ano em que você foi adotado.
— Obrigado — disse Daniel, e desligou.
Ele pensou no último encontro com sua mãe; no modo como ela tinha se esforçado para encarar o que estava acontecendo. Será que tinha tentado ficar limpa por ele? Será que perdê-lo a afastara das drogas? Mas se não tivesse morrido de overdose, por que teria morrido tão jovem? Ele pensou nos homens da vida dela e cerrou os dentes.

***

Ele tinha uma revisão a fazer, mas, na manhã seguinte, levantou-se e pegou o trem para Newcastle. Aquele retorno lhe deu uma estranha alegria. Quando o trem entrou na estação, ele olhou para as propriedades de Cowgate ao norte. A cidade ainda parecia estar sob suas unhas e entre os dedos de seus pés. Quando estava ali, ele andava de outro modo: cabeça baixa e mãos nos bolsos, mas instintivamente sabia aonde ir. Ele não ia a Newcastle desde o dia em que Minnie o adotara. Sentiu uma excitação deliciosa, conflitante, como se estivesse violando uma propriedade alheia, mas se sentia em casa.

Ele não sabia onde era o cartório, mas se informou na biblioteca central. Ficava na Surrey Street e ele foi diretamente para lá. Anotara o nome completo de sua mãe e a data do nascimento, conforme recordava.

O cartório ficava num edifício vitoriano de arenito claro e imperturbado. Parecia ter arcado com a fuligem de décadas com adequada resignação. Os corredores eram institucionais, civis, minimamente limpos. Daniel se sentiu levemente inibido ao dirigir-se à recepção. Lembrou-o de sua primeira ida à biblioteca da universidade; da instrução inicial, antes de perceber que ele sabia o suficiente e tinha o direito de estar lá. Ele estava usando uma blusa de futebol de manga comprida e jeans. Parou nos degraus para ajeitar os cabelos, que estavam começando a ficar compridos na frente e a cair sobre os olhos. Lá dentro, ele foi ao toalete, onde enfiou a blusa para dentro das calças e depois a tirou de novo. Enquanto esperava na fila, questionou a origem de sua ansiedade: se era por que estava para indagar sobre a morta, ou se era por ter sido abandonado por ela.

Abandonado.

Ao chegar sua vez, Daniel deu um passo até a recepção. De repente, sentiu-se banido, jogado fora. Lembrou-se das unhas compridas de sua mãe, tac, tac, tac na mesa.

— Sim, em que posso ajudá-lo?

A funcionária era jovem. Ela apoiava os cotovelos na mesa e sorria para Daniel.

— Eu gostaria de obter uma cópia do atestado de óbito da minha mãe.

Ele preencheu um formulário e teve de aguardar, mas logo lhe deram o atestado, dobrado dentro de um envelope. Ele agradeceu a jovem funcionária e saiu, sem se atrever a abrir o envelope até chegar lá fora, e mesmo depois se sentiu inibido, com as pessoas passando por ele na rua movimentada.

Havia uma antiga casa de chá na Pinstone Street, onde Daniel entrou e pediu um café e um pão recheado com bacon. Lá estavam um homem obeso de faces roxas comendo um empadão com feijão e duas mulheres com o mesmo cabelo pintado de louro e penteado espetado, fumando um cigarro.

Cuidadosamente, Daniel desdobrou o papel. Ele sentia na boca o gosto da fumaça do cigarro das mulheres. Seu coração batia forte, mas ele não sabia por quê. Estava ciente de que ela havia morrido e podia imaginar como, mas ainda assim havia uma sensação de que ele estava descobrindo alguma coisa oculta. As letras impressas causaram-lhe assombro. Seus dedos tremiam e o papel também.

Sua mãe *tinha* morrido de uma overdose de drogas, como Minnie lhe contara. Daniel ficou olhando para o papel, imaginando a seringa saindo valentemente do braço dela e depois o torniquete azul de borracha soltando-se, como uma das mãos soltando a outra num penhasco.

Seus olhos passaram e repassaram pelas datas: nascida em 1956, falecida em 1993, aos 37 anos.

Ele empurrou o pão, deixou o café e correu de novo até o cartório, onde subiu os degraus aos saltos, pois estavam fechando para o almoço.

Ele foi até a recepção. A jovem que o atendera avisou que estavam encerrando o expediente.

— Desculpe, fechamos para o almoço. Se puder voltar mais tarde...

— Eu só queria fazer uma pergunta, só uma, juro.

Ela sorriu e voltou à mesa.

— Vou me encrencar — disse ela, com os olhos cintilando para ele.

Daniel fez o possível para acompanhar a brincadeira, embora estivesse com vontade de sacudi-la.

— Pô, muito obrigado, você é demais. — As pálpebras da funcionária se abaixaram e se levantaram. — Eu só queria verificar... Este atestado diz 1993, mas minha mãe morreu, no mais tardar, em 1988.

— É mesmo? Que estranho.

— Será que vocês podem ter cometido um engano? — perguntou Daniel, sentindo os olhos arregalados de pânico, mas ainda tentando relaxar diante dela.

— Bem, não, quer dizer... este é o atestado oficial do óbito da sua mãe. Tem certeza de que ela morreu em 1988?

— Hã-hã... — disse ele, e depois — não...
— Bem, então imagino que esteja certo.
— Como é que eu descubro se ela tem um memorial?
— É preciso ir à prefeitura, lembra?

A moça sorriu, franzindo os lábios, desculpando-se. Daniel virou-se e foi embora. Ao chegar lá fora, sem que ele tivesse qualquer intenção, o atestado estava amassado em sua mão.

Daniel esperou pela abertura da prefeitura. Seu estômago roncava e comprimia-se, mas ele não prestava atenção. Ficou sentado nos degraus por uns dez minutos e depois deu uma volta na quadra. Leu três vezes o aviso de que estava fechado entre uma e duas da tarde.

Ao abrir, indicaram-lhe o setor de Registro de Óbitos, onde ele precisou esperar por vinte minutos, apesar de ser o primeiro da fila.

— Quero saber se minha mãe tem um memorial... acho que ela foi cremada... estou com o atestado de óbito.
— Qual é o nome dela?

Daniel ficou esperando sentado numa cadeira de plástico, a musculatura do estômago tão tensa que começou a doer. Ele tinha se esquecido da universidade. Agora era só isso que interessava.

Ele esperava ter de preencher outro formulário, mostrar sua identidade ou ter de gastar algum dinheiro. A mulher retornou em poucos minutos e lhe disse que o nome de sua mãe não estava em nenhuma lista de cremações. Então ela fez outra verificação e descobriu que a mãe dele havia sido enterrada no cemitério da Jesmond Road.

Daniel achou que tinha agradecido à mulher, mas então ela lhe perguntou em voz alta se ele estava bem. Ele estava de pé, com os dedos segurando a mesa e o atestado de óbito esmagado na mão.

Na Jesmond Road, Daniel viu o cemitério. Ele trazia cravos num saco de plástico, algo que se lembrou de fazer, as pétalas voltadas para baixo.

A entrada assomou-se diante dele: um arco de arenito vermelho que era a um só tempo belo e apavorante. Ele ficou do lado de fora por um instante, chutando as pedrinhas do caminho. Sentiu-se impelido a atravessar o arco vermelho e, uma vez lá dentro, a necessidade de ir adiante foi muito forte.

Ele não sabia onde ela jazia nem se a encontraria, mas, assim que entrou, sentiu uma grande paz envolvendo-o. Seu coração estava sossegado. Ele foi de túmulo em túmulo, procurando pelo nome dela. Fez uma busca metódica, atenta, sem se sentir frustrado quando outra fileira de túmulos passava sem que ele tivesse encontrado o nome dela gravado e sem o alívio esperado ao descobrir túmulos onde havia nomes semelhantes entalhados.

Finalmente, pouco antes das quatro da tarde, ele a encontrou: *Samantha Geraldine Hunter 1956-1993. Descanse em paz.*

As letras pintadas de preto já começavam a descascar. Daniel tentou imaginá-la, com seus ombros magros e suas unhas compridas. Em sua imaginação, ela era uma criança. Ele pensou no quanto ela era jovem quando a viu pela última vez.

Ele ficou parado um instante e depois se ajoelhou, sentindo a grama úmida através dos jeans. Enxugou alguns pingos de chuva recente no mármore, imaginando seus pequenos ossos embaixo. Colocou os cravos ao pé da cruz.

Mil novecentos e noventa e três. Fazia poucos meses que ela havia morrido. Ele estava a menos de uma hora de distância dela quando sua hora chegou. Ele podia ter ido vê-la; poderia tê-la ajudado, mas ela havia morrido sem saber que ele estava perto. Tinha se livrado das drogas no ano em que o perdera. Teria feito isso para tentar reavê-lo? Seu aniversário de 18 anos se passara. Talvez ela tivesse perdido a esperança. Talvez tivesse pensado que ele tinha outra família e já não se lembrava dela.

Alguém devia ter pagado por sua lápide, alguém devia ter escolhido o mármore branco e decidido as palavras. Ele se lembrou do nome no atestado de óbito — *Michael Parsons*. Daniel recordou-se de todos os nomes e rostos que haviam cercado a vida de sua mãe. Pendeu a cabeça. Sua respiração estava irregular na garganta, mas mesmo assim ele não conseguiu chorar. O pesar que sentiu por ela foi pequeno e frágil. Era pesar confundindo-se com tantas outras coisas. Pássaros invisíveis cantavam com um ruído que parecia ensurdecedor.

Daniel levantou-se. Deu-se conta de uma dor aguda na cabeça. Virou-se e foi andando para fora do cemitério, os pés esmagando o cascalho vermelho com decisão, após sua descoberta lenta e paciente. O sol estava brilhante em seus olhos. Seus músculos estavam tensos e ele sentiu uma gota fria de suor correndo por entre as escápulas.

Lembrou-se do dia em que Minnie lhe contou sobre a morte de sua mãe e apertou os lábios. Os maxilares doeram.

Ele iria a Brampton e a mataria.

27

Daniel mostrou o passe aos guardas de Old Bailey ao entrar no tribunal. Hoje era o primeiro dia da defesa. Ele levantou o queixo ao dirigir-se à Sala de Audiência 13, lembrando a si mesmo da não condenação implícita na dúvida razoável. Deu-se conta de que era a primeira vez em sua carreira que ele realmente sentia medo diante da perspectiva de perder uma causa. Ele odiava a família de Sebastian e se preocupava com o retorno da criança àquele mundo de privilégio material e privação emocional, mas a perspectiva de mantê-lo no sistema prisional era pior. Por mais inteligente que a criança fosse, não se dava conta do quanto a imprensa já o demonizara e do quanto as coisas seriam difíceis pelo resto de sua vida se ele fosse considerado culpado. Daniel tentou não pensar nisso. Confiava na capacidade de Irene. Ela não perdera um único caso desde a derrota que eles tinham sofrido no ano anterior com Tyrel.

— *Meritíssimo, chamo o Dr. Alexander Baird.*

Baird parecia nervoso, dando a Daniel a mesma impressão de quando visitara o psicólogo em seu consultório. Ele se inclinou demais em direção ao microfone ao fazer o juramento e sobressaltou-se com a reverberação. Irene foi objetiva ao iniciar sua inquirição. Sorriu abertamente para Baird, fazendo gestos amplos para o tribunal ao pedir-lhe que compartilhasse suas impressões sobre Sebastian.

— Dr. Baird, o senhor examinou Sebastian Croll duas vezes em setembro de 2010. Correto?

— Correto.

— Eu gostaria de lhe pedir que resumisse para o tribunal como o julgou.

Baird aproximou-se do microfone, com as mãos lisas segurando de leve a borda do banco das testemunhas.

— Em termos de função intelectual, eu o considerei altamente inteligente. Seu QI foi medido em cento e quarenta, o que certamente sugere uma inteligência superior, beirando a genialidade. Com certeza, superdotado.

— O que descobriu sobre a maturidade emocional de Sebastian e sua compreensão de processos complexos como, por exemplo, os procedimentos do tribunal?

— Bem, Sebastian parece ter pouca concentração, o que pode se dever à grande inteligência, mas percebi que ele tende a explosões emocionais mais típicas em crianças menores.

— O senhor o entrevistou sobre o crime alegado. Qual é sua opinião sobre Sebastian em termos da acusação que lhe foi imputada?

— Sebastian sabia a diferença entre certo e errado. Entendia a natureza do crime alegado e foi convincente em sua declaração de acreditar ser inocente.

— Vocês discutiram os acontecimentos do dia do crime alegado?

— Sim, discutimos e fizemos uma tentativa de dramatizar os acontecimentos daquele dia. De modo geral, eu o considerei totalmente coerente. Seu conceito de moralidade ficou claro e ele declarou várias vezes ser inocente.

— Levando em consideração a capacidade intelectual de Sebastian, o senhor sentiu que ele compreendia a gravidade do crime do qual é acusado?

— Sem dúvida. Ele mostrou, com clareza, que entendia as penalidades por tal crime, mas sentia que estava sendo mal-entendido. Discutimos os acontecimentos do dia oito de agosto várias vezes, de variadas formas: contando uma história, usando bonecos ou em sessões de perguntas e respostas, mas em todas as vezes ele foi totalmente coerente.

— Obrigada, Dr. Baird.

Irene acenou com a cabeça para Daniel antes de sentar-se. Gordon Jones levantou-se e ficou parado um instante, abrindo seu fichário e equilibrando-o no atril, observado pelo tribunal. A sala estava abafada e Daniel afrouxou um pouco a gravata. A defesa começara bem e Irene parecia relaxada, mas Daniel sentia uma inexplicável inquietação a respeito do depoimento que se seguiria. Sebastian estava perdendo o interesse. Balançava as pernas e de vez em quando tocava nas pernas de Daniel.

— Umas poucas perguntas, Dr. Baird — disse Jones, na sua inquirição. — Em seu relatório, o senhor menciona um diagnóstico anterior de Sebastian, realizado pelo psicólogo educacional, de síndrome de Asperger.

Sebastian inclinou-se para sussurrar alguma coisa, mas Daniel levantou a mão para que ele se calasse.

— Sim, os relatórios escolares de Sebastian mostram um diagnóstico realizado por um psicólogo educacional. Eu discordo do diagnóstico.

— Mas considera que ele tenha... — Jones puxou os óculos para a ponta do nariz com certo alarde, enrugando-o, e virou a boca para baixo ao ler — um Transtorno Global do Desenvolvimento Sem Outra Especificação?

Baird sorriu e assentiu.

— De fato, ou seja, TGD-SOE, essencialmente um diagnóstico generalizado para os que demonstram uma sintomatologia atípica para Asperger, efetivamente autismo.

— Sei. Pois bem, em termos leigos, por favor, o que é isso exatamente... hã... TGD-SOE e como se relaciona ao diagnóstico anterior?

— Bem, simplesmente significa que Sebastian mostra uma gama de traços característicos da síndrome de Asperger, mas não todos... e, na verdade, é altamente funcional em áreas onde dificuldades seriam esperadas se ele realmente tivesse Asperger.

— Entendo. A síndrome de Asperger é um tipo de autismo de alta funcionalidade, correto?

— Sim, correto.

— E quais sintomas são característicos de uma criança com a síndrome de Asperger?

— Bem, tipicamente, elas exibem problemas em três áreas principais: comunicação, interação e imaginação social.

Irene levantou-se.

— Meritíssimo, questiono a relevância disso. Meu ilustre colega tem um propósito para esse inquirição?

Baron inclinou-se para a frente e levantou as sobrancelhas para Jones, esperando uma resposta.

— Meritíssimo, estamos explorando legitimamente as possíveis implicações dos transtornos que o menino pode ter e que possam estar relacionados com o crime cometido.

— Continue — disse Baron. — Considero isso relevante.

— O senhor acabou de relacionar três áreas que apresentam dificuldade aos pacientes de Asperger. Poderia elaborar isso? — requisitou Jones.

— Bem, os pacientes típicos exibem uma gama de comportamentos, como dificuldade em situações sociais. Isso muitas vezes se manifesta por um desejo de fazer amizades, mas na dificuldade de mantê-las. Geralmente, há um hiperfoco num assunto específico... eles tendem a ter dificuldade de ler a reação emocional dos outros. Outra coisa é que costumam ter problemas com a integração sensorial, podem reagir a ruídos altos, por exemplo.

Irene levantou-se novamente.

— Meritíssimo, eu realmente preciso protestar. A testemunha já declarou que meu cliente *não tem* síndrome de Asperger, portanto, volto a questionar a relevância de explorar a sintomatologia típica.

— Dra. Clarke, a testemunha declarou que o réu mostra uma gama de traços da síndrome de Asperger, portanto, vamos ouvir isso como explicação dos traços em questão.

Irene sentou-se. Daniel a observou. Seus ombros estavam tensos.

— Obrigado, Meritíssimo — disse Jones. — Então, diga-nos, Dr. Baird, Sebastian exibe algum desses comportamentos e problemas típicos de Asperger?

— Sim, ele exibe alguns, mas não todos.

— Que tal o hiperfoco num assunto específico? O senhor percebeu que Sebastian tem profundo interesse num assunto em particular?

Baird corou e deu uma olhada de relance para Irene.

— Dr. Baird?

— Bem, eu percebi uma preocupação... mas não tive certeza de que isso possa ser qualificado de hiperfoco num interesse. Seria preciso analisá-lo por um período mais longo.

— Entendo... o que, exatamente, o senhor descobriu que preocupa Sebastian?

Ouvindo seu nome ser pronunciado num tom tão grave, Sebastian endireitou-se no assento. Olhou para Daniel e sorriu.

— Ele tem o que se pode chamar de curiosidade mórbida.

— De que modo? Que coisas, exatamente, provocam sua curiosidade mórbida?

— Ele parece muito interessado em sangue, morte e lesões... sobre isso, novamente, eu teria de analisar melhor seu comportamento, mas eu citaria uma discussão que tivemos sobre o aborto espontâneo sofrido pela mãe dele.

— Por que isso o alarmou?

Irene se pôs de pé.

— Meritíssimo, eu realmente devo protestar: meu ilustre colega está colocando palavras na boca da testemunha. Ele não declarou de modo algum que estava *alarmado*.

Jones assentiu para Irene e reformulou a pergunta:

— Conte-nos o que a conversa sobre o aborto da mãe dele revelou, Dr. Baird?

— Bem, considerei seu conhecimento mais detalhado do que seria de se esperar e também um tanto inapropriado, especialmente para uma criança da idade dele... mas, novamente, isso não é nada definitivo.

Daniel observou Irene fazendo anotações furiosamente. Sabia que ela retornaria a esse assunto na reinquirição.

— Sei, *nada definitivo*. Fale-nos sobre a capacidade de Sebastian lidar com a comunicação social.

— Sim, ele realmente parece ter problemas de comunicação e interação social...

— Mesmo assim, o senhor não lhe deu um diagnóstico de Asperger, preferindo... — Mais uma vez, Jones virou o rosto para ler suas anotações. — ...TGD-SOE. Em minha visão de leigo, ele está me parecendo um exemplo modelar de criança com Asperger. Por que o senhor não considera que seja?

— Bem... Sebastian demonstrou capacidade de *imaginação* social... não apenas capacidade, mas aptidão para tal. Isso ficou bem aparente na dramatização que fizemos. Foi a falta desse sintoma fundamental de Asperger que me levou a discordar do diagnóstico anterior. Mas, ao refletir, considerei que ele possa demonstrar TGD-SOE.

— E o que é imaginação social, exatamente?

— Basicamente, é a capacidade de imaginar uma variedade de resultados para uma situação, especialmente uma situação social. Muitas pessoas que têm Asperger podem ser criativas, mas um sintoma típico do transtorno é a incapacidade de imaginar diferentes resultados para as situações apresentadas ou... de prever o que acontecerá em seguida. Geralmente, elas têm problema para elaborar o que as outras pessoas sabem.

— Sei. — Jones estava empertigado agora, agitando a toga e olhando diretamente para os jurados. — Diga-nos, Dr. Baird, a imaginação social é importante para que alguém seja um bom mentiroso?

Daniel reteve a respiração. Jones elevara a voz ao dizer a última palavra. Daniel olhou para cima. A sala de audiência agitou-se e os murmúrios foram interrompidos. Baird engoliu em seco. Daniel observou seus olhos movendo-se rapidamente para Irene.

— Dr. Baird? — induziu Jones.

— Bem, com certeza, se a mentira for complexa e envolver a visualização de certos resultados, a imaginação social será muito importante... mas deve ser observado que as pessoas que têm a síndrome de Asperger geralmente não conseguem mentir.

— Mas, Dr. Baird — disse Jones, com um sorriso predatório nos lábios —, o senhor acabou de nos dizer que Sebastian não tem Asperger, justamente por mostrar uma capacidade... de fato, *uma aptidão*... para a imaginação social, algo que pode ter permitido que ele mentisse de modo convincente sobre o homicídio do pequeno Ben Stokes. Não seria esse o caso?

— Eu... acho que o TGD-SOE é um diagnóstico mais apropriado, sim... não posso falar sobre...

— Dr. Baird, o senhor diria que crianças com Asperger e, na verdade, as diagnosticadas com o estado menos grave de TGD-SOE geralmente tendem à violência?

— Bem, eu...

Irene levantou-se. Daniel cruzou as mãos.

— Meritíssimo, novamente questiono a relevância... A testemunha está dando sua opinião técnica sobre o estado psicológico do *meu cliente*. Não temos tempo para generalizações.

— Pode ser, Dra. Clarke, mas a testemunha pode responder... Como especialista, ele está habilitado a mostrar como o estado psicológico do seu cliente diz respeito a... estados mais generalizados.

— Bem... — gaguejou Baird —, as crianças que exibem sintomas de TGD-SOE e Asperger podem frustrar-se com mais facilidade e, em consequência, são mais propensas a acessos temperamentais, muita raiva, ataques de fúria e comportamentos violentos.

— Entendo... *muita raiva e comportamentos violentos* — repetiu Jones, voltando-se para o júri. — As crianças que exibem tais sintomas também têm falta de... empatia?

— Novamente, o transtorno tem um vasto espectro, mas isso é verdadeiro a respeito das crianças agressivas em geral... elas quase nunca sentem ou compreendem o sofrimento dos outros.

— Obrigado, Dr. Baird — disse Jones.

Jones parecia satisfeito consigo mesmo.

— Com sua licença, Meritíssimo — disse Irene, levantando-se de novo.

O juiz Baron agitou os dedos em consentimento.

— Dr. Baird, concentrando-se agora em Sebastian e afastando-nos das generalizações anteriores, é sua opinião técnica que ele foi agressivo ou ardiloso nos dois encontros que tiveram?

— Essa não foi minha experiência com ele e não deveríamos supor que ele fosse capaz de tais coisas.

— Entendo. O senhor declarou que considera a possibilidade de Sebastian ter um transtorno do espectro da síndrome de Asperger, o TGD-SOE. Isto é comum?

— Bastante.

— Portanto, é provável que um grande número de adultos na sociedade, de outra forma saudáveis, exiba esses leves traços do espectro da síndrome de Asperger?

— Sim, é claro, apesar de não haver como dizer o quanto é comum, pois até hoje muitos casos ficam sem ser diagnosticados.

— Assim sendo, pessoas nesta sala, além do réu, também podem ter TGD-SOE?

— É totalmente possível.

— Pessoas no júri poderiam ter TGD-SOE, ou até os defensores, advogados e juiz presentes hoje neste tribunal?

As palavras dela eram chocantes e Daniel deu uma olhada para Baron. O velho estava com cara feia, mas não disse nada.

— Novamente, é... possível.

— E isso não é preocupante? O TGD-SOE é indicativo de criminalidade ou violência?

— De modo algum, ocorre apenas que as limitações impostas pelo transtorno podem aumentar a frustração e ocasionalmente resultar em explosões em certos indivíduos.

— Obrigada por seu esclarecimento. — Daniel observou Irene consultando as anotações que tinha feito durante a inquirição de Jones. — Agora, em relação à suposta *curiosidade mórbida* do réu, o senhor citou a descrição que ele fez do aborto espontâneo sofrido pela mãe como exemplo. Na folha sessenta e quatro, parágrafo quatro dos seus autos, encontra-se a transcrição da conversa a que se refere. O que, exatamente, Sebastian disse ao senhor que considerou mórbido ou *inadequado para a idade dele*?

— Os detalhes biológicos por ele observados são surpreendentes: a idade exata do feto, sua consciência do traumatismo provocado ao útero e as consequências para a fertilidade de sua mãe. Ele descreveu vividamente a hemorragia...

— Não consigo entender por que isso foi atribuído a um transtorno, Dr. Baird. Meu cliente estava esperando um irmãozinho. A gestação estava no terceiro trimestre e ele tinha, como seria esperado, sentido o bebê se mexer dentro da barriga da mãe; na verdade, ele comentou isso. Tenho certeza de que o senhor está ciente das questões que essa experiência irá incitar numa criança, sobre as especificidades biológicas. O senhor está ciente de que a perda do bebê se deu em consequência de um acidente doméstico... — Irene fez uma pausa. Daniel cogitou as palavras que ela escolheria. — O senhor não consideraria totalmente compreensível que uma criança que tenha testemunhado a queda e um aborto num estágio tão avançado de gestação em sua própria casa possa ter ficado... morbidamente preocupada, como o senhor colocou? Isso não representaria um trauma significativo para o menino e sua família?

— Realmente, essa é uma explicação razoável. Anteriormente, respondi a perguntas sobre aspectos gerais do transtorno, não especificamente sobre o caso de Sebastian.

— Obrigada — disse Irene, triunfante. — Agora, mais uma vez, segundo sua avaliação do réu, o senhor acha que Sebastian é capaz do crime alegado?

Baird fez uma pausa, quase saboreando as palavras antes de falar.

— Não, eu não o considero capaz de assassinato.

— Obrigada, Dr. Baird.

A sessão foi suspensa para o almoço e Sebastian foi levado para andares abaixo. Daniel foi andando sozinho pelos corredores de Old Bailey, passando a mão pelos cabelos. Estava com raiva de si mesmo. Tinha ficado temeroso com o depoimento de Baird e agora se censurava por não ter pensado melhor nisso. A primeira testemunha da defesa acabou revertida, mas graças a Irene, voltou para o lado deles. Ao fim da sessão, ele tentou alcançá-la — queria dar-lhe os parabéns pela recuperação —, mas ela teve de discutir outro caso com o assistente.

Daniel estava sem fome. Pôs algumas moedas na máquina de bebidas, escolhendo um café em vez de almoço. Enquanto esperava, sentiu unhas fincadas em seus braços e virou-se, encontrando Charlotte quase em lágrimas. Ela era o álibi de Sebastian a partir das três horas no dia do crime e iria prestar depoimento após o almoço.

— Daniel, não sei se vou conseguir fazer isso — disse ela. — É *daquele homem* que estou com medo. Estou vendo que ele *dilacera* as pessoas. Estou com medo de tropeçar... — Daniel sabia que ela se referia a Jones.

— Você vai conseguir — disse Daniel, ouvindo o próprio tom grave, quase severo, mas ele não queria que ela desmoronasse e o instinto dizia a ele para não mimá-la. — Dê respostas curtas, como discutimos com Irene. Fale sobre o que sabe e nada mais. Lembre-se, você não está em julgamento.

— Mas meu filho está. Vejo o modo como me olham, como se eu fosse a mãe de algum tipo de... demônio.

— Nem pense nisso. Ele é inocente e vamos provar isso, mas seu papel é muito importante. *Nós precisamos que você* vença essa. Você é a mãe dele e precisa defendê-lo.

Ele já tinha dito essas palavras a Charlotte duas vezes. Estava com vontade de sacudi-la. Ele sabia o que era ter uma mãe dependente como uma criança, que tinha sido incapaz de protegê-lo.

Charlotte olhou para cima, para a abóboda elevada do Tribunal Criminal Central, percorrendo sua vastidão como se estivesse em busca de respostas. Ao abaixar a cabeça, uma lágrima negra derramou-se, sendo logo enxugada com um lenço já enegrecido. Ele se lembrou do toque das unhas dela em seu abdome. Observando-a agora, ele novamente teve aquela sensação de desgosto e pena, tão forte que precisou desviar o olhar.

— Você vai conseguir, Charlotte — disse ele. — Sebastian está contando com você.

Ao ser chamada, Charlotte estava composta, mas, ainda assim, Daniel reteve a respiração, acompanhando-a ao banco de testemunhas com o olhar. O contorno de seus cotovelos era visível nas mangas do casaco. Sebastian inclinou-se para a frente, com as mãos estendidas sobre a mesa, como se tentasse alcançá-la. Charlotte pigarreou e tomou um gole d'água. À distância, ela parecia frágil, mas de uma beleza arrebatadora, as feições uniformes e os olhos grandes.

Irene foi cordial e simpática ao iniciar sua inquirição. Apoiava um cotovelo no atril e dirigia-se a Charlotte de maneira familiar, gentil, embora as duas mulheres só tivessem se falado num breve encontro.

— Umas poucas perguntas apenas... Poderia nos dizer do que se lembra do dia oito de agosto deste ano?

— Sim — disse Charlotte, a princípio baixinho, mas ganhando segurança aos poucos. — Eu não estava me sentindo muito bem naquele dia. Meu marido estava no exterior e depois de fazer o almoço para Sebastian, decidi dar uma deitada.

— O que Sebastian fez naquele dia?

— Bem, ele saiu para brincar enquanto eu estava deitada.

— A senhora sabia aonde ele tinha ido brincar?

— Bem, normalmente ele brinca na rua, às vezes com os filhos dos vizinhos, mas mesmo que vá ao parque, eu quase sempre consigo vê-lo da janela do quarto de cima, é muito perto.

— A senhora o observou quando ele brincava nesse dia?

— Não, eu estava deitada com dor de cabeça.

— Quando Sebastian voltou para casa?

— Foi pouco antes das três horas.

— Tem certeza?

— Tenho.

— E ao chegar, ele parecia diferente? Como se estivesse muito sujo, suas roupas estavam visivelmente manchadas?

— Não mais que de costume — Charlotte permitiu-se um leve sorriso. — Ele é um menino. Geralmente chega em casa meio sujo, mas não, não havia nada incomum.

— E quanto ao comportamento dele, Sebastian parecia preocupado ou aborrecido?

— Não, de jeito nenhum. Fizemos um lanche juntos e assistimos à televisão.

— Obrigada. — Irene acenou com a cabeça e se sentou.

Daniel expirou e inclinou-se na direção de Sebastian.

— Tudo bem com você? — sussurrou ele para o menino.

— Não deixa ele ser cruel com ela — sussurrou Sebastian em resposta, sem virar para Daniel ao falar.

— Não se preocupe — tranquilizou-o Daniel, apesar de também estar preocupado com a inquirição de Jones. Sabia que Charlotte não aguentaria muita pressão.

***

Jones deu um jeito de sorrir de boca fechada antes de começar. Charlotte esfregava o pescoço, os olhos movendo-se ansiosamente na direção da galeria pública.

— Sra. Croll, seu médico lhe receita alguma medicação que toma regularmente?

Charlotte pigarreou e disse:

— Sim... eu tenho dificuldade para dormir e problemas de... ansiedade, então eu tomo... hã... diazepam e betabloqueadores com alguma frequência e nas noites em que não consigo dormir... nitrazepam.

— Sei, um coquetel daqueles. E no dia oito de agosto, tomou algum... diazepam, por exemplo?

— Não me lembro exatamente, mas é bem provável que tenha tomado. Quase todos os dias tenho de tomar um para me acalmar.

— Sei, então a senhora admite ter tomado sedativos no dia oito de agosto enquanto seu filho saiu para brincar, mas agora está testemunhando sob juramento que tem certeza de que ele retornou às três horas em ponto?

— Sim, eu me deitei, mas não cheguei a dormir naquele dia. Não me sentia bem e só precisava me acalmar. Ouvi Sebastian chegar às três horas e então fiz alguma coisa para comermos. Eu não dormi. Sei que não dormi. Estava muito... tensa. Sei a hora que ele chegou.

— Ama seu filho, Sra. Croll?

— Sim, é claro.

Sebastian estendeu as mãos sobre a mesa outra vez quando sua mãe falou. Daniel notou que ele estava sorrindo para ela lá do outro lado.

— E faria qualquer coisa para protegê-lo?

— Qualquer coisa que pudesse. — Charlotte olhava para Sebastian.

— Quando a polícia chegou à sua casa na segunda-feira, foi relatado que a senhora estava em casa, mas dormia profundamente. Portanto..., *tão fora do ar* que nem percebeu que seu filho tinha sido levado para a delegacia, é correto?

— Sim, nesse dia eu estava dormindo. A ansiedade vai se acumulando e, na segunda, eu estava exausta. Mas no domingo eu estava acordada e *sei* a hora que ele chegou.

— Uma testemunha declarou ter visto Sebastian no parquinho do Barnard Park brigando com o falecido bem depois naquela tarde. Na verdade, a senhora *não faz ideia* da hora que seu filho chegou em casa. Estava sedada e inconsciente naquele dia.

— Isso não é verdade. A testemunha pode ter visto outra pessoa. Eu sei que estava acordada naquele dia. Estava muito nervosa. Não podia ter dormido nem que tentasse. Ele chegou às três horas, disso tenho *certeza*.

— Muito nervosa. Tenho certeza disso, Sra. Croll, muito nervosa. Quantos miligramas de Valium tomou no dia oito de agosto?

Charlotte tossiu.

— Dez. Eu só tomo comprimidos de dez miligramas, às vezes parto ao meio, mas naquele dia tomei uma dose inteira.

— E devemos acreditar que ainda estava consciente, quanto mais ciente da hora, depois de dez miligramas de Valium?

— Faz algum tempo que tomo ansiolíticos. Um comprimido de dez miligramas faz um efeito sedativo em mim, não mais que isso. Pode perguntar ao meu médico, quantidades menores nem sequer me acalmam. Sei que meu filho chegou em casa às três horas.

Daniel sorriu e expirou. Jones terminou sua inquirição, e Charlotte retornou ao seu assento. Os cotovelos eram asas pontudas. Ela deu uma rápida olhada para Sebastian e Daniel antes de sentar-se. Daniel virou-se para ela e articulou com a boca: *Você foi bem*.

Após um breve intervalo, chegou a vez do patologista da defesa. Com o depoimento de Baird e a afirmação da Coroa de que Sebastian tinha um transtorno dentro do espectro da síndrome de Asperger, a defesa tinha começado mal, mas Daniel achou que Charlotte tinha se saído bem. Fora arriscado pedir que ela prestasse depoimento. Como álibi, ela era importante, mas seu estado emocional volátil e a atenção dispersa tinham preocupado Irene e Daniel. No entanto, Charlotte tinha se destacado. Fora honesta quanto ao consumo de medicamentos e sobre sua ansiedade, e Daniel sentiu que seu depoimento tinha sido mais verossímil que a visão de Rankine dos dois meninos brigando mais tarde, depois da hora que Sebastian afirmava ter voltado para casa.

Irene parecia menos segura quando ele a encontrou com Mark mais tarde. Ela estava sem a toga, andando de um lado para o outro no vestiário onde os defensores tinham seus armários.

— Só acho que não é forte o bastante, Danny — disse ela. — Aquele maldito psicólogo nos afetou. — Seu colarinho branco imaculado adejava com ênfase quando ela falava, mão na cintura, duas linhas nítidas entre as sobrancelhas. — Precisamos de algo mais.

— Ainda temos nossa cientista forense para chamar, mas imagino que não vá chamá-la agora — disse Daniel.

— Não é necessário, visto que revertemos Watson. A capitulação dele é mais forte que qualquer coisa que ela pudesse dizer.

— Tem uma pessoa que eles ainda estão esperando ouvir — disse Daniel. Irene virou-se para encará-lo. Seus olhos estavam intensos.

— Você está falando de colocar Sebastian no banco? Não seria permitido neste estágio. A defesa já está em curso.

— Você não poderia fazer uma petição ao juiz? — perguntou Daniel.

— Poderia, mas não sei se ele permitiria. Acha que Sebastian está em condições de fazer isso?

— Pode ser que sim.

— E acha que isso realmente nos ajudaria? Eu já tinha pensado nessa possibilidade. Não deixando que ele prestasse depoimento, podíamos estar prejudicando suas chances. É preciso que o júri o entenda, especialmente com a Coroa batendo na tecla do Asperger, na dependência da mãe por medicamentos e na curiosidade mórbida do menino. Ele não está falando nada e a imaginação dos jurados está descontrolada...

— Concordo, estão todos esperando para ouvir o lado dele da história. Seu silêncio agora o está comprometendo — disse Daniel.

Irene expirou.

— Meu Deus, vamos sair e tomar um drinque. Acho que precisamos. Podemos falar mais sobre isso. Precisaríamos de relatórios do psicólogo e então eu entraria com a petição para Baron.

Por volta das oito da noite, eles estavam na terceira caneca de chope no Bridge Bar do Gray's Inn, dando risadas num canto atrás do juiz Baron, que estava de costas para eles do outro lado do balcão, tomando um xerez.

— E aí, Danny boy, tudo bem com você? — disse Irene, inclinando-se para a frente e tirando o cabelo do rosto de Daniel. Ele permitiu, deixando que a cabeça caísse para trás, de encontro ao painel de madeira. — Ultimamente, você anda bem carregado. Não está como no último julgamento. Será que tudo isso está lhe atingindo? Vejo que nosso pequeno cliente gosta de você... e muito.

— Ele me *detesta* — disse Mark, o assistente de Irene.

Daniel lhe deu um sorriso torto. Mark era um rapaz desajeitado, parecia que nunca encontrava uma camisa que lhe servisse.

Daniel deu um leve soco na mesa, fazendo o topo de sua cerveja vibrar.

— Eu não esperava todo aquele lance em torno da síndrome de Asperger. Ele tinha excluído isso, tinha sido específico quanto a essa exclusão.

— Nenhum de nós estava esperando, Danny, deixe pra lá... tomara que a gente tenha feito uma boa recuperação. Acho que o modo de lidar com isso é simplesmente reconhecê-la daqui para a frente. Acho que eu até posso fazer menção a isso na conclusão, mas precisamos reiterar o argumento que já reforçamos, de que... mesmo que ele tenha Asperger não diagnosticada, seja lá como ele chama, Sebastian não é um *assassino*.

Daniel e Mark concordaram.

— A maior questão — disse Irene, cruzando as pernas e recostando-se no assento — é se acatamos sua sugestão e o chamamos.

— Eu sei que ele consegue fazer isso — disse Daniel. — Caso contrário, não iria sugerir. Ele não é como a maioria dos meninos. Teria condições de lidar com a pressão

— Qual é sua opinião, Mark? — perguntou Irene.

Pelo tom e o modo como ela olhava para Mark, Daniel podia ver que Irene não estava perguntando para realmente saber a opinião dele, mas para testá-lo, para ensiná-lo.

— Acho perigoso. Não há um precedente para isso. Venables e Thompson não prestaram depoimento no julgamento Bulger porque alegaram que eles estavam sofrendo de tensão pós-traumática. Mary Bell prestou depoimento, mas isso foi na década de 1950, e não constitui um paralelo verdadeiro...

— Acho que Danny tem razão, que o júri precisa ouvir Seb e também acho que ele pode nos surpreender com seu desempenho talentoso. O que não é certo é se o psicólogo vai concordar que o menino está em condições e, por fim, se Baron vai aceitar a petição.

— Acho que você devia tentar — disse Daniel.

— Vou pensar. O que eu acho que desarma — continuou Irene —, mas... por isso mesmo é útil para a defesa dele... é o fato de ser uma criança cativante, tenha Asperger ou não. Ele é estranho, inquieto, mas cativante mesmo assim. E é muito maduro, fica muito bem em companhia de adultos. — Ela deixou a mão cair sobre o joelho de Daniel. — Acho que você pode estar certo. Podemos colocá-lo no banco.

Daniel desejou que Mark não estivesse mais lá. Ele se recostou, resistindo ao impulso de segurar a mão dela.

— Ele não gosta da *minha* companhia adulta — disse Mark. Daniel deu outro sorriso; Mark parecia verdadeiramente ofendido por ter sido rejeitado pela criança.

— Você está sendo paranoico — disse Irene. — Por que ele gosta tanto de você, Danny?

Daniel deu de ombros.

— Não creio que haja uma razão específica.

— *Você* gosta dele? — perguntou Mark.

— Engraçado, ele me fez essa mesma pergunta outro dia.

— E o que você respondeu?

— Eu disse que sim, que gostava dele... mas não sei bem se *gostar* é a palavra certa. Um lado meu... consegue entendê-lo, ou acha que entende. Tenha ele matado ou não Ben Stokes, todos sabemos que é um menino muito perturbado. Precisa de alguém que tome conta dele.

Mark olhava para Daniel de um modo estranho, como se ele tivesse dito algo com que Mark não concordava, mas tinha medo de contestar.

— É, faz a gente pensar — disse Irene. — Quando me lembro das coisas que aprontei na infância... nossa, nem dá para pensar.

— Tipo o quê? — perguntou Danny, uma sobrancelha erguida.

Ela sorriu para ele, pendendo a cabeça para um lado.

— Eu botei fogo no vestido de uma prima porque ela disse que eu parecia com aquela menininha da série *Os Pioneiros*.

— Botou fogo nela? — Daniel inclinou-se para a frente.

— Botei. Tinha uma grande lareira na cozinha e eu estava furiosa com ela. Peguei um graveto aceso e joguei no babado do vestido. Podia ter sido um acidente terrível. Eu podia ter ficado na situação de Sebastian.

— O que aconteceu? — perguntaram Mark e Daniel juntos.

— Foi milagroso. Ela só bateu nas chamas, que se apagaram. É claro que ela me entregou... e perdeu o vestido.

— Eu sabia que você devia ter sido endiabrada.

— Sou uma incendiária. — Irene fez a mímica, enxotando Mark para buscar mais bebidas.

— E você, como era quando pequeno? — perguntou Irene, reticente. — Aposto que era um *amor*.

— Eu era danado — disse Daniel, encontrando os olhos dela.

— Sim — disse ela. — Dá para ver isso também.

Daniel encontrou os Croll na Parklands House. O psicólogo dissera que Sebastian poderia prestar depoimento sob algumas condições. Irene estava preparando a requisição para o juiz Philip Baron.

Chovia forte e o dia estava plúmbeo lá fora. King Kong pesava na sala de reuniões, e Sebastian aguardava em outra sala, lá em cima. As cadeiras fixas de plástico sentiram seu peso.

— Você está dizendo que ferrou com tudo? É isso que está dizendo? Por que ele prestaria depoimento? Não vai correr risco de incriminar-se?

— Há um argumento de que, por *não* prestar depoimento, ele está se incriminando e ele se saiu muito bem nos interrogatórios da polícia. Ele tem sido tão brilhante...

— Não me venha com paternalismos. Eu sei que meu filho é esperto, não seria meu filho se não fosse. É claro que ele vai se sair melhor que seus garotos comuns no banco. O que eu quero saber é a estratégia. Por que essa é a melhor jogada?

— Porque achamos que o júri precisa ouvi-lo. A prova sobre a síndrome de Asperger, a visão dele mais tarde e a questão em torno do álibi parecem exigir um comentário de Sebastian. Achamos que o depoimento dele poderia ser muito importante. Neste estágio, é importante que o júri ouça que não foi ele. Nós já mostramos que há uma dúvida razoável, mas sentimos que o júri precisa ouvi-lo.

O olho direito de Kenneth se contraía enquanto ele escutava Daniel.

— Se Sebastian se sair bem, poderia fazer toda a diferença.

— Se?... Não lido com *se*. Fico surpreso com que você lide.

Daniel respirou fundo.

— Podíamos perguntar a Sebastian o que ele acha — disse Charlotte.

— Pelo amor de Deus... ele é uma criança... o que vai saber? — Kenneth virou-se para Charlotte com desdém. Uma borrifada de sua saliva caiu na mesa.

— Muito vai depender da impressão que ele der — disse Daniel, afrouxando a gravata. A sala de entrevistas da Parklands House estava claustrofóbica. A chuva caía em rajadas sobre as janelinhas do teto, parecendo punhados de cascalho. Daniel não sabia bem por que, mas aquilo fez com que se lembrasse do funeral de Minnie. — Se ele tiver um bom desempenho, nós ainda poderemos vencer. Se ele for mal, se Jones conseguir desconcertá-lo ou confundi-lo, aí poderíamos ficar novamente prejudicados. — Daniel expirou e encarou Kenneth, depois Charlotte. — É um risco, mas acho que vale a pena assumir para que o júri possa ouvir o ponto de vista dele.

Charlotte olhou para o marido e então perguntou:

— E se ele não prestar depoimento? — Ela olhava para a mesa em vez de encarar Daniel. — Será considerado culpado com certeza?

— De modo algum.

— Mas você acha que ele deve prestar depoimento?

— Sim. Acho que Sebastian deve ir ao banco de testemunhas — respondeu Daniel.

Kenneth fez um beiço, exagerando o volume dos lábios já carnudos. Daniel observou seus olhos, que eram inteligentes e duros a um só tempo.

— Acho que todos sabemos que ele pode dar conta disso — disse Kenneth, lentamente. — E acho que essa loucura precisa ter um fim. Nós o queremos em casa. Se ele quiser fazer isso, e já que você acha que pode ajudar, damos permissão.

Sebastian foi chamado. Entrou lentamente na sala, com um leve sorriso no rosto branco e os olhos verdes cintilando de empolgação. Sentou-se à cabeceira da mesa, com os pais à esquerda e Daniel à direita. Charlotte pôs a palma da mão no rosto dele, e Sebastian inclinou-se sobre a mão da mãe.

King Kong estalou os dedos.

— Sente-se direito, por favor, temos uma coisa bem séria para discutir.

Sebastian fez o que ele mandou, sem olhar para o pai. Mais uma vez, Daniel achou que ele parecia *tão* novo, os pés ainda não tocavam o chão quando ele se sentou na cadeira; a cabeça grande se equilibrava sobre um pescoço fino e duas covinhas apareciam na face direita quando ele sorria.

— Sebastian, o que você acha de prestar depoimento? — perguntou o pai. — Você vai ao banco das testemunhas?

— Bem, na verdade, você não precisa fazer isso — corrigiu Daniel. — O mais provável é que você permaneça numa sala perto da sala de audiência.

Eles instalariam uma câmera de transmissão. Um assistente social ficaria com você.

— Você não podia se sentar ao meu lado? — perguntou Sebastian, dirigindo-se a Daniel. — Isso seria melhor.

— Que frescura ridícula é essa? — explodiu Croll de repente. — Há coisas mais importantes em jogo. Prestar depoimento pode ser uma maneira de livrá-lo da cadeia. Está entendendo?

— Sebastian ficou intimidado, os olhos verdes se obscureceram e a pequena boca vermelha se comprimiu. Daniel olhou para ele a tempo de ver o brilho dos dentes inferiores do menino.

— É provável que eu tenha que ficar no tribunal — disse Daniel. — Mas eu poderia ir vê-lo nos intervalos. Isso nós saberemos mais tarde. Queremos que as pessoas ouçam a sua história. Nós vamos praticar bastante com você antes, mas depende de você.

— Eu quero prestar depoimento — disse Sebastian, olhando para Daniel. — Quero contar aos jurados o que realmente aconteceu.

Kenneth Croll respirou fundo e suspirou.

— Bem, então está decidido. — Ele assentiu para Daniel, como se eles tivessem acabado de fechar um negócio.

28

Quando Daniel desembarcou do ônibus, o sol brilhava. O ar estava parado e as urtigas florescentes ficaram alerta à sua passagem indo para o sítio de Minnie.

Pessoas que reconhecia vagamente saíam do seu caminho conforme ele seguia pela cidade. Passou pelo açougue, onde ele sabia que vendiam as galinhas e os ovos Flynn, e pela loja de doces, onde a velha mesquinha, a Sra. Wilkes havia trabalhado. Estava fechada com tapumes agora — vítima do tempo. Passou pela delegacia, que sempre estava fechada. Viu o telefone na porta de entrada, que sabia que se comunicava com a Polícia de Carlisle.

Ao chegar no sítio, Daniel estava sem fôlego. As mãos estavam soltas e pesadas, mas ele sentiu os dedos trêmulos. Gotas de suor formaram-se na linha dos cabelos, ele passou a mão e enxugou a palma na blusa, depois enganchou os indicadores nos bolsos de trás. Parou no topo da colina, observando a casa até a respiração voltar ao normal. A tranquilidade do dia o desarmara. Ele foi até a porta da frente.

Virou a maçaneta e a porta cedeu com um leve rangido. Blitz estava ficando velho e já não corria para receber as visitas, mas Daniel ouviu as unhas do cachorro no linóleo ao pisar no hall.

O cachorro virou a cabeça com as orelha em pé, depois foi até ele, cabeça baixa e rabo abanando. Daniel não se ajoelhou para acariciar o animal, como teria feito normalmente, mas se curvou para sentir as orelhas aveludadas e dar uma coçada no queixo branco de Blitz.

— Oi, garoto — sussurrou ele.

Olhando na direção da cozinha, ele sentiu o coração bater mais forte, na expectativa do confronto. O sol passava pelas vidraças levantadas, revelando seus borzeguins com os cadarços soltos. Ela estava consertando parte do galinheiro e arrancando ervas daninhas do quintal ao mesmo tempo, jogando-as no monte para compostagem.

Ela estava parada no quintal com um balde de metal e uma vassoura na mão quando Daniel levantou o trinco da porta dos fundos e saiu. Ficou olhando para ela da porta, um lado dele ainda gostando de vê-la depois de meses distante. Subitamente, o quintal lhe pareceu lindo, com seu cheiro de esterco e o capim verde bem aparado pelas cabras. As cabritinhas tinham crescido fazia tempo e uma delas estava até maior que a mãe. Ele sentiu uma dor na garganta ao reconhecer que essa era sua primeira casa de verdade e a última.

Ela ainda não o tinha visto, e Daniel pensou em esperar até que ela se virasse e o visse no vão da porta. Blitz sentou-se no degrau ao seu lado.

— Minnie — chamou ele.

Minnie, não *mãe*.

Ela se virou e largou o balde e a vassoura, colocando as mãos sobre as faces, como que se entregando.

— Oh, meu querido... que surpresa! — gritou ela.

Com a mão no quadril comprometido, ela foi em direção a ele, com um sorriso tão largo que seus olhos azuis quase desapareceram. Ela foi andando com a outra mão na frente do rosto para protegê-lo do sol. Ele sabia que ela não conseguia ver sua expressão. Ele se imaginou uma silhueta escura no vão da porta.

Ela riu e Daniel inspirou. A risada dela havia sido tão importante para ele que o condicionara a apreciá-la. Ela limpou as mãos na saia.

— A que devemos esta honra?

Ela se aproximou dele, tirou a mão dos olhos e foi para a sombra fresca onde ele estava. As mãos se estenderam para segurar as dele, mas então seus olhos se encontraram.

— Você está bem, querido? Está tudo bem? — Ela pôs a mão no braço dele para confortá-lo. Franzia o cenho, interessada, os lábios preocupados faziam covinhas em suas faces.

— Não, não está — sussurrou ele, esquivando o braço de seu toque, passando por ela e indo para o meio do quintal. Uma das cabras mordiscou a bainha de sua blusa e ele a afugentou, batendo o pé no chão uma, duas vezes, até o animal se assustar.

Ela foi em sua direção. Blitz acompanhou-a, saltando em vaivém, parando diante dela, olhando para seu rosto, verificando o que estava errado. Ele deu um ganido, arranhou o chão. Minnie estendeu os dedos para tocar a cabeça do cachorro, mas sem tirar os olhos de Daniel.

— O que foi, amor? — perguntou ela, de novo. — O que aconteceu?

O coração de Daniel batia forte agora e suas palmas estavam úmidas. Ele tentou encontrar fôlego para falar baixo, mas sua boca estava muito seca. Ele pretendia lhe contar sobre o que andara pensando, sobre seu desejo de descobrir o que tinha acontecido com sua verdadeira mãe, agora que tinha 18 anos. Tinha planejado contar a ela sobre o cartório, o atestado de óbito e o cemitério com sua cruz de mármore branco e a tinta que já descascava das letras do nome dela. Tinha planejado contar a ela que sua mãe estava limpa quando Minnie falou que, ao contrário, tinha morrido. Ela estava largando as drogas por ele e só tomou uma overdose quando achou que ele nunca mais iria procurá-la; que ele a esquecera. Foi demais para ele, que então gritou com ela:

— Minha mãe morreu no ano passado!

Ele se surpreendeu quando as lágrimas surgiram repentinamente em seus olhos. Ele sentiu a veia inchando na têmpora e a dor na garganta. Foram as lágrimas que mais o irritaram. Ele não queria chorar. Não tinha planejado isso.

— Ano passado! — gritou ele, pegando o balde de metal e apontando-o para Minnie, fingindo que iria jogá-lo para assustá-la, mas ela não se contraiu. Então ele o jogou, uns 20 centímetros à direita dela, de modo que ele bateu no degrau com estardalhaço, assustando as cabras, que correram para os cantos do quintal, fazendo Blitz se sentar. Ele pegou a vassoura e jogou-a também e então pegou uma pá, que estava encostada no galinheiro. Brandiu-a, sentindo as lágrimas caindo, apreciando o peso leve da pá em suas mãos.

Ele mordeu o lábio.

— Você mentiu para mim — sussurrou ele.

Ela ficou parada diante dele, as mãos ao lado do corpo e uma expressão no rosto que o lembrou de sua infância: calma, decidida.

Ele virava a pá na mão, olhando para ela.

— O que você tem para me dizer? O que tem para me dizer, hein?

A raiva tomou conta dele novamente.

— Hein?! — gritou ele, erguendo a pá acima da cabeça, dando um passo adiante e batendo no canto do galinheiro. Deu golpes com a pá até o galpão envergar. As galinhas se alvoroçaram. Ele girou com a pá e derrubou um balde de ração e uma pilha de vasinhos que ela guardava perto do galpão. A princípio, Blitz ficou assustado, depois posicionou-se ao lado de Minnie, agachado nas patas dianteiras, latindo e rosnando para Daniel, correndo para a frente e depois recuando, como se fosse mordê-lo — disciplinando-o como faria com uma ovelha desgarrada.

— Eu tenho... o atestado de óbito dela. Eu vi o *túmulo*. Ela morreu no ano passado. Eu podia tê-la visto. Podia ter...

As lágrimas desciam quentes por suas faces. Ele não as enxugou. Não olhava para o rosto dela. O quintal era uma massa rodopiante de imagens: o galpão vergado, Minnie diante dele, as mãos postas uma sobre a outra, as cabras assustadas e o cachorro protegendo-a com os dentes à mostra.

— Vamos entrar — disse ela. — Vamos nos sentar e conversar sobre isso.

— Não quero entrar. Não quero conversar sobre isso. Eu queria que você estivesse morta.

Ele largou a pá. O cachorro saltou para trás e voltou a rosnar. Daniel cobriu o rosto com as mãos. Sentiu o gosto de sal na língua, sentiu a mão dela no braço.

— Calma, querido — dizia ela. — Venha, eu vou lhe fazer um chá.

Ele puxou o braço com tanta força que ela se desequilibrou e caiu de lado com toda força. Blitz saltava para a frente e para trás, rosnando e ganindo. Minnie olhou para cima, para Daniel. Ele achou por um instante que ela pareceu amedrontada, mas em seguida a expressão se foi e ela ficou com a fisionomia de sempre, como se pudesse enxergá-lo por dentro. Ele se lembrou de observá-la pela porta da sala, vendo suas lágrimas pingarem do queixo sobre teclas de marfim, os pés descalços nos pedais e querendo entendê-la assim como ela parecia entendê-lo.

— Levante! — gritou ele. As lágrimas tinham se evaporado, o sol sumira por trás da casa e o quintal ficou na sombra. — Levante. — Ele chutou a bota dela, o que fez Blitz lhe dar uma ligeira mordida e logo recuar. Minnie rolou e ficou de joelhos, levantou um deles primeiro e ficou de pé devagarzinho.

Ele ficou parado olhando para ela, as mãos na cintura, ofegante como se tivesse corrido de Newcastle até Brampton. Ela se virou e foi andando lentamente para dentro de casa. Ele pensou em bater nela com a pá, em derrubá-la de novo, em agarrar seus cabelos grisalhos e bater sua cara na parede da casa decadente. O cachorro seguiu-a, parando na porta quando ela entrou, como que avisando Daniel para não segui-la.

Daniel respirou fundo e olhou em volta do quintal. As cabras voltaram para mordiscar seus bolsos em busca de guloseimas. As galinhas acalmaram-se e começaram a ciscar as ervas daninhas. Ele a seguiu para dentro de casa.

Ela não estava na cozinha. A porta do banheiro estava aberta e Daniel olhou para dentro, para o trecho alongado iluminado pelo sol e para a borboleta de porcelana ainda na prateleira, de asas abertas. Ele desviou o olhar.

Ela estava parada na sala, com uma das mãos no piano e a outra na cintura. Ainda estava com o rosto contraído.

Daniel olhou em torno, como se visse aquela sala pela primeira vez. Sobre a lareira, estava a foto dela quando jovem, com o marido e a filha. Ao lado, estavam três fotos de Daniel, duas em que ele estava de uniforme e outra tirada na feira.

Daniel ficou parado com as mãos nos bolsos.

A sensação de estar encolerizado com ela novamente era estranhamente familiar. Lembrava-o de todas as outras vezes, quando era menino. Ele se sentiu alto demais, grande demais agora para tamanha raiva, ocupando o vão da porta enquanto ela estava junto ao piano. Lembrou-se de se sentir assim muitos anos antes: irado, desconfiado, sozinho. Era tão menor na época. Ela poderia prendê-lo ao chão com seu peso, mas agora não mais. Agora ele era mais forte.

— Quer uma bebida? — perguntou ele.

Minnie não disse nada, mas balançou a cabeça.

— Por que não, já está na hora, não é?

— Obviamente, você quer discutir alguma coisa.

Ela tinha acionado a voz que usava na feira para as pessoas de quem não gostava.

— É, algo como por que você mentiu pra mim.

Ele sentiu as lágrimas na garganta outra vez. O cachorro estava entre eles, confuso, olhando para um e para o outro, o rabo abanando num instante e, no minuto seguinte, entre suas pernas.

— Você era pequeno. Precisava de estabilidade. Precisava de uma chance para se estabelecer, para amar e confiar. Eu simplesmente lhe dei a chance de ficar sem fugir por um ou dois anos. Eu lhe dei uma chance de.. — Minnie estava sussurrando. Daniel precisou esforçar-se para ouvi-la.

— De ficar com você?

— De ser, de apenas ser você... — completou ela.

— Você me dá nojo.

Ela deu de ombros, passou a mão pela superfície do piano, como se tirasse pó.

— O que eu fui? Nada além de uma droga de substituição dela.

Minnie virou-se para ele. O peito se inflou, mas ela não disse nada.

— Você não foi uma substituição. Você é meu filho. Você é meu filho.

— Quer dizer que você me queria tanto que precisou matar minha mãe cinco anos antes de chegar a hora dela? Eu podia ter...

Ele pôs o dorso da mão sobre o nariz. Ela ainda o olhava.

— O que você precisava era de espaço para não pensar nela. Para...

— O quê? Para que eu pudesse pensar em você, *mãe*?

— Para que pudesse pensar em você, uma vez na vida, ser um menino, não ter que cuidar de ninguém.

— Por que colocar você na cama era diferente de colocar a minha mãe?

Isso a exasperou. Ela pôs a grade diante da lareira e recolheu papéis que estavam espalhados no sofá.

— Pare com isso — disse ela. Parecia cansada, como se não tivesse restado forças para brigar, mas ela levantou o queixo e falou com a voz calma. Sua suavidade firme sugou a violência dele, como sempre. — Entendo que você esteja magoado. Talvez eu devesse ter contado tudo quando você foi para a faculdade, mas achei que não era hora de distraí-lo. Sinto muito que ela tenha morrido. Achei que talvez, quando você ficasse mais velho, eu pudesse explicar. Você não faz ideia da mudança que teve quando não precisou mais se preocupar com ela. Olhe só para você agora. Se Deus quiser, em breve será um advogado. Sua mãe teria se orgulhado disso. Você era um menino bom, gentil, mas precisava se livrar dela para poder fazer escolhas para si mesmo, uma vez na vida.

Daniel falou com dentes meio cerrados.

— Vim até aqui para lhe dizer, na sua cara, que nunca mais vou vê-la, nunca mais vou falar com você. Não quero um centavo seu. Não quero saber mais nada de você. Eu te odeio.

Minnie ficou ereta, a mão no braço do sofá. A fisionomia tomada pelo pesar. Daniel se lembrou das noites em que ela chorava e tinha essa mesma expressão nos olhos. Ela engoliu em seco, os lábios se abriram.

— Filho, por favor. Vamos falar novamente sobre isso quando você tiver se acalmado. Você está aborrecido. Quero que entenda por que eu fiz isso. Não foi por mim. Você não entende o quanto ela estava acabando com a sua vida. Sua cabeça estava desnorteada pensando nela e depois que ela se foi, foi como se você conseguisse se concentrar. Veja onde está agora, e é tudo por causa daqueles anos de paz, sabendo que não precisava correr atrás dela.

— Mas eu *precisava* correr atrás dela, você não entende. Agora ela está morta e é tarde demais.

Daniel deu um passo em direção a Minnie. Ela levantou o queixo como se esperasse que ele fosse bater nela. Ele estremeceu, a musculatura da nuca comprimiu-se de tensão.

— Desculpe, então — disse ela. — Talvez eu tenha errado. Fiz isso para seu próprio bem, mas você tem razão: eu não devia ter mentido. Desculpe.

A garganta de Daniel doía por segurar as lágrimas. Ele mordeu o lábio e puxou o punho do moletom sobre a mão. Com um tapa, derrubou as fotos do console. Elas caíram na lareira, e o cachorro sobressaltou-se e latiu quando o vidro quebrou.

Minnie cobria a boca com as duas mãos.

— É, você não devia ter mentido para mim, mas o que está feito, está feito. — Ele andou na direção dela, os braços ao lado. — Esta é a última vez que você me vê. Queria que estivesse morta.

Ele foi embora, as lágrimas quentes outra vez em suas faces ao abrir a porta e descer a colina. *Volte, por favor*, ele achou que a ouviu gritar.

Suas pernas estavam bambas quando desceu a colina. Ele cambaleava como se estivesse ferido, mas o sol era quente e tranquilizador em suas costas. Ele enxugou o rosto com a palma da mão, sabendo que todo o carinho e amor que ele tinha conhecido neste mundo também tinham ficado lá trás. E ele deixaria para trás.

29

De volta da corrida, Daniel tomou banho e ficou com a toalha em volta da cintura, barbeando-se. Normalmente, estaria apressado e passaria o barbeador rapidamente, antes de tomar o café, de pé na cozinha. Nesta manhã, estava com tempo de sobra, então pôs o creme de barbear. A petição de Irene ao juiz havia sido aceita e hoje Sebastian prestaria depoimento. Possivelmente, o veredito sairia até o fim da semana.

Daniel terminou de barbear-se e secou o rosto. Com as mãos apoiadas na pia, ficou olhando para o próprio reflexo. Viu o contorno dos bíceps e, ao reter a respiração e enrijecer a musculatura, o abdome definido. Seu peito era liso, com exceção de uns poucos pelos em torno do esterno e um triângulo esparso abaixo do umbigo. Ele passou a mão no contorno do rosto, agora liso. Sentia-se relaxado após a corrida, mas ainda tinha a mente perturbada.

Cunningham prosseguia com a venda do sítio. Daniel não o queria, apesar de sentir uma dor aguda quando pensava no lugar.

Voltou a olhar para o próprio rosto. Lembrou-se de Minnie segurando seu queixo entre o indicador e o polegar e lhe dizendo o quanto era bonito. Lembrou-se de derrubar todas as fotos do console. Lembrou-se da fisionomia dela, contorcida de dor ao pensar que o perderia depois de tudo que eles tinham passado juntos. Sentia falta dela, agora admitia. Mesmo lá, diante dela, jurando que ela não o veria nunca mais, ele estava sentindo sua falta. Fizera empréstimos e trabalhara em bares em Sheffield à noite, decidido a terminar a faculdade sem a ajuda dela; decidido a provar que não precisava de Minnie. Sentira sua falta na época e sentia agora.

Ela queria ir à sua formatura, mas ele não deixou. Nunca admitira para si mesmo, mas sentira falta dela naquele dia também. Lembrou-se de ficar olhando em volta, ansioso, caso ela tivesse ido mesmo assim. Todos os outros pais estavam lá, além dos irmãos e irmãs. Ele ficou bebendo champanhe sozinho e depois deu uns amassos na garçonete.

Em seguida, começou a trabalhar e Minnie ficou esquecida. O sucesso veio rapidamente, ele pagou os empréstimos e comprou o apartamento em Bow.

Com as duas mãos apoiadas na borda da pia, ele se inclinou para a frente até seus olhos castanhos entrarem em foco. Agora lhe parecia incompreensível que ele tivesse guardado tanta raiva dela por tanto tempo. Sempre exigira mais dela — o arrependimento não tinha sido suficiente. Não levara em consideração o que ela já havia perdido antes de forçá-la a perdê-lo também.

Daniel respirou fundo. Com o peso de tal arrependimento, ele não tinha vontade de encarar o dia, mas estava pronto.

Na cela, Sebastian brincava de joquempô com o guarda. Estava ajoelhado no banco, vestindo terno e gravata e dando risadinhas. Os jurados deviam ver isso, pensou Daniel: nenhum monstro, mas uma criança que ainda se diverte com coisas infantis.

— Danny, quer jogar? — perguntou Sebastian.

— Não, precisamos ir daqui a pouco.

O juiz concordou que Sebastian poderia prestar depoimento, mas não houve nenhuma discussão que isso se daria por meio de uma conexão de vídeo. Não havia como avaliar qual seria o desempenho da criança no dia e também havia considerações de ordem prática, como sua estatura ser muito pequena para o banco das testemunhas e a necessidade que o tribunal tinha de ver suas expressões faciais. O sistema judiciário já fora muito criticado ao longo do tempo por sua indiferença para com os jovens acusados de crimes graves, e o juiz Baron não abriria precedentes para mais críticas. O vídeo seria mostrado em tribunal aberto, mas fora da vista da galeria.

Encaminhando-se à Sala de Audiência 13, Daniel verificou o celular. Havia uma mensagem de Cunningham:

O contrato de compra e venda deve ser assinado no final da semana. Ligue mais tarde.

Daniel parou no corredor, com os arcos de pedra do antigo tribunal estendendo-se acima. *Agora não. Agora não.* Ele expirou e comprimiu os lábios. Irene apareceu ao seu lado.

Daniel desligou o telefone e colocou-o no bolso.

— Ah, quero que você fique de olho nele agora de manhã. Se sentir que ele não vai aguentar a barra, nós paramos tudo. Ele parece se comunicar bem com você — disse ela.

— Não vou ficar com ele. Eles têm uma assistente social...

— Eu sei, mas teremos intervalos. Dê uma verificada.

— Pode deixar... Boa sorte — disse Daniel.

— *Meritíssimo, agora eu chamo... Sebastian Croll.*

A tela tremulou e então apareceu o rosto de Sebastian. Ele estava sentado ereto com um leve sorriso nos lábios.

— Sebastian — disse Philip Baron, virando-se para a tela.

— Sim, senhor.

Daniel recostou-se na cadeira. *Sim, senhor.* Durante o ensaio, Sebastian não fora instruído a se dirigir desse modo ao juiz. Daniel olhou de relance para a galeria. Estava cheia hoje, mas inquieta. Daniel sentiu a frustração dos jornalistas por não poderem ver a tela: os pescoços esticando-se e os dedos aparecendo na borda da balaustrada.

— Quero lhe fazer uma pergunta. Sabe o que significa dizer a verdade?

— Sim, senhor, significa não contar mentiras.

— E você sabe a diferença entre a verdade e a mentira?

— Sim, a verdade é o que realmente aconteceu, e a mentira não.

— E se hoje você prometer contar a verdade, o que acha que isso significa?

— Que eu *devo* dizer a verdade.

— Muito bem — disse Baron para o tribunal. — Ele pode prestar juramento.

Irene se levantou.

— Em primeiro lugar, quero que você nos conte sobre sua relação com Ben Stokes. Há quanto tempo conhecia Ben?

— Há uns três ou quatro anos.

— E como descreveria Ben, como um amigo?

— Ele era meu amigo, meu vizinho e meu colega de escola — disse Sebastian com clareza.

— E você brincava com ele regularmente?

— Eu brincava com ele às vezes.

— Com que frequência, você diria?

A imagem projetada de Sebastian ficou pensativa, os grandes olhos verdes virados para um lado, considerando a pergunta.

— Provavelmente umas três vezes por mês.

— E que tipo de coisas vocês faziam?

— Bem, se estávamos na escola, jogávamos bola ou brincávamos de pega-pega. Se estávamos em casa, às vezes ele vinha para a minha ou eu ia para a dele, mas geralmente a gente brincava na rua.

— Você viu Ben no dia em que ele desapareceu, Sebastian?

— Sim.

— Pode nos dizer o que aconteceu?

— Bem, como eu contei à polícia, ele estava andando de bicicleta e eu perguntei se ele queria brincar. Ficamos brincando perto de casa por algum tempo e depois decidimos ir até o parque.

— De quem foi essa decisão?

— Bem, acho que decidimos juntos.

O juiz interrompeu, com as pesadas bochechas coradas de mau humor.

— É preciso ir mais devagar, Dra. Clarke. Esqueceu que eu preciso anotar isso?

— Sim, Meritíssimo, eu me deixei levar... Agora, Sebastian, um pouco mais devagar, você disse à sua mãe aonde estava indo?

— Não.

— Por que não?

— Bem, a gente só ia ao parque. É bem ali perto e voltaríamos antes que ela se desse conta.

Daniel expirou. Sebastian tinha mudado o ritmo da fala, pausando depois de cada frase, para que o juiz tomasse notas.

— O que aconteceu quando vocês chegaram ao parque?

— Bem, nós estávamos correndo um atrás do outro e então começamos a brincar de luta, o que virou um pouco de briga de verdade... Ben começou a me xingar e me empurrar... No início eu falei para ele parar, mas ele não parou. Então eu empurrei ele. Foi quando o homem alto com o cachorro chamou nossa atenção... o Sr. Rankine.

Irene vacilou um instante. Sebastian tinha se lembrado do nome da testemunha.

— Ele falou pra gente parar com aquilo; então nós paramos um pouco e saímos correndo para o alto do morro.

— E aí o que aconteceu? — induziu Irene, pigarreando.

— Bem, nós corremos para o parquinho, que estava fechado, mas sempre dá para entrar. Quando chegamos lá, subimos até o ponto mais alto do trepa-trepa, mas então comecei a pensar na minha mãe. Ela tinha se deitado porque estava com dor de cabeça. Pensei que era melhor voltar pra casa e dar uma olhada nela...

Daniel viu os ombros de Irene relaxarem. Sebastian estava no caminho certo.

— Mas o Ben não queria que eu fosse pra casa. Ele começou a me empurrar de novo. Fiquei com medo de que ele me derrubasse do trepa-trepa. Ele ficou me dando socos na barriga, puxando meu cabelo e lutando comigo. Eu disse para ele parar, mas ele não parou, então eu falei que não tinha mais graça e que eu ia mesmo pra casa.

— E então?

— Bem, eu estava para descer, mas Ben parecia realmente chateado porque eu ia embora. Ele queria ficar. Disse que ia pular do trepa-trepa. Eu disse para ele que fosse em frente então, mas não achei que ele fosse mesmo fazer isso. Acho que ele queria me impressionar. Eu sou *mais velho* que ele — disse Sebastian, sorrindo. — Ele queria me impedir de ir pra casa...

— Ben pulou?

— Pulou e caiu de mau jeito. Ele bateu com o nariz e a testa e saiu sangue. Ele rolou, ficou de costas e eu desci para ajudar ele.

— Como o ajudou?

— Bem, não ajudei na verdade. Sei um pouco sobre primeiros socorros, mas não muito. Eu me inclinei sobre ele e tentei fazer o sangramento parar. O nariz estava sangrando *muito*. Estava deixando o rosto dele vermelho... Mas ele estava bravo comigo. Começou a me xingar de novo. Não entendi por que, pois a ideia de pular tinha sido dele.

— E o que aconteceu então?

— Deixei ele lá. Disse que ia contar pra mãe dele que ele tinha batido em mim e me xingado, mas não fiz isso. Achei que podia me encrencar por ter brigado com ele quando a gente estava no parque. Agora estou arrependido de ter deixado ele lá. Não sei quem machucou ele, mas às vezes eu me arrependo de ter deixado ele lá daquele jeito. Acho que eu podia ter feito alguma coisa...

— Por quê? — perguntou Irene. Daniel percebeu pelo tom de sua voz que ela estava quase com medo de ouvir a resposta.

Ele está usando os depoimentos que ouviu, pensou Daniel. Quer explicar o sangue expirado em sua blusa. Daniel pensou também se ele não estava copiando as outras testemunhas que haviam expressado arrependimento por não terem feito alguma coisa naquele dia — como Rankine.

— Eu não sabia que alguém iria machucar ele. Se a gente tivesse feito as pazes e ido juntos para casa, talvez ele ainda estivesse bem.

Mais uma vez, Sebastian olhou bem para a câmera. Daniel reteve a respiração. O leve sorriso havia sumido e os olhos verdes pareceram se encher de lágrimas.

— E que horas eram quando você deixou Ben no parquinho e voltou para casa?

— Cheguei em casa umas três horas.

— Obrigada, Sebastian — disse Irene.

Ao tomar seu assento, ela deu uma olhada tranquilizadora para Mark, seu assistente, que estava sentado atrás e depois levantou uma sobrancelha para Daniel.

Depois do intervalo, Gordon Jones levantou-se para inquirir Sebastian. O leve sorriso do menino voltou. Daniel inclinou-se para a frente, petrificado.

— Sebastian, você ouviu as gravações da polícia que foram tocadas no início do julgamento, as gravações de seus interrogatórios quando você estava sob custódia?

— Sim, senhor.

— Vou ler agora parte da sua declaração: *Nós fomos para o parquinho e subimos até o topo, mas depois eu precisei ir para casa. Pensei em ver como minha mãe estava, ver se ela precisava de uma massagem na cabeça.* Lembra-se de ter dito isso à polícia?

Na tela grande, Sebastian fez que sim, sem piscar.

— Sebastian? — chamou o juiz Baron, interrompendo novamente. — Eu sei que deve ser estranho para você estar... na televisão, por assim dizer... mas se pudesse enunciar suas respostas, isso nos ajudaria muito. Com isso quero dizer...

— Tudo bem, entendi. Não posso responder com a cabeça, tenho que dizer sim.

— Isso mesmo — disse Baron. O juiz deu um leve sorriso enrugado em apreço, o qual direcionou para suas anotações.

— Lembra-se de falar isso à polícia, Sebastian? — induziu Jones.

— Sim.

— E foi só mais tarde, quando a polícia o avisou que tinha encontrado o sangue de Ben Stokes nas suas roupas e em seus calçados e também o avisou que era sangue expirado, que você mudou sua história para incorporar a queda e o sangramento nasal. Correto?

— Eu estava muito assustado na delegacia — disse Sebastian, os olhos bem abertos, e Daniel olhando-os fixamente. — Eles tiraram toda a minha roupa e me puseram uma roupa de papel... disseram que eu não podia ver minha mãe, que não iam deixar ela voltar até que eu respondesse todas as perguntas. Fiquei muito confuso. Só estava muito assustado. — Mais uma vez, os olhos ampliados pareceram enevoar-se com lágrimas.

Daniel novamente sorriu para si mesmo. Ele tinha muita fé de que Sebastian fosse sobrepujar Gordon Jones. Os disparos da acusação iriam ferir, mas não o derrubariam. Sebastian havia se lembrado da ira de Daniel quando os detetives demoraram para levar a mãe dele para a sala de interrogatório e agora usava isso em benefício próprio no tribunal. Baird, o psicólogo, tinha prejudicado o caso ao ser revertido pela Coroa, mas Sebastian estava revertendo o próprio caso. Daniel defendera adultos que não possuíam a destreza do menino.

— Assustado ou não, você reconhece que disse uma coisa à polícia e depois, quando percebeu que sua história não iria se sustentar, mudou-a... Você *mentiu*. Não é verdade, Sebastian?

— Não acho que *realmente* menti. Só estava assustado e confuso e misturei um pouco as coisas, esqueci de alguns detalhes. Eu só queria ver minha mãe.

— Sebastian — continuou Gordon Jones. — O sangue de Benjamin Stokes foi encontrado na sua blusa, nos jeans e nos tênis; sua pele foi encontrada sob as unhas de Ben Stokes e fibras das suas calças estavam no cós das calças de Ben, como se... e tenho certeza de que você ouviu a patologista sugerir exatamente isso... você tivesse montado nele. Pergunto: você bateu no rosto de Ben Stokes com um tijolo no parquinho?

— Não, senhor.

— Você o agrediu no rosto, provocando a fratura da órbita ocular e infligindo uma grave contusão na cabeça que o levaria à morte?

— Não, senhor. — A voz de Sebastian saiu mais alta agora, insistente. Seus olhos estavam arregalados e redondos.

— Eu acho que você é um *mentiroso*. Admite que mentiu para a polícia?

— Eu estava confuso. Não menti.

— E está mentindo para nós agora, não é?

— Não, senhor, *não* — disse Sebastian. A cabeça pendeu. Uma mão minúscula cobriu o rosto. Com o dedo indicador dobrado no olho, ele pareceu impedir uma lágrima.

O tribunal ficou escutando por alguns instantes quando o menino fungou, antes que o juiz se dirigisse à assistente social sentada com Sebastian, perguntando se seria necessário um intervalo.

Daniel ficou olhando a assistente social inclinar-se na direção de Sebastian, o rosto perto do dele. Sebastian balançou a cabeça e afastou-se dela.

Jones continuou. Virou a página de seu arquivo e Daniel cogitou se ele iria citar mais alguma transcrição da polícia.

Sua pausa foi mais longa do que parecia necessário. Jones era um ator: cheio de compostura, mantendo o momento em foco pelo máximo de tempo possível, chamando toda a atenção sobre si.

— Você é um menino esperto, Sebastian?

— Acho que sim.

— Muita gente acha isso?

— Talvez.

— Seus professores acham?

— Acho que sim.

— Seus pais?

— Sim.

— Eu também acho que você é esperto, Sebastian. Acho que é um menino *muito* esperto...

Sebastian sorriu com o elogio, lábios fechados.

— Você entende muito bem o que está acontecendo aqui no tribunal hoje, não é? — A voz de Jones era sinistra. — Entendeu o que o doutor falou sobre as lesões de Benjamin Stokes e sobre o sangue e o DNA que foram encontrados em suas roupas, não é?

Sebastian fez que sim, com cuidado, e depois disse:
— Sim.
— Assiste à televisão, Sebastian?
— Sim.
— Todos os dias?
— Quase todos os dias, sim.
— Quantas horas de televisão por dia?
— Não sei. Talvez duas ou três.
— A que tipo de coisas gosta de assistir?
— A maioria.
— Gosta de assistir séries policiais?
— Às vezes.
— Programas de detetives em que tentam encontrar o assassino?
— Às vezes.
— Sei. Você se interessa por crimes, Sebastian?
— Todo mundo se interessa por crimes — disse Sebastian. Daniel prendeu a respiração. — Quer dizer, tem uma porção de programas sobre isso. Não haveria tantos se as pessoas não se interessassem por isso.

Daniel expirou.
— Você ouviu o doutor antes, dizendo que você tinha um interesse *pouco saudável*... uma curiosidade mórbida, de fato... por sangue, morte e ferimentos?

Jones pronunciou as palavras lentamente, saboreando o drama enquanto as vogais ameaçavam a sala.
— Ouvi sim, mas achei que ele não sabia nada sobre mim. Só nos encontramos duas vezes. Ele não sabe o que me interessa, do que eu gosto ou deixo de gostar, nem nada.
— Sei — disse Jones, quase para si mesmo. — A testemunha especialista não sabia nada... mesmo assim ele comentou sobre seu diagnóstico anterior de síndrome de Asperger. Você tem essa síndrome, Sebastian?
— Não! — Uma ruga apareceu entre as sobrancelhas no rostinho do menino. Os olhos verdes se obscureceram e o semblante se abateu.
— Sabe o que é a síndrome de Asperger?

Sebastian ficou calado, cenho franzido, enquanto Irene se colocava de pé.

— Meritíssimo, com sua licença, a testemunha especialista afirmou que Sebastian *não* tinha síndrome de Asperger, como anteriormente diagnosticado.

Baron deu de ombros e virou a boca para baixo.

— Sim, Dr. Jones, se pudesse reformular...

— Deixe-me perguntar, Sebastian, é verdade que você *não* tem amigos?

— Tenho amigos sim.

— Sei. Não de acordo com seus professores. Quem são seus amigos... Ben Stokes?

— Eu tenho amigos.

— Sei. Estamos com seus registros escolares aqui. Todos dizem que você é um valentão, que ninguém quer ser seu amigo porque você é cruel.

— Isso *não é verdade*.

Sebastian lançou uma raiva discreta, mas clara, nas palavras *não* e *verdade*. Mentalmente, Daniel começou a sussurrar: *Está tudo bem, acalme-se. Você está indo bem, basta se acalmar.*

Irene virou-se ligeiramente em seu assento e deu uma olhada para Daniel. Ele assentiu para assegurá-la de que as coisas sairiam bem. Por dentro, ele já não tinha certeza.

— É verdade que quando faz amizades, é só por *muito* pouco tempo?

— Não.

— As outras crianças não querem andar com você, Sebastian, correto?

— Não. — O menino não estava gritando, mas os dentes inferiores apareceram. Eram pequenos e brancos, como os de um peixe.

— Não é verdade que quando as outras crianças passam a conhecê-lo, não querem mais ser suas amigas?

— Não!

O tribunal estava fascinado. Na tela, as faces de Sebastian apareciam coradas de raiva.

— Tenho anotações aqui da unidade de segurança onde você se encontra detido. O guarda mencionou especificamente sua incapacidade de se dar com outras crianças e de fazer amizades...

Irene se levantou.

— Meritíssimo, devo protestar. Meu cliente é um menino inocente detido numa unidade de segurança onde é o mais novo em meio a diversos adolescentes problemáticos. Creio que é óbvio, e para crédito de meu cliente, que ele ache difícil fazer amizade em tais circunstâncias.

Houve uma pequena pausa e Daniel relaxou quando Jones e Baron deram razão a Irene.

— Voltemos ao assunto do homicídio de Ben... Homicídio, afinal, é o que lhe interessa. Você ficou com o sangue de Ben Stokes em suas roupas e nos seus calçados: qual foi a sensação?

— Como assim? — O mau humor de Sebastian abandonou-o por um instante, atraído que foi pela abstração de Jones.

— Ora, quando Ben supostamente bateu com o nariz e o sangue respingou em suas roupas, como você se sentiu?

— Nada de mais. Era só sangue. Todo mundo tem sangue.

— Entendo. Então você se sentiu muito bem com o sangue de Ben em você, quando foi para casa?

— Me senti OK. Era simplesmente uma coisa natural. — Sebastian estava olhando para o canto na tela, como se estivesse recordando. Seu leve sorriso retornara.

— E quando Ben se machucou, como você se sentiu?

— Bom, era *ele* que estava machucado, não eu. Não senti nada.

— O que você acha que Ben estava sentindo?

— Ele caiu e estava sangrando, mas é o que acontece às vezes quando a gente bate o nariz. Às vezes... não é preciso bater com força em alguém... às vezes basta dar um tapa e o nariz começa a sangrar. É uma parte muito sensível.

Daniel sentiu uma dor no diafragma. Sebastian parecia muito distante. Por trás da tela, era como se ele estivesse em outra dimensão, perdido para todos os esforços de salvá-lo. Estava irrecuperável, distante. O tribunal ouvia um menino que não tinha empatia discutindo violência ao acaso, mas Daniel sabia que Sebastian se referia especificamente ao King Kong batendo em sua mãe.

— Você bateu em Ben, Sebastian, para fazer o nariz dele sangrar? — Gordon Jones estava quase sussurrando.

Daniel ficou surpreso que Sebastian conseguisse ouvir. Se fosse em tribunal aberto, Jones teria de falar mais alto.

Sebastian balançou a cabeça.

— Não.

— Sangue... é natural — repetiu Jones. — Todo mundo tem sangue... Quando se sujou com o sangue de Ben, você se sentiu tranquilo. Já tinha se sujado com o sangue de mais alguém, Sebastian?

— Bem... com o meu mesmo... quando me machuco.

— Sei, de mais alguém?

Sebastian ficou pensativo por um instante, os olhos verdes voltados para cima, relembrando.

— O sangue da minha mãe... não quero dizer quando nasci, porque tem muito sangue quando a gente nasce, que fica no bebê, mas depois, se ela se machucava e me tocava, às vezes ficava em mim.

— Sei. Você fez alguém sangrar?

Irene se levantou.

— Meritíssimo, devo questionar essa condução da inquirição.

Baron assentiu e pigarreou em alto som.

— É, Dr. Jones, se pudesse ir direto ao assunto.

— Muito bem, Meritíssimo. Sebastian, você disse à polícia, e agora vou ler a transcrição do seu interrogatório:

"Você sabe de quem pode ser o sangue em sua blusa?

De um pássaro?

Por que, você machucou um pássaro?

Não, mas eu vi um morto e o peguei. Ainda estava quente e o sangue estava grudento."

Novamente, Irene se pôs de pé.

— Meritíssimo — começou ela, mas Baron a silenciou com um gesto de mão.

— Vou ouvir a resposta — disse ele. — Contudo, Dr. Jones, a Dra. Clarke está certa, é preciso deixar sua pergunta clara.

— Sim, Meritíssimo. — Irene se sentou.

— Lembra-se de ter dito isso à polícia, Sebastian? — perguntou Jones.

— Sim.

— Por que achou que o sangue na sua blusa era do pássaro e não de Ben?

— Eu me confundi. O pássaro foi noutro dia.

— Sei. Noutro dia. Você machucou o pássaro?

— Não — disse Sebastian, mas depois fez uma pausa. Seus olhos viraram para cima, virados para a esquerda da tela enquanto ele ponderava. Daniel achou que ele parecia um menino santo, perseguido. Ele puxou o lábio inferior para dentro da boca e, ao soltar, foi como o som de um beijo. — Eu o ajudei...

— Fale-me do pássaro, Sebastian. O que você fez com ele para sujar-se com o sangue?

Novamente, os olhos de Sebastian se viraram para cima enquanto ele relembrava, parecendo enormes na tela.

— Bem... eu encontrei esse pássaro no parque um dia. Estava com a asa quebrada. Devia ser um pombo ou coisa parecida. Ele ficava girando porque não conseguia voar. Ia morrer, entende? Ia ser comido por uma raposa, por um cachorro ou um gato, ou ia simplesmente morrer de fome...

— Sei, então o que você fez? — Jones estava virado para o júri, mas, cada vez que se dirigia a Sebastian, ele olhava em direção à câmera

— Pisei na cabeça dele; era preciso acabar com seu sofrimento, mas ele não morreu. As patas ainda se moviam. — Como se as palavras não bastassem, Sebastian levantou as duas mãos diante do rosto, imitou garras e fez com que se crispassem. — Então, tive que acabar com aquilo.

— O que você fez? — perguntou Jones.

— Arranquei a cabeça do corpo e então... ele ficou imóvel. — Novamente, Sebastian olhou para cima e para a esquerda, relembrando. — Mas então me sujei com o sangue do pássaro. — Sebastian virou-se para olhar para a câmera de novo. Esfregou as mãos, como se as estivesse lavando.

Daniel cruzou as mãos por baixo da mesa. Estavam suando.

— Por que você decidiu que precisava matar o pássaro, Sebastian? — sussurrou Gordon Jones, ainda de costas para o menino.

— Já falei. Ele teria morrido de qualquer jeito. Eu tinha que tirá-lo daquele sofrimento.

— Você poderia ter levado ao veterinário. Por que não quis ajudar o pássaro? Por que decidiu matá-lo?

— Acho que os veterinários não ajudam pássaros com asas quebradas — disse Sebastian. Seu tom era abalizado, condescendente. — O veterinário também teria matado o pássaro, só que com uma agulha.

A palavra *agulha* pareceu furar a pele do silêncio na sala. As pessoas se mexeram em seus assentos.

— Como se sentiu quando o pássaro morreu? — perguntou Jones.

— Bem, ele ainda era pequeno e teve que morrer, então foi uma pena. Mas foi melhor porque não ficou sofrendo.

— Ben Stokes ainda era pequeno. Você ficou chateado quando ele morreu?

Sebastian piscou, duas, talvez três vezes; virou a cabeça para o lado, como que esperando os dedos de Charlotte passarem por seus cabelos.

— Bem... *eu* também ainda sou pequeno — disse ele. — Por que todo mundo está tão interessado em Ben? Ele está morto agora, mas eu ainda estou aqui.

A sala ficou anormalmente quieta.

— Não tenho mais perguntas para esta testemunha, Meritíssimo — disse Jones.

— Dra. Clarke? — perguntou Jones.

Daniel estava quase sem respirar, mas observou Irene se levantar. Apesar do depoimento, ela parecia forte e valente.

— Sebastian — chamou Irene.

Sua voz era clara e despertou o recinto. Sebastian virou-se para a câmera, piscando.

— Ben Stokes era seu amigo. O que você gostava dele?

— Ele era engraçado e... conseguia virar cambalhota ao contrário muito bem. Eu não consigo. Meu pescoço dói.

— Você conhecia Ben há quase quatro anos. Em todo esse tempo, vocês já tinham tido uma briga corporal, a ponto de ter que ir ao hospital ou de receber primeiros socorros?

— Não, mas às vezes brincávamos de luta e tivemos algumas brigas, mas nunca nos machucamos de verdade.

— Sei. Você matou Ben Stokes em oito de agosto deste ano?

— Não. — Sebastian ficou quieto, o queixo encostado no peito.

— Você atingiu seu amigo Ben Stokes no rosto com um tijolo no parquinho no dia oito de agosto?

— Não! — A boca de Sebastian ficou redonda, os olhos virados para baixo de aflição.

Daniel sentiu a energia mudar na sala. O júri e a galeria pareciam chocados com o fato de Irene confrontar a criança desse modo, mas Daniel estava orgulhoso dela por isso. Agora o pássaro poderia ficar esquecido.

— Não tenho mais perguntas, Meritíssimo.

Sem voz, o vídeo zumbiu. Sebastian olhou para a câmera, os olhos brilhando e um leve sorriso em seus lábios ainda rosados. Ele enxugou cada olho de uma vez e olhou para cima. Seu rosto alvo cativou o tribunal uma última vez e o monitor foi desligado.

Daniel saiu porque precisava de ar. Teria de ir lá embaixo para ver o menino antes que o tribunal se reunisse de novo.

Ver Sebastian prestar depoimento tinha sido difícil. Ele virou a gola para cima e olhou para as nuvens que pressionavam os edifícios. Sua mente era uma confusão de lembranças distantes e recentes. Ele via o rosto ampliado de Sebastian na tela; ouvia o estrondo do balde e da pá no quintal de Minnie; revia Minnie tombando, perdendo o equilíbrio e caindo sobre o quadril comprometido quando ele se esquivou dela.

Ele a machucara, via isso agora.

Sua própria dor pela mentira que ela lhe contara agora parecia menos importante do que a dor que ele causara a ela. Ela sempre soube o que era melhor para ele. Na época, ele não entendeu, mas ela o protegera. Ele pensou nela morrendo, querendo vê-lo mais uma vez, mas sabendo que ele não iria aparecer. Ela era a única pessoa que ele verdadeiramente acreditava que o amava. Ele fechou os olhos, relembrando o peso quente das mãos em sua cabeça quando ela lhe dava boa-noite. Mesmo durante os anos de raiva, ele não duvidara de que ela o amava. Esperava que ela tivesse sabido que ele também a amava. Por anos ele a renegara, mas agora reconhecia tudo que ela fizera por ele.

Daniel foi ver Sebastian, que novamente estava jogando com o policial. Estava falante e ativo, de pé sobre o banco, tentando alcançar o teto. Não parecia afetado pela inquirição, alheio ao quanto se saíra mal ou bem.

— Fui bem? — perguntou Sebastian, os olhos piscando para Daniel
Daniel pôs as mãos nos bolsos.
— Foi sim.

Lá em cima, Daniel ligou para Cunningham.
— Você vai ficar aliviado que isso tudo acabe — disse Cunningham. — Sei que achou que levaria a vida toda para vender, mas foi mais rápido do que eu poderia imaginar. Você vem até aqui ou quer deixar comigo?
— Pode tratar de tudo — disse Daniel, rapidamente. Passou as mãos pelos cabelos e se virou no corredor. — Ou... dá para esperar? Eu posso ir

até aí no fim de semana. Quero ver o lugar mais uma vez... só para... pode esperar, na verdade?

— É claro. Sinto muito que isso tenha acontecido... num momento difícil para você.

— Como assim?

— Eu o vi na TV. O Assassino do Anjo. Você está no caso.

Daniel tomou fôlego. Todo mundo tinha chegado a uma conclusão sobre Sebastian. Ele cogitou o que o júri decidiria.

30

Jones parecia triunfante ao olhar para suas anotações. Os discursos de encerramento estavam programados para a manhã, com o resumo final do magistrado à tarde. O juiz chegou e a galeria lotou. Daniel tentou não olhar para a fisionomia dos jornalistas.

Jones colocou seus papéis no atril e virou-se para os jurados, com as mãos nos bolsos, balançando nos calcanhares. A Daniel, deu a impressão de estar satisfeito consigo mesmo.

— Pensem em tudo o que ouviram sobre os acontecimentos do dia oito de agosto deste ano... Ouviram o réu admitir que estava brincando com o pequeno Ben Stokes naquele dia. Uma testemunha viu o réu lutando com Ben no parque e mais tarde o identificou lutando com a vítima no parquinho, onde Ben foi encontrado morto.

"O tipo de lesão apresentada por Ben não nos permite precisar a hora do ataque, apenas a hora da morte, ou seja, aproximadamente às seis da tarde. Isso significa que Ben podia ter sofrido as lesões fatais em qualquer momento daquela tarde, pois foi visto vivo pela última vez por volta das duas horas. O réu afirma ter um álibi, sua mãe, a partir das três da tarde, mas os senhores ficaram a par do coquetel de remédios que ela ingeriu naquele dia e, portanto, estão certos ao questionarem sua confiabilidade.

"Os cientistas forenses lhes explicaram como o sangue da vítima foi transferido para as roupas do agressor. Vale lembrá-los de que o réu apresentava arranhões defensivos nos braços e também fibras das roupas da vítima nas calças, a sugerir que montou na vítima. Dessa posição, o réu poderia usar a força da gravidade para provocar as lesões faciais significativas, brutais, que levaram o pequeno Ben a sangrar até a morte.

"Os senhores ouviram o perito criminal confirmar o fato de que as manchas de sangue nas roupas do réu eram resultantes de um 'ataque violento ao rosto ou nariz, com a vítima expirando sangue no atacante.'"

Jones fez uma pausa e apunhalou o atril com o dedo indicador. Inclinou-se sobre o dedo para enfatizar, olhando fixamente, sem piscar, para os jurados e disse:

— Não se deixem enganar. Não é fácil cometer um assassinato desses. Não houve acidente aqui, nenhuma prestidigitação nem perda de equilíbrio. Foi um homicídio violento, realizado frente a frente.

"Os senhores ouviram o próprio réu falar de seu fascínio por crime e morte. Ouviram especialistas declararem que o réu tem um leve transtorno dentro do espectro da síndrome de Asperger: um transtorno que o faz pender para a violência, que dificulta sua formação de amizades, mas um transtorno que não o impediria de *mentir* sobre seus atos. E isso ele fez, mentiu em seu depoimento ao dizer que não matou a vítima. Ouvimos de vizinhas da vítima, cujos filhos eram aterrorizados pelo réu antes que ele levasse isso ao extremo, assassinando brutalmente Benjamin Stokes. O réu ameaçava os filhos dos vizinhos com vidro quebrado e intimidou e feriu a vítima antes de finalmente matá-lo em oito de agosto.

"Meninos podem ser meninos, mas este menino era um perigo reconhecido na vizinhança. Mostrou-se capaz de cometer esse crime terrível. As provas periciais colocam-no na cena do crime. Sabemos que o réu e a vítima lutaram e que o sangue da vítima passou para a roupa do réu.

"Sebastian Croll é um valentão comprovado, com um interesse doentio por crime, e crime foi o que ele cometeu no dia oito de agosto deste ano.

"Sei que quando os senhores pararem para ponderar os fatos deste caso, considerarão o réu, Sebastian Croll... culpado."

Daniel já podia ver as manchetes: UM VALENTÃO COM UM INTERESSE DOENTIO POR CRIME. Lembrou-se do julgamento de Tyrel e de como o veredito tinha parecido outra violência.

No intervalo, Daniel seguiu os Croll ao saírem da sala de audiência. Até a pele do rosto de Charlotte tremia. Ele acompanhou a família até a sala de espera pública. Kenneth Croll conduzia a mulher pelo cotovelo. Pediu café, mas Charlotte tremia demais para pôr as moedas na máquina. Daniel ajudou-a e levou os copos até onde Kenneth se reclinava numa cadeira; pernas abertas e mãos cruzadas atrás da cabeça.

— Podemos recorrer? — perguntou Kenneth.

— Falaremos de recursos se ele for considerado culpado — respondeu Daniel.

Os olhos de Croll pareceram faiscar de raiva. Daniel o encarou.

De volta à sala de audiência, Daniel teve a impressão de que Irene estava nervosa. Ele nunca a vira nervosa antes. Ela parecia inquieta, mexendo no relógio de pulso. Ele não tivera chance de falar com ela, que olhou para ele. Daniel articulou um *boa sorte*. Ela sorriu e desviou o olhar.

Ao ser chamada, Irene levantou-se e pousou o caderno aberto no atril. Houve um silêncio enquanto ela olhava suas anotações, relembrando os argumentos. Quando eles defenderam Tyrel, Irene tinha ensaiado seu discurso de conclusão para Daniel na noite anterior. Ele se recordou dela andando de um lado para o outro em sua frente.

Agora ela se virava para encarar o júri.

— Sebastian... é um menino — começou ela. Já não parecia nervosa: ombros eretos, queixo erguido. — Sebastian... tem 11 anos. Se fosse 11 meses mais novo, não estaria diante dos senhores hoje. Sebastian é uma criança num julgamento por homicídio. É acusado de matar outro menino, uma criança ainda mais nova do que ele é agora.

"Que Ben tenha sido assassinado é uma tragédia e algo que deve deixar todos nós arrasados, mas não faremos justiça para o pequeno Ben condenando a pessoa errada e certamente não a faremos condenando outro menino inocente.

"Os jornais adoram uma boa reportagem e sei que os senhores leram sobre o caso ainda antes de chegarem ao tribunal, antes mesmo de saberem que se sentariam neste júri. Os jornais falaram sobre a decadência da sociedade, sobre o futuro da família... Usaram palavras como 'mau', 'perverso' e 'depravado'.

"Porém, senhoras e senhores, devo lembrá-los de que isto... não é uma reportagem. Este julgamento não é sobre a decadência da sociedade e não é tarefa sua tratar disso. Seu dever é considerar os fatos, como lhes foram apresentados *nesta sala de audiência*, e não na imprensa. Seu dever é considerar as provas e *apenas as provas* antes de decidirem se o réu é culpado ou não.

"Os senhores viram algumas imagens terríveis e ouviram depoimentos perturbadores durante este julgamento. Quando nos apresentam atos chocantes de violência é natural que se queira culpar, que se queira encontrar...

alguém responsável. Mas este menino não é o responsável pela violência que lhes foi descrita no curso deste julgamento.

"Então quais são as provas?

"Não há testemunhas desse crime terrível. Ninguém viu Ben sendo atacado. Uma testemunha afirma ter visto Sebastian e Ben brigando no fim da tarde do dia crime, mas o relato da testemunha não é confiável. Existe uma arma do crime como prova, mas ela não pode ser ligada a nenhum suspeito. Nem impressões digitais nem DNA foram encontrados no tijolo usado para matar o pequeno Ben Stokes. Ele sofreu um hematoma cerebral, o que significa que sabemos aproximadamente a hora em que morreu, por volta das seis da tarde, mas não quando foi atacado e sofreu o golpe fatal. Sebastian estava em casa a partir das três horas, bem antes de denunciarem o desaparecimento de Ben.

"Sebastian admite ter tido uma luta corporal com Ben mais cedo naquele dia e nos contou como o menino pulou do trepa-trepa, provocando um sangramento nasal. Partículas do sangue de Ben e fibras de suas roupas passaram para as roupas de Sebastian, mas não mais do que se poderia esperar no curso de algumas horas de brincadeira ao ar livre em que houve um desacordo infantil e um acidente. Os cientistas da própria promotoria lhes disseram que seria de se esperar mais sangue nas roupas de Sebastian se ele de fato tivesse matado Ben desse modo violento. Aqueles entre os senhores que têm filhos sabem que a pequena quantidade de fibras e sangue encontrada nas roupas de Sebastian são inteiramente coerentes com uma brincadeira mais agressiva, porém normal.

"O assassinato de Ben foi brutal, mas também exigiu força considerável e sei que os senhores irão questionar o absurdo sugerido pela acusação de que o menino diante dos senhores hoje teria sido capaz de tal força. Sabemos que a testemunha, o Sr. Rankine, é míope. Ele não viu Sebastian com Ben naquela tarde, mas será que viu alguma outra pessoa tentando ferir aquele menino? Ele lhes disse que pode ter visto um adulto de baixa estatura atacando Ben."

Irene virou uma folha de seu caderno. Respirou fundo e engoliu em seco, anuindo levemente para os jurados. Daniel olhou para eles. Estavam extasiados, olhando para Irene, acreditando nela.

— Os senhores ouviram que Sebastian sofre de um transtorno muito leve, conhecido como TGD-SOE, um transtorno do espectro da síndrome de Asperger, e que isso pode fazê-lo parecer mais... *intenso* que outros meninos de 11 anos que os senhores possam conhecer, mas... por mais que o considerem incomum, não devem permitir que isso os distraia das provas do caso. Sebastian... foi bem corajoso para lhes contar a história dele. Não seria necessário, mas ele quis falar para que os senhores ouvissem a verdade sobre o que aconteceu naquele dia, com suas próprias palavras. Sebastian pode ser intenso, mas não é um assassino. Pode ser valentão na escola, mas não é um assassino.

"Os fatos: se Sebastian tivesse matado Ben, teria ido para casa naquele dia coberto de sangue. Não teria chegado em casa e visto televisão com sua mãe. Sebastian é um menino pequeno e nunca teria conseguido brandir a arma com a força exigida para matar Ben. O mais significativo, porém, é a falta de provas que liguem o tijolo a Sebastian, e ninguém viu Sebastian machucar Ben. Ele foi visto perseguindo Ben e brigando com ele no parque, mas essa briga despertou tão pouco interesse no homem que a testemunhou que ele nem sentiu a necessidade de separar os meninos fisicamente nem de denunciar o incidente à polícia. A testemunha da acusação foi para casa e ficou assistindo à televisão porque o que havia visto não fora um ato de violência que precedesse um homicídio, mas uma briga bem normal entre dois meninos, que, ao serem repreendidos por um adulto que os mandou parar, fizeram exatamente isso.

"E o mais importante: que papel teve a polícia para garantir a justiça neste caso? O Sr. Rankine admitiu que podia ter visto um adulto de blusa azul-clara ou branca atacando Ben. O que a polícia fez a esse respeito? Verificou as fitas das câmeras de vigilância e nada encontrou, então o que mais fez...?"

Irene levantou as mãos para o júri, como que pedindo que eles contribuíssem.

— Nada. — Ela deu de ombros e inclinou-se sobre o atril, como que resignada com tal indolência. — Pelo que se ouviu, pode ter sido um agressor adulto: alguém que vestia uma blusa branca ou azul-clara, que atacou e matou Benjamin depois de Sebastian ter ido embora do parquinho. Essa importante possibilidade, enfatizada pela testemunha da Coroa, não foi devidamente investigada, como deveria ter sido. Temos realmente certeza de que este menino cometeu esse crime ou existe a chance de que outra pessoa o tenha feito?

"Portanto, os senhores devem se perguntar se é seguro condenar este menino com essas provas. Uma vez que deixarem de lado os jornais, as terríveis imagens que viram e as coisas que ouviram, uma vez que considerarem a falta de provas que liguem Sebastian diretamente ao assassinato de Ben... falta de provas periciais coerentes com uma lesão desse tipo, falta de impressões digitais na arma do crime, falta de testemunhas do ataque propriamente dito... terão que chegar à única conclusão racional que lhes resta.

"A promotoria precisa provar, sem *qualquer dúvida razoável*, que o réu é culpado. O fardo das provas é da acusação, não da defesa. Agora os senhores devem considerar se isso foi atingido ou se realmente duvidam das provas circunstanciais que lhes foram apresentadas. Este não é um criminoso calejado que está diante dos senhores, com uma lista de condenações em seu passado. Este... é um menino.

"Quando retornarem de sua sala, quero que estejam bem seguros... *bem seguros* de que tomaram a decisão certa. Sei que verão os fatos como são e perceberão que Sebastian... não é culpado.

"Se acreditam na inocência de Sebastian, devem absolvê-lo. Se acharem que é provável que Sebastian seja inocente, devem absolvê-lo. Mesmo se pensarem que Sebastian *pode* ser inocente, os senhores devem absolvê-lo."

Irene recolheu suas anotações.

— Obrigada por escutarem.

O resumo do juiz durou a tarde toda, como já se esperava, e então os jurados se retiraram para decidir o veredito.

Daniel trabalhou no escritório até tarde e depois foi ao Crown para um jantar tardio. Quando estava na metade da cerveja, enviou um torpedo para Irene: "Pensando em amanhã. Não sei se estou preparado. Espero q vc esteja bem." Não recebeu resposta.

O dia seguinte era sexta-feira e Daniel trabalhou durante a manhã até receber uma ligação avisando que o júri tinha chegado a um veredito.

Estavam todos reunidos novamente na sala de audiência: advogados, familiares, jornalistas e o público. Sebastian estava ao lado de Daniel, aguardando a decisão que definiria o resto de sua vida.

Ao iniciar a sessão, Daniel olhou em volta. Os minutos passavam vertiginosamente, com um alvoroço de processos. Deu uma olhada no menino ao seu lado, notando mais uma vez o queixo valente erguido, os jovens olhos verdes desconfiados, em expectativa.

Ele pôs a mão nas costas de Sebastian. O menino estava tão elegante hoje, com uma camisa nova que parecia grande demais no colarinho, e uma gravata listrada. Ele olhou para Daniel e sorriu.

Baron ficou ereto na cadeira e olhou para Sebastian e Daniel por cima dos óculos.

— A criança não precisa se levantar.

O oficial de justiça levantou-se, dirigindo-se ao júri:

— Queira o representante dos jurados levantar-se.

O representante dos jurados era uma mulher, que se levantou e entrelaçou as mãos à frente.

— Chegaram a um veredito unânime?

— Sim — disse a mulher, que era de meia-idade e tinha voz clara.

— Decidiram que o réu, Sebastian Croll, é culpado ou inocente pelo homicídio de Benjamin Stokes?

Daniel mal conseguia respirar. O ar estava denso. Cada par de olhos da sala lotada estava focado nos lábios da mulher, esperando que ela falasse. Daniel conseguia sentir a tensão que emanava do menino ao seu lado.

Quando Tyrel estava no banco dos réus, Daniel se sentiu separado dele e impotente. Agora, no entanto, a sensação era pior com Sebastian ao lado, sentindo o roçar de seu braço, notando o balanço quase imperceptível de seu corpo, cheirando seu cabelo limpo. Mesmo tendo o jovem cliente ao lado, ele não era mais capaz de protegê-lo do que fora de proteger Tyrel.

Caso Sebastian fosse condenado por homicídio, o juiz não teria arbítrio e seria obrigado a condená-lo por um período indeterminado de reclusão. Mesmo depois da sentença, o período de reclusão de Sebastian não seria decidido pelos magistrados, mas pelo secretário do Interior. Assim sendo, a vida do menino ficaria sujeita à conveniência política, com a probabilidade de que o secretário do Interior prolongasse sua pena para abrandar o ultraje do público e da mídia.

Daniel pensou nos anos que a criança iria passar em unidades de segurança e depois em penitenciárias de adultos, as drogas a que seria apresentado, os relacionamentos que faria e aprenderia a perder; o distanciamento que ele sentiria em relação à sociedade e ao futuro em si. O futuro sempre implicaria em algum tipo de aprisionamento. A representante do júri levantou os olhos, olhando para o oficial de justiça que se dirigira a ela.

Sebastian expirou e, ao mesmo tempo, deslizou a mão sobre a de Daniel, que passou o polegar no dorso da mão do menino, como Minnie poderia ter feito. Daniel lembrou-se da aspereza de seu polegar em sua pele infantil. Foi um instinto de proteção e, afinal, ela o ensinara a cuidar.

A coluna de Irene estava absolutamente ereta. Daniel bem queria segurar a mão dela também.

— Inocente.
— E este é o veredito de todos os senhores?
— Sim.

Não houve gritos de êxtase. A sala de audiência ficou atordoada, em choque. Houve um abismo de silêncio antes que as vozes se fizessem ouvir, abafadas e contínuas, como uma onda que quebra na praia. Um engasgo de soluços veio da família da vítima, vozes iradas de protesto.

Baron ordenou silêncio.

— Devo lembrá-los de que isto não é um campo de futebol.

— O que significa? — perguntou Sebastian, quando os jurados foram dispensados, o juiz saiu e a galeria esvaziou-se. Ele ainda segurava a mão de Daniel.

— Significa que você pode vir para casa, querido — disse Charlotte, virando o filho para ela. Suas pálpebras tremiam ao se abrirem sobre aqueles grandes olhos. Sebastian inclinou-se, exausto e pendendo para sua mãe. Ela o abraçou e bagunçou seu cabelo.

A sala de audiência começou a se esvaziar. Daniel seguiu Irene e Mark até o saguão de Old Bailey.

Quando se dirigia à saída, Daniel sentiu a mão forte de alguém segurar seu ombro e virá-lo. Antes que pudesse dizer palavra, Kenneth King Croll estava apertando sua mão e dando um tapa em suas costas. Em seguida, Kenneth estendeu o braço para Mark e apertou sua mão antes de segurar Irene pelos ombros, sacudindo-a de leve e dando-lhe um beijo em cada face.

Liberada do abraço de Kenneth, Irene virou-se para Daniel e sorriu. Ele queria lhe dar um abraço, mas ficou inibido com a presença dos clientes.

— Para onde vai agora? — perguntou Daniel, olhando para ela, tentando encontrar seus olhos.

— Acho que vou voltar para o escritório. Não sei. Estou exausta. Talvez vá para casa. E você? Vai ter que se encontrar com a grande imprensa britânica, não é?

— É, tenho que encarar essa.

— Quer que eu te espere então? — perguntou ela.

— Sim, me espere e poderemos ir tomar uma cerveja ou coisa parecida. Talvez leve um tempinho. Venho assim que puder.

Quando Irene se foi, Daniel virou-se para a sala de audiência e viu os pais de Ben Stokes saindo com o oficial mediador de casos de família. Sentiu uma súbita onda de empatia por eles. Paul segurava Madeline pelos ombros, quase carregando-a. Os pés dela moviam-se com passos minúsculos, a cabeça pendente, cabelo sobre o rosto. Logo antes de chegar até onde Daniel estava, ela puxou o cabelo para trás e Daniel viu seus olhos e seu nariz vermelhos, as faces encovadas. Os olhos dela cintilaram por um instante e ela se afastou do marido. Daniel ficou de sobreaviso, certo de que seria atacado. Mas o alvo de Madeline foi Charlotte. O vasto saguão ecoou quando Madeline deu um grito e projetou-se — dedos em garras — em direção aos ombros de Charlotte.

— *Ele é um monstro* — gritou Madeline Stokes. — *Ele matou meu filhinho...*

Daniel estava para chamar a segurança, mas Paul Stokes puxou sua mulher. Ao passar, ela ficou passiva novamente, deixando que o marido a levasse.

— Tudo bem, Charlotte? — perguntou Daniel.

Charlotte abrira a bolsa e a remexia com ardor. Objetos caíram no chão: uma escova de cabelos, um espelhinho, delineadores e canetas. Habilmente, ajoelhando-se cada vez que algo caía, Sebastian abaixava-se para recolhê-los.

— Eu preciso, eu preciso... — disse ela.

— Pelo amor de Deus, mulher, acalme-se — silvou Kenneth.

Daniel tentou segurá-la, mas era tarde. Os joelhos de Charlotte se dobraram e ela caiu, deixando a bolsa cair também. Os comprimidos que ela procurava rolaram pelo chão. Sebastian entregou-os ao pai.

— Tome — disse o menino, mostrando-os.

O rosto de Kenneth estava quase roxo e Daniel ficou sem saber se era por constrangimento ou pelo esforço ao ajudar Charlotte a ficar de pé.

Um guarda da segurança veio e perguntou se precisavam de ajuda.

— Está tudo bem — disse Croll e virou-se para Daniel. — Você poderia ficar com o Seb por um instante? Preciso acalmá-la antes de sairmos.

Daniel assentiu, observando-os se afastarem. Sebastian olhou para cima, as mãos soltas ao lado, o queixo erguido, de modo que todo seu rosto redondo estava voltado para Daniel.

— Estaremos na sala de conferências — gritou Daniel para Croll.

— Apenas nos dê vinte minutos.

Daniel olhou para o relógio. O menino ainda olhava para ele.

— Ela está tendo um ataque de pânico. Não consegue respirar e fica branca, e começa a respirar assim... — Sebastian começou a imitar uma hiperventilação, até Daniel pôr a mão em seu ombro. O menino já estava vermelho e tossindo.

— Venha — disse Daniel, abrindo a porta de uma das salas de conferência e cumprimentando o guarda que estava ali perto. — Vamos entrar aqui e nos sentar um pouco até sua mãe melhorar.

A porta se fechou, encerrando-os no espaço isolado. Não havia janelas nessa sala. Lembrou a Daniel o lugar onde Minnie fora cremada. Os sons de Old Bailey — saltos de sapatos nas lajotas, advogados falando ao celular uns com os outros, defensores sussurrando com os clientes — tudo ficou excluído.

O silêncio era aconchegante e produtivo. Os olhos do menino estavam secos e seu rosto alvo, pensativo. Lembrou a Daniel a primeira vez que eles tinham se visto, na delegacia de Islington.

— Você acha que muita gente ficou triste por eu ter sido considerado inocente? — perguntou Sebastian, olhando para Daniel.

— O que os outros pensam não importa; você teve uma boa defesa e o júri o considerou inocente. Agora, pode voltar para sua vida.

Sebastian levantou-se e deu a volta na mesa, ficando ao lado da cadeira de Daniel.

— Eu não queria voltar para Parklands House.

— É — disse Daniel, inclinado-se para a frente, apoiado nos cotovelos, o rosto na altura do menino. — Eu também não queria que você tivesse que voltar para lá.

O menino suspirou e encostou-se em Daniel. Pousou a cabeça em seu ombro, e Daniel, que já vira sua mãe consolando-o várias vezes, sabia o que fazer. Após uma pausa, ele levantou a mão e passou os dedos pelos cabelos do menino.

— Vai ficar tudo bem — sussurrou Daniel. — Está tudo acabado agora.

— Você acha que vou para o inferno?

— Não, Seb.

— Como sabe?

— Porque o inferno não existe. Pelo menos, eu não acredito.

— Mas você não sabe de verdade. Ninguém sabe de *verdade*. Acreditar quer dizer que você apenas *acha* que uma coisa é assim.

— Bem, pode me chamar de teimoso, mas eu acho que sei sim. Tudo isso me parece uma bobagem.

— Será que Ben está no céu? Todo mundo diz que ele é um anjo.

— Seb, ouça, sei que isso foi realmente difícil para você. O caso apareceu na TV, nos jornais e todos os outros garotos da Parklands House ficaram falando a seu respeito, mas você precisa tentar não prestar atenção aos jornais e tudo o mais. Eles só fazem isso para vender jornal, não porque haja um fiapo de verdade...

— Verdade — disse Sebastian, calmamente. — Você gosta de mim, Daniel?

— Gosto — disse Daniel, expirando.

— Se eu lhe contar uma coisa, ainda vai gostar?

Daniel pensou e fez que sim.

— Eu dei com o tijolo na cara do Ben.

Daniel prendeu a respiração e olhou para o menino. A luz se refletia em seus olhos verdes. Ele tinha um sorriso quase imperceptível nos lábios.

— Você me contou que tinha ido para casa...

— Tudo bem — disse Sebastian, sorrindo devidamente agora. — Vou ficar bem. Não precisa se preocupar comigo.

Daniel assentiu, sentindo a musculatura do abdome contrair-se.

— Eu também gosto de você — disse Sebastian. — Acho que você é meu amigo. Gostei de ter sido meu advogado...

Daniel assentiu outra vez. O colarinho lhe apertava a garganta.

— O que você quer dizer com... deu com o tijolo na cara de Ben?

— Eu não estava gostando da cara do Ben. Só quis tapá-la, aí não veria mais. Ele estava como um bebê chorão, melequento e querendo ir para casa. Eu disse para ele *parar de chorar*. Eu disse a ele que se ele tentasse ir, eu lhe *daria um motivo para chorar*... e então, depois que eu dei com o tijolo na cara dele, ele não chorou mais. Não fez mais nem um som.

Daniel deixou os ombros caírem. Expirou e afrouxou a gravata. Inclinou-se para a frente e enfiou as mãos nos cabelos.

— Você devia ter me dito, Sebastian — Sua voz soou alta na sala. — Devia ter me contado no início. Teríamos feito as coisas de outra maneira.

Sebastian sorriu e sentou-se de novo em frente a Daniel. Era todo inocência: pestanas longas, sardas e o cabelo caprichadamente repartido.

— Achei que você não ia gostar de mim se eu lhe contasse. Eu queria que gostasse de mim.

— Isso não tem nada a ver com gostar, Sebastian. Eu lhe falei no início que era preciso me contar tudo, a verdade, pura e simples. Sou seu *advogado*... Você devia ter me *contado*.

— Bem, agora você sabe — disse Sebastian, virando a cabeça de lado.

Daniel ficou enjoado, sentiu um suor frio nas costas. Pressionou a língua no palato, controlando-se.

— Preciso ir agora — disse Daniel. — Vamos... encontrar seus pais. — O menino olhou para ele, e Daniel respirou fundo. Não sabia o que lhe dizer.

Lá fora, Charlotte já estava recuperada, movendo-se feito um girassol, as longas pestanas pretas sobre os olhos. Kenneth ainda a segurava pelo cotovelo.

— Obrigado, Dan — disse Kenneth, quando Daniel devolveu o menino aos cuidados deles. Daniel fez uma careta diante da informalidade deslocada de Croll.

— Tudo bem, garoto? — retumbou Kenneth para o filho.

Sebastian foi para o meio de seus pais e segurou as mãos deles. A visão da família desse jeito deixou Daniel enjoado e lhe deu vontade de desviar o olhar.

Mas então eles se foram, todos de mãos dadas, saindo pelas portas de Old Bailey, Sebastian olhando para trás, para Daniel, enquanto era gentilmente puxado para fora.

Daniel desabotoou o primeiro botão da camisa, tirou a gravata e guardou-a no bolso. Sentiu falta de firmeza nas pernas. Foi a mesma sensação que tinha tido ao se separar de Minnie pela última vez. Não era a primeira vez que um cliente mentira para ele e não entendeu por que dessa vez ele se sentiu tão vulnerável.

Parado no saguão ornado do Tribunal Criminal Central, ele olhou em volta. Sua perda era coberta por um estranho alívio. De um modo ou de outro, agora estava tudo acabado.

Daniel saiu para encarar o enxame de jornalistas. Estava frio e ameaçando chover, mas ele sentiu o ardor dos flashes das câmeras, que o cegaram, impedindo-o de ver os rostos que se dirigiam a ele, enxergando apenas os microfones que eram empurrados em sua direção.

— Estamos satisfeitos com o resultado do julgamento; meu cliente e sua família só pensam em retornar à vida normal. Estamos com o pensamento voltado para a família da vítima nessa hora difícil.

Daniel abria caminho por entre a multidão quando um dos jornalistas gritou:

— Qual foi a sensação ao vencer? Ficou surpreso?

Daniel virou-se e encarou o homem que se dirigira a ele, sabendo que agora estava muito próximo da câmera. A emoção aparente em sua fisionomia seria transmitida e comentada nos noticiários mais tarde.

— Ninguém venceu hoje. Um menino perdeu a vida, mas ficamos gratos porque a justiça se fez para meu cliente.

Houve mais perguntas, mas então os Stokes saíram. Madeline estava recuperada, mas sensível; Paul descrevia uma curva resoluta nos lábios. Daniel e o advogado da promotoria foram abandonados em favor dos pais da vítima.

Daniel procurou Irene em volta, mas não conseguiu encontrá-la. Começou a andar em direção ao metrô e então a viu. Ela parecia desanimada, olhando para o chão.

— Você não tinha dito que ia me esperar? — chamou ele, correndo para alcançá-la.

— Nossa, aí está você. Eu não sabia onde você se tinha enfiado. — Ela afastou uma mecha de cabelo do rosto.

— Você está bem? — perguntou Daniel, olhando para os olhos cansados dela.

— Não sei — disse ela, com um sorriso estranho. — Estou me sentindo estranha. Provavelmente é só exaustão.

— Você venceu — disse ele.

— Nós vencemos — disse ela, colocando a mão na lapela dele. Ele gostou de sentir o peso de sua mão no peito. Por um segundo, pensou em puxá-la e dar um beijo nela.

Ele inspirou, preparando-se para contar a ela o que Sebastian lhe tinha dito. Ele só queria contar para ela, a única pessoa que entenderia. Contaria, mas não agora; para um dia, já era suficiente o que os dois tinham passado.

— Como foi? — perguntou ela, gesticulando para o aglomerado de jornalistas já distantes.

— Bem. Você sabe como é... eles já mudaram o foco para os Stokes.

Irene desviou o olhar.

— Fico com o coração partido por eles. Ficam absolutamente sem solução agora. O filho deles está morto e ninguém levou a culpa.

Daniel estremeceu na friagem úmida, tentando não se lembrar das palavras sussurradas de Sebastian. Enfiando as mãos nos bolsos, ele olhou para o céu escuro.

— Mas nós somos uma boa equipe — disse ela.

Ele a fitou nos olhos e assentiu. Ela pôs a mão em sua lapela de novo.

De repente, ele sentiu o peso de sua inclinação. Ela ficou na ponta dos pés e beijou-o nos lábios.

Os lábios dela estavam frios. Ele sentiu os primeiros pingos de chuva na cabeça. Ficou surpreso demais para retribuir o beijo, mas não se afastou até ela recuar.

— Desculpe — disse ela, virando-se para o outro lado, com a face enrubescida, deixando que o cabelo caísse sobre os olhos.

Ele levou a mão para o pescoço dela e o polegar para o queixo. Não sabia o que iria acontecer agora, mas parecia significativo.

Epílogo

A chuva mal tinha parado de cair quando Daniel chegou a Brampton. Sentiu uma rara calmaria apossar-se dele. Ficara com o julgamento na cabeça até chegar a Cumbria.

Ele não tinha certeza de que, em algum momento, tivesse considerado Sebastian inocente. Isso não lhe importava além do caso, mas agora que o menino estava livre e havia admitido sua culpa, Daniel sentia-se responsável. Pensou novamente em Paul e Madeline Stokes, com seu pesar à deriva sem o leme da condenação. A criança precisava de ajuda, mas o papel de Daniel nisso agora estava acabado. Ele só podia esperar que os assistentes sociais da conferência de caso e os profissionais que se tinham envolvido com Sebastian até agora percebessem do que ele precisava.

Se o veredito tivesse sido diferente, Daniel sabia que não estaria se sentindo melhor. Sua experiência com unidades de segurança, centros de detenção juvenil e prisões lhe tinha mostrado que por mais que os jovens tivessem sido prejudicados no passado, por mais desesperados que fossem seus problemas, eles só piorariam nos lugares para onde fossem mandados para punição e reabilitação.

Agora que ele estava em Brampton, Sebastian parecia distante: dolorosamente esmaecido, como uma nota que ele precisasse se esforçar para ouvir. Já era quase inverno agora e o vento soprara nas folhas das árvores de Brampton. As árvores nuas estavam inflexíveis contra o céu, como pulmões. Ele ouviu a chuva chapinhar nos pneus do carro ao entrar no vilarejo. Inspirou fundo e reteve o ar, cogitando a mudança rara que teria sido possível se Sebastian tivesse conhecido Minnie.

Ele tentou afastar seus pensamentos do menino. Lembrou-se do gosto dos lábios de Irene na noite anterior e sorriu.

Estacionou diante do sítio. O quintal tinha sido ajeitado e o galpão, removido. O jardim fora escavado e a grama da frente havia sido cortada. Daniel inspirou o cheiro puro da terra. O ar estava frio e então ele pegou a chave e entrou na casa pela última vez.

Estava diferente de antes. Quase não havia traços dela agora. Os pisos estavam imaculadamente limpos e o banheiro e a cozinha cheiravam à água sanitária. Ele nunca tinha visto o velho fogão elétrico tão branco. Passou o indicador por ele, lembrando-se das refeições que ela fazia: escondidinho de carne, peixe com fritas, rosbife com *Yorkshire puddings*.

As janelas tinham sido pintadas. A mesa estava desocupada e a geladeira, aberta e limpa. Ele encontraria Cunningham mais tarde para assinar os contratos e deixar suas chaves. Lembrou-se de quando veio à casa vazia alguns meses antes, ainda bravo com ela, dolorido, mas sem reconhecer a perda — pedindo que todas suas coisas fossem jogadas fora, profissionalmente eliminadas. Agora ele gostaria de ver o jornal que ela estava lendo, os vidros de botões velhos, os vinis que não deviam ser marcados com os dedos, os animais que tinham compartilhado, a vida dela enquanto ele a desprezou.

Daniel sentiu dor na garganta. Abriu a porta da sala. Estava vazia: fora-se o velho sofá, a televisão antiquada e o aparelho de videocassete, foram-se as fotografias e os quadros, fora-se o banquinho onde ela repousava os pés de pele áspera e unhas duras.

As tábuas do assoalho estavam desgastadas pelos pés do piano, a madeira mais escura onde o corpo do instrumento protegera o piso da luz. Daniel cobriu os olhos com as duas mãos. *Desculpe,* mãe, ele sussurrou na casa quieta e vazia, com a garganta apertada enquanto lágrimas quentes rolavam por suas faces. *Me perdoe.*

Seus pés descalços tocavam os pedais, os joelhos separados e o tecido da saia caindo entre as coxas. Ela endireitou os ombros e inclinou-se para trás com uma risada enquanto batia nas teclas.

— Quando é que você aprendeu a tocar piano? — perguntou ele, deitado no sofá, assistindo, com as mãos atrás da cabeça.

— Quando era criança. Meu pai gostava de tocar e ensinou a nós duas... e nos levava a concertos... e nos fazia ficar sentadas, imóveis, com os dedos nos lábios, escutando os discos dele. Alguns daqueles discos ali eram dele e eu os escutava quando era pequena. — Minnie inclinou-se para Daniel ao falar, a mão direita fazendo as teclas soarem, o indicador esquerdo pressionado nos lábios. — Quer que eu o ensine a tocar?

Ele balançou a cabeça.

— A sua filha aprendeu a tocar piano?

Ela não respondeu.

Ele ainda não entendia a história da menina, cuja borboleta ele tentara roubar, mas cada vez que via o bibelô, pensava nela.

— Ela sabia tocar um pouco. — Foi só o que ela disse e começou a tocar de novo, alto, fazendo com que ele sentisse as vibrações através do sofá. Fez seu couro cabeludo coçar. Ele ficou olhando para ela conforme as faces coraram e seus olhos se nublaram de lágrimas. Mas então, como sempre, ela jogou a cabeça para trás e deu uma risada. Olhou pela janela, as mãos fortes caindo pesadas sobre as teclas.

— Uau, *venha* Danny. Sente aqui ao meu lado e deixe-me ver o que consegue fazer.

Mais uma vez, ele balançou a cabeça.

— Eu o ouvi tocando semana passada, sabia? Você achou que eu estava lá fora, mas eu o ouvi tentar. Não vai doer, sabe? Posso ensinar você a tocar uma música, ou você pode simplesmente fazer como quiser. Não importa. É simplesmente bom fazer um pouco de barulho às vezes. Interrompe o barulho da sua cabeça. Você vai ver. Venha e sente ao meu lado...

Ela foi para o lado no banco comprido do piano e deu um tapinha no lugar ao seu lado. Fazia apenas duas semanas que ele levara uma surra e fugira para a casa de sua mãe. Seu nariz ainda estava estranho e ele fungou ao sentar-se ao lado dela e olhar para as teclas. Podia sentir o cheiro úmido da lã que ela vestia e a maciez acolchoada de seu quadril encostando no dele.

— Quer que eu lhe ensine uma canção bem fácil ou prefere só fazer barulho? Qualquer coisa está bom pra mim.

— Então me ensine alguma coisa — disse ele baixinho, deixando os dedos caírem sobre as teclas e escutando as notas solitárias, ocas, que soaram.

— Certo, bem, se você olhar para o teclado, tem as teclas pretas e as brancas. O que percebe no jeito como as pretas ficam agrupadas?

Daniel bateu um dedo nas teclas pretas.

— Algumas estão reunidas em duas, outras em três.

— Nossa, você está ficando esperto mesmo, não é? Por que não me ensina a tocar este piano? — Ela riu, e Daniel virou-se para retribuir-lhe o sorriso. De seu ângulo, ele podia ver o espaço entre seus dentes: o dente que faltava ficava em cima, perto do molar.

— Agora ouça isto. — Ela estendeu o braço para o lado direito do piano, esticando-se na frente dele, deixando o rosto próximo ao de Danny. Bateu nas teclas e depois correu os dedos pelo teclado até a extremidade esquerda do piano. — O que notou sobre a diferença de som? — perguntou ela, inclinando-se para perto dele, deixando-o ver os círculos escuros, azulados, em torno de seus olhos azul-claros. Eram como bolinhas de gude, duros e transparentes.

— Aqui é grave e aqui é agudo — disse ele, apontando para cada extremidade do piano.

— Você está certo, agudo à direita e grave à esquerda... sem dúvida, você tem talento. Agora vamos tentar um *dueto*.

Ela levou um tempo para mostrar a ele as teclas agudas do piano, numerando-as um, dois e três, na ordem que queria que ele as tocasse, e então começou a tocar uma melodia na extremidade grave do piano. Mostrou a ele quando tocar nas teclas, tentando fazê-lo usar três dedos, mas ele preferiu usar apenas o indicador, gostando da nota fria que produzia.

Eles fizeram isso por alguns minutos, ela tocando a melodia à esquerda do teclado e cutucando-o nas costelas e gritando *agora, agora*, com suas estranhas vogais irlandesas, quando queria que ele tocasse as notas que lhe ensinara nessa extremidade. Disse-lhe que a canção se chamava "Coração e alma".

Mas ele se cansou daquilo e bateu forte com as palmas nas teclas. *Tring, tring, tring*, para cima e para baixo. Esperou que ela se zangasse. Ainda não a conhecia bem. Ele olhou para cima, para os olhos dela, mas eles estavam bem abertos, cheios de alegria. Ela bateu as próprias palmas nas teclas graves, fazendo com que o barulho profundo fizesse coro aos guinchos e ganidos agudos dele. De qualquer modo, era um dueto. A barulheira enxotou Blitz da sala, e ela começou a cantar bem alto uma letra antiga qualquer e ele fez o mesmo, até ficar rouco e ambos ficarem meio surdos e as lágrimas começarem a rolar pelas faces de tanto rirem.

Então ficaram imóveis, e ela lhe deu um abraço apertado. Ele estava cansado e permitiu. Com o zumbido ainda soando em seus ouvidos, um pensamento lhe veio, forte e nítido, como a nota aguda do piano. Ele gostava dela e queria ficar. O pensamento ressoou em sua cabeça, acalmando-o. Ele acariciou a madeira recoberta de marfim do piano, com os dedos ainda formigando da surra que tinha dado nas teclas.

Agradecimentos

Antes de tudo, eu gostaria de agradecer à minha editora, Emma Beswetherick, pela criatividade e pelo apoio, e a todos da Piatkus por seu entusiasmo incansável.

Várias pessoas me emprestaram seu tempo, ajudando em minha pesquisa para este livro e isso foi fundamental para tornar verossímeis os mundos que os personagens habitam. Eu gostaria de agradecer particularmente a Kate Barrie, Tony Beswetherick, Ian Cockbain, Jason Cubbon, Elizabeth Gray, Jacinta Jones, Eileen Leyden, John Leyden, Sarah Long, Alastair & Juliette MacDonald, Sandra Morrison, Laura Stuart, Sarah Stuart e Scott A. Ware por suas variadas ajudas em tudo, desde o mundo do direito até os sotaques regionais, músicas e locações. Um agradecimento especial a Gerry Considine por me permitir um vislumbre do trabalho de um advogado criminalista e a Liz e Alan Paterson por suas informações sobre questões de assistência social.

Escrever envolve passar muito tempo a sós, mas duvido que essa solidão criativa teria sido possível sem meus muitos amigos, familiares e colegas que acreditavam que algum dia isso aconteceria, mesmo que eu duvidasse. Eu gostaria de agradecer especialmente a Paul Ballantyne, Russel Ballantyne, as irmãs Darroch: Mairi, Jane e Val, a Marie Kobine, Tim Laver, Helen Leyden, Erin MacLean, Jennifer Markey, Julie Ramsay, Ian Thomson e Gordon Webb.

Porém, são os leitores que completam os escritores e minha grande dívida é com meus primeiros leitores, sem cuja crítica positiva eu talvez jamais viesse a escrever outra palavra: Kent & Mary Ballantyne, Rita Baheaves, Mary Fitzgerald-Peltier, Mark Kobine, Phil Mason e Elizabeth McCrone. Este livro não existiria sem vocês.

Enquanto fazia pesquisas para o romance, li *As If*, de Blake Morrison, e *The Case of Mary Bell*, de Gitta Sereny. Agradeço aos dois escritores por seus retratos bem diferentes, mas igualmente perspicazes de crianças em julgamento.

Por último, mas certamente não menos importante, um "muitíssimo obrigada" à minha maravilhosa agente, Nicola Barr, por sua astúcia, fé e incentivo.

Este livro foi composto na tipologia Adobe Caslon,
em corpo 11/15.2, e impresso em papel off-white no Sistema
Cameron da Divisão Gráfica da Distribuidora Record.